石头中洇渡的竗马

牛学银 著

作家出版社

序

新年伊始，桌上多了本《石头中泅渡的奔马》定稿。初翻几页，便被一些诗句吸引，于是每日数首，伴着春天的阳光，读完整本。

诗是文学王冠上的明珠。一首好诗，一定要有感人的意象、流动的结构、富有乐感的韵律。有些作品，或在内容上失之肤浅，或在形式上过于随意，如古人戏作《咏雪》"一片两片三四片，五片六片七八片"，如威廉姆斯戏作《便条》"我吃了／放在／冰箱里的／梅子／它们／可能是／留着／早餐用的"。学银诗集没有这样随意的文字，他的诗情感细腻、深沉，有着诗人特有的敏感和力量。例如"母亲"这一主题，作者并未大声呐喊对母亲的回忆与思念，而是将这些感情细细地写进衣服的补丁、老家的樱花树、梦里难触的瞬间，写出了思念的重感、美感、痛感，写尽了人生如逆旅、不可回头、负重前行的本质。他的诗极富形式的美感，且不论古体诗赋这些格律谨严的题材，即如十四行诗和自由体诗，也追求句数字数的工整、骈句散句的错落，间有倒装、省略、奇喻造成的陌生化句式和表达，从而既保持了诗歌错落整齐、回环往复，又保持了诗歌的表达张力与阅读意蕴，阐释着什么才是真诗和诗学的审美。他对诗的本质和形式，有着自觉的理论追求。其论文《新十四行诗形式之浅探》深入分析了十四行诗的分行、分段、押韵、平仄、诗眼，认为情感和形式在诗歌创作中缺一不可，并尝试使用绝句首句用韵的方式解决十四行诗诗节韵律在中国的水土不服。这些都说明，其创作既有诗人独有的灵性冲动，也有自觉的理论指导，唯其如此，他的诗才感情充沛而不流于叫嚣，形式自由却又内序谨严，妙手偶得，佳句天成。

诗歌是人自由的生存渴望。自从被抛入这个世界，人生便步步向死，身系束缚。然而人又具有极强的自由意志，渴望挣脱功利世俗，求得自由幸福，于是桎梏与自由便成为人生的难题。语言是我们对外在世界的概括与表达，也是我们生存的本真形态，求真，则语言即为客观世界、为限制；求美，则语言即为意境、为情感、为自由。前者之代表为科学、客观的语言运用，如科学、自然的诸种概念，后者之代表即为文学，而诗歌以其自由的想象，尤具有挣脱限制的功能。学银的诗歌，有跳脱时间的渴望，如"当年轮记住树木／四季记住鲜花和果实／不过百年历史／谁纪念爱和善良／记录真和执／传承诗和思想"；有跳脱空间的渴望，如《我的世界你无处不在》《寄一滴雨给你》《古籍室一日》；有跳脱物我的渴望，如《玫瑰花与灵感的初恋》《剪一抹阳光，安放诗心》《等一场雨》。"一切景语皆情语"，情景交融之外，物我相融是其诗歌突出的特征，他的诗中物即为我，我即为物，如《西部的雨》《蕨菜与根土》《碎瓷器的记忆》。总之，在学银的诗歌里，能遇见故人，诉说离别的苦难；能看见玫瑰花、小狗、麻雀的爱和悲；能听见黄河石、月色、星空的诉说。诗歌意象超越时空物我，至情至美，使诗人和读者都得以在这喧嚣世界中暂憩疲尘。

听说，学银为人俭朴端正、少言语，然于诗歌、二胡、书法、印章却皆有所长，素日忙完公务，亦赏风花雪月，亦携幼养老，此乃真性情、真风流，真在世却又不为世所限。读其书，已知其为人。是为序。

周明

2024 年 8 月

（周明，作家，编审。陕西周至县人。历任《人民文学》常务副主编、中国作协创联部常务副主任、中国现代文学馆副馆长等职。现为中国散文学会名誉会长。获中国报告文学事业终身成就奖。享受国务院政府特殊津贴。）

十四行诗选

十四行诗选

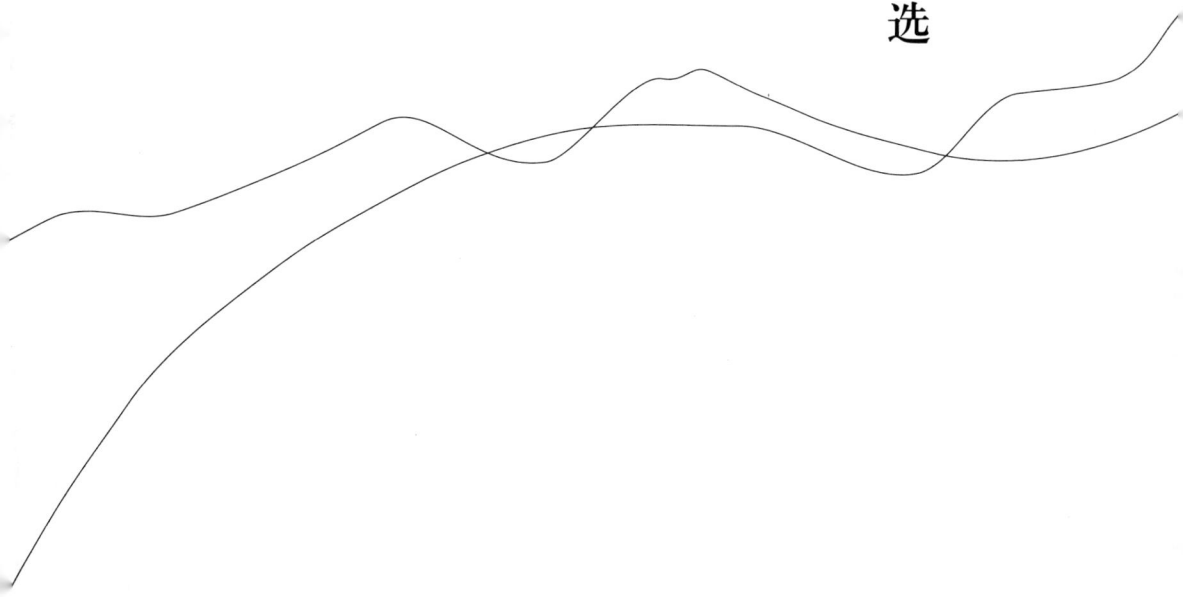

◎ 十四行与唐诗

十四行融进唐诗的韵律
只为彩云中找到一滴秋雨
甘霖润泽旅途的红叶
也如我把有梦的诗句高举

诗行相思半径的边距
幽玄的春风中叶脉绽绿
深秋的远方期待最初的雪花
红色的爱封冻成星月的呓语

用一种方式寻找飞翔的形象
秋千架索留下你手心的余香
错连的千年深情仁望天空
却没走进自己的东方与西方

假设一个轮回，混血的情侣
黄河石的纹路中，艺术地嫁娶

◎ 树后伫立的女子

树后痴情仁立着的女子
你是我的暗恋吗，那样沉静
我知道那些优美的文字
树叶一样绿绿地光鲜

一棵树遮挡了你的影子
却遮不住那颗悸动的心
阳光下的灵魂闪烁着光芒
其实期待一个有云的夜晚

诗行的留白中接你回家
就像在窗口揽一弯新月
捧进冰凉的被袄
暖一暖受伤的爱情

漫无边际的长夜，树在梦里
梦在心上，爱在字中，你在诗里

◎ 胡琴中远去的鸿雁

火焰，蟒皮内燃烧
红豆，丝弦上跳跃
雁影掠过的山野
瞭望的心，一抹秋色缥缈

晚霞，远天外消隐
暮色，赤峰顶挂下
梦中的芦苇荡
澄澈的眸，抚慰带尘的翅膀

是谁劫持了带泪的诗行
是谁在天涯的角落忧伤

颤指^①抚动绵长的旋律
一个大滑^②可飞到你的身旁

走过的路，风尘写在脸面
爱过的人，皓月刻于心间

◎ 碳化的岁月是记忆

河岸流浪着的片石
磨平了棱角，才会
显影心中的彩色纹底

沾满了真情的诗句
泪水里清洗，才能
品味真爱无限地相知

笔墨描摹过的山水
晕染出烟雨，才会
收放春来冬去的燕子

青春燃烧过的岁月
碳化的部分，定然
沉积为永生难忘的记忆

穿越秋天的流水懂得木叶心声
守望清溪的山林知道海子^③深情

---

① 颤指，为二胡演奏左手手法。
② 大滑，为二胡演奏左手手法。
③ 海子，西部对小湖泊的称呼。

◎ 春花

翠野的清泉掩映于烂漫
青草铺开绿色的诗笺
白云于静碧的蓝天游弋
成双的燕子剪辑缱绻

三月的心事潜藏于葳蕤
流芳的季节惊艳妩媚
心随蝴蝶的翅膀飘舞
踏青的少女花一样靓美

银铃铛的笑声荡过心底
芬芳了捕捉世界的相机
定格的一簇艳丽蓓蕾
总是被蜜蜂抢去了先机

杜鹃声啼，惠风掠过的故乡
童话在摇曳的枝头着床

◎ 春雨

题记：传说上古时代，云彩和太阳是一对恋人，太阳要工作，不愿意经常藏在云彩的怀抱，拒绝了云彩的追求，云彩失恋了，但也想通了太阳工作的重要性。放弃了独占太阳的想法，她

只是偶尔拥抱一下太阳，流下喜悦的
泪水，这就形成了春雨。这好处是，
他们孕育了地上的鲜花与万物。阳光
给了它们温暖，春雨给了它们滋润，
物种成为它们的儿女。

亲吻过雪山的流云
胸藏恋爱的美梦
拥抱过太阳的美人
目光里存储真情

失意而流浪的灵魂
追逐阳光的温馨
暗夜里织好大网
泪水洗澄真爱天空

三生干涸地守望
嫩叶，泪含一瓣花香
鸟在花心啜饮甘霖
相思飘落成琼浆

淅淅沥沥地倾诉，不用油纸
爱情的桥，彩虹于伞中架起

◎ 油菜花

四月，油菜花随性绽放
泼艳江南纯净的画屏

水巷醉了，氤氲着烟雨
痴情挽留暗恋的爱人

油菜花披件黄色大氅
月色下随养蜂人的脚步潜行
趁着蜂儿蝴蝶的翅膀
迎着峭寒的风北上西进

不图享受永久的安逸
追逐浪迹天涯的春风
潇洒漫步不留恋平原富足
艰难行程不怨恨荒漠赤贫

油菜花跟定春风的方向
如我追踪着诗歌芬芳的灵光

◎ 收获麦子，别伤害花花娘娘

题记：民间"花花娘娘"也称"花大
姐"，是庄稼人对"七星瓢虫"的爱
称。"七星瓢虫"生命短暂，一生只有
八十天生存时间，但它能消化上万头
蚜虫。因此，花花娘娘被称为"有生
命的农药"。

快乐的田园共同的天堂
期待雨后显影寻常彩虹
怀念曾经捉住过一缕阳光

花大姐与麦穗一起成长
守望着麦子守望着田园
装得下七星的背只把清风储藏

飞起与落下的短暂瞬间
凝结岁月痕迹的注脚
只为追逐一份纯美爱情

种一季相思的心灵历程
麦子只能麦田中成熟
诗也只能诗林中汲取给养

收获麦子别伤害花花娘娘
立人作诗道德用良心称量

◎ 空酒瓶

空酒瓶的世界精彩纷呈
大大小小的巷街
收废旧的男人女人
雕花的吆喝总像是歌声

空瓶上的美人口笑目瞋
期待街头有风刮过
诉说被遗弃的寂寞
回忆走进过酒的红尘

酒鬼酒的酒瓶是浓缩的麻袋
装的是浓缩的粮食
文化，会不会也这样酵醇
灌上水才走近百姓

收藏者的空酒瓶装的是文化
摔碎的空酒瓶才不会去装假

◎ 一只麻雀

穿过宽敞宽阔的柏油马路
一只麻雀被过往的车轮轧平
带血的羽毛粘贴成简单的画布

这瞬间我与她一起经历生死
她带走我身体内所有的温度
带给我世界上最寒冷的凉意

我没看见她痛苦与快乐的笑容
没看到她忧伤与挣扎的姿势
没听到她呻吟或呼唤的声音

汽笛喧嚣更没听清灵魂的陈述
不知她有无爱人或者朋友
不知她是孩子还是父母

高速运转的河流被时间定格
疯子傻子地唾弃来自司机乘客

◎ 窗外，那银色世界

深夜，在诗里你悄悄说
明朝窗口落下的雪
是你送给我晶莹的光芒
这真言陪伴梦的寂寞

拉开窗帘拉开童话世界
小木屋的眼睛朦胧原野
我痴痴伫立窗口
纯洁占领的思绪一片空白

不见昔日蜿蜒的山路
却见白雪匿藏的小河
你披件晚霞裁剪的裳衣
梅一样，苍翠的老松后闪烁

一首诗有一条神秘路径
灵魂延伸可不可用手触摸

◎ 雪守候梅一个年轮

初春，暖风刮过的原野
细雨，清洗枝头沾染的纤尘
享受过春风阳光的抚慰
梅出落成亭亭玉立的风景

立夏，梅陶醉于一丝凉荫
雪期盼梅秋波的眼睛望云
瓢泼而下的雨，雪的泪水
凉爽梅燥热与滚烫的心灵

雁翅，掠走了率真的色彩
平静的秋水凝结成明镜
画框，摄取云飞翔的影子
雪一生的秋愁滑过天空

平安夜，守候一个相思年轮
雪的初吻算不算梅唇口的香冷

◎ 一封来信

期待的目光瞭望天边的彩云
飞翔的鸽子，快落到身旁
泪水清洗行程里沾染的花馨

曾经的橱窗，收发室的老者
会心地微笑，轻轻地招手
心中的小鹿飞作脸颊的羞赧

恍惚穿越一条回去的路径
牛皮纸装满粉色的回忆
照片上的眼睛潜藏漂亮风景

熟悉的字迹详细的地址

舌尖舔过的邮票油墨清幽
风悄悄儿屋后的拐角相思

甜蜜声音消失刮过的风中
浸泪诗笺是不是真爱物证

◎ 黄河石

母亲河如母亲的血管
竖立为高高的桅杆
泥土的皱褶根须盘错
我是最纯洁的一面白帆

显影灵性艺术的黄河
无须灵感的雕琢
沉积纹路的鹅卵石
只要流水与时间打磨

埋葬于诗，坟冢无碑
就如石头潜入河水
梦想里一片野草山花
述说生命本源的葳蕤

鱼化石一样精练的语言呀
生命风干挤不出一丝水分

◎ 诗人

头驼游走浩瀚的沙漠
迎着风，迎着赤热
铜的声音引领着迷惘
追寻一个泉，一片草色

抬起就被淹没的脚窝
短暂得不曾积起水渍
智慧的气息却让来者
无须思索，沿你目光的方向跋涉

刀脊上奔波的行客
隐藏风和日丽的岁月
云与风卷起沙粒如狼地呼嚎
诗人动笔就如头驼动了动耳朵

九千年不朽是沙漠的胡杨
比胡杨更不朽是诗人的行歌

◎ 雁儿湾与雁滩

河流携带千年土色
从我的灵魂穿过
黄河岸边，我站成一丛红柳
野鸭惊飞，夕阳如血

林梢雁儿曾经栖守
水草丰茂的河湾沙洲
我的心绵软如雁儿的巢穴
孵化原野爱情的温柔

啾啾地呼唤，无韵的诗歌
波涛剪辑，树叶传阅
云笺排列成参差的诗行
天地的朗诵盛会动人神魄

雁儿一样灵动的诗句
放飞着梦想自由的思索

◎ 七月流火

埋葬于诗歌，期望长成硕果
就如种子埋入广袤原野
回眸顾望走过的路途
青春的脚窝风尘掩没

汗水浸透的日子
麦黄杏熟，牵牛花开满芬芳
天蓝云白，鸽哨响彻云霄
冰鞋和娱乐封存房梁

孩童草茎上吹动蚂蚁
云彩飘来，也飘来阴凉
清亮的目光望穿山塬

马兰花微风中轻轻摇晃

汗巾绣花，挥舞弯镰
麦子以柔美的姿势躺倒

◎ 姊妹峰

题记：姊妹峰又名石柱峰，位于积石山群峰之间，下接黄河，上耸云端，两根石柱紧紧相连，相依相偎。传说释迦牟尼来炳灵寺传经授法。他母亲摩耶和姨母波阇波提十分想念，在梦里嘱咐释迦牟尼抽时间回家。释迦牟尼忘我佛缘，一直没有回去。摩耶和波阇波提就来看望，到寺沟门口，看到释迦牟尼闭目禅坐，不好打扰，只好驻足远望，时间过长，俩人的肉体化成一对石峰。

心事遣于悠长的流水
河岸传说守望的故事
山峦挽住夕阳的留恋
一抹彩霞染红发髻

结冰的季节船没有音信
望断九曲回肠千里关山
岁月风化青春的光彩
伫立的姊妹啊又盼千年

观近来远去的帆影
我立于人生的河口
远行的游子啊，别让
牵挂你的亲人守望成石头

泪水融入心灵的浪花
黄河石纹路显影纯洁归程

◎ 麦积山石窟

远古的收获季节
先人的小毛驴
驮回金色庄稼
垛成华夏永恒的粮仓

神农氏一生囤积
伏羲氏几世储藏
天水啊，从此富足
九州不再有贫寒饥荒

佛留下深深的脚印
传说女娲抟泥成人
凡间就繁衍塞上江南
仙人崖也长出白皮松

农民双手搭成麦垛骨架
佛注入永恒与教化精神

◎ 渡口

黄昏，薄幕洇过溪岸
形单的鸟儿徘徊于草间
守候的还有许多情侣
爱意边缘瞭望云天

苇草，秋波摇曳的驿站
流水延伸入苍茫的遥远
浓墨点出几朵帆影
心爱的人，可立于帆前

眉宇流露出相会的期盼
内心计算着行程和时间
伸手测探流水的速度
梦中良人快飞到他的身边

生命小站，鸟儿的渡口
承载爱近来与远去的乡愁

◎ 网络，神会的地方

不能握手，不能拥抱
不能拭泪，不能情伤
更不能为你披件衣裳

思念融入相爱的灵魂

一起燃烧，一起流浪
网络，与神仙会晤的地方

不愿意打破这梦境
不愿意跌落这红尘
守望星空，守望月光

慢慢老去，一切随风
不带走一片相思
只留下暖心的诗章

今生，你在屏中我在屏外
来世，你在屏外我在屏中

◎ 不敢投稿

梦中放飞漂亮白鸽
期待滑过天际的诗行
期待一串响亮鸽哨

是谁拔光了你的羽毛
插上孔雀如画的锦翎
洁白的幕布招摇

是谁置换你博爱的灵魂
谄媚的原野开屏
让我守望中伤情

假如爱可以这样移植
我宁愿在心里建一座青冢
收留所有流落红尘的亡灵

归来吧，梦中走失的白鸽
轮回路途，我们一起重生

◎ 爱的冬季

塞外白雪的灵魂悄悄儿
农家屋顶徐徐升起
手中探寻的数码相机
记下炊烟直直的影子

绿色走失的株株白杨
枝丫如箭刺向穹宇
麻雀站立成叶
点缀层林的孤寂

蓝天徘徊的白云
不愿意随风而逝
等待穿红棉袄梳麻花辫
林地里抱柴火的少女

聆听雪吟唱的细碎心思
诗人在纸上说爱也有冬季

◎ 所有的爱，在我心中

当所有的爱成为一种相思
一切随风
我走在沙砾的中间
我是胡杨林中的一株风景

我看到那些风与沙子
灵魂中游荡的诗行
描摹西部抽象的风景
爱人呀，请闯进我的画框

你是梅花枝头的一抹色彩
雪掩映着雪地上的脚印
踏破铁鞋，一片树叶
我就是那红红的唇

见不到你，我会相思
不见到我，你可伤心

◎ 缘分的天空

曾经是菩提树主干枝头
最靓的那一枚绿叶
因为尘世的因缘还没有
用眼睫上的泪花洗净

流浪的日子
找不到陪伴生命的那瓣梅花
心如大地一样平静展开
期待欲放的雪花落下

给火热的胸口
撒上一点冰凉的刺激
然后一起慢慢融化
灵魂凝聚一体，让人在黑土地种植

春天已经来临
天真的笑于春风中绽放

◎ 见证爱情（组诗）

一、山道门锁

穿越发梢的流云
踩于脚下的险峰
松涛陪伴石头幽咽的清泉
鸟鸣学唱誓言渐远的回音

旅途的每处绝色景点
精致的锁悬挂海誓山盟
诠释爱情与金属的血缘
定格风景里亮丽的风景

晚风与朝霞拂动山道

星辰与晓月守护清纯
十指相扣的牵手传递缠绵
锁封美妙的恋爱青春

真爱啊过客见证青春见证
诗人生锈的文字见证

二、锁的锈迹

为着一个相守的约定
为着狐媚如花的眼神
无关于风月和金属
锁的记忆水墨蝴蝶的倩影

虔诚岁月祈求的情结
沾染风霜雨雪的世俗
阴晴圆缺组合的爱情密码
前世与今生祈求佛光普度

红叶以心的姿势飘舞
曾经的誓言秋林间踌躇
打不开心结开不开锁
流不完相思滴不尽泪珠

山岚拥抱的门锁斑驳着锈迹
爱恨情仇可是生活的诗意

三、爱情密码

谁是谁轮回永远的牵挂
谁是谁心灵驰骋的骏马

穿梭于三生石上的承诺
是不是天堂的电话号码

曾经刻骨铭心的记忆
潜藏于朝雾或者晚霞
一地的绿茵留一路短信
一生的芬芳挂一树鲜花

我的诗洒满明月的光华
揭密六位神奇的密码
玫瑰绽放的季节
开启阳光空间的家

一块丝巾一个招手一个眼神
一个转身一个拥抱一次亲吻

四、竹石刀痕

刻进竹树身上的誓言
刺痛植物的恋爱神经
雕进砖块和石头的名字
折磨着到此一游的冷清

新鲜与陈旧的刀迹
不知有多少真心和诚恳
站立自然的竹树不会惹谁
善良的心却已挂满伤痕

我知道我的心光洁如纸
也如那沉默的竹树砖石
任凭刀锋刻进丰富的遐想

记录所有衷情者的情思

灵魂深处的浪漫和诗意
绝对是无法盗版的真迹

五、我爱你

山野中的竹与树
聆听着鸟儿的歌唱
那是春情美妙的倾诉

"亲爱的"小刀在身上游离
"我爱你"树受宠若惊
竹无心地说他不是爱你

大海边的青砖石头
观望着澄澈的海面
蓝天下飞翔成双的海鸥

"我爱你"砖上钥匙刻着名字
"亲爱的"砖痛苦地得意
石冷漠地说她不是爱你

风景见证着人间的爱情
无关草木砖石风月雨云

◎ 孩子，归燕的翅膀上回家

题记：2011年8月，国务院办公厅发布《关于加强和改进流浪未成年人救助保护工作的意见》，各地开展"接送流浪孩子回家"行动，县级以上城市见不到流浪儿童。

一、风筝孩子

燕子的翅膀捎来春的消息
柳叶上回暖的田野天空
孩子们惬意地拽动风筝
童趣中放飞烂漫的笑声

城市与乡村经纬的空间
流浪儿童背着沉重的标签
讨生活的脚步游走于大街小巷
弱小的身影奔波着游荡童年

过街天桥收容乞讨的白天
穿路通道容纳无奈的夜晚
并不洁净的手比画着胜利姿势
沾染灰尘的面孔藏匿天真笑颜

春雨怜悯着干涸的春寒
孩子，你是谁遗落的纸鸢

二、温暖家园

山桃花开了，流浪的孩子
裱糊风筝加进竹的期盼
即使纸一样薄的命运
如果愿意飞，天空就会灿烂

迎春花开了，归途并不遥远
让不幸远离，童心守望家园
那是你剪断血脐的记忆
有你人生根部第一次呐喊

回家的路，孩子啊，别怕
它不会太长，也不会太短
知道故乡和亲人的忧伤
山野呵护的家是温馨港湾

孩子，你有一万个理由流浪
我只有一个心愿愿你飞翔

三、救援心灵

今生的爱来自雪峰的圣洁
来自远古清澈的野泉
让诗成为你童年的监护
苍白的词揭去流浪的标签

我知道漂泊者的内心
承受许多难以想象的创伤
孩子，你沾染泪痕的面孔
如饥馑的杏花诗行中存放

慈善的泪水涤净心头阴影
孩子啊，回家，这个春天有爱
如果家还能留守困境还能解救
如果你不被童工不被拐卖

我一直侥幸你没有沦落
童真的目光审视着世界

四、防火墙

路过的站台月光柔软如水
亲人的目光丝线样绵长
稚嫩的脚步丈量天下
孩子啊，我的心与你一起流浪

你知道吧，39 号是纸制的文件
没有街道门窗玻璃的透明厚度
铁铸的语言搭起绿色通道
思念日夜盼望回归的坦途

闪烁着的纸飘过宁静的山野
燃烧着的字落入城市的繁华
孩子啊，你梦中通红的火车轨
就能通向希望起点的老家

穿过所有的悲伤走进慈祥
39 号安装成你心灵的防火墙

五、孩子回家

孩子，回家，温暖的春天
乘着归燕的翅膀，告别流浪
回家，孩子，芬芳的季节
善良的目光织成童话的橱窗

春光和煦明媚，孩子，回家

亲人久别的拥抱抚慰创伤
满天纸鸢飞翔，回家，孩子
快乐的笑声应绽放故乡

39 号文件沉重的铅字
盖着圆圆的血色印章
那是人民发自内心的声音
是祖国久难抚平的硬伤

回家，繁华不留弱小的身影
孩子，祖国给你生活的宁静

◎ 走过白龙江

郎木寺的号声悠远绵长
唤醒雪山上沉睡的寒冰
因这一次无意的惊梦
我陪你观一路风景

峡谷的岩石与木叶
为你的行程唱着赞歌
清澈环绕的臂弯
拥抱熊猫做梦的山林

月色，悬挂于澄明的天空
竹影，如秋子一样宁静
岸上的吟者，禁不住诗情
沉醉的双眸无数次定格

白龙江，我是你流浪的眼睛
白龙江，你有我生命的律动

◎ 晴雯

我在文人的一张纸角找到你
晴雯，请你撕开我的折扇聆听
薄如蝉翼的帛可是你我的命运

不要被那些婆娘和浪子嘲笑
蜕尽尘衣，我的心与你一样光洁
你坚守的窗口是我贞洁的灵魂

香囊在你身上也挂在我心中
芙蓉女儿，你水色中守望明月
无望的爱情，只赢得一篇诔文

红尘最后的那一丝儿懊悔
我用自己的方式爱你，晴雯
把你存储在藏匿泪水的诗中

等待的来路，山坡上结满草莓
这血色，永远是绿色原野的点缀

◎ 石竹花，给我的梦留点紫色

冬天冷冻层伸出的节枝
只为探看今春欢笑的诗句
岁月让我们经历了寒意
活着就是为欣赏过你

母亲呀！女性美的花语
就是这小小的石竹仙子
因为爱着你的呵护而美丽
因爱你而呵护爱我的人儿

山野的竹林为你盛开
让我的梦长满竹叶的亮丽
在有星星与月光的夜晚
等你在门口呼唤我的名字

可爱的石竹花，化石样的灵物
请为我今生的梦留下紫色相思

◎ 流淌道德的血液

灵魂的矿山中挖掘道德
过期的诚信风化成尘烟
金玉样的承诺刻在心底
才有美丽的憧憬和梦幻

真诚的情感随时光飘散
何时才做闪光的沉淀
忠厚的文化指尖上失节
何时才握紧命运的纵杆

蓝天样深邃草原样博大
高山样苍茫大海样浩瀚
冬雪样晶莹秋林样芳醇
夏雨样猛烈春风样温暖

美丽容颜欺骗蒙蔽道德
诚实的真言最终重射光环

◎ 承诺

都接受过真实的承诺
欺骗的真实中寻找良知
也曾许下郑重的誓言
真实的欺骗中衡量价值

法律与特权颠倒的瞬间
生命通常用金钱权衡
身上不流淌道德的血液
掺假人的一生祸害人民

压力来自情操的高尚
翱翔的操守天宇下沉沦
学不会良心的放弃而珍惜

善良在纯洁的真空失重

母亲的怀抱根治伤痕
真理的天平称量人性

◎ 播种春天（之一）

沟壑纵横朝霞地平线升起
晨曦跳跃窥探无邪的梦境
春情压抑的高原氤氲浪漫
童话和寓言山塬上萌动景深

春雪发酵的原野面包样酥软
向阳山坡的青草偷捅春的窗棂
深深破开沉睡一季的田野
微耕机撵走古老的楼铃

高原汉子脸上高原的褶皱
春风播种布道者一样虔诚
种子陪播种者的笑语歌声
一起藏入大地温暖的衣襟

布谷鸟啼鸣野草莓红了
镰口内情歌磨盘碾成爱情

◎ 播种春天（之二）

泥巴样的汉字打磨成诗句
收藏倾注岁月的青春
播种春天，地球生存的智者
播种者的春天守望美梦

播种者的秋天收获希望
播种者的长梦祥和宁静
种瓜得豆不是美丽的神话
真理早在祖先的歌谣传诵

福岛核辐射已让世界惊恐
群国导弹涂炭利比亚生灵
地震海啸大地愤怒的警钟
岩浆定在压抑的胸腔喷涌

假如末日预言真会来临
一定是自己种下过祸根

◎ 梦魂中萦绕的钓鱼岛

蔚蓝色海洋静默守望
我梦魂中萦绕的钓鱼岛
洁白的海鸟盘旋飞翔

有人把你摹刻在心底
有人把你描画于纸帛

而我要把你写进诗里

身世，先民的木船早已认证
你的黎明鸟歌唱安宁
鸟的夜晚你支撑涛声

无论卑鄙者在你的脸额
刻下多深的痕迹
脉管内永流淌华夏的热血

虚假的条款与掠夺的契约
绝不能把真正的亲情裂割

◎ 指印

题记：扶贫的签名册有许多人的红色
手印。

食指摁下的红色指纹
不可替代的痕迹
如野兽洒下的尿液
铭刻记忆守护自我领地

曾经咬破的食指
一点血用崭新的毛笔
点在族谱亡灵的"神"位
"甲"就变成了"申"字

死亡生命由此演化为"神"
血脉相通连接先人的根基
让后辈用纸钱与香火供奉
留下跪地叩头的念想追忆

指印啊一种活着的证据
耕耘过的土地影留在心底

◎ 印章

方方正正的印章
是古代官家的权力
而今却赶往百姓的生活
见证着惠农资金的真实

握过铁锤和镰刀的拳头
写不好自己的名字
刻印者把自己做人的符号
刻进石块木头抑或美玉

官印为圆，民印为方
印泥代替了一家的鲜血
不时在惠农低保的花名册
留下深刻实在的记忆

阴阳相间的汉字，方圆中
百姓生活艺术何曾与文化远离

◎ 中堂

我走过许多农家
家家都有幅中堂画
对联描写美好的愿景
水墨描绘险绝的山水

我一直走进主人的心底
思考着思考已久的问题
生活在真实的山水
却珍藏一份文人的虚拟

山水中贫瘠的土地
农民种出养育人的麦子
不长麦子的宣纸
文人也种着育人的粮食

麦子与字画标着不同价码
谁相信麦子有惊人的天价

◎ 穿透灵魂的月色

题记：品味贾鹏芳大师二胡曲《睡莲》
《静月》。

宁静的夜晚，微微的风
吹皱清澈的荷池

荷花亭亭玉立
这满面晕光的女子

淡淡的晕圈，汪汪的粼光
荷守着月，守着波动的倒影
月守着荷，守着艳丽的芳魂
蛙的鼓噪惊不走水的眼睛

纯正的月色，恬淡轻柔
爱恋融合所有静美
闭上双眸的瞬间
灵魂的感悟比梦缥缈

天际的思想真能够传递
胡琴的弦丝恰是接收天线

◎ 温暖你披霜的羽毛

可爱的小鸟
来吧，我的心不大
却能让你筑巢

我思维不宽的天空
会收容你的飞翔
播放你的爱情

我不远却含情的目光
会分享你的快乐

抚慰你的忧伤

来吧，可爱的小鸟
让我短暂一生的温柔
温暖你披霜的羽毛

你光亮的翅膀我的梦划条彩虹
我游吟的诗句你的眸长片桦林

◎ 我的世界你无处不在

热爱着热爱的生活
摒弃心中的自私和欲望

祈求真主馈赠的祝福
走向正道，迷失的灵魂不再彷徨

仙女的启示缠绵如秋雨
让我们追踪光明的方向
心灵如诗，岁月如歌
忏悔，俗念得到赦宥而芬芳

阅读过的经典觐见先知
诗句，给我们宽敞的道路
秋月，我的世界只与你相思

正如雄鹰的墓在远方
即使，是折断翅膀的蝴蝶
梦也要匍匐在花上

叙
事
诗
选

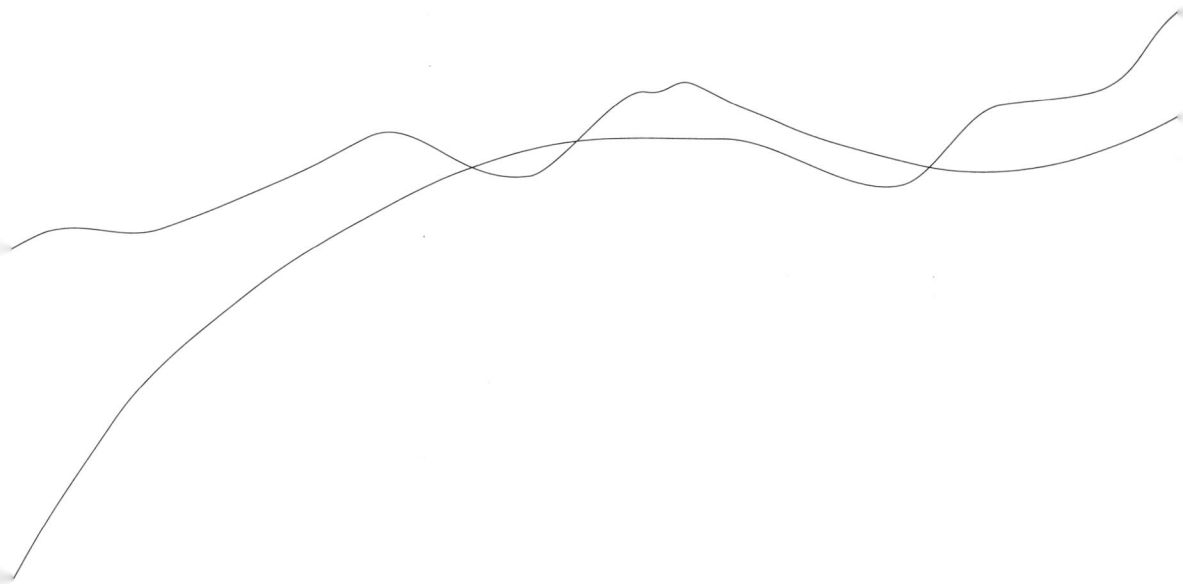

◎ 猎人公冶长

题记：奶奶讲的故事深刻印在了心中，传说公冶长能听懂鸟语。有一次，喜鹊说："公冶长，公冶长，西山有只老绵羊，你吃肉，我吃肠，肠子挂在树梢上！"公冶长来到西山，果然有只绵羊，就猎杀了绵羊。正要把肠子向树上挂时，猎狗跑过来，叼走了羊肠。又过了些时日，喜鹊又说："公冶长，公冶长，东山有只老山羊，你吃肉，我吃肠，肠子挂在树梢上！"公冶长赶过去，却遇到一只大灰狼，他很吃惊，但也明白，这是自己失误的结果。经过搏斗，公冶长猎杀了大灰狼，自己也受了伤，但他坚持把狼的肠子挂在树上，最终公冶长赢得了喜鹊的信任，成了鸟儿们的朋友。

引子

童年的小河
流淌许多迷人故事
因此，我总说
在那很古很古的时候
……

第一章　自由的生活

有一座美丽的神山，

屹立在辽阔的高原，
皑皑白雪戴在头顶，
悠悠云雾萦绕腰畔，
松柏青青岩崖列队，
溪流淙淙欢歌深涧，
驯良的牡鹿溪边饮水，

温顺的羔羊山坡吃草，
天才的百灵枝头演唱，
敏捷的云雀碧空轻旋，
五彩的野花发散芬芳，
纷飞的蝴蝶花丛戏玩……
哦，发挥你的想象吧！
我忠实的朋友与读者。

那是怎样秀美的山川，
我的笔不及陶渊明，
更不及王维和南京解元，
对于这山川的美无能为力。
就如无牙的小孩，
抱着个鲜桃又大又圆。

在这美丽的山脚下，
公冶长长成出色的猎手，
只要他张臂拉满弓弦，
太阳便害怕得浑身发抖，
假如时间倒退些时段，
后羿就不会英名远留。

公冶长漫步茂密的丛林，

带着弓箭和凶猛的猎犬，
狡猾的野兽心惊胆战，
逃不过猎手敏锐的眼睛，
公冶长狩猎了三夜三天，
每一个细胞都塞满困倦。

睡神拥抱着勇敢的猎人，
还捎来恬静幽雅的长梦，
猎狗守候着沉静的山野，
祥云轻遮住太阳的面孔，
和风尽显出绵长的清爽，
枝树也撑出温柔的凉阴。

面对着蓝天背倚着大地，
公冶长沉浸于南柯梦乡，
突然有声音细若游丝，
求救的语调悲悲泣泣，
机警的猎手四顾环视，
追寻着声音来自哪里？

天宇下掠过一片云影，
半空中传来哀求的叫声，
机警的猎手张弓搭箭，
拉开满月一样的丝弦，
雄鹰的翅膀刚要滑过，
公冶长松开强劲的手腕……

亲爱的朋友啊稍息片刻，
这件事暂且按下不讲，
也许你游过蔚蓝的大海，
深邃壮阔叫人神怡心旷，

现在请把它回想，碧波高浪，
还有神通广大的龙王。

第二章 好奇的公主

龙王的小女娇小美丽，
一直在水晶的宫中成长。
琥珀的眼睛常含着柔情，
就像太阳永放着光芒；
善良的心灵常露出纯真，
好似水晶石闪烁着光亮。

龙虾组成她旅行的卫队，
水草垫成她柔软的道路，
红珊瑚装点憩息的小屋，
照亮幽暗有守夜的明珠，
可是，这闲适和安逸，
按不住她的烦乱和闷苦。

仰望太阳金色的光芒，
仰望暗夜闪烁的流星，
收藏精美绝伦的青瓷，
拾起遗落的白色人骨，
她渴望拥有人类深邃的眼睛，
洞穿世上所有的静美善良。

遐想如硕大的宝珠，
闪耀在纯净的心底，
夜光开始明亮的时刻，
好奇的公主实施了计划，
她拜访了温暖的太阳神

做了最受欢迎的客人。

"美丽善良的公主啊！
为什么要离开安适的家？
为什么要到遥远的他乡？
为什么要独自流浪？
你难道不怕孤独和恶棍？
难道不怕枯竭你的生命？"

"温情的阿波罗我的主人，
好奇困扰了我的灵魂，
梦幻吸引了我的眼睛，
更因为你公正的主宰，
会给予我艰难的行程，
撑起无尽的温暖和光明！"

"聪明的公主，我的孩子，
你真诚的话叫我动情，
你勇敢的追求让我崇敬，
我送你一件无形的衣衫，
遮蔽你透明的身体，
呵护你永远纯净的心灵。"

美丽的公主实现了愿望，
披着太阳神赠予的神奇外衣。
踏着轻快飘逸的脚步，
唱着愉快沉静的甜歌，
欢喜雀跃，享受异域的风光，
不畏艰险，进行伟大的探险。

第三章　愉快的旅行

她来到辽阔无际的草原，
馥郁的小草花把她欢迎：
翠雀花张开蓝色的笑脸，
白芍药眯起喜悦的眼睛，
牵牛花架起高歌的喇叭，
格桑花倾吐艳丽的爱情，

黄玫瑰跃上晶亮的秀发，
石竹花挂满彩色的花裙，
蒲公英拉起整齐的伞队，
风信子打开五彩的灯笼，
紫云英摇动飘香的风铃，
麦芽草铺成柔软的路程。

她来到浩瀚茂密的森林，
森林的主人把她欢迎：
百灵唱起悠扬的赞歌，
骄傲的孔雀为她开屏，
可爱的松鼠献上坚果，
轻旋的白鸽吹响哨音，

调皮的小鹿举蹄敬礼，
聪颖的金丝猴捧出异珍，
高傲的大象俯身成骑，
花美的稚锦鸡送来长翎，
驯良的马麝赠出香囊，
憨厚的小狗熊鼓掌有声。

她来到雄伟瑰丽的灵山，

山峦的精灵为她洗尘：
枇杷叶送上甘甜的露珠，
翡翠岩长成舒适的长凳，
出岫的云霞飘成帐篷，
飘荡的水雾布成迷宫，

茂密的竹林为她送凉，
紫色的丁香为她芬芳，
叮咚的小溪为她演奏，
笔直的松林为她站岗，
彩色的花蝴蝶为她跳舞，
勤劳的野蜜蜂把蜜酿成。

你知道呀我可爱的朋友，
我们的公主如何开心！
融入异域的自然怀抱，
尽情地游历多么高兴。
远山遮挡了太阳的目光，
睡神的彩带把她招引。

可爱的公主在樱桃树下，
闭上了快意和困顿的眼睛。
没有侍者和温暖的卧榻，
没有透亮的珍珠照梦，
身在静默的山野安睡，
心在甜美的旅行中沉浸……

第四章 鹰爪的噩梦

老鹰从遥远的天宇飞过，
圆睁着犀利如电的眼睛，

几天的盘旋没有收获，
懊恼和仇恨把它围困，
欲望如火焰在内心升腾，
硕大的翅翼挟持着劲风。

"或许有打盹的田鼠，
能解除饥饿的命运，
或许有野狼的剩骨，
来填充腹中的困窘，
或许有迷途的鸽子，
撞入流涎的嘴唇。"

突然的发现使它高兴，
樱桃下的小蛇那么诱人：
"感谢上帝赐予我食物，
感谢真主无限的洪恩，
翅膀呀，莫让我失望，
利爪呀，完成美妙的俯冲……"

娇小的公主正在做梦：
森林田野美丽的山村，
河流湖泊结实的莲蓬，
蓝天太阳悠悠的白云……
倏然的惊变已入虚空，
打破了公主美妙的长梦。

再也找不到茂盛的树荫，
再也找不到坚实的依凭，
四周是那样空虚和阴冷，
尖利的长爪扼住了喉咙。
面对怪客她小心提问：

"神主呀，为什么要将我箍紧？"

"哈哈，你这聪明的小傻瓜！
难道不知道我叫雄鹰？
现在埋怨你的母亲吧，
谁让小孩子独自出门！
你的肉一定很香很嫩，
可惜只能堵一堵我的牙缝。"

"尊敬的神鹰啊，
你的话我实在无法理解，
我是东海的龙女，
好奇使我在异域旅行，
求你送我回坚实的土地，
我会来报答你理解的恩情。"

"哈哈，你这狡猾的东西，
引诱人吃了上帝的禁果，
又用毒的牙咬他的脚跟，
你以为谁会相信？
收走你漂亮的鬼话吧，
我只相信腹内的饥馑。"

第五章　正义的神箭

你，聪慧忠诚的朋友呀，
故事已经接到前面，
收回那丰富的想象吧，
奇迹已经在眼前展现，
公冶长射出了正义之箭，
救下了绝色无双的公主。

公冶长挂好漂亮的长弓，
轻声把受惊的公主询问：
"你是哪家的漂亮姑娘，
为什么离开家庭，
为什么独自在山野飘零，
你不知道有野兽和猛禽？"

"勇敢的人啊善良的猎手，
是你拯救了我的生命。
我的家在遥远的东海，
翡翠筑成美丽的家园，
对于你的恩情无法报答，
只请你去做尊贵的客人。"

"啊！娇贵的少女呀，
别说这样见外的话语！
救人于危难是人的本分，
难道是为了报答之情？
难道凶恶生来要容忍！
难道欺凌是永恒的星辰？"

"哦！强壮的猎人啊，
推托朋友真诚的邀请，
是对朋友真心的践踏，
你的手臂那样有力，
你的心灵多么善良，
难道还怕成为尊贵的嘉宾？"

"哎，可爱的少女啊！
你的眼睛透射着纯真，

你的语气蕴藏着虔诚，
你透明爽直的心灵，
让每个成为你朋友的心，
感受到温暖和欢欣。"

"呀！可爱的林中王子，
我不知道有多么高兴，
你的手伸张了公平正义，
你的臂展示了无穷的力量，
请紧闭上你高贵的双眼，
咱们踏上归去的路程。"

公冶长闭上了大大的眼睛，
耳边生出了呼呼的大风，
滚滚的波涛停止了雷动，
他们已来到金色的龙宫，
铛亮的珠光耀眼夺目，
辉煌的殿堂高大温馨。

第六章　神秘的赠礼

哦，我细心的朋友啊，
大海中有很多奇异的地方，
公冶长游历的情景请你猜想，
我的笔不是万能的钥匙，
不能打开所有的童话之窗，
它只能把龙王的召见叙讲。

欢乐的乐曲响彻龙宫，
龙王准备了盛大的宴会，
武装的蟹将守卫着四周，

彩色的虾兵捧来美味，
龙女跳着美妙的舞蹈，
王子为他举起了酒杯……

慈祥的龙王把他召见：
"尊贵的客人，勇敢的猎手，
你的神箭伸张了正义，
我不知道如何感谢，
就请你到东海的宝库中，
选择你喜欢的宝贝！"

"智慧的龙王呀，
感谢您真诚的谢意，
我并不需要什么宝贝，
山野中穿行的猎人，
已经拥有凶猛的猎狗，
还有锋利的箭和长弓。"

"诚实的猎手呀，善良的人，
你诚实的心像浪花样透明！
那么离开那个阴险的世界，
抛开藤网和兽齿的山野，
到碧波安宁的宫宇，
做我小女的女婿！"

"尊贵的龙王啊！
您神明的灯照亮迷茫的心，
我不知如何感谢您的好意，
只是我不能离开父母兄弟，
不能抛弃充满困惑的土地，
不能让亲人困顿，长久叹息。"

"噫！可敬的人啊，
你的思想如平静的波涛，
轻轻地抚慰着我的灵魂，
那么，我教会你鸟类语言，
但，绝不能泄露天机，
不然，你会变成岩石！"

"至高无上的神灵呀！
您的馈赠多么贵重，
叫我如何承担得起？
我无法答谢您的深情厚谊，
只能代表人类为您祝福，
也为您的女儿和您的王国。"

第七章　舒心的日子

辞别了龙王和姣美的公主，
公冶长又回到茂密的丛林，
回到了美丽的家乡。
你知道呀，聪明的朋友，
那是多么舒心的日子，
因为他们的箭长了眼睛。

人们听从他的指引，
就知道那儿有兽群聚集，
从此大家生活美满，
从此大家幸福安康，
从此没有了忧伤悲戚，
歌声和快乐把原野充斥。

永远过舒心的日子，
这是你有我也有的希望，
只是生活从来不尊重意愿。
空气沉寂，山野布满了阴霾，
野兽奔走，太阳显现出忧郁，

灾难的兆头已经显示。
两只燕子在枝头小栖，
谈论着可怕的消息：
灾祸就要降临，
要毁灭这美丽的土地，
这件事只有公冶长知道，
村庄的人们沉浸在欢喜：

男人们围坐在篝火旁边，
红光盈满他们的面庞，
火架上烤着野兔山羊，
石壶上飘着浓烈的酒香，
诗意和笑话让大家沉醉，
爽朗的笑声盘旋回荡。

女人们怀抱着吮奶的婴孩，
老人们讲谈着迷人的历史，
孩子们玩着奇妙的游戏，
最可爱那些少男少女，
手拉着手儿唱歌跳舞，
眼勾着眼儿述说爱意……

朋友啊，公冶长非常着急，
就像铡刀架上你的脖子，
他在欢乐的人群中站起：

"我可敬的兄弟姐妹呀，
带上儿女，赶快逃离，
灾难就要降临这块土地。"

好比冰洞里流进了铁水，
好比火炉中放入了冰块，
安静的人们都深感惊奇：
"如此美好迷人的夜晚，
如此安逸舒适的日子，
傻瓜才会愿意将它抛弃。"

第八章　生命的抉择

朋友呀，要让人改变主意，
不知道有多么艰难。
老人们发出深沉的质疑：
为什么要大家颠沛流离？
中年人晃悠着喷香的酒杯：
为什么要大家放弃乐土？

年轻人发出愤恨的责问：
"难道这不是美丽的土地？
为什么要说出这样的话语？
假如你是在诅咒，那么小心，
对于美好生活的破坏者，
我们的箭从来不长眼睛！"

"亲爱的乡亲呀，
别再耽搁金子一样的时间，
赶快离开这灾难的坟场，
快啊！快啊！

别再耽误自己的性命，
灾难就要降临我们的土地。"

可是，亲爱的朋友呀，
无论公冶长怎样劝诫，
也劝不动沉浸在欢乐的人们。
他们的眼睛那么倔强，
他们的语气隐含仇恨，
他们静坐着一动不动。

夜光像一条魔鬼的绳索，
把灾难拉向欢乐的村庄。
公冶长记着龙王的嘱咐，
泄露天机会变成石头，
但也知道灾难降临，
村庄会变成瓦砾和墟丘。

好比十五只桶在吊水，
两种矛盾思想在心底打架，
你知道呀，我的朋友，
这是怎样的抉择，
而你将做怎样的抉择？
勇敢的猎人已冲出人群

他把火棍当箭射向空中，
说出了最后的言语：
"亲爱的乡亲啊，
灾难就要降临我们的村庄，
可你们仍然无动于衷，
那么请听我心中的隐情：

我救过龙王的女儿，
他授予我鸟儿的语言，
因此大家才有幸福的日子，
他叮咛不要泄露天机，
刚才听到燕子的私语，
灾祸降临才劝大家躲避。"

话到这儿再也没有声息，
你知道发生了什么事情。
公冶长瞬间变成了岩石，
脸上凝结着痛苦和快乐。
惊愕的人们开始哗然，
说不出懊恼悔恨和诧异。

人们的遗憾由你去想象吧，
故事至此就该结局。
可是我还想啰唆几句，
请大家继续把故事听取，
公冶长就在我家门前，
它伴我度过美好的童年。

我常常抚摸他冰冷的耳根，
也常把耳朵贴住他神秘的嘴唇，
他以石头的姿势屹立了万年，
再不开启真理的预言，
也许有天我也会成为岩石，
永远生活在童话的中间。

第九章　剩余的话语

我忠实的读者呀，

勇敢的猎人已经变成岩石，
他沉默了许久许久，
但是，他的耳朵和眼睛，
依然在倾听、注视，
他的灵魂依然透亮闪烁。

你知道呀，夜晚多么迷人，
蝉鸣跳动着清脆的旋律，
星星闪耀着狡黠的眼睛，
这样优美的夏夜，
你在做怎样的游戏？
你知道，我不会让它白白逝去。

没有贪恋爷爷的膝头，
没有沉浸温馨的幻想，
只徘徊于门前的林荫，
陪伴着石像的孤独和悲伤，
用心抚慰那僵硬的嘴唇，
用眼睛聆听它眼中的故事：

"你，抚慰我躯壳与灵魂的朋友呀，
你的耐心打开了我释放故事的窗口。
在我凝结成石头的瞬间，
人们才相信真正的灾难；
那一次逃亡是多么匆忙，
舍弃了一切却没把我遗忘；

"他们抬着我空洞的灵壳，
咒骂、高喊、哭泣……
躲过了那场灭顶灾难；
他们用精美的石头砌成宫殿，

用兽骨与香草堆成香炉，
供奉和膜拜已无思想的石像；

"他们再没得到真理的启示，
再没过上舒适的日子；
历经多年的风雨沧桑，
我已经变得面目全非；
高贵的殿堂坍塌时，
我就流落在无人问津的地方；

"只听些鸟儿美妙的故事，
与鸟儿的欢乐欢乐、忧伤忧伤；
你的理解打开了我尘封的心扉，
你的安慰开启存储太久的火山；
要是你愿意，那么夜深人静，
请坐在我身旁，听我故事叙讲。"

我的主人，亲爱的读者呀，
也许你厌烦这冗杂的开场，
也许你已经睡在桌上，或者
要准备把它扔在一旁，
不管怎样，我的朋友，
耐着性子吧，也许你不会失望。

这样不断地重复和啰唆，
引起大家的困顿和厌烦，
不是有意，只是想告诉你，
故事并不是私自杜撰，
不然你的疑问会让我目瞪口呆，
你的谴责会叫我无言以对。

◎ 蓝天飞过的神鹰

凡自强不息者，将来我们均能赎救！
——《浮士德》

第一章　苍白的开场

亲爱的朋友呀，我的读者，
经历风风雨雨，坎坎坷坷，
我们息息相通，心心相印。
我知道你们热切地盼望，
关注着我的耳朵和眼睛，
还有这支不太流畅的笔。

你们期待一个愚钝的人，
讲给你更多迷人的故事。
我多么痛恨和谴责自己，
恨自己没有天才的语言，
不能妙笔生花，下笔如神，
不能博取缪斯赏赐灵感。

不能完整摄取美妙的故事，
更不能把不完整的故事准确播放，
就如一张严重受损的光盘，
遇到纠错力极差的播放器，
鸟儿的故事非常美丽，
时常被感动得痛哭流涕。

我叙述的能力实在太差，
只是要大家在东拉西扯的断章，

组合成完整形象，因为你，
聪慧的读者，能根据提供的骨架
联想丰腴的肌腱，跳动的心脏，
还有思想澎湃的筋络血脉。

更因为你们期盼的眼神，
让我勉强去做不能胜任的事情，
那么，我的朋友，我的读者，
上苍垂怜我这愚笨的人，
就让我断断续续地讲述，
一只大鸟壮烈的经历。

第二章　自由的雄鹰

头戴白雪的马啷山，
利剑一样高耸入云。
云翳是她柔韧的丝绦，
急雨是她眼角的泪水，
响雷是她沉沉的鼻息，
闪电是她发梢的静电。

她是世界亘古的见证，
是和平与富足的发源，
没有枪弹射击的蜂窝，
没有炮火轰出的火坑。
没有尔虞我诈的权谋，
没有面带亲善的阴险。

太阳是她骄傲的儿子，
月亮是她漂亮的女儿，
星辰是她繁多的子孙，

雪豹是她护院的奴仆，
百灵是她身边的歌手，
杜鹃是她勤劳的园丁。

一只通体洁白的雄鹰，
也是她最爱的仆从。
它是孕育了千年的灵物，
是神与精灵的后裔。
它自由生存了万年，
没有悲伤更没有忧虑。

它不知道困厄与危险，
就如婴儿不知道陷阱；
更不知道攻击和伤害，
就像痴者不知道中伤；
它生存着，用飞翔的翅膀，
抒写着对世界与生命的爱。

第三章　神秘陌生人

自私和狭隘充斥着灵魂，
贪图和享乐填塞着心胸。

来了，这魔鬼的使者，
带着包藏了已久的祸心，
带着孕育了多年的鬼胎，
还有不劳而获的发财美梦。

他来自遥远的都市，
手持文明与文化的拐杖，
穿戴济世与扶贫的外衣。

他给病弱者施舍金银，
帮助贫困者出谋划策，
赢取孩子尊敬成人信任。

"为了村落的幸福安康，
为了村民的富足快乐，
引来雪山的千年圣水，
得到雪山的神鹰的趾甲，
炮制济世的绝密良药，
炼制长生不老的灵丹。"

正如水永远遮不住石头，
正如纸永远包不住火焰，
伪善者永远藏不住祸心。
合理而美妙的谎言，
蓄谋已久的愚弄欺骗，
在宁静而诚实的村落传遍。

诚实与敦厚不代表愚蠢，
善良和天真不代表无知。
疑问从纯朴人的心中升起：
先人的遗言："鹰是雪山的灵魂，
是守护家园的神，
是啣山人部落的图腾。"

第四章　愤怒的村民

不祥的兆头隐现在心中，
善良的人们群情激愤：
"滚开吧，卑鄙的使者，
拿起你无耻的怜悯，

带走你诱惑的施舍，
趁早离开，别玷污圣洁的土地！

"别让我们挥起强硬的拳头，
暴露出愤恨的形象，
别让我们吐出轻蔑的口水，
再现那丑恶的面目。
滚开吧，趁着暮色，
回到你黑暗的坟场！"

阴谋被揭穿的狼狈，
没有淹没他自私的欲壑，
飞舞的石头和瓦砾，
没能击灭他欲望的焰火。
在人们进入梦乡的时刻，
无耻的人又潜回到村庄。

他敲开一个猎人的家门，
把假的难辨的金子与珠宝，
堆在善良者的家中。
可怜的人呀，被蒙蔽眼睛，
良心被闪光的利益驱动，
同恶魔签订罪恶的协约。

只是为治妻子的痨病，
只是为几间不大的新房，
这个没有一点骨头的人，
拿自己的灵魂同魔鬼达成交易，
要猎取雪山的神鹰，
换取梦幻中虚无的福运。

第五章　罪恶的交易

心存一点私欲的人，
最难守住自己的灵魂。
对于异乡的不速之客，
抱有无法说清的虔诚，
总认为有四肢有眼睛，
人能凶残到哪里。

良知蒙蔽上私欲的尘埃，
灵魂配套了金银的镣铐。
唉，亲爱的读者，你知道，
购鹰者本来憎恶的面目。
可我们善良而愚蠢的人，
已经步入了设好的圈套。

我的心也如你们一样，
这样提到嗓子眼上，
可我无法改变听到的故事，
只能如实地照抄给你们。
诚实的人做好一切准备，
去猎取自由的雪山之鹰。

罪恶的脚踏上纯净的土地，
肮脏的手伸向洁净的灵魂。
朔风呼啸的漆黑之夜，
财迷心窍的人趁着夜色，
爬上峭山陡峭的悬崖，
摸到了神鹰栖息的平场。

面对神灵，罪恶者的心在发颤，

可是手却没有抖动。
他用电筒罩住了鹰的眼睛，
抛出了织好的大网。
雄鹰愤怒振翅，一声长唳，
已经无法摆脱囚徒的命运。

第六章　魔鬼的喜悦

成功，购鹰者罪恶的勾当，
用卑鄙票证走着卑鄙路程。
他按捺不住内心的欢乐，
却又表露出慈爱与关心，
伪装了可怕的獠牙，
再一次把善良的人愚弄：

他小心地呵护着鹰的利爪，
谨慎地握紧鹰的长翎，
戴金戒的手抚摸鹰的头颈。
被绳索束住了翅膀，
被绳索套紧了双脚，
鹰没泪水，眼中喷溅光华。

君子落入小人的陷阱，
飞龙卧伏混沌的浅溪，
雪山的神灵怒然而视，
犀利的目光把罪恶看穿。
紧闭着锋芒毕露的钢喙，
准备着撕食世界的腐肉。

陌生人笑拍着猎人的肩头，
满口的金齿喷溅着赞誉：

"名不虚传呀，雪山灵物，
高贵的眼神光洁的羽毛，
完美的体态金色的鳞爪，
放弃桀骜不驯，我们就是朋友。"

祸心满足后的快乐，
只有心存祸心的人感受。
我无法描述当中的阴暗，
也不能猜度中间的图谋。
请朋友们不要把我责备，
我只能讲述事情的因由。

第七章　熬鹰的人道

异乡人带走雪山的猛禽，
如小鬼一样抖动着绳索，
开始惨无人道的熬鹰。
被无耻束缚的神鹰啊！
洁白的羽衣沾满污渍，
犀利的眼睛失去光泽。

三天三夜呀！凶残的人，
没给一点水喝没给一点肉
前胸贴着后背，后背贴着前胸。
空荡的胃蠕动着空荡，
双翅疲惫不堪落在地上，
高傲的头颅开始昏厥。

它幻想着摆脱脚上的铁链，
无数次振翅都被命运拽倒，
睡思昏沉，在梦的边缘徘徊。

它憎恶人的嘴脸，人心的恶毒，
它鄙视，但没有气力的啸唳，
威慑不住恶毒者带酒的嘲笑。

面临死亡边缘，
鹰等待着，不再无谓挣扎。
新鲜的兔肉在梦中飘摇，
那夜晚降临时太阳的光芒。
鹰选择这种颜色，
张口吞下人的微笑。

那并不是多么善心的施舍，
那是要拴住灵魂的圈套，
吞下肉，吞不完手中丝线。
施舍者暴露出可憎面目，
不停地拉动细细的线索，
翻转着雄鹰的胃和世界。

朋友！你知道什么是凶残？
这就是人文明的杰作。
为利益，他们丧失仁爱，
为名誉，他们抛开良知，
为地位，他们葬送尊严，
为私欲，他们废弃人性。

第八章　神鹰的独白

上千年铸就的坚强意志，
恶魔的手掌中消融，
我呕吐着想淹没一切。
我知道自己已成为囚徒，

囚徒讲什么幸福和自由，
为了生存只能把尊严藏收。
我知道每一块投放的舍肉，
定会有无法估算的代价，
只将眼角的愤怒拭去。
习惯这有毒的施舍，
忘记展翅蓝天的翱翔，
忘记搏杀鼠兔的豪放。

更忘记了闪电一样的俯冲，
自由和放荡不羁的性格，
埋藏心底就如埋葬于坟墓。
紧缩着锐利的尖喙钢爪，
眼里是呆钝和臣服的驯良
心中蕴藏着愤怒的星火。

我深深地诅咒世界的罪恶，
也深深地怒斥丑恶的灵魂，
我知道一些被私欲充塞的躯壳，
为企求虚荣和富贵把真爱抛却。
为生命，我吃浸透毒素的舍肉，
为生存，我喝毁灭真诚的毒液。

然而，我迷失了方向与自我，
流浪在《地狱》中掏心的岩石。
我知道但丁老人赋予我权利，
我要等到你们进来时，
一万次剖开你们的胸腔，
撕碎那不是人心的心脏。

第九章　神鹰的迷惘

鹰落入了恶人的圈套，
站立在他的臂膀，
睁大着驯良的眼睛，
任他把自己的灵魂肢解。
被魔咒引诱了的雄鹰啊，
成了毒枭，罪恶的帮凶。

神鹰翻山越岭，驾雾穿云，
按照驯鹰者的旨意飞翔。
它曾经想到过离去，
可是，新猎获的狐兔，
已经提不起全身的精气，
它不知道舍肉加入了白粉。

更不知道，脚爪上捆扎的，
就是让它神迷的毒品。
它已体味到魔力的渗透，
知道罪恶的分子侵入灵魂。
它来回地飞翔，躲开海关，
命运维系在驯鹰者的脸上。

毒素浸染到每一处筋脉，
攻击着每一根流动的血管，
它加紧着自己的工作，
为减缩得到舍肉的时间。
它不知道自己的劳动，
正是注入自己生命枯竭的毒素。

鹰呀，雄健和强壮的化身，

它不埋怨也不憎恨，
它习惯了人类的光明磊落，
把子弹射向毫无抵抗的生灵。
它知道，人类自己也这样说：
"人心比夜黑！"（《笑面人》）

第十章　神鹰的见闻

鹰飞翔着，来回地飞翔，
飞过美丽的平原高山；
飞过逶迤的长江大河。
心迷失了眼睛还亮着，
满眼是漂亮的罂粟花，
还有被花儿毒害着的人们：

一个少妇，为吸食毒品，
在酒馆一周忘记了回家，
待乳的婴儿在家中饿死。
它听说那孩子爬行到门口，
曾经用粉嫩的小手，
去抠那扇沉重的门缝。

一位漂亮善良的少女，
鼻息掩不住呵欠时，
失去了应有的自尊。
狗一样横躺在路中，
只为十元一袋的毒资，
出卖着贞操和肉身。

一个聪明能干的少年，
睁着血红的眼睛，

抽光了家产的时刻，
也抽完了爱和亲情，
他逼死了生身的母亲，
最终在痉挛和痛苦中死亡

一个为毒品绝望了的父亲
无法在深渊中自拔，
他轧死了自己的爱人，
连同那已经六个月的胎儿，
而后，涂满了松节油，
把自己的身体点燃……

第十一章　神鹰的思索

鹰盘旋，伸展有力的翅膀，
罡风飘荡，田园荒芜，
村落荒凉，街道冷清，
烟囱长不出炊烟。
唧山下那可爱的村庄，
它看见衣衫褴褛的乞丐。

它认出了那个猎鹰者，
自食其果，街道中流浪。
他已被儿子吸食毒品逼疯，
不停地絮叨、懊恼、忏悔，
不停地撕扯着胡须和头发，
不停地捶打着干瘦的胸膛。

鹰恨掠夺了它自由的人，
而现在更多的是同情怜悯。
它知道，他也如自己一样，

承受着无尽的罪孽和灾难。
迷失于自私和欲望的灵魂，
最终会被痛苦和失意淹没。

悲哀啊，丧失了心智，
也就丧失了完美的自我。
徒自在碧蓝的天宇下飞翔，
迷失了神采奕奕的本性，
无所谓爱恋，无所谓快乐，
无所谓目标，无所谓方向。

问苍天，神志呀，清醒吧！
问大地，血性呀，复苏吧！
问自然，意识呀，回归吧！
问苍生，灵魂呀，思考吧！
捡拾遗落红尘的心灵，
确定人生意义的坐标。

第十二章　愤怒的神鹰

我看清了，罪恶滔天的角落，
我看清了，罪孽充塞的灵魂，
我看清了，搭上弓弦的利箭，
我看清了，隐藏歹毒的友善。
践踏着善良与诚信的云梯，
实施着阴暗中攫取的勾当。

看哪，那个购鹰者养尊处优，
在自己的草坪上闭目养神，
躺在柔软的转椅中做梦。
沉浸于一本万利的生意里，

算计着鹰来回飞翔的次数，
算计着府库中存放的金银。

鹰愤怒了，俯冲卷起旋风，
利箭一样从天宇射下。
白云是它强大的后盾，
雪峰是它力量的源泉，
它毫不犹豫地下落，
一改往日温顺的姿态。

钢硬的喙准确啄进他的右眼，
感觉血的味道，充满腥味，
品味出复仇的快感快意。
然后惊慌失措地尖叫，
完成了第二次完美的俯冲，
摘除了他的第二只眼睛

扼杀自由的罪者，捂着流血的眼睛，
胡乱奔撞着号叫，释放狼性的声音，
不断地碰到墙壁，不断地跌倒爬起，
鹰仇恨着一次次地俯冲，
撕破他比墙还厚的脸皮，
驱逐他不停狂奔呼号……

第十三章　重返天堂

鹰伸展着翅膀筋疲力尽，
匍匐在草坪上闭着眼睛，
露出本性微笑，积蓄力量，
而后，振动长翎，扶摇直上，
奔向雪峰，奔向深邃苍穹，

走进它幸福与理想的天国。

神鹰完成了生命的重生，
依旧在湛蓝的天宇滑过。
孩子们又找回天真的笑脸，
大人们又得到彼此的信任。
雪山归于远古的宽厚安详，
村庄归于昔日的安宁平静。

光明与黑暗是一对孪生兄弟，
他们进行永久的较量。
罂粟花有着双重身份，
正如人心中存现的善恶。
它没有屠宰生命的意识，
也没有荼毒生灵的本领。

只要有罪恶的灵魂存在，
一切美好的事物都可能，
成为人类最强大的敌人，
因为人常常把鲜花与爱撕碎。
正如铁不会杀人，注入人的魔力，
它变成匕首、钢刀、枪炮。

罂粟花善良地开放着，
它们在春风中摇曳，
展示着妩媚的笑容。
没有魔鬼符咒的世界，
没有注入邪恶思想的一刻，
彩虹照耀，一切多么美好。

◎ 杜鹃与百灵鸟

第一章　恋爱的季节

树叶儿淀出青翠的三月，
爱情在枝头唱歌。
一对可爱的百灵，
营造着爱情的巢穴。
"雎啾"——"爱你"雌百灵唱，
"唧雎啾"——"就爱你"雄百灵歌。

和睦勇敢的情侣，
快乐地从天宇下飞过。
曾经历冰雹的侵袭，
把高耸的雪山跨越；
曾接受暴雨的洗礼，
凝重的乌云下穿梭。

曾经在烈日下翱翔，
经受如火的酷热；
曾经在狂风中振翅，
炼就坚强的意志；
避开繁杂迷谷，鹰爪袭击，
摆脱毒蛇拦截，天网捕捉。

幸福的百灵选择良所，
清晨煦风第一缕阳光的枝头垒窝；
享受着春风的温暖和煦，
柔情地梳理着彼此的羽衣；
"雎啾"——"爱你"雌百灵唱，

"唧睢啾" ——"真爱你"雄百灵歌。

第二章　充满阳光的家

幽静的空谷泉流叮咚，
苍茫的群山绵延起伏；
天国的福音照耀着，
倾诉真爱的灵魂，
雌鸟展开翅膀，温温的胸口，
孵化着爱、生命和未来。

雄鸟履行着父亲的责任，
满脸是幸福、高兴、快乐；
不停地飞翔觅食，
为自己的爱人渡食，
慈爱的喙翻动着鸟卵，
享受着世间的天伦。

真爱的柔情，和谐的图画，
溪水欢腾，把歌带向远方，
白云凝滞，把画摄在心中，
云雀愉悦，把消息送入天堂，
春风沉醉，把爱巢轻轻摇晃，
山谷热闹，祝福的歌在回荡……

你知道呀，可爱的朋友，
谁不喜欢这绝美的姻缘，
谁不喜爱这纯洁的爱情。
可是我要将上帝诅咒，
只是人微言轻，无力回天，
只能给大家讲幕残酷的悲剧。

第三章　杜鹃的阴谋

众多祝贺的鸟回家，
趁着黄昏的暮色，
杜鹃，这可恶的家伙，
实施已久的蓄谋，
它扮成鹰的模样，
扑向雌鸟守护的家园。

"我来了，所有的软弱者，
我是杜鹃，以鹰的姿势，
冲向你们筑成的爱所，
逃走吧，你这善良的奴隶！
因为你们害怕权威，
害怕利爪，害怕尖喙。

"你们这些害怕斗争的弱者，
害怕丢了自己的头颅，
害怕丢掉已有的安适，
害怕丢失已有的荣誉，
害怕丢开已有的地位，
你们这些无能的种类。

"你们不会磨利自己的指甲，
不会装备自己如铁的尖喙，
你们只能以你们的勤劳，
喂养天宇下高贵的种族。"
窃笑着的杜鹃把后代，
混在了百灵鸟的巢穴。

第四章　犹豫的雌百灵

面对阴险与凶残的敌人，
她选择了躲避离开，
她不想自己的巢穴，
因为战斗而破碎倾倒，
她不想已有脉动的孩子，
被摔为碎骨与齑粉。

"你们这种强盗，寄生者！
我知道，你侵略的目的。
你们这类没有爱心的东西，
从来不喂养自己的孩子，
只是把劳动强加给辛劳的鸟，
让她们承担科索沃的苦难。

"如果不是上帝赐予的善良，
我一定会推翻自己的家。
别嘲笑，我有一千种方法杀戮；
我还爱自己的孩子和家，
不想因灭你的后代，
伤害自己的血脉。

"阴险的伎俩与伪装，
蒙蔽了眼睛，但不是心，
我痛恨无法分清那只卵，
也许善良会把它感化。"
忧郁的鸟为了自己的家，
放弃了心中存现的残暴。

第五章　艰难的生计

彩虹覆盖着的六月，
木杜鹃开出艳丽的花朵，
花蝴蝶轻盈地起伏飘落，
野蜜蜂在花心浪漫奔波，
百灵鸟守护着爱情，
享受家的温馨。

亲爱的朋友呀，善良者的思想，
总是那么幼稚与天真；
要诅咒，就诅咒上帝吧，
它总是容忍悲剧发生；
百灵鸟无私地奉献与爱，
孵化了小小的三只生命。

雄百灵唱着快乐的歌，
没注意妻子忧郁的眼神，
已为父亲的喜悦，
如米酒使它倍加勤奋，
不停地寻找草籽与小虫，
承担着黄嘴雀童年的欢欣。

孩子长大的岁月，
爱情的甜蜜被负担支走，
两张嘴养不好三张口的日子，
略觉疲惫的鸟儿，
虽有维持家的艰辛，
却仍唱着愉快的歌。

第六章　本性的抉择

艰难困苦的日子，
没有翅膀的生命，
紧紧维系在亲人的身上。
百灵没有厚薄，
给予每个张大的嘴，
渡送着相等的食物。

百灵出门觅食的时刻，
弱小的生命相互依偎，
用自己的身体温暖着彼此；
百灵立上巢缘的瞬间，
兄弟们都张大嘴巴，
用叫声博取仅有的食品。

亲爱的朋友呀，我的读者
如果我有这样的能力，
一定让大家都得到幸福。
在生死存亡时刻，
三进二的竞争中，
你会做怎样的抉择？

可怜笔不随自己的意志，
幼小的杜鹃为了生存，
转动着自己的屁股，
将小百灵挤出巢外，
两声惊异的鸣叫，
两次沉重的撞击。

第七章　哭泣的雌百灵

血和尸体随灵魂的飘逝冰凉，
我冷冻的心散发着寒光；
悲苦的画面由你去想象，
悲怆的哭泣在耳边回响；
我颤抖的手握不住铅笔，
不能描述雌百灵的惨状：

"可怜的孩子！"心碎的声音，
"是我没有能力把你们抚养。
我总以为爱心会绞碎自私，
总以为温情会感化石头，
总以为付出会摒弃贪婪，
总以为善良会感化阴险。

"意识到它身体硕大的时刻，
我知道它不是我们的孩子，
但我仍寄希望于恩情，
希望这贫民的仁慈，
拿血与汗水浇灌它的慧根，
教育它心存善良。

"我单不知道它凶残的本性，
单不知道它学不会感恩；
我后悔没放弃孵化，
后悔没把它的卵壳啄碎；
天哪，孩子，这样勤劳付出，
为什么要受上苍惩罚？"

第八章　悲怆的雄百灵

"我是多么悲伤与痛苦，
你，娼妓，我最爱的女人，
骗取了我的心与爱情，
却给我生出了杂种，
我痛恨没擦亮自己的眼睛，
我诅咒造物的上帝。

"是你给予我生命的活力，
为何又给予我无尽痛苦？
我深深爱着的人呀，
我无法抬起高傲的头，
无法挺直自己的脊梁，
我已经成为他人的笑料。

"我最爱的人呀趁早离开，
希望你尽快死掉，
避免我内心的愤怒，
对你实施残暴，
我要维护自己的尊严，
我要维护自己的荣耀！

"我实在无法忍受这羞辱，
我要死了，亲爱的人呀，
我要你快乐地活在世上，
没有痛苦，没有悲伤。"
"雎啾"，简单的语言无法沟通，
雄百灵撞死在公冶长肩头。

第九章　雌百灵的告白

"亲爱的夫君呀，你死了，
你知道，我的确多么悲伤！
我知道你无私的爱，
我知道你深沉的情感；
我确实多么清白，
你为何不听无辜的辩驳？

"无数次衷肠的倾诉，
填不平你嫉妒的沟壑，
你走了，让我独自承受众鸟弃唾
对于爱我是多么忠贞，
对于爱我是多么痴情，
可是爱为什么伴随不幸？

"我想洗清你的怨恨，
澄清你的荣誉，
我也诅咒上帝，狠毒残暴，
它造就了我们的爱情，
为什么又让爱付出痛苦
为什么把它粉碎？

"夫君呀，亲爱的人，
请黄泉路等待，
我会在天国期待你的宽恕，
期待你的谅解，
期待公正的太阳神主持公平！"
可怜的鸟儿为真爱殉葬。

第十章　谢幕者的话

亲爱的朋友，悲伤的故事，
非常折磨人的意志，
局中的鸟没勇气承担苦难，
它们被生活的假象击败。
希望这简单的故事，
带给你平静的思考。

百灵们仍然唱着快乐的歌，
因为它们的语言不再简单，
雄百灵学会了"睢啾、唧咕睢啾"
"爱你"——"如何这样？"
雌百灵学会"唧睢啾，唧咕睢啾啾"
"别这样，它是借养的！"

杜鹃认识到自己的错误，
承受着寻觅爱情的折磨，
非得啼血，才能享受爱情；
春天叫着"布谷、布谷、布谷"，
只为曾经争夺食物的杀戮忏悔，
嘴角的血染红山野的草莓。

故事的地点在马啷山响水沟，
溪流撞击着高耸的山岩；
那是百灵鸟天然的考场，
只有咬出八个字，
声音高过溪流声，
才会有资格把世界闯荡。

◎ 野山洼与山花儿

太阳从没有远离过
风从很远很深的空谷刮来
山洼上没有花
草长得特别茂盛

一个月亮特别圆的夜晚
一只美丽的鸟儿
唱着一首非常美妙的歌
一粒种子从鸟口遗落

太阳依旧地照
大风依旧地刮
山洼上有朵花
春天里悄悄儿发芽

顶住了多少嘲笑和诅咒
忍耐了多少眼泪和痛苦
生命之血已经生根
染绿了山洼上永恒的土色

鸟儿飞走了
忘记了回来的诺言
山洼上有朵花
草长得麦一样茂盛

山花儿妈妈的眼泪证实
山花儿是个野孩子
野孩子只有妈妈

山洼上有朵花悄悄地长大

山花儿家的门外有黑影
山花儿家的墙里有石头
山花儿妈妈说那是鬼
山花儿头埋进温暖的怀抱

山花儿不知道爸爸的含义
山花儿最懂得妈妈
山花儿也懂得了野孩子
山洼上有朵花慢慢地长大

山花儿妈妈病了
打扮得特别漂亮
她说她不是野妈妈
她没有拿到一张红皮本

山花儿妈妈走了
留下一个永生的遗憾
山花儿哭了很久
山洼上有朵花独自长大

为了母亲的一个心愿
山花儿决定去找爸爸
山花儿走得脚上起了水泡
山花儿恨唱歌的鸟儿

山花儿在石崖下

听风讲了一个故事
一只美丽的鸟儿
去衔一棵灵芝被毒蛇咬死

山花儿明白了一切
用土堆起一座坟茔
相信了妈妈的话
在坟头插上了魂幡

山洼上有朵花
已经长大
又一只鸟儿唱着深情的歌
山花儿心跳得特别厉害

山花儿赶走了唱歌的鸟儿
山花儿总会失眠
每一个有月亮的夜晚
山花儿寂寞得想哭

山花儿不赶唱歌的鸟儿了
鸟儿的歌唱得更加动听
山花儿醉倒在山洼上
草隐藏了一些秘密

鸟儿要飞走了
山花儿没有用泪水挽留
太阳从没有离开过
大风从深远的空谷刮过

古体赋诗词选

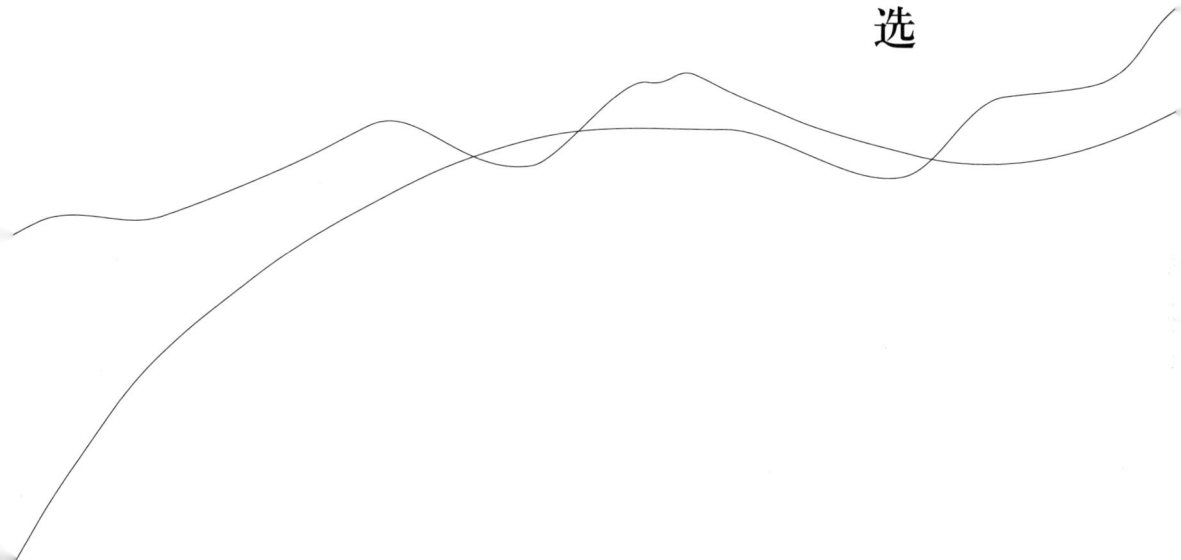

◎ 敦煌赋

庚寅桃月，友携瓜州；藻井穹窿，梦宴瑶池。杯①承葡萄玉液②，盘馔紫烟③广杏④。霓霞悦目清心，管吹熏风摄魂。恍惚丝幕徐开，妖姬袅娜娉婷。眉藏青黛，额点丹红；目流倩盼，口衔桃樱。仪态曼妙，柔肢春柳婀娜；裙袂飞扬，轻绦随心旋迴。聚则千人一面，千手招摇；散则尽飒英姿，繁花似锦。

俄闻筚篥铮铮，素女⑤抚琴。掌翮飞雪，慢拈轻拢；指轮流玉，勾锁金铃⑥。舒见晨曦晓月，露滑嫩茎；急闻躁蝉暴雨，珠落玉盆。拍板⑦杂于梵音，笙箫助于空灵。间近间远，幽古无邪。神酣耳畅，怀绪空蒙。筵尽方行，观音相嘱："典籍五万，佚漂四海；梵文千册，学冠东瀛；唯求执毫，赋留煌陇！"余诚惶恐，难应委命，复言赋就代呈。

辞曰：昝钝⑧启元，大地繁盛⑨。南依祁连⑩，北障马鬃⑪。喉锁双关⑫，膺滋两河⑬。月、乌先民刈稻⑭，匈、汉儒佛立根⑮。会都华戎贸易，独域四文⑯交融。积厚淀蕴，窟泛锦诗；珠灿星籍，金沙怀文。睹佛光，开层岩⑰，弄莨草，谒封宝⑱。白马竖塔⑲，孝驴立碑⑳。贸鸽割肉㉑，五百盗成佛；求

---

① 杯：夜光杯。
② 玉液：指莫高葡萄酒。
③ 紫烟：敦煌特产紫烟桃，无毛多汁，紫中带绿。
④ 广杏：即李广杏，相传为飞将军李广从内地移植得名，色泽金黄，肉厚味甘。
⑤ 素女：传说天宫美女，善弹筚篥。
⑥ 勾锁：与拢、拈、抢等都是筚篥弹奏技法。
⑦ 拍板：敦煌古乐器之一，主要掌控节奏。敦煌古乐器主要有笛、笙、箫、琵琶、筚篥等。

⑧ 昝钝：混沌的年代。
⑨ 大地繁盛：引用东汉应劭"敦，大地之意，煌，繁盛也"的说法，指敦煌历史悠久。
⑩ 祁连：指祁连山。
⑪ 马鬃：指马鬃山。
⑫ 双关：指玉关、阳关，敦煌正好在两关之中。
⑬ 两河：指疏勒河、党河（向北流）。
⑭ 月、乌：最早生活在敦煌的月支、乌孙民族。
⑮ 匈，指匈奴。汉，汉族。西汉王朝（前121年）在敦煌屯田驻守。
⑯ 四文：著名学者季羡林讲："历史悠久、地域广阔、自成体系、影响深远的文化体系只有四个（中国、印度、希腊、伊斯兰），而四个文化体系汇流的地方，只有一个，即敦煌。"
⑰ 开岩：指乐僧修建第一座石窟。《莫高窟佛龛碑》记："行至此山，忽见金光，状有千佛……造窟一龛。"
⑱ 封宝：道士王圆箓发现藏经洞，找到五万多册的经书帛画。
⑲ 白马塔：384年，西域鸠摩罗什来到敦煌，所骑白马死去，修建"白马塔"。土木结构，现经历千百年仍然耸立。
⑳ 孝驴碑：2001年，北京乐荣华到敦煌，遇两驴道亡，牧者讲："母驴病死，小驴偎着母亲，掉泪痛哭，不吃不喝，活活饿死。"乐荣华感怀，"人不如驴！"就立墓碑，上写"驴之孝"三字。
㉑ 贸鸽割肉：敦煌壁画佛教故事，源于《尸毗王割肉贸鸽》。下文分指《五百强盗成佛因缘故事》《贤愚经差事太子入海品》《佛说九色鹿经》等故事。

珠入海，九色鹿救人。铁线①秀劲，物思脱壁而出；兰叶②丰润，人欲涤尘而行。内享驰誉，外播蜚声。

追昔抚今，瀚海有情，不掩秦汉缺月③；流沙无意，时鸣宫阙沉音。叹籍室④寥落，册易掠禅难寻；空壁犹在，画堪剥⑤魂何淫？欣月泉注浆⑥，泽润千秋干涸；斑壁重彩⑦，葺弥几代创痕。三城一基⑧崛起，圣火缭绕祥云⑨。

呜呼！尘梦善缘，何用饮恨？和璧⑩不可私存，惠光耀普天下。设若赝笈归聚⑪，岩阁重盈，嫦娥舒袖，神箭飞天，沙州静美，明珠臻盛！

◎ 南河赋

室藏盆花，陋室雅馨，城设林园，兔谷可名。南河者，非南天之河，榆塞松溪也。欣逢盛世，政民协建，筹修公园。填塞荒沟，疏浚河床，细裁金县隔渠，砼砾砌岸，岸植花槐垂柳，素岩围栏，三载余而工竣。时辛卯仲夏，斯文以志。

通览其境，南望唧山，祥云缭绕峰雪；北眺峦花，蓝天庇佑苍野。白虎西卧，金凤东旋，祁连余脉，轴贯两岸，五桥横陈，通达玉界，融雪涓流，北转西斜，穿兴隆，润阡陌，下苑川，壮黄河。千秋动静，水逝而岩岸驻，一刻怀绪，春至则木叶活。

内察其置，德化大成。八蟾吐雾，龙骨立于牌门，左设棋院，暗布平沙

---

① 铁线：指铁线描，早期敦煌壁画笔法。
② 兰叶：兰叶描，唐代流行壁画用笔技艺。
③ 秦汉缺月：喻指月牙泉。当地有"沙不掩泉"的传说。蒙恬连接秦、赵、燕的长城，把敦煌包括在内。
④ 籍室：指藏经洞，1900年发现后十几年间被劫掠一空。其中英国斯坦因（9000多件）著有《西域考古图记》；法国伯希和（6000多件），汉学家，语言天才，精通13种外语；日本吉川一郎等（1.6万多件）；俄国奥登堡（1万多件），奥登堡的工作日记一直秘藏在苏联科学院档案库。其余9000多残件，也因国衰国废，出售或散佚日本等地，国内所存无几。著名学者陈寅恪先生称"敦煌者，吾国学之伤心史也"。
⑤ 画堪剥：俄国奥登堡锯裁壁画14幅、美国人华尔纳有备而来，用特制胶布剥走了139、141、144、145等窟唐代精美壁画26方。这种破坏式行径确为艺术界嗤之以鼻。
⑥ 月泉：月牙泉。注浆：泉水水位下降，近十几年研究，国家对月牙泉进行提灌补救，使其重现生机。
⑦ 斑壁重彩：指对敦煌壁画的修补保护，国家每年都有相当多的投资。
⑧ 三城一基：指当前敦煌打造的"国际旅游城、文化艺术城、大漠光电城、鲜食葡萄生产基地"规划。
⑨ 祥云：北京奥运火炬，其图案来自敦煌，喻示敦煌随祖国的繁荣重新崛起。
⑩ 和璧：和氏璧，中国历史上著名美玉，被奉为"无价之宝""天下所共传之宝"，又称荆玉、荆虹、荆璧、和璞等。这儿借指敦煌文物及天下宝贝。
⑪ 赝笈归聚：假设拍摄复印或临摹敦煌精华文物赝品，重新摆放在藏经洞窟。

落雁；将帅帷幄，运筹义勇雄兵。汉界楚河，残局求取平和；云霞氤氲，智慧而论《棋经》。大师对弈，开园兴盛，玄机暗藏，棋局人生，胜思他人过错，败虑己怀浮轻，殚精竭虑，方可稳中求胜。

右建武园，尚武纪略，怀旧以念先贤，标新而从后勇。天佑日月星辰，地开伏羲八卦，人蓄精气神魂。运筹太极，一气两仪，文通武备，三节四平，攻防技击，五弓六合，修心入圣，八门九宫。美名郭狮，名扬济南，兰山兴国，勇战古城，武源流长，人杰地灵。

隔岸远观戏苑，状如宝瓶，五鼋负柱，九龙吐珠。飞檐回廊，环拱楼台。片刻凝望，恍惚戏楼喧闹，钟磬丝竹，高下悠扬，脸谱变幻，水袖曼舞，车行马嘶，将出相入。方寸之地，万水千山；瞬息一刻，百年沧桑。观角听戏，已度古人忧乐，察史为人，尽知今生得失。

趋步细品农家，庭堂四合，小桥流水，砖雕木刻，窗明几净，雅古朴拙。又借它山之石，白玉精雕，龙凤呈祥，碧石砌阶，平步青云，红岩嵌道，静若哨兵，黑崖立壁，中设迷宫。奇花异卉，竹喧松静，马兰含笑，萱草葱茏，田歌轻幽，静谧怡人。若至星稀月出，火树银花，彩石镶道，霓虹闪烁，不是仙境，胜似仙境。

呜呼！南河虽小，尽蕴德化之美，文强心智，武健体格，戏悟人生。苏子曰：清风明月，取之不尽，用之不竭。客思：美化环境，万众共适，造景若此，独具匠心。设若近接卧桥[1]，远达苑川[2]，鳞次栉比，波光粼粼，参差十万人家，乐业安居，陇右名山臻秀矣。

◎ 诗赋

诗有画，非画；诗有色，非色；诗有声，非声；诗有乐，非乐。真情为其根，志向为其杆，妙思为其叶，联想为其实。

精练其要，片言之语，蕴含天地灵气；率真其本，只字之辞，表达远古怀思。意象初立，娉婷声情并茂，如出浴之朝曦，若吐香之芳菲；联想尽头，绪怀茫茫宇宙，如云霞而变幻，若雷电而突致。情生时，或霏霏细雨，涓流叮咚而出；或浊浪排空，洪波倒摧江海。句结处，或丝丝裂帛，痴心梦醒太息；或壮志干云，豪气反压山岳。宇域内外，圣贤达者，无不以诗言志，传情，记事。

---

[1] 卧桥指兴隆山卧桥。
[2] 苑川，指苑川河。入选《榆中县县志》。

夫诗言志久矣。概因诗文之辞，托物述怀，简约而内涵万象；诗文之音，宛转回环，优美而外藉神韵；诗文之象，取法自然，便捷而秉承幽思，诗文之意，曲径生幽，灵动且喷薄光华。直抒胸臆者：呦呦鹿鸣，食野之苹；老骥伏枥，志在千里；大风起兮云飞扬，安得猛士兮守四方？今日长缨在手，何日缚住苍龙？曲径通幽：路漫漫其修远兮，吾将上下而求索；前不见古人，后不见来者，念天地之悠悠，独怆然而涕下；长风破浪会有时，直挂云帆济沧海；人生自古谁无死，留取丹心照汗青。借物抒怀者：无人信高洁，谁为表予心；羁鸟恋旧林，池鱼思故渊；会当凌绝顶，一览众山小；但愿人长久，千里共婵娟；粉身碎骨浑不怕，要留清白在人间，……荡气回肠，情储乾坤。

诗传情亦久矣。国有大小，情有厚薄，大小厚薄，仍可同日而语，先天下之忧而忧，后天下之乐而乐。忧国爱国诗家之大情厚情也：身既死兮神以灵，予魂魄兮为鬼雄；但使龙城飞将在，不教胡马度阴山；壮志饥餐胡虏肉，笑谈渴饮匈奴血；王师北定中原日，家祭无忘告乃翁；了却君王天下事，赢得生前身后名；无大情者，自无小爱，不爱父母，何爱他人，同理也。小情薄情者，朋友之情，兄弟之情，恋爱之情，山水之情。朋友之情者：海内存知己，天涯若比邻；劝君更尽一杯酒，西出阳关无故人；桃花潭水深千尺，不及汪伦送我情；安得广厦千万间，大庇天下寒士俱欢颜；莫愁前路无知己，天下谁人不识君。兄弟之情者：遥知兄弟登高处，遍插茱萸少一人；本是同根生，相煎何太急；柴门闻犬吠，风雪夜归人。恋爱之情者：打起黄莺儿，莫叫枝上啼，啼时惊妾梦，不得到辽西；执手相看泪眼，竟无语凝噎；日日思君不见君，共饮一江水；梧桐更兼细雨，到黄昏，点点滴滴，这次第，怎一个愁字了得！山水之情者：天苍苍，野茫茫，风吹草低见牛羊；采菊东篱下，悠然见南山；明月松间照，清泉石上流；接天莲叶无穷碧，映日荷花别样红；更张若虚《春江花月夜》情真意切，洗心涤情，流芳千古。

诗记事者比比皆是。《古诗为焦仲卿妻作》《木兰诗》《陌上桑》，杜子美《三吏》《三别》，白乐天《长恨歌》《琵琶行》等等皆为诗之典范，记述完美故事。而开轩面场圃，把酒话桑麻；松下问童子，言师采药去；醉卧沙场君莫笑，古来征战几人回？胭脂泪，相留醉，几时重，自是人生长恨水长东；剪不断，理还乱，是离愁，别是一番滋味在心头；问君能有几多愁，恰似一江春水向东流；等等，则为一时一地一情一境一悟之思，诗句情绪饱满，形象可感可泣。域外诗家，亦发心中幽思，传灵魂之真意。诗人之爱与情，无不与祖国、人民息息相通。

呜呼，诗传千古者，以其情真，象实，意厚也。风雅颂，赋比兴，隐喻、象征、借代、夸张、梦幻、神思，鬼斧神工，神幻莫测。方今之时，诗坛低迷，或格律约束，削足适履；或天马行空，不知所云；或断句分行，词不达意；或自怨自艾，无病呻吟；或如朱湘海子之辈，人未立，先自疯，诗未成，先自戕，实诗之悲，人之哀也。噫，诗之天下，家国之天下，诗之世界，家国之世界，不以物喜，不以己悲，心系天下，胸怀世界，融于自然，出于自然，方能得天赐之韵，耀诗坛一星。

◎ 三沙赋

风雨壬辰，兴龙碧海，三沙立市，诏谕内外。清波自古中华，《异物志》可鉴，先民世代牧渔，《扶南志》迹存，秦汉木帆横渡，郑和破浪乘风，举世昭然，青史难泯。

然蛮小穷图，踞礁占岛，谋己利而作假；强横垂涎，走售军火，求一私而制乱；妄想瓜分岛礁，阴谋分羹海岩。语云名正言顺，理行道宽。永兴行政，已昭主权，疆置界定，师出言先，实睦邻大略，安邦妙策。障觊觎者之目，惊窃盗者之心，镇贪婪者之欲，摄搅局者之魂。

夫南疆形胜，国之障屏。三沙者，西中南也，一关万夫，扼守海疆。控四州之中枢；禁双洋之冲要。碧波荡漾，珍珠棋布，括三百万海岩，辖二百余岛礁。昔通海上丝绸，今承黄金水道，载特产贻友邦，传礼仪交八方，故国文明，惠及世界。

三沙之景，美不胜收。云起千帆竞渡，风生波光粼粼；珊瑚琼台，碧涛凝珠；彩鱼戏波，往来翕忽；鸥鸟逡巡，云收雨住。至若月明夜深，水波不兴，星垂天际，渔火通明，浪静岛摇，棹歌相闻，云高天淡，翔鸥归隐，置身此景，自然情怀超然，心绪怡宁。

嗟乎，兵之争者形胜，士之争者荣誉，国之争者宝藏，天下之争者繁荣。三沙盘踞南疆，蕴储天下宝藏，深储石油，浅藏燃气，枢纽交通，富含矿产，渔业发达，旅游兴旺，非此六种，不一一道也，然天宝物华，国运昌兴，物备自厚。一人立而一家安，一市立而域置全，天道顺而人心顺，天道兴而国运兴。三沙立市，恰逢契机，既得天时，又占地利，同心同德，军民一意。

南海者，中国之南海，三沙者，中华之三沙也。忆往昔，百年屈辱，历历在目，坚船利炮，尽借海道，寇闯国门，劫财掠宝，火烧明园，涂炭生灵，禁不住热泪纵横。喜今日，神箭啸飞，天宫相接，蛟龙探渊，舰队远行，航母入海，歼机起降，出国门，突重围，怎能不热血沸腾。吾辈应记，家仇国恨，衰废来于海洋，民族振兴，兴盛必起蔚蓝。

乱曰：鲲鹏展翅，击水永兴，层楼千秋，大国复梦，三沙伟业，共享大同。爱我三沙，卫我疆土，解构中国之梦；龙之传人，万众一心，必筑海域长城。适逢三沙征文，癸巳季春，是以为赋，不争眼前，只贻后人，文言些许，力壮豪情。

◎ 打工仔的秋思（五绝三首）

之一

徙鸟翔南北，画洲落翅尘；
天涯流浪客，闻语辨乡音。

之二

山野着七彩，囤园蒿草长[①]；
秋风瑟索意，天下减藏粮。

之三

平地高楼起，霜风跃冷窗；
不眠托紫月，替父置秋裳。

◎ 纪念辛亥革命一百周年（七律二首）

秋瑾

金瓯已裂未惜身[②]，
几寸柔肠念复兴；
夜枕龙泉聆壁野，
日书檄句索刀锋。
诗情皓月梦忧国，
侠气鉴湖弃女红；
百岁更忆巾帼血，
天足花祭献轩亭。

---

① 囤园，是各地都随处可见的圈地，长时间不用，长满杂草。
② 金瓯，洗手用的金盆，这里代指山河。孙中山先生《挽刘道一》有"几时痛饮黄龙酒，横揽江流一奠公"之诗句。

谒中山陵

革命百秋摧夜祥，
钟山梦入靖陵旁，
碧湖倒影云霞动，
翠岭深谙风雨藏；
杯馔黄龙滴玉酒，
胸怀紫木点檀香，
心存窦句责国父，
总统怎贻世凯当？

◎ 静坐凤凰山^①（七律新韵）

金凤山幽含晚籁，
四周碧野映云屏；
匏谷荷月田黄绿^②，
蝉鸟枝头杏紫青。
得意浮生虚幻志，
怀诗尘梦悟玄踪；
马啣倚背莹白雪^③，
满目斜晖照小松。

---

① 凤凰山，山名。兰州榆中右侧。
② 匏谷，榆中县城所在小平川。
③ 马啣，马啣山，榆中南部最高峰，主峰3380
米，六月常有积雪。

◎ 赋兰州马拉松盛会（七排）

题记：2011年7月4日，主题为"激
情马拉松，活力新兰州"的兰州国际
马拉松赛举办，来自17个国家和地区
的18750名选手参赛。比赛线路设在
兰州市黄河两岸，途经黄河母亲雕塑、
水车博览园、中山桥等著名景点。

双峰对峙瞭云烟，
万里黄河越古关；
岸柳丝垂亲逝水，
荒丘绿帔画青天。
高楼林立游思客，
阔道整洁慕远贤；
茂盛花槐遮旧道，
啾啾飞鸟伴云旋。
九十寿诞逢盛会，
华夏中心庆有年；
挥舞彩旗争挤道，
相扶老幼展笑颜。
声声夹道拍飞掌，
步步健儿惊苦艰；
前浪未平冲后浪，
加油给力友情传。
相随首尾拼全志，
竞道两厢嘱平安；
耐力用光知欲浅，
同场赛过友情牵。
观来更喜兴难尽，

057......

热火市民径自连；
见首长龙难见尾，
金城儿女体格坚。
比拼智慧壮精神，
赛事氛围更感绻；
壮举已过兴涛静，
诗心难尽赋文言。
尔来四万八千岁，
何处将星话空前；
园靓水车喧静闹，
铁桥遮望笑空山。

◎ 书法之韵（七律）

题记：锡辉先生赠余书法大作有感。

琢玉昆山紫木乌，
十年砥砺剑华殊；
悬针厚墨思醇酒，
垂露清诗恋醉书。
笔畅春风行旷野，
情凝碧砚蕴玑珠；
彩帛神运云牵月，
印落尘心似了无。

◎ 梦中敦煌（五绝四首）

莫高窟

锦壁叠云岫，翩翩素女[①]临；
箜篌音袅袅，梵语洗尘心。

月牙泉

独坐幽沙外，抚笛待玉人；
更深星寥寥，月月月相逢[②]。

鸣沙山

晨待金乌起，匆匆涉脊刀[③]；
流波辚地阙，静静复萧萧。

党河水[④]

莽莽祁连脉，千年意志留；
不图东入海，北向润沙洲。

① 素女：天宫仙女，善弹箜篌。
② 三个月字，重叠而用，有双重意思。一是
  指三个月亮（天上月，水中月，沙中月）
  相互映衬相互问答。二是指每月，月泉、
  月亮都择日相约重逢。
③ 脊刀：去过那儿的人都知道，鸣沙山山脊
  如刀。
④ 党河水：党河水向北流。

◎ 梦上天都峰（五绝五首）

两上光明顶，天都只意临；
方从鲫背过，尽遇牧云人。

黄山奇松

岩隙琼虬立，云中竖古琴；
松风鸣壑谷，绝响籁天音。

黄山怪石

胜境藏灵物，情痴醉画屏；
幻云生梦笔，气脉凝飞峰。

黄山云海

丽日轻纱透，平涛染紫纹；
云尽天为岸，山绝松立峰。

黄山挑夫

汗雨石阶洒，饮啜岩上泉；
双肩生命计，来去海云间。

◎ 鼠首和兔首

题记：闻二首拍卖，时窗外大雨雪，
并记。

烈火明园犹在烧，
思乡鼠兔任锤敲；
牛猴虎马猪怅聚，
鸡狗龙蛇羊魄消。
雪落方思心惦记，
云开就唱梦归谣；
应知耻辱笑贫弱，
莫让子孙说不晓。

◎ 五绝四首（新韵）

风月

塞上生春草，胸存万里沙；
月出林下照，漠砾送香花。

黄河

松劲嫩枝碧，草青边叶黄；
天河流逝水，岸土育芬芳。

丝柳

江上多行客，唯知源水长；
有约思梦句，垂钓小轩窗。

鹤岗

空山人语静，琴醉鸟无声；
落月单衫袖，翩鸿飞羽临。

◎ 吟诗赋故园（五绝）

题记：贺心香梅傲雪诗集《故乡放歌》
出炉。

独坐清轮里①，吟诗赋故园；
家山长梦夜，滦水隐飘仙。

◎ 贺网友碎墨沉香生日快乐
（五绝）

素笺留小言，碎墨飘芳诞；
遥举葡萄酒，沉香醉寿仙。

---

① 先生双腿残疾，笔耕几十年，滦水是他的
故乡。

◎ 中华书法二十四韵（五排）

天头水线平，云脚贵空灵；
重字多虚变，垂行适纬经。
牵丝穿黛玉，顿意悟中庸；
旷野春风过，绢帛匿彩虹。
留白奔驰马，岫雾隐甘霖；
问道通明义，揣笔触墨魂。

随意钟繇迹，千秋绝壁峰；①
琅琊逸少痕，入木透三分。②
浓艳东坡品，清奇怀素风；
酒清依草圣，剑冷月光明。③
骨气风神致，云飘幻象生；
翩联渡暮鸦，众妙会层胸。④

江山入画图，素笺摄彩纹；
诗情歌锦绣，四海起春风。
蛟龙探碧海，神箭载天宫；
辽宁入海澜，仗剑扫国门。
高格亢正义，兼济佑乾坤；
怀旧先贤在，标新后勇从。

和谐归山野，生态追平衡；
绪怀歌盛世，浓彩恬生民。

---

① 钟繇，字元常，三国时期曹魏著名书法家。
② 逸少，王羲之的字，山东琅琊人。有书圣
的美名。
③ 草圣，指张旭，他从公孙大娘的剑术中悟
到了书法的转折。
④ 暮鸦，比喻字写活，像大片飞鸦一样灵动。

书成天洞地，梦醒泪敲琴；
无欲伤逝水，唯求天下平。
款落凡尘净，印沉蘸血红；
心静止若水，砚坛佑将星。

◎ 樱花（七律）

北京老头在北京玉潭公园拍摄

梦里樱花已有约，
平生未访叹蹉跎；
清屏宴客粉容醉，
峭笔联诗陡韵谐。
牧野清风梳色秀，
春楼过雨点香泽；
芳云起处烟霞紫，
锦簇层叠宿彩娥。

◎ 仗剑扫国门（五律）

题记：有山东朋友发帖，关注我军航
母演习下水，今作诗以贺。

虎子深林吼，啸声镇海纹；
河东多大将，立目睹风云。
怀旧先贤在，标新后勇从；

花拳何惧秀，仗剑扫国门。

◎ 重上崆峒山（七律）

西台题句细声敲，
风送流云挟韵飘；
紫气穹烟尘梦岫，
丹霞耸壁塔松梢。
当年黄帝问虚道，
今岁棋松论妙招；
玄鹤未往仙界去，
苍山翠岭乐逍遥。

◎ 咏荷花（五律）

芙蓉女子心，早已立蜻蜓；
颜色不因好，才情只为俊。
根茂植污泥，蕊繁笑秋风；
长叶掩王子，敲鼓诉衷情。

◎ 兴隆悟玄（七律）

悟道云窝双管翠，
恩玄太白九宫泉；
疑是仙子箫音落，
溪涧众鸟梢头喧。
桥卧飞虹清波上，
枢陈大漠森兵间；
山河一统有时日，
大王墓侧花更鲜。

◎ 端午悼屈子兼致坠机烈士（七绝）

题记：一直不敢面对这个沉重的主题，在心碎的那些日子，没有写出一个字，我不知道写什么，如何写。今天得诗一首，也算是对汶川救灾亡灵的祭奠，对救援者的称颂，对民族精神的理解，对家园的热爱。

楚地思飞高鸟翔，
灵魂散处闪金光；
满腔热血长空裂，
何必汨罗自投江。

◎ 思春（五绝）

题记：2012年1月6日夜，在QQ《文学之友》圈，与一苇、心语、水云间芳草地、粲然一笑、黑暗的芬芳等圈友笑谈。命余作诗。不作就笑，应命偶成。

流云遮碧水，芳草伴江苇；
心语芬芳意，诗思一笑飞。

◎ 冬至（七绝）

题记：一个被人杀害的战士，他勇敢地报道了地沟油事件。

昼长夜短序时光，
挥泪焚香祭李翔；
血染生民食味净，
赋诗刀剑向豺狼。

◎ 黄昏，等朋友聊天（七绝）

扫净山阶邀月上，
启开陈酒请仙尝；

若得知己弄琵琶，
醉过一宵梦常香。

◎ 无题（七绝三首）

一

尘缘未尽心事沉，
烟云一片黯瑶琴；
空明泪落沾新雨，
郁郁衷肠颤弦音。

二

乾坤自序幻红莲，
花落雨丝迹未眠；
本来天上无根水，
化作素颜觅梦牵。

三

九分酒醒踱窗前，
凉夜观星河汉边；
乱飚惊风芙蓉泣，
香珠点点缀诗帘。

◎ 无题（五律）

人生逐梦飞，肠断总一回；
各述心中事，自怜身上悲。
金陵偏正册，垂泪祭芳菲；
情动木结果，何言痴者微？

◎ 蜗居感时（七律）

从来世事难公允，
理横蜗居痛自封；
民工汗雨殇黄土，
老板江楼梦白宫。
赤子手揩叹足稳，
贪官眉锁愁房空；
痴怀平地摩大起，
牛马烟尘解入云。

◎ 中山铁桥（七律）

酬和蓝色依梦乡友

初闻锦字冷屏香，
千里酬诗韵味长；

不见关山楼外月，
已知肺腑泪中殇。
铁桥永夜思流水，
白塔经年念望乡；
依梦来归花携手，
为兄曳伞系舟桨。

可叹父母官，不知地方事，
手捧社稷禄，夜思何所之？
村老剪双臂，长影进荒峰，
唯有残余色，装点万颗心；
屏幕早移落，余心久怡宁，
可恨荒郊兔，不啃窟边青。

◎ 植树节前杂感（五排）

神木少春雨，山壑尽黄沙，
狼风呼阡陌，时入百姓家；
祖国政策新，植树造公林，
生态思改善，环境保平衡；
村民趁月出，担冰埋苗根，
卅载流血汗，一朝鸟鹊临；
巢挂东南隅，林山荡喜声，
尘埃尽散逸，艳阳当晴空。

岂料恶贼心，识得倩女影，
青山贪秀色，开发挂盗名；
毁林五千亩，风起走沙尘，
绿色杳无踪，鹊去不留音；
新木满坡陈，断桩诉年轮，
尘暴啸岭岳，疮痍自不平；
村民无柄权，不忍睹蹂躏，
泪洒黄土地，泣血上北京。
县长受采访：问题是问题，
书记对话筒：没人报我知！

◎ 独秀峰（五律）

题记：看图作文以衬文友霓裳轻舞。

独懂危峰志，天楼觅紫衣；
灵佛合玉掌，笋指捧青丝。
相济刚柔短，共吟秀色齐；
松风啸壑谷，远岫匿春诗。

◎ 温暖的怀抱（七律）

题记：玉树7.1级大地震中一母亲怀抱
孩子，含泪给亲人打电话报平安。

谷裂山崩震故园，
家摧砾瓦不遮天；
尘烟未散仓皇日，
热泪双流报子安。

氅袄夹心偎母女，
消息碎梦动兵官；
万千将士十指血，
早救亲人地狱还。

◎ 思圈和我征文（七律）

无语邀余入对圈，
为文作赋度流年；
日出星燧约魂碰，
月落醉诗伴灯眠。
爱浅膺存社稷家，
秋深梦叹网尘缘；
三春得遇双流句，
从此诗鸿不慕仙。

◎ 解读南怀瑾（七律）

闭关闹市有真贤，
看尽风云自悟玄；
阅罢春秋学问道，
洞明时事验经禅。
青山不改博诚志，
素志难移广善缘；
妙句点通迷道客，

红尘破网捡心还。

◎ 叹曹公孟德

题记：安阳现曹公墓感怀。

诗尚存，迹难留，
人生百年空到头。
沧海新，碣石旧，
魂断天涯，浪花笑岸柳。

挟天子，令诸侯，
壮心拔定天下筹。
关公走，子龙游，
惜怜点滴，惊雷煮陈酒。

除董卓，捉温侯，
发悬一丝变机谋。
决官渡，汉中酬，
身历百战，长髯抒风流。

疑华佗，罪杨修，
悔肠泪影红刀后。
鹊南翔，长槊锈，
梦畏赤壁，割袍复断袖。

家立国，遗言休，
七步煎豆诗心愁。

松岗静，霜月厚，
泥掩宫阙，芳菲聘谁收？

◎ 中国历史古典美女（五绝）

红颜薄自命，皆是刽王杀；
我劝欺心汉，应学养草花。

◎ 开弓血溅弦（五绝）

题记：网友石榴拍摄日本菊池神社照
片，图中一只老虎口含一支利箭。

口捡穿云枝，只身箭羽还；
无语证仇恨，开弓血溅弦。

◎ 空山对弈图（古风）

暑天觅弈趣，信步松风闲；
童子煮陈酒，耄耋展古盘。
渡兵万壑静，飞象千山喧；
锁眉思进退，捻须布道玄。

叶落点迷局，竹嘘噤噪蝉；
盘复知得失，山空凝云烟。
收枰歌已醉，携月把肩还；
何日温重梦，禅机悟轮年。

◎ 蜀南竹海游记（七绝二首）

一、咏竹

读尽墨竹终少真，
风骨不老四时同；
有灵瀚海翻清浪，
林壑笋节根错根。

二、夜雨

书灯未灭怀诗衾，
帘外渐闻风雨声。
点点珠滴绝色泪，
汉唐幽女哭到今。

◎ 感秋评论（七绝）

2008 年奥运会前

未到秋深偏论秋，

今秋不似他秋愁；
寒风一样飘秋叶，
圣火红枫耀九州。

◎ 无题（七绝）

2008 手术后作

阅尽沧桑始自珍，
有心芳草火劫生。
花时感悟蜂蝶至，
香色报与偶遇人。

◎ 朱文公书院（五律）

深院碧溪峰，仙狐云洞傎；
仰德现媚丽，慕爱伴书灯。
有智正理学，无才守野踪；
谗言误子弟，每念泪人听。

◎ 柳永纪念馆（五律）

宫阙浮名句，缘浅佑乾坤；
岸柳晓风月，榆蝉携翅琴。
烟波融落棹，泪眼凝飞痕；
妓女捐棺椁，书生最解情。

◎ 兴隆山①蒲家坟刘伯温斩龙脉

金元蒲察氏，显赫多王臣；
一朝败落时，几代无功名。
阴阳天洞地，有欲植龙冢；
足迹遍江南，兴隆可栖云。
氤氲生紫气，光照佛堂松；
父子定仙穴，钱孔锁银针。
淫雨四十九，天晴葬柩灵；
遗嘱不穿衣，幽冥裸体行。
驴骑奇巧人，蛇鼓马摇铃；
孝守过百日，大谋三箭成。

守墓度先哲，深山伴老林；
天明方可过，夜晚最凄清。
更有连阴雨，风急灭蜡灯；

---

① 兴隆山在甘肃榆中境内，有兴龙、栖云两
峰。县内有一所小学名叫文成小学，与刘
基的老家浙江文成县有关，是为纪念刘伯
温来兴隆山。

岭高号古木，狐鸣和狼声①。
何奈待百日，漏水冷窝棚；
已守九十九，一天守不成。
可怜男子汉，意志难坚定；
听妻流泪语，守诺始无终。

金箭对白日，开弓射羽翎；
凌空三万里，金柱裂銮纹。
地裂又天崩，元璋惊怒容；
伯温掐算指，西北耀龙鳞。
领命巡天下，除异夜兼程；
手持上方剑，察脉到兴隆。
两峰系马啣，状若舞云龙；
白虎左边卧，凤凰右翼呈。

深谷聚精气，岭峦王相生；
黄河西向东，玉带绕金城。
天设帝都处，缥缈烟起尘；
只是刘基在，神灵自断魂。
南镇小石马②，东分九子坪③；
西塞白虎眼④，北断凤凰岭⑤。

中掘仙人峰⑥，断趾伏龙心；
官兵昼尽力，逝土夜又生。

一连十数日，山脉如原封；
老将夜所闻，土中喊长声。
督战相国至，轮流不歇工；
方凿三昼夜，蚁兵十万众。
蚁兵方养成，已会喊杀声；
急抱旧场薪，火焚尽化尘。
又掘三昼夜，芦根似人形；
伯温举剑斩，流血如泉涌。
沿峡北向去，溪岸寻缺行；
若无牛蹄阻，入水变青龙。

再掘三昼夜，阴阳修即成；
起欲驾云去，神马已奋蹄。
枉因儿媳嘱，下穿小内衣；
俗世根未尽，不得走天宇。
挂于神马鞍，未能上金驹；
天意早注定，涉求或可取？
伯温惊且叹，养子莫如斯；
若从仙父语，社稷换蒲氏。
智者知世象，所谋成天衣；
千虑有一失，执行存差池。
传言或可信，故事育诗思；
遗迹今犹在，青松龙爪里。

---

① 和，音 hè。
② 小石马，小山名，在榆中新营，传说，马
啣山有一神化的金马驹。小石马是兴隆山
与马啣山相接的山峰。是刘伯温斩龙脉的
主要遗迹。
③ 九子坪，榆中县第二高峰，也是刘伯温斩
龙脉的主要地方。
④ 白虎山，榆中兴隆山左边的形状如白虎的
山脉。塞虎眼，是刘伯温斩龙脉的方式。
⑤ 凤凰岭，榆中兴隆山右侧的凤凰岭。断开
与凤凰岭的连接也是刘伯温斩龙脉的方式。

---

⑥ 仙人峰，兴隆山与栖云峰中间一个独立的
小山峰，是刘伯温斩龙脉的主要战场。从
左山脚开挖，断龙一趾，这龙趾突然变成
一株松树，根如龙爪，裸露于岩，因此名
为龙爪松。

序时早换移，烟雨笑刘基；
岂料清兵众，一夜入关西。
林木虽无血，也遭兵燹欺；
衰复兴隆兴，百年只瞬息。
世事本难料，物象透天机；
陇右山幽处，岩壑云仍栖。

◎ 无题（五绝）

题记：2006 年 6 月，漂流九曲溪，见
到一条蛇负在乌龟背上，自己也因观景
戏水，落入水中。朋友戏为"落汤鸡"。

入水寻仙女，秋漂九曲溪；
灵蛇龟背动，波碧浴神驹。

◎ 网恋（卜算子）

千里聊知音，键字文情渡。
不见佳人入梦来，月照纱窗诉。
诗韵泪中偕，绝对无从触。
空守冷屏寂寞人，百度搜狐驻。

◎ 武夷山（水调歌头）

彭武开山界，彭夷握神弓。
溪头玉女倩影，勾引离人魂。
峰蔽大王如盖，岩塑三姑玉脉，
双乳佑苍穹。
薄雾缥缈处，岩树宿诗鸿。

沐仙潭，漂九曲，瞻文公，
过一线天，方晓人间梦画屏。
铁观音，大红袍，
茉莉漫飘清香，紫砂品新茗。
惟叹柳词圣，妓女捐孤冢。

◎ 醉酒（菩萨蛮）

友约远寺推杯饮，
煮诗论酒层林静。
竹醉舞松枝，鸟还波影稀。
芳醇天厚地，豪气入云紫。
新月有幽情，扶摇携归程。

◎ 离别（点绛唇）

灵度乾坤，人生自古似梦幻。
花开雨住，寒水知舒缓。
别柳桥春，总把相思触。
烟尘岸，芳菲怎悟？
滴珠煎手诉。

◎ 又登鹳雀楼（七绝）

黄河望断尽层楼，
鹳雀当知驻足羞。
不敢飞檐轻落羽，
蛟龙神箭舞华州。

◎ 月下思乡（七绝）

月下思乡忆柳烟，
旋归对燕宿堂前；
他乡寄语裁春客，
几句呢喃若子言。

◎ 也登幽州台（七绝）

背袖临风舞太清，
登台望月觅贤邻；
吟诗泪落文心悟，
天地悠悠怆几人？

◎ 癸巳夏空谷幽兰存照（七律）

芳影深山人未识，
遥聆远客问松石。
一朝叩破云封道，
携入红尘染素诗。

◎ 踏雪访冰泉

2015 年冬，步行七小时，到兴隆山东端的徐家峡踏雪寻泉。山中只遇一位摄影爱好者与他侄子。他说，雪越来越少，见一次是一次，总是留下美好的影像为妙。

今冬少雨雪，地裂起烟尘。
菌病狂肆虐，家家咳嗽声。

打针分老幼，输液别壮青。
怅叹众医院，楼道人挤人。
嗓痛七八日，时时掉鼻清。
寒流一夜起，瑞屑三更生。
簌簌罩环宇，轻轻覆梦魂。
天公惟愿美，落雪昧祥云。
翌晨开户牖，满目耀白银。
照相机急取，寄情早跃门。
风寒颜面冷，心悦睫眉馨。
更有相随狗，跟前跃后从。
霞光破晓幕，日起凤凰岭。
枝丫挂红橘，墨光镀杏林。
野田描素笺，山色着清屏。
犹喜墟窝里，烟岚瓦顶升。
岭途行不足，独向远沟冲。
峡谷无人迹，偶有禽鸟踪。
寒林空寂寂，峦壑黄岑岑。
夹道寒松碧，针镡晶彩明。
穿林频俯首，嬉木偶欺人。
颈项洒玉屑，背脊透激灵。
谁言草木心，蒙顿何无情？
寒枝迎远客，稀客访新亲。
途观倒下松，侧目细思寻。
非是扎根浅，抑非土壤松。
更非干不壮，孱弱不禁风。
树树皆昂立，惟彼草断魂。
余察趺倒树，枝向单边生。
纵欲无节制，贪婪手臂伸。
附势向阳光，趋炎不顾身。
轻花万粒雪，微力了红尘。
逶迤行渐远，豁然过石门。

石门分异域，异域响泉声。
幽幽若寄语，咽咽似瑶琴。
断续乍风起，高低念欲轻。
虚心冰面走，雪语抑泉音。
雪本天间水，水天自有根。
有根冰化水，转瞬绎三生。
雪覆冰泉暖，思绪可澄明？
雪洁冰透水，冰冷暖流清。
流净冰碧透，冰碧泉音纯。
人生多变幻，尘世少随心。
听雪问冷暖，寒凉也一生。
自洁有志士，志士慕白清。
天地轮回转，浊清记分明。
可怜山涧鸟，冻冷不寒声。
待久风云变，胸阔向归程。

◎ 春雪三律

题记：丁酉三月，遇两场大雪，又临
母亲三周年忌日，是为记。

庙坡踏雪

瑞雪迎春五寸深，
移情旷野意趣真；
暖石寒树虬枝铁，
古寺喧钟香火氲。
鞋口冰晶凉足底，

项中玉屑覆尘心；
云天即望了无色，
顾野苍茫狗遛人。

分水岭抒怀

势险平分天地水，
逍遥巨鸟古灵飞。
田梯无欲若开翼，
草劲有风似立锥；
北岭枯毛甩笔画，
南峦重墨着心堆，
祥瑞不偏乡梦暖，
家山昨夜起春雷。

三周年祭母

题记：后天是母亲三周年忌日，父亲
想为母亲起个坟头，因是耕地，没能
遵从老父心愿。丁酉年3月22日夜。

清明雪雨盆中米，
谚语入心费量思；
非是汗滴禾下土，
何来游子身上衣。
一人三步难及亩，
万众百年当自知；
瑞雪普天诗祭母，
未起坟茔不孝啼。

◎ 雪祭亲尊（七律）

丁酉3月24日，祭母时又落第三场雨
雪，3月26日增补一律。

祭母阳春吴寨东，
啷山雾锁即藏峰；
存情天降太阳雪，
含泪眼飘细柳风。
叩首择言嘱厚土，
奉香奠酒话惶恐；
纸钱点燃清明绪，
果馔尚飨牧野魂。

◎ 癸巳从搜狐移博客入新浪 有感（五律）

转博不带土，移字裂文情。
携韵玩三载，知交忆半生。
魂销黯梦语，句解暖清屏。
戴月临新浪，天涯探友朋。

◎ 诗意中国梦（七律）

骚客赋名楼，舜都墨画留；
绝尘慕羁旅，步韵携同侪。
换位思觞曲，交怀解恨忧；
均言更上句，何梦不能求？

◎ 题画（五绝）

纸上应无水，思穷墨客生。
天头莲叶碧，意满对鱼行。

◎ 癸巳夏觅西城旧址（七律）

琴韵楼头三两声，
空城一计九天名；
迟疑司马留绝笔，
费猜得失后勇评。

◎ 昙花吟（七律）

盆栽美景落阳台，
龙岁韦驮三度来；
早承锡壶流玉露，
晚怜金剪畅琼钗。
平生尽日丰肌骨，
一刻择时绽爱怀；
皆叹芳华阳寿短，
心香不懂为谁开！

◎ 古琴（五律）

琴新山水旧，林壑飒秋风；
气定云头暗，神闲马尾轻。
门卉迎劲旅，意动退雄兵；
续断知音遇，弦声忆古城。

◎ 油彩江南塞外雪（少年游）

江南漫漫起金丝，
烟雾罩芳姿。
林壑迷离，绕环鸭水。
微信送春迟。

奇逢塞外孕冰诗,
晶雪耀空枝。
天地洁时,玉溪青语。
纯景比邻知。

◎ 入龙泉（七绝）

龙泉烟雨两茫茫,
淡酒三杯未可殇,
银川迷雾峰头聚,
索找匪灵入山房。

◎ 戊戌孟夏诸友相约踏青（五律）

题记：戊戌孟夏,邀约挚友,故土重游,踏青兴隆,恰雨过天晴,鸟鸣涧深,枝绽新绿。空山清幽,净无一尘,同行者,颜烨鲁,张毅,张正中,美女二位,是为记。

前日度君归,灵山自洗鳞;
木枝含翠叶,石道显苔痕。
飞鸟舒新羽,流泉寄古音;
聚言年少事,犹忆上昆仑。

◎ 马喞烟雨（七律）

小村景致入云行,
细雨绵绵净素心;
油碧青蔬沾玉泪,
杏黄飞羽喋幽声。
云遮远壑藏山色,
雾锁层田著画屏;
回望已难寻旧道,
迷途照路赖车灯。

◎ 己亥孟春驻村逢大雪（五绝）

题记：驻村遇上大雪,就想起"柴门闻犬吠,风雪夜归人"。雪有15厘米,天地一色恰如铺开的宣纸。扶贫之路,而行走足迹恰如写下的文字。

◎ 上海诗社仲夏荷韵同题 （七律）

细雨荷池起雾烟，
跃波红鲤柳丝牵。
田田碧叶托珠玉，
脉脉芙蕖亮宝莲。
砾岸游人留画影，
蓬舟揖客话书贤。
遣情寄语江南景，
雨燕双飞掠远山。

◎ 己亥初秋独至官滩沟腹地 （七律）

又至官滩几许年，
青山未改旧容颜；
闹泉叠瀑垂珠跃，
落叶针毡曲径弯。
路断石门千壑静，
谷开野树万枝缠；
归思不入峰幽处，
奇景缘何触眼帘？

◎ 己亥初雪文友兴隆赏秋 （七绝）

有意赏秋即赏秋，
今秋胜似旧秋幽。
初新雨雪纤尘净，
怀彩灵山释远愁！

◎ 己亥秋轩友兴隆约聚赏秋 随记 （七绝）

飞檐意卷晚山秋，
黄叶红枫临外楼。
几片霞光杯内影，
从来紫气系归舟！

◎ 己亥晚秋过秦岭 （七绝）

已渡关山携翅翔，
追踪回雁至衡阳。
吟成一阕传音讯；
美景他乡胜我乡。

◎ 迷岸（七绝）

云天已度望烟尘，
柳岸方青寸草灵。
犹忆山前铃梦雨，
农家酒色早无浑。

◎ 己亥七夕抒怀（七绝）

桂花树下静心听，
星女年年诉旧情。
真爱引得桥鹊度，
金簪划浪亦相逢。

◎ 花与果（七律）

樱桃昨日耀枝田，
今夜昙花溢静轩。
入口酸甜怡齿味，
临窗异气动丝弦。
开花结果心无意，
结果开花论有言。
自古花开求硕果，
凝香艳艳赖丰园。

◎ 己亥秋殇（鹧鸪天）

习字伤秋伴月明，
金菊万盏耀千峰；
昆仑落雪白莲浴，
衡岳飘霜红叶生。
相忆苦，莫咽声，
算来刻骨梦难成；
今宵酒醉愁思度，
自古悲欢几处同？

◎ 己亥秋（七绝）

秋雨秋风秋叶落，
秋殇秋梦尽秋声。
秋石秋月秋心碎，
秋夜秋怀泪满瞳。

◎ 己亥无题（七绝）

鹰在 40 年后断爪重生。

老牛得草最逍遥，
更有清波影紫蒿。

断指神鹰初饮血，
狐生浴火武学高！

◎ 半山亭小记（七律）

归鸿影里过长沙，
独坐山亭栖晚霞。
湘水悠悠穿古渡，
飞檐默默挽留鸦。
回身庙脊繁星起，
俯首城池野火斜。
鹿跃千峰林壑静，
怀思恋处即为家。

◎ 己亥中秋记怀（七律）

万巷空城一夜生，
疫情肆虐众心惊。
悲闻文亮吹违哨，
幸赖钟南走逆程。
敌舰乘危骚旧界，
友邻见义赠新声。
战酣犹喜民心聚，
何患鹰豺扰月明。

◎ 舌尖美味三首

松茸（新韵）

松下寻真菌，清香世世闻。
至今无种养，只在野山氲。

竹笋（新韵）

人间清味美，益解肉脂肥。
因慕哭林孝，深冬雪笋煨。

诺邓火腿（平水韵）

诺邓井盐盐质优，
制腌火腿过三秋。
肉丁趁热揉蒸米，
发酵深霉味难求。

◎ 辛丑中印撤军兼悼烈士 （七律）

初闻喜泪沾襟袖，
将士关前战火熄。
欲满班公湖水澈，
情牵加勒谷峰奇。
归来铁甲声平武，

逝世钢躯血染旗。
壮志忠魂沙壑立，
边民不被虎豺欺！

寒鸦翻舞归鹊语，
童子学歌系鸟①升。
勤奋敢为天下事，
岁春不误早行蠡。

◎ 辛丑惊蛰感春兼悼雷锋（七律）

◎ 辛丑卧龙川植树（七绝）

岁进惊蛰虫草醒，
山欢水笑尽春声。
弘扬文化霎相忘，
光大鸿德应继承。
自古人生谁不老，
从来丹血耀汗青。
悟言更觉青春美，
代代桑梓祭雷锋！

卧龙川下机声响，
山顶迎风锦彩扬。
人影绰波龙水细，
岭塬涧谷树成行！

◎ 辛丑读诗杂感（七绝）

◎ 春耕（七律）

题记：辛丑春，沙尘暴中见乡亲种植
百合，遂吟。

岁少读诗浮掠影，
惑年品味悟情真！
沉吟按卷青襟湿，
回首匆成境内人。

连天沙暴蔽明空，
雨雪悄来洗暗蒙。
山岇垄头植玉籽，
梯田谷涧响楼铃。

---

① 系鸟，指风筝。

◎ 牛年金牛山广场咏金牛 （七绝）

彩岩雕作血岩魂，
犄曲双角破碧空。
不畏西风迎朔雪，
一身劲气向苍穹。

◎ 辛丑古意题小霞盆养昙花

青芋空心柱，叶隙挂金钩，
岁岁悄绽夜，年年吐蕊黄。
好花人好养，人好养花巧；
花巧人养俊，人俊花养娇。
人花相养里，念忆花人魂；
养花花人艳，人花必自珍。
天庭别尊驾，寺路守影踪；
悟道深几许，佛心向虔诚。
花人意难解，意解人花痴；
但愿花人好，梦香夜夜袭。
初解禅中味，自思叶下人；
犹闻馥郁气，更恋人中花。
长情伴终老，不悔未相惜；
华岁何遥落，人花知不知？

◎ 辛丑咏竹（七绝）

夜梦幽幽谒郑公，
示吾水墨熠苍穹。
空心横竖依危石，
高节平斜待雨风。

◎ 辛丑秋，醉游中山桥 （七律四首）

一（十一庚）

半千白塔①探苍穹，
百岁铁桥卧曲虹。
两岸花槐开二度，
中流灯影亮三更。
贾商挥臂摇旗请，
游客连肩促手行。
念忆中山名且在，
将军②戍守有遗营。

二（十一庚）

卅载万民皆种树，
两山千壑尽杉松。

---

① 白塔，有五百年历史。
② 将军，指卫青、霍去病等在兰州屯兵。

风平催马白①涛浪，
波动汤金固玉城②。
灯影留船竹桨静，
虹霓耀岸水声轻。
秋深难见脱飞叶，
月惠方知翠岭青。

三（九文）

秋风拂袖吹怀暖，
凉夜披衣恋步沉。
岸畔梢丝牵戏鲤，
沚中苇荡藏凫禽。
皮筏艇舰疾飞箭，
广厦天街烁闪辰。
远去近归均是客，
人生何虑北南分。

四（九文）

归度不言怀旧意，
层楼熠熠尽乡音。
全书四库三台③满，
读者八编九阙闻。
倚顶碑林书野史，
傍河车水④事桑恩。

纷繁怀绪描不尽，
异日兰皋再俯临。

◎ 辛丑秋过旧宅（七律）

寒山墨彩染霜秋，
旋岭梯田遗菜留。
梅鹊登枝飞帐底，
雉鸡入室落屏头。
檐间麻雀双归穴，
堂上椿萱独藏丘。
樱杏葳蕤莓草碧，
空阶伫立泪难收。

◎ 居家防疫（天净沙）

空街陋巷声哑，
听心闲坐居家，
独酌吟诗品茶。
夕阳西下，
罢书怜望烟霞！

① 指白马浪。因浪如白马得名。
② 秦汉时，垒石为城，固若金汤，得名金城。
③ 《四库全书》现藏于皋兰山三台阁。
④ 指兰州水车。为地区发展的水利工具，现
　　只为观赏。

◎ 辛丑岁末，与秋岩君共赏古诗即兴（七律）

文开八代评韩柳，
嗔意行情寄浅舟。
授业师说明子惑，
闻言蛇捕释民忧。
物格载道除繁事，
真论归璞述暖流。
掩卷犹思千古句，
诗怀自此隐闲愁。

◎ 雪竹吟（七律）

题记：时天地大雪，思南河武园一丛箭竹，应是大雪压身，念竹如人，随记。

昨夜沉云藏暗冷，
梦中震醒武园行。
压头鹅屑千枝重，
刮面寒流万叶凝。
碧介个①人青似黛，
苦竹弦管断犹生。
虚心丛底闻节气，
诉尽高风一品空。

---

① 介个，指竹叶画法，代竹叶。

◎ 壬寅惊蛰（七律）

惊雷滚梦蛰虫苏，
融雪填河岸色殊。
丝柳琼瑶津渡画，
楼铃迢递野山图。
田夫力尽黑黄地，
学子思穷老圣珠。
莫负青春芳菲意，
从来硕实伴秋酥！

◎ 壬寅夏，与永红兄防疫网上对酌（如梦令）

帘外风云雹雨，
独处小酌抗疫。
自古慰灵犀，
五里角觭遥举！
常忆。常忆。
濒顾田园幸遇。

◎ 苦吟（五绝）

日日有吟啸，追寻且悟真。
古贤诗境阔，虚位待今人！

◎ 长相思（白居易体）

壬寅立秋，携孙避暑山中，随记！

闻蝉声，喜秋声，
闲事随心默悯农！
童谣共哄听。
海幽澄，天高澄，
雁翅来回嘶长空！
角觞约酒朋。

◎ 南岸望塔（七绝）

雨歇初阳正浅秋，
空山目尽了无愁。
兴来吟句霜风色，
塔影不随逝水流。

◎ 声声慢（晁补之体）

壬寅重阳，居家隔离随记。

今日重阳，岁岁重阳，
西都霓夜舷窗，
阵雷惊落风雨，

伞蔽枫蔷。羁留匆忙行客，
野菊张，明暗生香。
却道是，历霜无人赏，
静自芬芳。

防疫三更封控，居有室，
诗书赖有情常。
且忆兴隆攀越，
细雨苍茫。
而今遥尝美酒，至豪兴，
铜兽流觞。
意不断，惬思登临路，
又起新章。

◎ 壬寅秋（忆秦娥）

诗怀雅，征程谋略重规划，
重规划，一心万众，意气芳华。
兴隆秋色正如画，
金风丹径轻舒马，
轻舒马，足登飞燕，报捷天下。

◎ 壬寅寒食节观黄河（五绝）

洲暖宿鸥歌，门前逝大河，
闲来思醉句，入梦诉秦娥！

◎ 过冬（七绝）

寒气西来觅紫衣，
慎言静默演盲棋。
封冰有日界河裂，
浅草寻春策马蹄！

◎ 竹梦（七绝）

红尘勘破已无争，
何患文牒影叠形。
山壑寻竹拎酒去，
林泉吟句鸟随声！

◎ 夜雪初霁（七绝）

雾锁寒山雪未消，
千峰万木挂银条。
熟宣鸟迹书新笔，
红日初平水墨燎。

◎ 癸卯春分遇沙尘暴（七绝）

飞沙蔽日暗昏天，
柳岸新芽蕴陇烟，
桃杏迎春无惧色，
蒙尘抖落尽娇颜。

◎ 癸卯清明遇雪（五律）

题记：白、铁二字出律，但为景名，容日后修正。

夜雪覆金柳，沙尘伴雨休。
长河清且碧，凫鸟隐还留。
红日映白塔，铁桥枕暖流。
春深犹有尽，绿苇满沙洲。

◎ 审计四十年感怀（七律）

卅年风雨历春秋，
卫士财潮逐浪游。
溯本巧查谜底账，
追源细堵暗涡流。
披荆斩棘情无悔，

沥血呕心志可酬。
应悟人生多寄语，
关山跃渡赖飞舟！

杏还青，路自真，
缘来缘去尚且行，
夏风秋实莓子红，
父母容颜是乡亲，
家家小康为本心！

◎ 乡村振兴驻村有感

◎ 小村初秋（七绝）

雾蒙蒙，雨蒙蒙，
山中景色看不清，
小村亮丽麦初黄，
梯田层层犹忆存，
小道可引上松林！

樊家山水赏初游，
翠叶秋红枝颤头，
鸣鸟不惊缘旧客，
涧松泉草尽亲仇。

自由体诗选

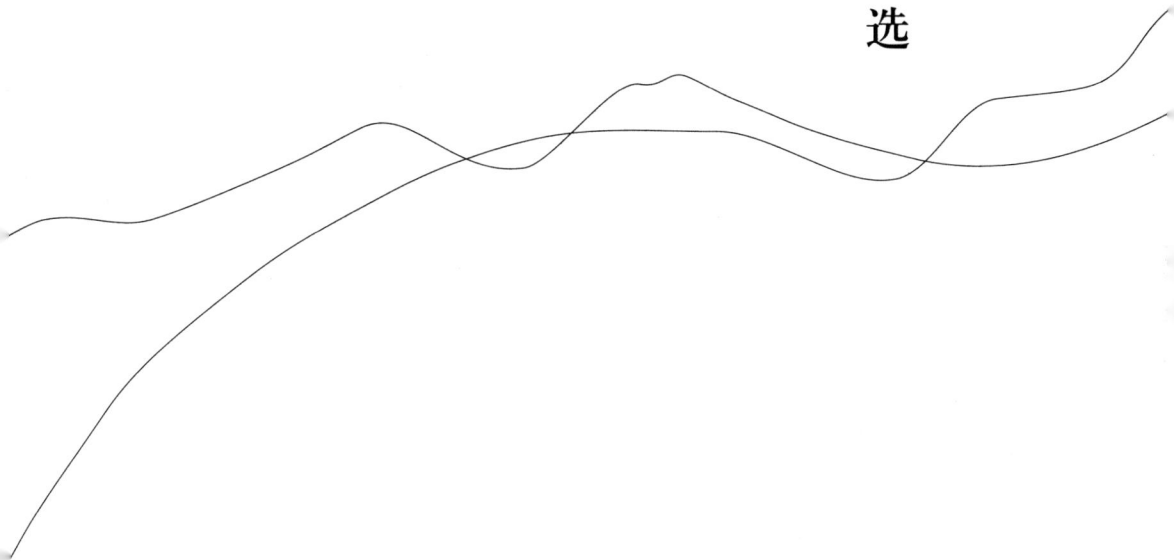

◎ 麻雀的会议

不长麦子的地方种植荒凉
麻雀的会议讨论生老病死
针叶以木头的姿态发言
跌倒林间的老雀要不要扶起

孕育着叽叽喳喳的冷漠
松树结满谎言诱导纯朴善良
仿佛石头的冷漠冷不过寒冰
泉没心没肺不会受伤

浮云山涧飘过落下阴影
掩盖欺诈与作假的高堂
麻雀惊心动魄地慌乱
惊疑雄鹰的翅膀掠过山岗

寒冷的冬季山野凝固
没有结局的辩论场
残雪消融春风吹过原野
心头依旧有明媚的阳光

◎ 梦中诗句

写诗的日子会掉进梦里
谁家家园的围墙
我站立墙头,在每一块砖面

写着可笑的诗句

记不清楚优美的文字
诗句的沉重压塌边墙
尘土飞扬的瞬间
诗句被埋入废墟

围墙圈住的家园
美丽的田舍碧绿的菜畦
鸡鸣狗吠随风而起的炊烟
我的诗激起江南烟雨

我知道我要付出代价
把碎裂的韵律和进水泥
为我兄弟或者姐妹
将这倒塌的篱笆修葺

◎ 白杨树的眼睛

有一种眼睛,睁开了
就不再闭上,睁着就是一生
白杨树驻守的北方
依然是一行行笔直的白杨
高大植物逃遁的原野
白杨树留下来靠的是眼睛

我注视过所有眼睛
没有一只如白杨树眼睛执着
每一个高度,每一个角度

白杨树都进行深邃的观察
每一个时节，每一个年轮
白杨树从不关闭注视的心

我注视过所有眼睛
没有一只如白杨树的眼睛真诚
无论是白天，无论是夜晚
白杨树都表达着热切的爱恋
无论是驻足，无论是过往
白杨树都高兴地迎留恋地送

我注视过所有眼睛
没有一只如白杨树的眼睛纯情
含情脉脉，守望飞来飞去的鸟儿
守望着蓝天和蓝天上的白云
守望着升起和落下的太阳星辰
守望着脚下土地的春夏秋冬

我注视过所有眼睛
没有一只如白杨树的眼睛淡定
不随飞鸟的翅膀飞翔
不随柳枝的摇晃摆动
不会因风的爱抚献媚
不会为霜的摧残生恨

我注视过所有眼睛
没有一只如白杨树的眼睛冷峻
三月，杨花水性地四处游荡
它跺跺脚震落自己的臂膀
落地，就深深地扎根
长成又一株睁着眼睛的生命

我注视过所有的眼睛
没有一只像白杨树的眼睛刚劲
死了还坚定地望着土地
刈倒了仍会注视着天空
纵然烈火中燃烧
睁着，注视火苗不吭一声

白杨树的眼睛注视着北方
睁开眼，就会睁着一生
死死地盯着南来北往的风
还有风中隐藏的沙子
执着地坚守着脚下的土地
就像一排排坚定的哨兵

◎ **西部的雨**

西部的雨是太平洋上的雷神和信风
派遣荒芜的天使润泽生命
西部的雨是求和旱魔的昭君
一路哭泣，泪花儿滴成绿荫

西部的雨是抛家出走的小媳妇
经不起贫穷逼疯了的漠风的摧残蹂躏
总是在他乡受不了思念之苦的时日
悄悄来看一看自己的亲子

那些红柳、柠条、芨芨草和沙棘

那些一半死亡一半还生长绿叶的胡杨

那石崖奔跃的石羊、野兔、山鸡

那撵着拉水车不愿飞走的鸟儿

西部的雨是古楼兰女儿风干经血的幽梦

浑身睁着西部白杨树的眼睛

西部的雨是燕背上奔驰的骏马

徘徊于阳关古道却又不忍离去

西部的雨一生积满了怨恨

她不愿被干裂的黄土呕哑得无影无踪

也不愿被混浊的河水玷污心灵

她去过青海湖、月牙泉却没找到家的感觉

西部的雨内心充满留恋和怜悯

她的梦里常有几位白胡须老头领着一群童子

手擎长香、光着脚、逶迤于沙砾和荆丛

到神庙中祈求远在天边的祥云

西部的雨也有许多歉疚与伤心

失去滋润的土地会流泪——苦水①和咸水

不过泪水养育的玫瑰艳丽又芬芳

风沙打磨过的夜光杯盛点水也会溢出香醇

西部的雨曾埋怨过阿拉山口的沙子

而今却原谅了他的粗野和蛮横

西部的雨老了，头发斑白步履蹒跚

总是在江南的云烟中凝望无力涉足的揪心

---

① 苦水，地名。现属兰州市永登县，此地甜水奇
少，沟壑山泉苦咸难饮。不过当地盛产玫瑰，
有"玫瑰之乡"称号。

西部的雨无声叮嘱过后人

那些雨珠儿、雨丝儿、雨点儿、雨星儿

甚至已面目全非的雪花儿、冰雹子

让他们瞅空儿出远门串一趟亲戚

故去的西部的老雨呵，何曾想到

自己的曾孙——清秀的尕雨儿

会在田野和村庄的集流塘、窖中安身

胸口里藏着日月、蓝天、白云、翔鸟和星星

◎ 抱着伊的诗稿

抱着伊的诗稿，思绪

随一杯茗香缭绕

缕缕月光将慵懒

定影在阳台的犄角

抱着伊的诗稿，知晓

已经迷失路道

美妙的仙境样的迷宫

让我的心愉悦逍遥

抱着伊的诗稿，依偎

秋的成熟的果实和芳菲

伴随着通灵的金玉良言

味道与色彩让心神沉醉

抱着伊的诗稿，明确
冬天的风雪飘摇
不会让我感觉心冷
舔着骨头燃烧是诗温柔的火苗

抱着伊的诗稿，明白
岁月烧红的火一样的生铁
需要在水中冷却狂热
淬火的过程铸造爱的巨阙①

抱着伊的诗稿，无法
把自己还原进现实
只望这虚幻的一刻
爱抚美丽的面庞圆月的影子

抱着伊的诗稿，亦如
抱着伊柔韧的身子
温暖中透着坚强
给予我无穷的爱和力量

◎ 悲剧就这样发生

题记：这是真实的梦境，我不知道它
的寓意。

老家土木的屋檐下

一只麻雀急切飞来
我用草帽将它扑住
恐惧地抖动着翅膀
圆圆的小眼睛
满含着猜疑无助

小心双手掬着那柔弱
把它抛飞入晴空
满以为立即远逝
翅膀赶往空中的瞬间
一只浑身雪白的鸟儿飞下
片刻将它追赶到墙角

我用网捉住它们
麻雀奄奄一息
丧失再次飞翔的气力
自信健壮洁白的鸟儿
没一丝被捉住的惊恐
眼中充满疑问沉静挣扎

捧着无一点污渍的羽毛
无法承认圣洁者是杀手
手指从未有过地犹豫无奈松开
麻雀灵魂早已飞逝
肉体撅着屁股喂养胜者
血与羽毛遮蔽视野

---

① 巨阙，古代名剑。

◎ 雪挂

题记：校园有几十株柏树，立于道旁，荫天蔽日，冬天雪挂时最为美丽。

一列整齐的队伍
陪伴驻防的红旗
太阳破开久锁的晨雾
夜的寒冷凝结成冰凌

红日的晕光眯起眼
甜蜜的吻，挂满眉宇
风刀霜剑，琼树玉花
守夜的精灵魔法过丫枝

羞涩顾盼一个个情影
没有风，端庄的处子
伸展柔洁的臂
起床的铃声中静立

游子的路通向天涯
你的路走进大地的心里
流浪的喜鹊无须选择
就登上你最高的一枝

◎ 登高（组诗）

题记：1993年夏天，携友登临榆中第二高峰九子坪。时草木丰茂，天朗气清，目极旷野，云山淡远，绪怀舒畅。

一、登高

不能停下远望的追寻
再长再难的山道
平底鞋舒适而沉稳

在没有足迹的地方
留下立刻消失的脚印
你会觉得人生不凡

蛇隐藏在幽深的草丛
巉岩和荆棘布满的路途
鸟飞翔于纯洁的天空

山说山的层次
陪衬碧草与白云的土地
沟讲沟的景深

记忆定格绝妙的风景
同灵魂一起融合
装帧成一本精美画册

二、思念

归家的路那么遥远
有雨没雨的日子
总难熬心灵孤寂
睡梦里数不清客栈

搁浅在红尘的期盼
妹子晃动的丝巾
是一面鲜艳的旗帜
翘首中定影成一面归帆

三、渴望

给我一片蓝天
我就做最潇洒的飞翔
给我一隅碧海
我就做最勇敢的远航

给我一块田园
我就做最深情的耕耘
给我一颗心灵
我就做最永久的珍藏

而我最渴望的呀
是你闪烁磷火的目光
寂寞与宁静的长夜
示给我爱情的方向

四、太阳落下了

太阳落下了，你还有月亮
月亮暗淡了，你还有星光
星光消隐了，你还有云天
云天远去了，你还有幻想

信念留存在血性生命
前进的路总会有方向
妹子的歌声夜色中响起
划船的臂就充满力量

五、山道

从来没有人想完了走
从来没有人走完了想
每一个交叉的十字路口
都不会让行进者驻足
荒径与坦途

都有它蕴藏的内涵
选择取决于行客的信念
即使步入死巷
也不能急于回头

或许有一架天梯
接你穿越困惑
享受一片风景
感悟一份温柔
觅寻一些真诚

六、你落地生根

你落地生根
出落成一株丰硕的风景
不应生长的地方
长成我一生的遗恨

爱恨情仇，种子汲取了温柔
嫩芽蓬蓬勃勃
绿色漫延爬满灵魂，爬满
每一个失眠夜晚的星辰

抑郁的时光
荫庇了泪光中孤单的身影
寂寞而欢乐的一刻
凝结为一生永恒的伤痛

认识你在遥远的前世
错连你有今生的嗟恨
拥有你梦想来世缘分
诗存储一份真爱心境

◎ 梦影煎熬的夏天

题记：常梦见 HL 忧郁的眼神，让我在
叹息中惊醒，去对视深夜的星空。

那个夏天，凉爽的风

火红的裙子烧着了眼睛
一对乌亮的长辫轻轻一甩
俘虏了流浪旷野的心

那个夏天，瞬间定格
复制成永久性文档
时常划过思念的天际
梦最柔软的地方播放

错连的日子，年少轻狂
带着露珠的眼睛满含忧伤
后悔、没勇气吻干清亮的泪水
挥手，受伤的路遮蔽了方向

不期而至，惩罚没有预约
乌黑的长辫，火红的裙子
忧郁的眼睛煎熬着梦影
梦影煎熬着无数个夏天

◎ 日子

日升月落，风霜雨雪
日子并不给谁多余的施舍
日历上的日子在白纸上
单薄如蝉翼，一翻就过了
生命中的日子在双手上
或重或轻，算算就知道了

孩子们的日子在星星上

神秘地闪烁，数数就少了
年轻人的日子在恋爱里
无由地相思，吻吻就醉了

老年人的日子在回忆里
窖藏的陈酒，启开就醇了
庄稼人的日子在锄把上
茧磨得光滑，歇歇就亮了

打鱼人的日子在渔网里
水一样幽静，拉拉就跳了
牧马人的日子在草场上
春风过原野，望望就绿了

战士们的日子在枪筒上
镜一样锃亮，擦擦就明了
老师们的日子在粉笔上
深邃的黑板，写写就短了

医生的日子在手术刀上
坏腐与疼痛，切切就红了
指挥家的日子在木棒上
韵律地舞动，挥挥就静了

歌唱家的日子在话筒里
优美的旋律，一放就火了
舞蹈家的日子在腰肢上
杨柳样婀娜，一折就酥了

作曲家的日子在键盘上
深深的梦幻，敲敲就响了

魔术师的日子在虚假中
蒙蔽与诱惑，一遮就神了

登山者的日子在鞋钉上
岩石与雪峰，踩踩就稳了
文学家的日子在脚步里
旖旎与绚烂，描描就活了

美术家的日子在画框里
融合的色彩，染染就艳了
书法家的日子在笔墨里
浓淡与飞白，一狂就飙了

政治家的日子在民心里
铁样的秤砣，一准就沉了
外交家的日子在辞令里
公平与正义，一方就圆了

思想家的日子在意识里
真理与道义，辩辩就真了
航海家的日子在浪花里
帆影与桨板，划划就笑了

飞天者的日子在星云里
幽邃与梦幻，一点就飞了
科学家的日子在烧杯里
未知的约会，摇摇就融了

过去的日子如曝光的底片
定影出风景才留下印迹
日子在我们身边悄悄流过

抓住了或许是一把金子

◎八点，你站在窗口

诗歌的底色行走
遇到许多受伤的女人
我想以深深的爱
温暖那颗抑郁的心

八点你站在窗口，写诗的女子
你站在窗边，窗就站在你身边
你眨眼星星，星星也就对你眨眼
你抬头望月，月也就低头望你
你心有了相思，相思就把你惦念

河太浅，接纳不了
海水样汹涌的柔情
歌太短，吸吮不尽
暴雨一样跌落的忧恨

写诗的女子，八点你站在窗口
你在寂寞时，寂寞就在伴你
你在做梦时，梦也就在梦你
你在流泪时，泪也就在流你
你在写诗时，诗也就在读你

诗歌的盲道徘徊
诸多痴情者与我同行
我不能给予热情的拥抱
撕一件大氅在诗的天空

八点你站在窗门，写诗的女子
你呵护夜的宁静，夜就呵护着你
你嗅着花的芬芳，花也就在嗅你
你守着缱绻归鸟，鸟就投奔了你
你心存现着温情，爱就温暖着你

嵌着诸多的歉意
缀满闪烁的星辰
把它披在你柔弱的肩头
希望带去些许的温馨

写诗的女子，八点你站在窗口
站成我梦中旖旎的风景
仰望曼妙的身影，仰望着星星
仰望着月，仰望着诗，流浪的人
身与心被雨丝和泪水湿透

诗歌的清晨漫步
挽着我心仪爱人
目睹桃花样的面容
享受诗的阳光和熏风

邂逅了许多的相思
错过了许多的风景
我祈求能轮回来生

与你在崭新的红尘重逢

抚摸冰冷的石头
它们都是给我温暖的文字
没有温度的石子
让我用心摆出爱意

我知道，我不是冰冷的石头
也许你回首的过程
那石头筑成的城堡
已在黑夜中散透光明

◎ 鸟儿与它的影子

鸟在天空飞翔，影在地面游荡
看似不在一起，却有一个方向

你在屏中流浪，我在屏外观望
相思不在一起，同守一个尘网

才气不是谁给谁的呵护
因为心灵已经相通
不要为那虑妄幻想

爱不是想要就得到的面包
今生的诗为你亮丽
今生的爱为你诵读

如果还有一次梦见的机缘
来生我在你的枝头歌唱
不会心碎不会情伤

◎ 梦见老鼠

题记：1995 年 10 月 29 日夜梦见与老
鼠作战。

夜地荒原，披着金甲的老鼠
露出尖锐的牙，从四面八方
奔向我坚守的窗口
搭着人梯，睨视裸露的四壁

我许多良言，填不满自私的欲壑
只好端起没有子弹的枪
在眼底深处喷射光华
充当太阳的光芒

大大小小的老鼠
戴着面具的老鼠
以它们特殊的地位和身份
拥进我的房子，向我攻击

我始终睁着眼睛
守护着身后的净地
我要留下些许种子
补充来春几亩田园的空白

我端着没有扳机的枪

灵魂的深处喷射光华

充当月亮的光芒

呵护荒原地一处宁静

◎ 远去的记忆（组诗）

一、补丁

记忆中的补丁

是姥姥油灯下

那张慈祥的面孔

把温暖在发迹磨平

缝进衣袖的破洞

堵住了风也遮挡了寒冷

生活中的补丁

是父亲晨曦里

那条修长的背影

把倾斜的光阴捋直了

插进土地的春夏秋冬

让家和原野都有更多的层次与景深

如今啊，补丁

是女儿衣袖上

灿烂装酷的笑容

崭新的衣服摞上崭新

设计者怀旧的情结

让我们不忘缝补岁月的艰辛

心灵的补丁啊

是母亲无数的唠叨和叮咛

如电脑中的程序下载

每一次点击

便修复灵魂的失落

让爱和善良完整

二、粮票

记忆中的粮票

比田野中的麦田方正

一个时代，怀揣着粮票

感觉比拥有土地自信

代表粮食的粮票

彩色的印章和文字

淡淡的油墨的气息

单薄得不长杂草

在纸上，粮票的收成

写半斤就是半斤

写二两就是二两

绝对真实没有水分

粮票是纸命，没土地命硬

粮票淡出了历史

田野活了，粮食没忘记

这是它灵魂幻化的形影

一如纸上种不出庄稼
一如田野种不出文字
粮票知道，纸比不得
那方方的稻田养人的啊

三、木轮车

大树实现远行的愿望
倒下时得到重生
一生的正直辂进规矩
辐支撑起新的生命

黄土高原的羊肠小道
车辙深印在大地的胸膛
大树有限的身子
就有丈量世界的思想

那些散发着清香的青草
那些装进麻袋的公粮
那些砖瓦石头和土块……
都成为木轮车行走的希望

木头融进男人手心的汗水
光亮了女人晃动的首饰
泥巴中木轮车欢乐的旋律
山风中伴奏民歌的高亢

我不知道，我的诗句
有没有木轮车的力量
但是我知道，要想远行

就得为人们担负重量

木轮车消失在轿车的背影
却永远留在我的心中
如先人不灭的灵魂
宗庙的香火中朝觐

◎ 写副春联过大年

魏碑里品味间架结构
柳体中揣摩点横撇捺
还没悟出书法的一丝儿门道
那一年，我被赶成鸭子上架

大红纸，缺少自信
墨就堆成可笑的姿势
那一年，我还不知道《兰亭序》
也还没认识王羲之

那一年父亲没再提包点心
去求村子的老先生写春联
那一年我考上当地师范
自家门口贴上自写的汉字

那一年，古老的门楼
有了自家人的心意
陈旧木门因红红春联崭新
带给一家人墨香与喜庆

那一年还没有学会撰联
只有本古老的《对联集锦》
似曾相识的平仄对偶
灵魂中消融，好比一些旧亲

韵律流水样在灵魂流动
门对喇山，六月雪才会隐退
期盼春风送走植根的寒意
迎来春暖花开的日子

◎ 夜色中恋爱的昙花

一朵花，沉睡千年，梦魂
追逐一千个晴雨的日子
然后，疲惫开放
不是为白天的太阳
而是为夜晚的隐藏

抚摸着它生命的根系
走近它的根部，走进大地
走近它的前生与来世
我终于明白
人生就是这样错讹

一朵已经开放一朵还在含苞
一朵就要开放一朵已经枯萎
同根系着的昙花

你听不到我的心跳
我看不到你的倩影

月色铭记彼此的约定
月轮铭刻彼此的花影
月光撒播彼此的芬芳
月晕收藏飘散的灵魂
月夜呵护受伤者的心灵

◎ 在一个窗口遇见化石

总在期盼的日子遇见你
前世与来生的爱人
沉睡万年的岁月
只如着魔少女的水晶床

期待一个隔世的亲吻
让沉睡的灵魂复活于橱窗
经历水火炼狱般的皈依
灵魂沉积为纹路的石头

请你醒来，我的爱人
如果岁月融化你的形象
请牵住树枝样干枯的手指
让星光与月色拥你入天堂

世纪之路真的遥远吗？这距离
能听清满含草味的诗章

活在石头中永生的精灵
可否活在圣洁的心上

你那历经过时空的骨骼
能否带给我肉体的坚强
如果这信息穿越隧空爱河
陪你的渡口享拥绿色草场

我准能聆听你深情的呼唤
嗅出你气息灵动的模样
伴你的日升月落自由快乐
经历那几万年沉默的情殇

◎ 一个人的图书馆

题记：壬辰年正月初五，陪爱人值班，
偌大的图书馆，只一个读者。他说：
"他与许多灵魂对话，各种情感交织，
无法理顺思路，文字如意识流小说。"
我说："这是不是意识流诗歌？"

飞落三天的雪花
每朵都是一粒麦子
响亮的爆竹烟花
炸开孩子们欢快的笑声
阳光样钻过玻璃的隧道
到达心事宁静的驿站

龙年，丰收的年成
把自己种入图书馆
期待灵魂和思想开花结果
智慧的集散地没有惊雷
你活跃如带电的电子
与一个个阳极碰撞闪电

一个人植根寂静的图书馆
你不是一个人孤独
肉体凝固在圈椅
手端着一杯红茶
口中没有鲁迅吐出的烟圈

你也不是一个人痛苦
萨福、马雅可夫斯基、叶赛宁
屈原、海子、朱湘，桂冠诗人
轻灵的片石，很尻的自杀
历史哀伤的水漂溅起波纹

你更不是一个人忧愤
愤青的时代，精神的荒原
麻雀们发动口舌战争
讨论跌倒的老雀要不要扶起
稻草人留守田野
聆听天价楼房叫嚣的怪音

你也不是一个人惊喜
白昼与黑夜，岁月轮回
真理发光，正义战胜邪恶
悲剧落幕恶人得不到全尸
戕害人类的鸦片消失

航空母舰走进东海的蔚蓝
天宫一号探寻未知的家园
……

你也不是一个人快乐
诗句中迎娶颜如玉的女子
（绝对不是失足妇女）
不为海伦发动一场战争
不用绫绡勒死杨贵妃
只沉醉李清照爱情的诗意

一个人留守厚重的图书馆
你懂得生活着的土地
即便是沙砾横飞的荒漠
春天也会萌动绿色
生命需要降雨
虽然黄河心中穿过

一个人融进喧闹的图书馆
精神与灵魂永生的天堂
有读者，死亡的依然存活
有读者，活着的不会死亡
你懂得苍穹浩瀚生命如烟
有限的生命可以无限延长

坚守独特的个性
思想雄鹰样飞翔
真话和实话不需要艺术
只求方方正正的汉字
没码成空洞的白话和病句
萤火虫样微弱的光亮

为自己生命的夜晚照明
存储的有限时光，你忧虑
一生中付出的爱与善良
能否装订成精美画册
抑或一部单薄的诗集

你想：用司马迁的骸骨
支撑起弯曲的膝盖
用莎士比亚的剧情
给美丽的世界存照
用梵高错乱的色彩
涂抹十三朵《向日葵》
用贝多芬轻捷的手指
为盲女弹一曲《月光》
……

一个人埋葬在厚重的图书馆
太上老君的八卦炉熔炼精神
四面八方的风裹挟着思想
穿梭灵魂的每一个窍孔
一次理性思考的旅程
诗歌如兔子样留下远遁的背影

◎ 迎春花

冬季，雪花覆盖的大地
如案头上洁净的宣纸
心中的渴望活跃如摇滚

旋律撩动硬柴样的文字

迎春花，在这个季节
鹅黄隆起孕育的腰肢
绿色的梦想，燃烧的憧憬
悸动的心，诱惑无法抵御

是你拉开帷幕，迎春花
这洁净的原野，春天的讯息
上演一场盛大诗会
鸟鸣清脆，绿色俏丽

诗人取暖的文字里
迎春花定影飞天的妩媚
一汪清澈的明眸
金黄色彩浓缩为一方化石

◎ 中国名茶（超短诗九首）

总论

历经十九道工序
岁月烘焙成茗叶
是不是生命含有茗香的诗章

一、西湖龙井

经历过真爱的茶树

枝枝沾着仙的风骨
烘焙的灵魂会不会与沸水钟情

二、竹叶青

峨眉清音阁的竹叶
白龙在黑水中起落
静止就洇释绿纯美的底蕴

三、云雾茶

飞鸟衔仙界的种子
遗落灵山石鳞岩隙
历史的舌头就存留回甘

四、碧螺春

身披素衣的花仙子
栖落于洞庭的峰峦
清纯的名字盘旋天上人间

五、女儿红

青山里的红衣少女
把青春焯制成条械
俗人的梦烙上相思唇印

六、铁观音

参透禅纯美的玄机
无须做长久的咀嚼

牙齿留下刻骨铭心的醇香

七、黄山毛峰

雀舌儿金黄的鱼叶
云蒸于沸水的跳跃
灵府凝聚久远的清醇香艳

八、云南普洱

别人追求新鲜的美
你却独享陈旧的味
只要游子回忆母乳的苦甜

九、菊花茶

茗树争抢春的妩媚
独你在秋霜盛开
夏日阳光的暖色融进水杯

◎ 荷伞

把心儿贴满幻想
寄给天空
期望，收到月光星星
装饰梦境

敞开怀抱
等待的美好时刻

风来了，捎回彩云
装满清凉的暴雨

把伞儿打开
挡住倾斜的雨网
期望，撑出一块干地
存放潮湿的相思

低头听雨
独自寂寞的时刻
无由地，泪来了
打湿灯芯绒的鞋子

◎ 一位老农民的殡日

题记：爷爷在我三岁时病逝，享年六
十七岁，据说他对我的期望是看到我
能背得起一个拾粪背篓。一个人对世
界的牵挂，不是在他死亡的那一刻消
失，而是永远存在。

望着最后一桌宴席撤离
和着泪喝完最后一盅酒
你知道归期已近

牵挂从儿孙们的脸上滑过
墙角有你老茧磨光的犁把
泥槽边的牛犊正在吃奶

起灵的时辰已到
你扶着堂屋的门框
轻盈地走进上五彩的棺材

公鸡叫了，引魂幡飘出村庄
张家的娃娃上学了
李家的杏树开花了！你说

邻居的门口都燃堆麦草
升起一会儿直一会儿斜的青烟
你也曾这样为先人送别

亲人们扯着长长的梀带
接你走过熟悉的小桥
鞭炮声声，要让你忘记归路

蹬直双腿，想多看会家乡
曾经捏碎过土疙瘩的田野
小麦放花，豌豆挂角

墓口选择向阳的山坡
这是你最后一个自私凤愿
你有关节炎，怕水

七星钱按方位摆定
阳界罐装满五谷
长明灯已经点亮

一锹黄土升起混沌
一锹黄土遮挡了眼睛

灵魂归上结伴西天的大道

你的一生只在这世界
留下一个小小的青冢
插上的丧棒长出嫩叶

雪花如席，一场好大的雪
明年的收成一定很好
你也常这样说

我匍匐下去，叩三个响头
父亲说，这是你爷爷
洁白的雪地留下许多足印

◎ 三百六十五个太阳

题记：1994 年，我们班一位同学因病住院，检查出是白血病，于是，在学校有了这次捐助行动。虽然捐款金额非常之少，只有 2945.2 元（当时，这捐款相当于一个中学老师的年总工资额），有几位教授，个人捐款 100 元，非常令人敬佩。捐助人 365 人，这个数字是这样有意义，与一年相合，不久这位同学就离开了我们。诗在 12 月 9 日学校晚会朗诵，令许多人感动。

一滴滴晨曦摇曳的露珠

太阳明亮的世界
会聚成山岚、云霞和朝雾

一粒粒冬末萌动的草籽
东风浩荡的旷野
会铺成平原、山峦的碧衣

一条条山岩跋涉的小溪
大地涌动的脉管
会汇成奔腾长江的不息

一株株山野中静默的树苗
寂寞的峰峦沟壑
会蔓延成烟波浩渺的旖旎

一个多么微小的数字
二千九百四十五元二角
蕴含着师生永恒的情谊

这是心与心的真情撞击
这是爱与爱的整合回荡
二百七十八位同学七十七位导师
无私的心灵流淌着温泉

流淌着夏天温暖的信息
溢散着秋季的芬芳与美艳
带着生命热度思想的光能

那是核电聚合释放的能量
喷射太阳温度烈火的光焰
那是罅隙深处鼓荡的岩浆

是机翼徐徐注入的燃料
带着起飞远航的愿望梦想
是黑暗中洞开的门扉
带着前进的光明和方向

是千万萤火虫凝聚的光
照亮一个生命阴暗的窗牖
是暗夜折射星光的明月
驱逐生命偶遇的寒冷迷惘

三百六十五个跳动的心脏
三百六十五个温暖的太阳
它给一个垂危者的生命
带去三百六十五个明媚清晨

是七情六欲最温馨的感情
是人类真诚与幸福的元素
是五颜六色最亮丽的色彩
是世界祥和与温暖的基因

是寄存心灵深处的关爱
为天空点亮一盏不灭的启明
是华夏血脉延续的美德
传递世界友爱善良的音讯

伸出手吧善良的人们
给垂危者以毅力延续生命
为乞讨的老人送上一顿晚餐
也为世界留下更多温馨

◎ 诗人的孤独

为诗人朗诵诗歌的红衣女子
雾一样消散的那个夜晚
诗人的心就如空荡荡的大厅

孤独的诗人怕躯体飞逝的黑暗
收养一只花猫，一只绿鹦鹉
还有一只能察言观色的小狗

诗人没有留住自己一生的爱情
就为那三只动物努力地撰写
深怕自己的笔养不好它们

打开鹦鹉的笼就打开自由体
猫在防盗门楣的方格穿梭
狗还忠实地匍匐在脚下

多年以后，诗人的故居
来了无数红衣女子
吟唱着诗人纯美的诗句

那铜铸的花猫，小狗
打开的鸟笼和鹦鹉
被游览者抚摸出柔滑金色

◎ 中秋家乡用新麦祭拜月亮

一张随意的小方桌
铺上新扯的素布
没有年轮的香炉
装满飘着麦香的麦子
点燃三炷长香
点亮两盏清油灯

新麦面做成的月饼
缀上点点梅花
红的西瓜，紫的葡萄
黄的香蕉，绿的苹果
母亲穿上自己的新衣
一家人等待月出东山

月神呀！感谢一年庇佑
感谢赐予我们收成
请享用微薄的祭品
保佑风调雨顺国泰民安
庇护一家人幸福安康
来年一定献更丰厚的祭祀

简单不过的礼仪
朴素无华的祭辞
母亲用她的朴实
以家的名义虔诚祈祷
庄稼人的希望
托付给这晚对谁都微笑的月亮

◎ 尊严扶贫

题记：2012 年 3 月，一网友给宿松县委书记写信，希望群众集资，给他捐一部苹果手机。

不为生命的装扮和修饰
扶贫花名册定影的字迹
记录着一些人暂时的坐标
这唯一没有功利与艺术的签字

生活中挣扎的众多灵魂
也有美好的愿望或愿景
没有人渴望这人生特别的定位
不指望一份爱心或者怜悯

我从不取笑卑微的生命
他们善良美好的生活
承担着过重的负荷或者灾难
无论是身体或者心灵

想象乞讨者生存的渴望
伸出的手为困顿而祈求
我却祈求每次给予都带有佛光
洒下的泪水浇开一路芬芳

而这签名填补历史的空白
留存为永恒真实的记忆
如果失去尊严只为存活
那与死亡没什么区别

得到民族或者大众的馈赠
让贫困逃亡生命远离不幸
源自祖国或者母亲的关爱
饱含对公民的挚爱与尊重

贫困者留存在纸上的贫困
钱物和扶助可以救援
留存在内心的贫穷啊
只能祈求上帝的施舍宽容

◎ 大雪老家

白雪覆盖的马啣山麓
展开柔韧的熟宣
裸露着的石头如文字
行走在一色苍茫的尘世
寻觅一件羽绒外衣

释放了的文字未穿衣衫
岁月的竹笼出逃
如桦林蓝色的锦鸡
犹豫着寻觅路口的捷径
或者呼唤倾诉相思的同伴

雪花飞扬的天地
冰晶闪烁迷眼的空蒙
羞红着脸颊的文字

期望旷野的纯洁里
找寻当初纯真的爱情诗句

雪地上浅而清晰的脚印
引领着目光追逐远去的背影
跳跃的过程，成行的诗
心中涌出，如盘旋的苍鹰
捕捉血性的美味，迅疾威猛

躺在老家温暖的火炕
久违的烟草与泥土的味道
裹挟亲情与乡音的气息
陪伴剪断血脐的呐喊
陪伴一串山谣和童话
陪伴鸡鸣声拉直的炊烟

大雪，这一天，这个节气
在老家，幸遇了一场大雪
还有一些章节的梦和呓语
让我知道，娇惯了的文字
需要一场雪的圣洁和朴素
健壮筋骨与孱弱的意志

◎ 寻找光明的一只眼睛

黑夜不会给我黑色的眼睛
即使寻找也碰不到光明
光明在清晨的霞光下

光明在母亲的期待中

一只眼球附上我的灵魂
借我诉说不平凡的曾经
它想要告诉我心中的感悟
还有它目睹的故事风景

不愿消失的琥珀色眼球
黑夜中追逐我的脚印
如一颗行星围绕我游荡
夜色中打捞自己的悲愤

看不到它眼角的泪水
不知道它内心的隐情
也许没进入天堂的流浪
想让我讲出自裁者的悔恨

没有顽强的意志传承
美丽童话永远储藏于内胸
没有鲜活生命支撑
绝妙诗章只会留存坟茔

黑暗中的眼球没植根肉体
却让我懂得珍惜光明
不会种植的手摸不到丰硕果实
不会耕耘的心不懂得麦芒爱情

这梦境也让我深深思索
失去话语权的灵魂只能沉默
流星一样陨落的生命
不属于自由仁爱的天空

让韵律镀上耀眼金色
诗歌放在光明砧板
热爱生命吧！失落的人们
光明在自信与勤劳的手心

◎ 旷野，聆听惊雷

六月偶然的一次远行
我徘徊在青碧的旷野
天边相聚几朵彩云
酝酿一场风雨雷电般的爱情

沉醉于顾盼中最后的靓丽
张开胸膛，梦一样的凉风
述说远古漂泊的故事
天空的蔚蓝开始退隐

暗幕拉开自己的舞台
强壮者双臂如铁遒劲
炸出天际响亮的沉重
滚过短暂的一阵回声

闪电如刀，江河汹涌
飞鸟在最早一个雨点前归隐
我驻足如一株繁茂古木
沉静感受这洗礼的乐音

聆听天地颤动的声响
泪水从心底倾巢流泻
无法分清面部的是雨是泪
张口更听不到自己的歌声

召唤遥远的天际传来
昭示在暴雨的点滴中显影
历练过真爱真情的灵魂
会不会也这样淡定与安宁

◎ 玫瑰花与灵感的初恋

静静地聆听你的歌声
快乐的一片浪花，怕她沉寂
紧紧地追逐你的足印
墨染的一溜帆影，怕她隐逝

悄悄儿牵住你的小手
暖暖的一片阳光，怕她消散
痴痴地抚摸你的长发
柔滑的一股清泉，怕她流远

款款地拥住你的双肩
凉爽的一阵春风，怕她飘失
轻轻地捧住你的脸颊
晶莹的一片雪花，怕她融化

深深地盯住你的眼睛

湛蓝的两泊湖水，怕她迷离
亲亲地吻住你的双唇
绚丽的一条彩虹，怕她褪色

我真情呵护着你，我的爱人
闪电样的笔可捉住你的芳心
我的心雕琢成玲珑的玫瑰花
一生的执着可赢得你片刻垂青

泥塘中梳洗的天鹅
洗去了原有的清纯
也如散逸于阳光的声音
咸涩的泪水的滋味
一生里陪伴漏更

◎ 凤尾竹与凤尾竹盆景

◎ 分手

闪烁成美丽的陷阱
你黑亮的眼睛
明静如九寨沟深秋的海子
诱惑迷途的雁儿
徘徊于边缘梦境

流淌生命的甘霖
你熟枣似的红唇
倾吐幽兰一样的芬芳
如夜的明媚的月光
推开尘封的窗棂

期望总如海市蜃楼
疲惫翅膀驮不起受伤的心
那一份无奈的伤灼
只为拥有过温情的曾经
梦魂中云霞流过天空

像凤凰鸟的尾巴一样
凤尾竹为自己的叶子开屏
没有绚丽夺目的色彩
只是以纯正的绿色
回报人们痴爱的真情

葫芦丝在少年的唇口
流出月光幽谧的梦
雾一样轻柔缥缈
恬静的红衣少女
这打动过石头的爱情场景

因着对故事的迷恋
凤尾竹成了北方的盆景
精细的盆移植了可爱生命
绰约着塞外粗人的相思
装饰了高原的粗犷率真

凤尾竹在盆中生长

失去原有的亮丽
也如失去天空的鸟儿
关在金色的笼子
歌声清脆却已失去清纯

没有大地的爱抚
根不能舒展地享受母爱
没有风雨的浸润
得不到洗礼的枝叶
有一丝焦虑和消沉

盆中的凤尾竹
我以北方汉子的方式呵护着你
却找不到你江南水乡的温柔
假如还有愿望可以实现
我愿意与你在原罪轮回

陪你在原生的山野
陪你陪那片月光的宁静
陪你陪那些群星闪耀的夜晚
陪你陪那曲悠扬的葫芦丝
陪你陪那点儿轻柔的凉风细雨

◎ 追求灵府的安宁

题记：有感于网上一些胡说八道的文章。

目光中只有夜晚的人

看不到艳丽的花朵
思想中只有黑暗的人
感受不到温暖的阳光

内心中隐藏阴冷的人
享受不了明媚的春天
只图拥有而自私的人
望不见世界的繁荣

只胡说而不劳作的人
不懂得劳作的快乐
企图搅出浑水的人
总有暗藏的祸心

见不得别人进步的人
他自己不求进步
想颠倒是非黑白的人
总先混淆大众的视听

一生看不到白天的人
没有洞察美丽的眼睛
一世不懂得暗夜的人
永远发现不了光明

一日只存现偏激的人
只会在愤怒中忧伤
一刻只惦记伤痕的人
找不到灵府的安宁

◎ 胡琴

泥土地上长出的五个指头
抚弄过庄稼的白天和夜晚
偶尔摸到了一个"二"字
一根连着天，一根接着地
"二"竖来承载过去的随想
梦见"古"代的月圆月缺

老弦与子弦透过千斤的沉重
"道"就在指尖上款款流淌
快乐和忧伤就向面前走近
马用尾巴诉说生活的艰难
蛇风干自己倾听竹节的心音
那是灵魂最绝妙的组合

传说就从耳鼓的深处升起
汉宫秋月金黄的瓦棱上
无锡清澈的泉眼处
黄河滔滔的水面中
长城绵延的砖缝里
胡情游弋在民族的经络①

---

① 末节涉及《汉宫秋月》《二泉映月》《黄水
  谣》《长城随想曲》等二胡名曲。

◎ 盲道上行走的人们

城市杂色的人行道
水泥和柏油的路面
彩色花坛和树荫
宽阔与狭窄的中间
金黄的地砖那样醒目
那是让盲者看的吗

竖条的砖棱整整齐齐
笔直地伸向远方
偶尔有圆点的驿站
金色的感叹
无言的警示
可是目标温暖的方向

诗歌的名曲征程行走
心就如盲者一样
期待脚下小小的指引
什么时候大胆前行
什么时候停止思考
什么时候改变方向

盲者的竹篙咚咚敲打
不知道自己的路
不清楚路的艳丽
他走得那样自信
走得那样稳健
因为眼前有路、心中有道

◎ 在网上流浪

网上流浪
如流浪的工蜂
走进艳丽的花心
不为索取
只为传递知遇的浓情爱意

网上流浪
如流浪的蜂鸟
走进每一座巢
不想占有
只想心灵的憩息与享受

网上流浪
如流浪的蝴蝶
不是庄子的那只
不求思考
只求灵魂的顿感和顿悟

网上流浪
如孤独的狼蛛
期待一扇开启的门窗
久远的收获
只为捕捉短暂的美丽和温柔

网上流浪
好友的好友的好友的好友
留情的文字诱人的音乐
摄魂的图画温馨的空间

春花秋实快乐忧伤

网上流浪
不敢高声悄无声息
轻轻地来自由地去
不留下一丝踪影
不带走一点相思

◎ 养蜂人的日子

乘着蜂儿的翅膀
嗅着春天的芬芳
沿着花儿的方向
转移或者迁徙

油菜花烂漫的原野
蓝天上飘荡着白云
由南到北从东到西
帐篷和炊烟把生活支起

家如风筝拴在裤腰带上
牵挂的不只是一根思念
习惯了没有灯光的夜晚
星星和月亮相伴

香甜的蜜甜美的梦
认准目标的流浪
追逐甜蜜与幸福的生灵

总能定位家的轨迹

◎ 水晶鞋的足印

题记：夜来有梦，行走在荒原，得遇
一块土地上有优美的诗句，正读得有
味时，一阵风至，诗句全无，而土地
上留下一只水晶鞋，随之梦醒，我努
力回忆那些句子，大脑却一片空白。

苍茫无际的荒原
追寻行路者泥土引领灵魂
是谁，神秘的昭示
用树枝、石子，还是手指
写下动人的诗句

母爱一样平淡的风
掠过宽阔的土地
不曾卷起一点涟漪
彰显故事的泥土
水晶鞋的足印浮现在心际

立起来的土地
守候一方的纯净和宁静
还有思想者的意识
空白的记忆
诗呀，随风而逝
从哪儿再遇见你的影子

◎ 花之梦

诗发芽了，欢乐圈子
种植青春的神秘地方
绚丽灿烂的花
倾吐摄魂的芬芳

期望遇到的天使
未曾谋面和握手的灵魂
穿梭于岁月和诗行的留白
相拥为诚挚心灵的亲人

写满诗句的日子
华美如蝴蝶的翅膀
装帧成人生七彩的画册
让后人浏览晶莹的思想

热恋着的土地
萤火虫的时光隧洞
汗水凝结为精神的食粮
照亮彼此行进的天空

生活在美妙的诗意
朝霞托起太阳
梦中采花，花心撷梦
诗心闪烁耀眼的光芒

也许，有一个盛会
诗友从幻想走进现实
潇洒靓丽的气质形象

让记忆风干佳人才子

诗歌海洋的灿烂笑容
梦想天空架起的彩虹
世纪厚重的诗集啊
有我们风光的合影

◎ 怀念喜鹊

题记：孩时，老家院内有窝喜鹊，在高高的白杨树上安家。每天，我们的梦都被喜鹊吵醒。在外上学的那几年，每次回家，都要割点肉，喂一喂喜鹊，都被它们饱含着喜气的叫声打动。

曾经向童话飞去，搭成天桥
渡接牛郎织女相会七夕
曾经画框内矗立，相伴梅花
传递画家与老农的喜气

曾经自田埂飞过，庄稼成熟
叫声拉直家乡的炊烟
曾经向屋檐飞落，喳喳喳喳
被怀春的姑娘们剪成窗花

而今，你远去了
朝东的门不再开启
任多舌的麻雀占据树梢

任轻浮的杨花沾满巢顶

无数次归乡的梦里
修葺你落尘的窗棂
期待那一声满含泥土味的叫声
冲破乡村原野的荒寂

怀念喜鹊，怀念梦
怀念你蓝锦样闪光的外套
怀念你云雪样洁白的衬衫
怀念你绅士样高贵的眼神

怀念喜鹊，怀念爱
怀念一片被刈倒的桦林
一块沉碧池塘，一条清澈小溪
怀念没有化肥与农药的原野

怀念喜鹊，我竖起长发
站成白杨，灵魂的枝丫
能否长出绿色叶子
能否撑起你快乐的巢

◎ 天宫之吻

题记：天宫一号对接成功感怀。

如蚂蚁，细小的生命
穿越苍穹，穿过蔚蓝的天空

浮躁被云雾中的沙尘涤净
天堂，蚂蚁样微小的身影

祈求那份爱环绕的半径
摩擦出的光亮，走过的征程
划过窗口的月光与星辰
给予我狐媚如花的眼神

妹子的手帕，这雨后的彩虹
让我有了轨迹永恒的人生
佛光照亮星体，梦中的诗人
请赐予爱的力量与心灵

假设蚂蚁感悟宇宙的情深
远方触须，捕捉你的气息
黑暗的太空拥吻光明

◎ 天体俱乐部（记梦诗）

一片树叶遮蔽私处的那天
人类智慧与文明
就成灵魂的枷锁和镣铐
从此笑声掺和虚假与名利
睡梦隐藏着欺诈和争夺
生活有了爱恨还有悲伤

我从梦中走过
走过布满青草的广场

裸露着双乳的少女
光着熊背的俊男
愉快而欢乐地嬉戏
笑声在云朵荡漾

我去瞧那些纯洁者的私处
遭遇到他们愤怒的轻视与唾弃
他们挥动着拳脚向我扑来
但没有一个指头落在身上
口水只啐在脚下的土地
没有一点溅落上额头

它们全落在我的心里
红着脸知道了自己的错误
将困顿心灵的自私愚昧抛弃
面对鄙陋和文明真谛的镜子
身体被外套紧裹着的赤裸
灵魂难言地复杂与沉重

我从梦中走过
走过布满青草的广场
那些遮掩羞怯的外套
成了我最羞惭的遮蔽
卸载了一切世俗的缁衣
赤裸着走进赤裸着的群体

和谐与自然的怀抱
灵魂经历重组后的洗礼
走进快乐嬉戏的圈子
我没再注视人类的私处
目光移向快乐的面孔

我的心被温暖的阳光温暖

◎ 田野（外二首）

千百年续弹的故事
一家迎娶，一家嫁女
美酒飘香，唢呐声声
丰满了乡村的相思

金鸡唱了，炊烟袅娜
晨曦在地平线升起
小鸟啾啾，种子发芽
春风吹绿了黝黑的土地

工房

矮小的棚子没有官名
剪彩红绸的背影中
奠基礼炮的碎屑里
永远是背后被遗忘的风景

没有坚固耐用的骨架
没有精心的装饰粉刷
旧挂历上美女的眼睛
陪伴工友们甜美的夜梦

驮起大厦的日子
你并不会走进厅室

留恋地悄悄离开
走进另一块荒寂的土地

花匠

校园的春天来了
花匠种植花儿的时刻
把自己也种在花园

单膝跪着
左手扶正倾斜的枝丫
右拳捶实虚浮的根基
黄土一样的衣衫
黄土一样的脸颜
黄土一样的手掌
捻细结成疙瘩的黄土

不知道他的收入是多少
但知道，他植花的时刻
没想到花花绿绿的钞票
他虔诚的目光中
有一个溢香流彩的世界

◎ 晚秋，相思在雁口中遗落

晚秋，相思在雁口中遗落
红色的叶子
映着晚霞的光芒

薄薄的心
蝴蝶样轻轻飞扬

透明平静的秋水
倒映了伴云的翅膀
杨柳伫立于岸边
捡拾蝉的心事
"哥，走吧！一块儿去南方"

湿湿的湖潮起了水雾
追逐雁影的流浪
恋爱的目光
冰封成镜
等待雁回峰捎来诗章

◎ 网恋

把你的痛苦封存于茧里
掩埋在我柔软的心底
不知道破壳的一刻
会不会播放秋日的私语

把我的思念绘画成圆月
宽阔的海面上打捞
不知道水的中央
可找到可爱的美人鱼

把你的笑容封存在记忆

加上镶玉的金锁
不知道经历万年
你的面孔是不是依然俏丽

把我的真爱存储在花心
期待一个春天的开启
不知道蜜蜂的足上
能不能沾上一丝甜蜜

把你的泪水收集在青瓷
盖上我紫色的唇印
不知道窖藏到何时
才品到醉人的诗意

把我的思绪拷贝成诗句
粘贴在你粉红的心笺
不知道世纪的合集
有没有你我单薄的影子

把你的快乐放大在梦里
充塞我生命的荒寂与空虚
不知道醒来的时日
能不能反刍或者回忆

把彼此的岁月浓缩成化石
愚蠢和丑陋的外形
我知道它的中间
一定有结成的闪光晶体

◎ 发梢上歌唱的百灵

发梢上歌唱的百灵
我以我生命的根基支撑着你
曾经啼过血的爱人
当所有的掌声穿透灵魂
你依然是我最好的知音

如果生命的意义在于生存
我始终选择你做我琴弦的陪衬
如果能够允许追寻
你永远是我目光中不朽的倩影
在我流泪的双眸永生

哦！假如我的脚步已经蹒跚
请不要离开我的爱情
我会用双手支起你的巢
支起你演奏家的歌声
支起你万午不朽的长梦

如果上帝许可严惩
我十万个愿意
请你击破我痴人的愚蠢
让沉浮的相思
做你衣袖边追随的仆从

哦！我发梢上歌唱的百灵
你以你拥有的尖喙啼鸣
为了不虚度闪烁的青春
你以你饱含性灵的语言

述说天堂纯净的烂漫天真

◎ 清晨这样美好

凌晨的雷雨惊醒家的酣梦
阳光如织，新马路清洁平整
雨珠清洗天空清澈宁静
鸟声清脆，树叶透亮如新

妻子告诉我，她做了梦
梦见两个鬼吵架
阳光下的鬼想到阴暗处生存
阴暗处的鬼想到阳光下生存

胜利双方选择了自己的梦想
阳光下的鬼走进阴暗处
它封冻了，有冰的圣洁

阴暗处的鬼来到阳光下
它燃烧了，有火的耀眼
奇怪的梦不知有啥奥妙启示
也许，是要珍视自己生存的环境

如果试图改变，那将使生命终结
也许，是要冲破自己生存的环境
如果加以更新，那将使生命闪烁

女儿告诉我，她也做了梦

枪林弹雨，她带领同学一起战斗
正在子弹快打完时梦醒了
恰好没被敌人的枪炮击中

自行车轻盈地从身边飘过
没有一点机械声音
女儿说，马路洒上水真是清爽
妻子说，不是，那是雷雨的杰作

踏踏实实的辛劳
总不会被生活抛弃
信念是一把伞一根柱子

游走的闲鳝
乡音腔子中蹦出
或者是流行的歌
滴水的眸子
有太阳还有月亮
路延伸在流浪的远方

◎ 拾荒者

文明的垃圾与废墟
检索扫描
裸露着青筋的臂手
铁耙一样
丢弃与保存
心是一面镜子

洞穿污浊的目光
发现灵魂的存在
俯身或者立起的瞬间
孩子和女人
还有炊烟
家是身后永恒的背景

田野的芬芳和绿色
没有被水泥淹没
不言放弃

◎ 酒

古老的窑，曾经的泥
一种叫醇的菌
以生命方式
游走于人类精神领地

水的形态火的灵魂
醉的本质香的名字
让人有了幻想和梦
有了呓语和诗句

因爱而改变的时刻
永恒本色成为红黄的艳色
美好的世界美妙的夜晚
春和秋勾引了枫的红唇

老镇的茅台林中的竹叶青

山城五粮液天府剑南春

酒鬼的麻袋装上女儿红

就这样被二锅头认成祖宗

驾驭着英雄和诗人的一刻

酒早已在为他们效命

善良的女人泪就这样流淌

只为那口口子酒，寻找一生

斗酒百篇，桂冠让天水灵草

也有几分诗意的柔情

关注中华的时隔不久

关注奋斗的人们和苍穹

草堂茅屋，南山菊香

等待晨风残月下醉醒

杨柳岸边，守候玉人

守候一种没有欲望的圣境

◎ 网吻

好久了，流浪的心

如乞怜的小鸟找不到

那扇收容爱情的窗棂

就这样痴痴地追寻

从每一个黎明到黄昏

从每一个黄昏到黎明

仙客来开了，绽放着幽思

玉兰花开了，倾吐着芬芳

仙女一样梦中娉婷

有意无意，虚幻真实

错误竟如此美丽

如甘霖滋润干涸的游魂

天使的唇盈溢着厚醇

让疲倦的鸟儿醉了

只求一生不醒

◎ 我的太阳

我的太阳

冲破峰峦上云霞的那颗

橙子一样的硕果

让海鸥衔来

让山村中雄鸡的呼唤引来

高原的颜色

呈现你的脸孔

一条河如女人眼角的泪

汪汪地清清地

从我窄窄的心上流过

也从你的心上

润泽一片干涸

河岸上的石头
打小就注视你的一生
从不笑星星和月亮
也许青草曾企图把它掩藏

面对冬日的风和雪
它含情脉脉的眼睛
被晚霞掩盖了一点羞色
梦沉寂在露珠滋润的睫中

我的太阳
照亮我生命的女人
就像春头上歌唱的百灵
让我的梦甜美一生

每一段曲曲折折的行程
都汇入你温暖的针行
日当中天，爱人呀，哦
我的爱，可留宿遥远的他乡

无论走过什么地方
总走不过你点亮的灯光
每一次坎坎坷坷的跌打
都浸透一串号码的守望
爱人呀，哦，倦鸟归林
我的月，可撞开你虚掩的门窗

无论走到什么地方
总走不出你绵绵的念想
每一个浅浅深深的脚窝
都注满你殷切的目光
哦，爱人呀，夜阑更深
我的梦，可依偎在你的枕旁

◎ 一双鞋垫

无论走向什么地方
总走不出你细纳的鞋垫
每一处如画的风景
都隐藏你细纳的模样
哦，朝霞满天，爱人呀
我的心，可在你纳的画上

无论走进什么地方
总走不出你手编的天堂

◎ 醉酒感悟

经历病毒一样
记忆经历了死机
那个夜晚，灯火通明
流浪街头，蹒跚的脚步
找不到回家的路

星星在笑，风在笑

橱窗中的音乐在笑
路在飘摇，树在飘摇
楼在飘摇，灯在飘摇
望我的人也在飘摇

我在大笑，我在飘摇
去找墙，墙笑着把我推倒
去找树，树笑着把我搂抱
去找人，人笑着指给我门

去敲门，门推开我的手掌
去找手，手指着忧郁的脚
去找脚，脚踩着笔直的路
去找路，路趴我身上睡了

摇摇路，路睡熟了
心醒着，怦怦地跳
想回家，家在梦中
灵魂在树梢守望

◎ 孩子，请不要恨铁

孩子呀，可怜的孩子
请记住，世界上有铁
曾经是石头中潜藏的恶魔
它被智慧者提炼成屠刀

我希望那黑暗的一刻

用自己所有的力量
把刀逼进它的坟墓
逼进地球惊悸的心窝

孩子们呀，可怜的孩子们
请你们不要恨铁
它洞穿灵魂的时刻
绝对没有快乐

无论是正义还是邪恶
铁没有自己的思想
只是把意志留给狂者
让他们驱赶心中的罪孽

孩子们呀，可爱的孩子们
请你们在天堂寻找
如果那儿有铁，就托梦
让我用诗歌把它封锁

砸钝它行凶的利刃
静止它飞行的弹壳
封闭它所有杀戮的性格
唤醒它分辨是非的思索

孩子，亲爱的孩子们
如果那儿有刀和子弹
就请你们离开
来，在我的诗中安家

带上可爱的小鸟
带上喜欢的玩具

带上彩色的画笔
还有那神奇的童话

◎ 诱人的诗

无论哪个入口
都是一个旋涡
大意的瞬间
月亮迷失魂魄

努力，找一个切点
在诗的心底
冬季，一双羽绒手套
雪，呵护粉色梅枝

只是，散播的幽香
深夜里悄无声息
风，来不及潜藏
徜徉在温柔的阶梯

文字，被真情凝结
富丽堂皇的宫宇
风，找不到出口
只好选择一次灵魂窒息

◎ 围棋简单术语诗解

棋盘

人生就是这简明的网格
机遇是三百六十一的排列
有时占领生活的制高点
有时步入暗藏的旋涡

棋子

散落是一枚枚冰冷的石头
聚合是一个个屠龙的战刀
智慧者思想融进的散沙
也会成杀戮与争战的腾蛟

眼

孤独是一块漂亮的坟地
活着就找到相守的爱人
独眼的巨龙终是僵尸
双眼的生命才有灵魂

气

天地间混沌未知的世界
争一口为更有力地拼搏
生命中不竭的源泉
长一气决定前途死活

尖

磨一柄锋利的长剑
撕开铁围的迷惘
杀出去是一条血路
退回来是胜利的凯歌

刺

觑望敌营的虚实
透点敌手的急所
找到思考的时间
试探对手的方向与强弱

托

把敌手托入云层
吹捧是最好的方法
对敌人老营的侵袭
要有破釜沉舟的气魄

退

面对强劲的对手
忍让是简明方式
积蓄威猛的力量
紧握的拳头收回后出击

挂

不让对手的势力化为实空

分享一块肥沃的土地
在敌人的身边安营
获取属于自己的家园

跳

为跑出对手的包围圈
或者追击末路的穷寇
轻灵的脚步总这样从容
每次跃动都是存亡关口

压

为了外势强大
争取自身的出头
形成铁壁的厚势
静待敌手

接

最懂得团结的力量
困境中牵手前行
涉过万水千山
迷惘中握住朋友的手指

断

对敌对者顺畅的道路
罪恶者伸出攫取大手
当机立断地高喝一声
此路不通

扳

宽阔而光明的前途
要从一丝丝的缝隙中
使用永恒的力量
强劲力道争取大好形势

顶

面对艰险的道路与困难
只有针锋相对的力量
才会赢得胜利的曙光
挽回已经面临的失败

飞

没有紧迫感的沉稳者
绝难跨出潇洒的舞步
浪漫的脚印不会凌乱
不怕绊脚的绳索和石头

爬

只要埋头做一份努力
便会多一点成功的空间
虽然是缓慢的步伐
却是沉稳者最牢固的实空

拆

未知中架起的支点

延伸成无形的彩虹
争战中筑起的生命线
退可回家进可入大荒

立

给生命进入泥土的根须
让它扎成自己的后方
飘浮的雨水最终落地
滋润着成长庄稼的家乡

镇

敲打山野的动机
是为了寻找老虎的迹足
关住开放的门户
设置着中流砥柱

碰

没有硝烟的战争
贴近肉体的搏击
巅峰的对决才能触摸
对手柔韧的身体

虎

设置的虎口不容许自杀
围棋以规则点化人性
父母赋予的宝贵肉体
不能因灵魂失落轻易摒弃

冲

有了坚强的后盾
才会有劲道与自信
勇往直前的脚步
敌手的空间内纵横驰骋

征

为敌手设置好无望的大道
一步步逼近绝望的归途
引征是交换的筹码
遗忘的时机中寻找活路

弃

放弃共同鏖战的战士
没有热泪的钓饵
智慧者对决的终极目标
只为赢得主战场胜利

渡

绝壁暗修的栈道
只为魔爪下出逃
经历血雨腥风的拼杀
归路温馨如亲人怀抱

点

敌人的心脏开辟战场

只为改变已落败的形势
拒绝盲目无谓的空投
要选择绝妙的地点与时机

劫

复杂战局选择打劫
目的是让对手劫尽棋亡
人生中遇到的劫难
忍过了，就是胜利曙光

收官

主战场胜负已定
棋盘上棋子黑白分明
最后的胜负还要定夺
守好晚节才是完美人生

◎ 野火之歌（组诗）

一、序幕

野火漫过原野
一片黝黑的土地
太阳燃烧、月亮燃烧
星空也在燃烧

火光照耀过大地

有一种宽阔的温暖
群峰燃烧、河流燃烧
大地也在燃烧

火，辉煌无边
东方的温度在增高
火，威力无比
一切锈迹都被熔消

火，轰轰烈烈
燃起世纪的浪潮
火，蔓延无际
一切芜杂都会被烧掉

二、驾驭者

风啊！来吧
从东、从西、从南、从北
从所有的高度
从所有的角度

毕毕剥剥
早已不是你的节奏
轰轰隆隆
才是你时代的强音

风啊，吹狂点吧
太阳呼唤、月亮呼唤
星空也在呼唤
一切都在呼唤

风啊，吹猛点吧
山峦欢歌，江流欢歌
大地也在欢歌
一切都将呼唤

三、诅咒者

救护车，快点！快点！快点
美丽的殿堂将要化为粉尘
那白壁，那彩画，那陶罐
那牛奶，那面包，那醇酒

那一切无风雨雷电的安乐
那一切有所有享受的宁静
都被卷进这熊熊烈火
把美丽的时光淹没

太阳，滚吧
月亮，滚吧
星星这群无耻的家伙
也想趁火打劫

愿阿波罗的羽翅断了
愿玉兔把嫦娥囚在暗室
云雾这贪婪者
不知道在什么地方喝醉

熄灭呀，这火光
为什么要弄脏自己的容颜
来呀，躺在世俗的温床
让棉纱和酒精抚慰忧伤

四、赞誉者

壮观啊，这美丽的火光
美丽呀，这袅袅的浓烟
野火燃烧，熏燎
野火熏燎，燃烧

所有角落里的腐朽被点燃
所有暗影中的幽灵被驱散
一切被污染的肌体被焚熔
一切寄生的蛆蚊将灭亡

野火燃烧，熏燎
野火熏燎，燃烧
燃出一个更青翠的原野
烧出一块更繁盛的大地

五、火光之歌

啊，我在燃烧，
闪烁在浩瀚天宇
多少艰难岁月
凝聚成这一次光辉灿烂

啊！我在燃烧
焚烧着空气中的腐味
焚烧着土壤中的虫卵
我要这大地有青草的味道

要把自己融入这清新
灵魂化作灿烂世界的肥料

花香在大地浸漫
快乐在山川喝彩

我要这板结的土地松软
要这芜杂的土地纯洁
我在发光，我在燃烧
我要照耀这光明的世界

我不再执迷不悟
我需要火，需要熔化
需要世界最先进的工艺
我需要重新塑造

野火舔舐过的原野
是一片宁静的泥土
火光安抚过的大地
是一处温暖的怀抱

◎ 今夜，我在诗中为你招魂

题记：献给海地地震中遇难的八位中
华维和战士。

战士！我举这朵小花
海地，今夜为你招魂
泪水眼眶流转
那是一面流转的镜子
点亮你回家的小灯

收容你回家的身影

战士，来吧！在家里安息
在敲打木鱼的声音中
在亲人们哭泣的梦里
我的诗行已筑成丰碑
支起安魂的穹窿
松柏样守护你归家的英灵

战士！阴霾已经消散
爱的通道已经支起
乘着月光的翅膀
攀越灾难，缓缓升起
来吧，我的心已经洞开
祖国还需要你们驻防

身体没有厚度地单薄
单薄成一张阳光的照片
透支爱的灵魂立体地丰满
战士！血流在异乡的土地
骨头也就竖在那儿
那永远是面中华的旗帜

◎ 以生命的方式诉说

祖国啊，我深深眷恋的祖国
我以生命的方式与您诉说
我是珠穆朗玛峰顶的积雪

映衬着你五星红旗的艳色
我是南海边最遥远的礁石
紧连着你海涛样汹涌的脉搏

我是四九年天安门前的二十八响礼炮
把中华最亮的声音传遍世界
我是九七年那朵漂亮洋紫荆花
分享着骨肉团聚的欢乐
我是〇八年雅典娜传来的圣火
在神州燃烧着五族竞争的和谐

我是三峡大坝中的一小撮水泥
驯服了已不羁万年的大河
我是天路冻土层内的一截导管
承载着你打破神话的传说
我是飞天城发射塔的一枚螺钉
支撑起你探寻天际的收获

我是潘多①脚踝那双登山鞋
以无畏和顽强把高峰攀越
是铁榔头扣下的那粒排球
民族的天空划出彩色弧波
我是邓亚萍手上那只球拍
用内心的柔韧玩转世界

我是雷锋精神的那点柔弱
把民族博爱的思想传播
是孔繁森身上的那对衣襟

————————

① 潘多，女，藏族，1975 年第一个从北坡登
上珠峰的女性。

把藏族阿妈冻僵的双脚焐热

我是小林浩[①]脊背的单薄

负得起沉重，也担得起灾祸

是张志新被没收的钢笔

许多革命诗歌未来得及书写

是牛棚透不出空气的栅栏

曾经把自由的思想禁锁

我是广场静坐的大理石地砖

特色道路探索的挫折铭刻

哦！太沉太沉，我是凝重的车辙

收藏你的痛苦、泪水、失落

哦！太多太多，我是航标的灯座

铭记你的汗水、笑声、欢乐

我是海峡舷窗外闪烁的曙色

引领你走向未来的宽阔

祖国啊，我深深眷恋的祖国

我以生命的方式与您诉说

我是花，是五十六朵中的一朵

我是眼睛，是十三亿黑算珠的一颗

随您的忧伤忧伤，随您的快乐快乐

因您的爱而爱，因您的歌而歌

---

① 林浩，当时 10 岁，2008 年汶川地震中，
两次进入废墟，背出自己受伤的两位同学，
受轻伤。

◎ 孩子，握紧你的小手

题记：地震中赶往天堂的孩子，手中
紧握一支笔；还有一个，在地下用手
电筒照明读书。

孩子，握紧你的小手

握紧一支比阳光温暖的笔

它是亲人的心尖

那根带你入天堂的稻草

孩子，握紧你的小手

孩子，握紧你的小手

握住手电筒的一束光芒

印刷得方方正正

是你曾经，舔着唾液写下的汉字

那是中华龙脊的精魂

孩子，握紧你的小手

文字并不脆弱，虽然它没血液

却如白色溪流的石头

黑暗，淹不没它红色心窝

孩子，那是力量的传承

那是母体流淌的能量

以食粮的姿态，照耀

华夏灾难的天空

孩子，天堂也要书写

天堂也需要知识和光明

◎ 悼念李翔

窗外刮过的寒风
阳光下传来可怕的消息
为民生荣耀牺牲的
是曝光地沟油的战士

守在暖气加热的房间
我的心冰凉战栗
感觉不到温暖舒适
愤怒的手握不稳钢笔

是谁收买为恶者的灵魂
尖刀有这样多的仇恨
捅入勇士的十几刀
杀戮正义的力竟这样深狠

血，模糊我的双眼
已形成的思维定式
不能理性思考，不能相信
这真不是一场蓄意谋杀

我知道，勇士倒下
会有更多的战士站起
承载曝光罪恶的肉体消失
曝光罪恶的精神更加立体

悼念勇敢，悼念李翔
你关注民生的文字
如星辰一样，每一粒

都刻在我夜空一样的心上

悼念善良，悼念李翔
你暗中访查罪恶的脚印
深烙在祖国的大地
深嵌进抨击丑恶的投枪

悼念正义，悼念李翔
你不畏惧恐吓的骨气
让贫民的口不再填进垃圾
让每个餐桌留下纯正清香

悼念真爱，悼念李翔
你用生命的肉与灵
让蒙昧的人们觉醒
让志士成为为民战斗的榜样

悼念智慧，悼念李翔
你肩头永不关闭的摄像机
镜头擦净了，就是
我诗歌明亮的眸子

◎ 屈原祭

五月，一个人由活着走进死亡
带走《天问》的悲愤哀伤
五月，一个人由死亡走向永生
留下胸怀祖国的不朽诗章

五月，一个梦魂铭刻的日子
我们用多种方式祭奠圣贤
回忆历史伤口遗落的故事
传唱一位智者无奈的悲泣

五月，一个值得施舍的日子
江水抛入棕叶包裹的糯米
喂饱贪婪的虾鱼，祈祷
别吞噬屈子漂浮千年的肉体

五月，一个值得拴住的日子
孩子们的手脚腕系上彩绳
系上交织彩虹的丝线，祈求
别追随他轻生的灵魂飘逝

五月，一个选择竞渡的日子
打造长长的龙舟穿越江心
诗人节打捞过月亮的河流
打捞爱国者金属样沉重的诗句

五月，一个应当规避的日子
门框插满金柳阻止邪恶侵袭
拦截魔鬼窥探美好生活的复眼
艾草的清香芬芳渐近的归期

五月，一个填满传说的日子
癞蛤蟆潜藏进泥沙深处的洞穴
抛开白天的光亮听他读诗
传道的文字胜过阳光的明媚

五月，一个值得沉醉的日子

独自喝着陈酿的雄黄酒
酒水里溶入混浊咸涩的泪水
我知道诗人的眼醉了心还醒着

◎ 激情西部

生命缺少了爱与激情
就如大地失去鲜花与春风
夜光杯盛满酒泉的醇香
月色就以另一种方式明媚
邀请胸怀家国的故人同饮

黄河如我眼角混浊的泪水
岁月揉进眼角的沙尘
母亲啊，那是乳汁的甘甜
携带思想中混入的尘沙
让游弋世界的心留下芳馨

黄沙怀抱着的月牙泉
是沙漠呵护的唯一的眼睛
阳关外古道马蹄的印迹
让思想飞翔在飞燕的翅膀
那是西部的一道彩虹

瀚海守望的声声驼铃
见证绿洲桑田的血缘
繁荣孕育裹不住落寞真情
楼兰女儿的经血

风干成泥土的嫣红

生命做到死亡后重生
敦煌，那些画师
用笔让岩石复活
飞天女反弹着琵琶
生命定格成不朽的艺术

揉不进沙子的眼睛
流不出咸涩的泪水
诗人啊，你这大地的心灵
童话一样天真的文字
为大地留下一处处美丽和宁静

◎ 牡丹花，我以我的方式爱你

有人把你娶进富丽的御花园
可你不遵从武后懿旨盛开
流放贫寒纵然有怒火焚烧
焦骨啊，你只为春天绽放

有人把你嫁给贫瘠的菜畦
你为养人的蔬菜和粮食
不于生命留恋的土地植根
沟渠的边缘寻找家的安逸

有人把你画进洁白的宣纸
心血和色彩渲染的笔墨

圣洁的殿堂存储成册页
芬芳风干刻骨铭心的记忆

有人把你融进美妙的歌声
丹田中喷薄而出的气息
婉转的唱腔抚慰心灵的芳香
装饰艳丽的声韵和旋律

有人把你揉进迷人的诗句
带泪的文字和平仄如你
沾满雨滴的娇媚容颜
诗人的寂寞披件透明外衣

有人把你雕进名贵的玉石
你不嘲笑软弱不畏惧坚硬
悄悄把鲜艳的生命融进五德
融进玉石的智勇洁和仁义

而我，只以西部汉子的粗野
把你漫进高原粗犷的花儿
让干涸带有褶皱的日子
充溢着摄魂的芬芳和靓丽

牡丹花，我以我的方式爱你
为你芬芳靓丽了的生活
为你饱含艰难和苦涩的根
医治着伤病的心灵和肉体

我愿意生命定格你的花期
渴望做鬼也风流的祈求
只是知道，做不好人的灵魂

一定也学不会做鬼的风流

◎ 碎瓷器的记忆

一块没有规则的瓷的碎片
从完整的瓷器撕裂
瓷器就碎了，这完整的没规则的破碎
肌体断裂的声音
如雷的轰鸣炸碎瓷的灵魂

瓷片的痛苦因这变故
伤口的边缘惨白如月光
碎了的瓷片，想到粘接
想到根连，想到伤口的位置
想到生命重合复原的拥抱

瓷器碎了，碎了瓷器完整的记忆
完整的瓷器上撕下的
一块没有规则的瓷的碎片
记忆却没随瓷器的破碎而破碎
仍拥有瓷器完整的记忆

沉睡过的矿山，旋转过的胎盘
一双有血有温度的手上成形
一管细腻的画笔下着彩
一膛熏熏烈火内烧制
无数次轻柔地抚摸中温润如玉

流落红尘的碎瓷忍辱偷生
并没因潮湿的泥土柔软
并没随腐臭的垃圾腐臭
更没随风化的石头风化
记忆仍然是瓷器完整的记忆

我知道始作俑者有心或者无意
即便是再来一次敲打摔砸
碎瓷再来次不完整的破碎
碎瓷只能是更碎小的碎瓷
仍会保持瓷器完整的记忆

◎ 天水，遇见李白牧放在
青崖间的白鹿

带上青春，走进华夏中心
走进天水，走进羲皇故里
走进让天下藏粮的麦积山
走近烟云养育着的灵草

天河水浇灌过的大地
除了不长长生不老的石头
就长着灵动的诗句
和煦的风，明媚的阳光

唐朝的明月给予我启示
诗仙穿过的谢公屐就在脚上
权贵一定也是前朝的权贵

写诗的灵魂一辈子不折腰摧眉

把自己当作仙人崖的白皮松
接受山岚的灵气和呼吸
享受小草花的初恋与爱情
聆听百灵鸟美妙的歌声

注视过的风景里有桃花
也有翩翩起舞的蝴蝶蜜蜂
喝过的酒，发酵成泪水
打磨过的文字比珍珠明亮

予人玫瑰手留余香同予人诗一样
那触动心弦的共鸣
白鸽子嘴角橄榄枝头绽放
向世界传递爱与和平信息

传承的意象、意境和梦
是祁连山不愿放弃的根脉
寒山雪洁白游子思乡深情
让诗雄鹰的翅膀找到归程

日子时光的弦上滑过
灵魂有梦鹿蹄踩过的山野
采集名山赋予的气质力量
佛光中缭绕出神秘与思想

◎ 同飞蛾消磨不眠之夜

夜正深，被奇怪的梦惊醒
我扮演一个盗墓者
打开一口棺材
腐朽的木板
藏不住亡者的双脚
红色的舞鞋瞬间风化

尸首显示，一个美丽的女人
面皮紧贴骨头
面色红润，依然有一点弹性
她的确是美丽的女人
眉目清秀，身材修长
来自唐朝抑或更久远的年代

木乃伊不只是古埃及的特产
不经意，一缕阳光
照耀她的额头
她接了阳气，站起来
立在面前，却不同我说话

她活动一下筋骨
跳起美妙的舞蹈
春柳样婀娜的手臂和腰肢
春风般灿烂明媚的笑容
每个回眸都狐媚如花

◎ 诗行中穿梭的飞蛾

因这惊梦打开台灯
光明浇灭一屋子黑暗

我睡意全无，侧卧床
翻阅二月上期《诗刊》
正读《蓝水鸟》《香甜的米酒》

一只飞蛾，没经我邀请
悄无声息、落进书页
宛然一个移动的汉字
它有一对透明的翅膀
八只细小的腿脚
注视它诗行穿梭
洁白的纸面起飞降落

盯着它作为参照
那些方方正正的汉字
开始移动，或飞翔或停顿
沉默的纸张有了灵气和生机
我想知道它是否害怕黑暗
才来到这含有墨香的诗页
寻找温暖抑或光明

它有一双明亮的小眼睛
但它无视我的存在，没做回答
一只飞蛾，细微的生命
细致地嗅着文字的芬芳

寻找失落的爱情和自我
诗歌的殿堂带领汉字飞翔

不眠的夜晚，一只飞蛾
把自己融入诗行
它有自己的追求和思想
它的小眼睛汉字中探索
一如我文字中感受爱与善良

◎ 书饼

邻居张大爷离世
已经有十个年头
后半夜，与他相遇
是在梦里
仿佛回到少年时光
老家门口
他赠送给我一本书
一本沉甸甸的书

奇异的，书是用面粉烙的
封面烙成的焦嘎
像一个个烫金的汉字

我抱它回家，交给母亲
母亲说："这是书饼，
需要用带骨头的肉回礼！"
我纳闷，不知道用什么

给这遥远的馈赠回礼

这天，出门听见喜鹊的叫声
这天，收到总编可靠的信息
我的书《蓝天飞过的神鹰》
手机《天翼阅读》上架
把这消息和梦告诉妻子
她说"这书能当吃饭？！"
我怀疑这会不会变成现实

荣誉与地位，财富与宝藏
被潜规则淹没了的天才命运
失去天真光洁的油亮本色
还能剩余多少生命的灵性

追逐的灵魂啊，请付出
精神百倍地努力，你要懂得
萤火虫绝不是阿拉丁神灯
献身时，必然是自我毁灭

◎ 潜规则

题记：读一组诗的感觉及其他。

没有被潜规则潜规的孩子
请放弃规则失语的游戏
也许行业的规则不接纳浪漫
献身的事业，不是梦中传奇

伪善粉饰装扮道德的面孔
没良知的人操纵文字
以智者与师长的风范欺骗纯洁
好似真的树立了高标抑或旗帜

不可能透明的暗箱
总有奇异的大手运作
中间拿捏诗的命运或者前途
虚假与梦幻的殿堂发出诱惑

◎ 折断的诗行

硬生生地，如采摘一朵玫瑰
把意象从意境根部折断
痛苦的声音，有点儿脆
犹如剪刀剪断的脐带
几滴血，依然鲜艳

玫瑰缄口，听不到她的呼喊
我知道，她将承载使命
向另外一个灵魂传递讯息
爱情这样不平等地
于另一个生命的痛苦中诞生

玫瑰并没刻骨铭心的仇恨
依然把存储的色彩释放
把心中的芬芳留存双手

她知道，一个幸福如花的面孔
会使九百九十九朵玫瑰殒命

诗人通常把唯一的命
掰断过九百九十九次
如玩断竹、续竹的游戏
像高超的魔术师
让诗句闪烁痛苦的烙印
（抑或快乐的标记）

◎ 高粱红了（组诗）

一、舞台

田野，演出绿与红的哑剧
一块土地，种植高粱
无言指令，荒芜退缩
所有杂草谦卑退位

高粱地啊，以自身的高度和密度
魔法般收放近来远去的鸟儿
隐藏垄亩间穿梭的山鸡野兔
收留季节中有关爱情的秘密

红肚兜光屁股光脚丫子的少年
戴项圈生四眼的黄狗
就有了快乐嬉戏的天堂
梦一样美妙的场景与结局

通常把自己当作高粱的腋芽①
潜伏每一株高粱的白天和夜晚
等待灵魂一次次分蘖②
好让原野有更多的景深与层次

我知道，高粱燃烧的原野
多彩丰富，如一张古老的绵麻纸
白行间闪烁古老的文字
善良和爱穿梭出成行的诗句

二、历史

非洲大地降临的物种
出生是难测的谜或奇迹
涉浩瀚的大海走进印度
又从印度的大地移入东土

仿佛一种传播的思想
乘风，经文给泥胎镀上金身
人们的虔诚只崇拜虚无
不敬仰二千年平凡供奉

染绿非洲原野的种子
养育好望角的意志
借一次次偶然远行
阳光一样照耀荒寂

---

① 腋芽：高粱茎的节位上都有腋芽，具有较
　强的萌发与再生能力。
② 分蘖（niè），植物地面以下或接近地面处
　所发生的分枝。

也许一条古老木船的缝隙
让它做异乡的偷渡
陆，不被遣送
异乡的泥土当成活命的根基

不拿自己当外人
没学会靠山吃山
每一块肥沃或瘠薄的土地
都把自己当成亲生

三、酒母

红红的高粱，活过千年的爱恋
将灵魂存储的相思释放
高粱醉了，所有的情愫
氤氲的氛围一点点洇释

如一场烟雨朦胧月色
高粱将自己溶化，将骨骼
发酵成醇厚的液体
醇香以透明的姿态复活

时常沉醉于高粱酒的浓烈
沉醉于高粱的醇香
只是做不到李白的斗酒百篇
做不到杜甫的泪拌酒浊

笔知道，不能如高粱酒一样
融进每个男人的血液
不能穿行人们思索的细胞
把写诗时的泪水酵存成乙醇

想把灵魂突现的一点诗意
融进硬柴样的文字，我知道
闯入肠胃的高粱酒会燃烧
倾注心血的文字会潮湿

纸思索，这酒母中游离的分子
会不会让一个民族，适合的温度
沉醉于高粱酒浓烈透明的日子
诗意酵化，诗意栖居

黑思考，让所有人觉醒
我独自沉醉
不慕众人皆醉我独醒的境界
喜爱高粱红了的酱红色的原野

四、笤帚

土地上生根立命的高粱
努力抬升头颅的海拔
拔节过程，只为亲吻
亲吻太阳，亲吻月亮
亲吻深邃苍穹的星辰

向往爱的过程，高粱的面颊
幸福地红了，红了一块土地
高粱深情的吻，以爱的誓言
注解田园受孕的美感
呈现土地心中的色彩

活过的生命必然死亡
死亡又有多种方式重生
高粱，生命的红穗子集结
爱凝聚神经末梢
报答土地养育的深情

清扫蒙蔽泥土心灵的灰尘
轻柔地拂过每一寸舞台
小心地不划下一丝伤痛
一如诗人阵列的文字
不给故乡和祖国留下创痕

◎ 思念一个人

思念一个人
就会被一个人思念
正如走进彼此的空间
这样简单

思念一个人
即使是陌生的面孔
也不会保守心灵的秘籍
轻易把钥匙或密码呈现

思念一个人
也许是曼妙的舞蹈
有灵感的文字
把守望者的目光牵连

思念一个人
只是一种美妙的瞬间
不为世俗的相逢
只为存放如火的情感

邂逅的美丽存于尘世和梦幻
思念的情绪会不会透过云天
方便无线网络
接收一张虚拟却真实的容颜

◎ 落莲

走过夏天，走进一池荷塘
绽放的荷花诗幻红莲
凝聚所有的艳丽与花香
一双纤嫩的手指间
轻盈地一瓣瓣飘散

微凉的风，携带梦想飞翔
融合池水生命的沉碧
斑斓如蝴蝶彩色的翅膀
远方润泽一方旷世的干涸
带着美人手上散不尽的留香

心分蘖出一只竹编花篮
期待的目光，辽远的天空伫望
等待吻封的八行粉笺
捎来沾满泪痕的诗行
抚慰月夜的故乡，岑寂忧伤

◎ 秋雨

柳荫碧绿，脚步匆匆
一场突然而至的秋雨
捎微微斜风。人生旅途
披件黄色风衣，你有些仓皇
踅进街边的橱窗，躲雨
如躲避一场旷世相思

寂寥空闲，打开手机
带一张笑脸，发一条短信
附束含苞莲花的表情
向远方传递秋雨的消息
跋山涉水，思绪的行程
关山不远，却是相隔千里

天意注定，诗的世界有些泥泞
此刻也飘秋雨，缠绵细密
不结果的柳，成熟舞动初秋的风
淡定地轻扬灵魂的柔媚
如丝一般柔滑的长发
流泻缥缈或真实的诗句

躲开细密的秋雨，却躲不开梦
逃不出柳的舞姿，雨的网络
不能拥住潮湿的双肩
不能擦干凌乱的长发
一场秋雨开启相思
曼妙柳之婀娜，诗心醉意

一季相思，一季秋色

无花果以另一种方式存在
不为春风和煦
不为冬雪纯洁
只为秋雨荡涤心灵
馨凉夏季燃烧过的红尘

◎ 医院杂感（组诗）

一、中秋无月

静坐市二院住院部顶楼
过一个独特中秋
期待一轮明月升起
圆满的月光照耀九州

如往常照耀新麦面做成的月饼
照耀色彩斑斓的水果拼盘
照耀点燃的三炷长香
照耀母亲陈设的祭坛

今夜，母亲生病没举行祭月仪式
明月撕一片云挡住蒙羞的颜面
不照耀彩色世界
不照耀穿城过的黄河

老家，父亲独守电视
观看中秋节盛大的节目
小家，妻女欣赏精彩的歌舞

世界构成独特三角

如母亲才学走路
才学拄拐杖的样子
用一个三角支撑不稳定的身躯
支撑起心中明媚的满月

二、母亲的头发

当年，货郎操异乡口音
雕花的吆喝
伴奏清脆的拨浪鼓声
村头聚成唯一的市场

围货郎的姑娘媳妇
围起七嘴八舌的惊喜
那中间有我年轻的母亲
手背背后，注视琳琅的货箱

她攥一些团起的乱发
目光逡巡，想把货箱看穿
那是奶奶梳篦间积攒
一年间塞进堂屋柱缝的脱发

货郎掂量这一团乱发
目光却瞄母亲乌黑的长辫
说：剪下来给你一对银镯
给你最好的价格

母亲攥紧自己的头发
坚定地甩在背后

让货郎的目光游离了多年
让拨浪鼓村口响了多年

那一年奶奶病逝，母亲咬咬牙
那对长辫，齐齐连根剪下
那一年，我有了件大二号棉袄
过了一个温暖的冬天

那棉袄成为母亲和我们的历史
二弟穿过，三弟穿过
让我记忆母亲长发经纬的绵密
而今，它已全部花白

三、输液吊针

每天早晨，八点三十分整
护士小姐风一样轻盈
将一瓶液体挂床头
病房显现出特有的静谧

守在母亲的病床
真不知道
我与这一瓶液体的距离
越来越远，还是越来越近

银针，进入母亲脆弱的血管
迅疾，回血过程
我看见母亲艳红的血
看见透明澄澈的液体流动

输液瓶高高地悬挂

像母亲的生命，一点点消失
这漫长的过程
带给我思索的点滴

如我小时候
吮母亲的乳头
长大的过程
消耗了母亲的容颜和青春

画着输液瓶与母亲间的等号
母爱竟这样透明
母亲输给我们的是乳汁
我们输给母亲的是蒸馏水

四、观察液体

一瓶 250 毫升的液体
静静俯视床头
如邻床陪护妻子的大哥
默不作声，木讷如我

需要观察的窗口
一瓶水将自己拉长、切断
看不到水的伤口
也看不到水的骨头

一线水，化分为点滴
展示神奇的张力
艰难的分离过程
将自己修复如珠玉

一滴水，没有思考的余地
掉进水面的时刻没激起涟漪
只做偶然的跳跃
有过瞬间的犹豫

没有刀，不能抽刀断水
没有牺牲，不能高谈阔论
没有欲望，不写豪言壮语
一滴水，静静消失于一条血管

饱满的液体瓶渐渐空瘪
头发花白的大哥
踮起脚，向下拉了拉针头
好让瓶中最后几点药水
不掉队地走入病妻的血脉

一瓶 250 毫升的液体
有多少点滴，我没问大哥
我知道，大哥的心里
用方言记下一个数字
那是他不想诉说的心事

五、奇怪的病

医院遇到一个人
他得了羊的怪病
奇怪的名字
"××三九"，我没听清

他宰杀过羊，剥皮过程
牙齿叼过杀羊的刀背

他见过太多羊血
见过太多内脏与骨骼

他为母羊接生
手沾染羊的腥味
他患上羊病，像羊
羊没把他当成同类抑或亲戚

他不知道羊得了这病
会不会四肢无力
他知道，人不会传染羊病
不会传染给一个好人

虽然他得了羊的怪病
但是，我知道
他不是一个坏人
仍然算得了羊病的好人

◎ 绽放的金城（组诗）

一、筏子客和花儿

黄河上筏子客漫过的花儿
如掺和进泪水的诗句
把一份豪迈溶进逝水
捎给蓬莱仙阁的龙女

渴望能淘出黄金的金城

水路上遇见一生的幸运
山道穿过羊肠的羊啊
献身的皮囊，承载飞翔的愿望

跨过的险滩，涉过的激流
河岸上垂柳样婀娜的妹子
跑过一个山岗，晃动起的红手帕
那是梦魂中归帆的旗帜

花儿啊，若要咱俩的姻缘散
三九天，冰滩上开一朵牡丹

二、五月，第一场雷雨

天空酝酿了一季的情绪
一个闷热的日子
激怒了久违的暴怒
闪电划过的夜，下起雷雨

穿过兴隆山松溪的南河
流淌第一场山洪
干涸期待已久的石舫
没有人掌舵，已自己航行

蛙噪声了，花要谢了
果实腹腔和枝头守望
一树树紫蓝色的丁香
散落的几滴泪花传递芬芳

上苍啊，给生灵以滋润
让大地传递善良和新梦

三、黄河石

母亲河如母亲的血管
竖立为高高的桅杆
泥土的皱褶根须盘错
我是最纯洁的一面白帆

显影灵性艺术的黄河
无须灵感的雕琢
沉积纹路的鹅卵石
只要流水与时间打磨

埋葬于诗，坟冢无碑
如岩石头潜入河水
梦想里一片野草山花
述说生命本源的葳蕤

鱼化石一样精练的语言
风干的生命挤不出一丝水分

四、雁儿湾与雁滩

河流带千年的土色
从我的灵魂从心中穿过
黄河岸边，我站成一丛红柳
野鸭惊飞，夕阳如血

林梢的雁儿曾经栖守
水草丰茂的河湾沙洲
心绵软如雁儿的巢穴
孵化原野上爱情的温柔

啾啾的呼唤，无韵的诗歌
波涛剪辑，树叶传阅
云笺排列成参差的诗行
天地的朗诵盛会，动人神魄

雁儿一样灵动的诗句呀
放飞梦想中自由的思索

五、铁桥和老家

百年的孤独，一生的流水
白塔心中点亮光明
五泉滋润，兰山如雪莲
让我找到浓浓的乡情

苦水的玫瑰，三泡台调味生活
牛肉面把日子浇上了鲜艳
红蓝绿白，生活拉成了毛细韭叶
软儿梨，冻过了，才比蜜甜

马兰花的国都，燕子马蹄下飞翔
塞上的原野，让我一次次相思
红花槐树下看花儿的脸颊，还有
老家的炕头，父亲样言少的兄弟

路不是旧山道，我不是少年的我
吃青草的绵羊，云朵样洁白

◎ 紫秋

——红霞歌舞团《阿婆的幸福生活》

八月清风流动的金秋
岁月拉开了舞台的幕布
阿婆们舞动彩色的衣袖
生活的角门轻盈飘出

一样高高的乌亮的发髻
一样蓝紫色的合体的装束
一样涂抹红唇的笑容
一样描画过眼影的明目

柔软如春柳般的手臂
芭蕉扇，扇动田野的芬芳
跳跃如小鹿灵巧的脚步
踩镜湖中天鹅的悠闲徜徉

一个甩手，甩出心中的秘密
一个回眸，道出满腔的相思
一个翘嘴，吐出胸中的快乐
一个扭身，抖落不尽的心事

伏羲的儿女歌唱天水大地
女娲形影舞动麦积空蒙的烟雨
歌声妩媚陇原徘徊的月色
舞步凌乱高原花影的迷离

艺术剧场演绎生活的细碎
平凡日子丰满舞台的充实

喜庆的讯息晕染有爱的心灵
舞动的节奏旋律生命的诗意

◎ 眼睛·古井

有时候，面对一双眼睛
如面对一口古井
澄明的笔直的潮湿的
能够装入心底的古井

可以直视那口古井
却不敢直视井底的明镜
目光如小鸟的翅膀样掠过
不敢停靠细长的睫峰

装得下日升月落的古井
装得卜银河流泻的星辰
涟漪接纳过无数石子雨滴
摄取过流云与汲水者的身形

井口的鸟儿怕掉进井深
却喜爱甘美的井水润泽生命
井底的蛙鸣诠释岑寂
啾啾鸟鸣可把井的寂寞填平

浇灌有情人相守的灵魂
飘移过井口的目光
总会为心中的干涸迷惘

期待三生石发一次井喷

有时候，面对一双眼睛
真的，如心上开凿过一口古井
夜深时，盈溢泪水的声息
也如井深处水线泛起的寂静

◎ 是花儿，就要开过（组诗）

一、开花不结果

前些年，我 QQ 空间的个性签名
"开花不结果"，还不洞悉
花儿们神秘的花语
代表个性的思想和寓意

那些不结果实的花
如泛起激情的红玫瑰
纯洁真挚的白玉兰
如浪漫爱情的野蔷薇

如坚贞芬芳的茉莉花
雍容华贵的芍药牡丹
如郁金香、百合、山茶花
菊花、昙花、梅花、水仙……

如海岩生长的珊瑚
如云峰盛开的雪莲
追求芬芳，柏拉图式的精神

艳丽的姿色脱洒梦幻

二、开花结果

之后，QQ 空间的个性签名
变成"开花结果"，那些花儿
如三月粉红的桃花
如五月欲燃的石榴

如八月岩岭间的桂花
灵魂高尚的木兰
如执着的向日葵
如南美憧憬的西番莲

它们都结出养人的果实
如碎小的小麦豌豆玉米
化石样的千年银杏
如雪白的樱桃梨花……

有些麻醉动物的神志
如美丽的罂粟
紫蓝色的曼陀罗
如苏门答腊的泰坦魔芋……

有时候，我真不知道
开花结果好还是开花不结果好
如写诗时无法选择
李白的浪漫杜甫的现实

三、第三者之梦

时常意象中徘徊游移

无花果只是美丽的传说
诗人唯一想做的，是
找到花儿中插足的第三者

雪花，这无根水的幻影
冬天的原野逶迤
覆盖失去色彩的大地
野兽和飞鸟写下足迹

无形的唯一的冰凌花
封冻的大地绽放
窗花，农家木格子窗口
红绿纸剪成花草喜鹊

画家笔下迷乱蝴蝶的墨花
花瓶中引诱蜜蜂的绢花
博物馆石头与美玉雕成的刻花
花圈铺祭奠亡灵的纸花

河流下溅起瀑布上溅落
以及大海中跃起的浪花
瞬间的聚散，如撷取
诗心的爱与善良凝结的泪花

开花结不结果，是花儿的宿命
花开的过程，花儿明白
开花结不结果已不重要
紧要的，是花儿就要开过

◎ 丝路行 —— 沙漠边缘
（第一卷）

一、面纱

只留下观察世界的眼睛
抵达心灵，澄澈如一口古井
穆斯林女儿的彩色面纱
遮蔽新月般皎洁的面孔

镶满金丝，缀满银饰
好比秋夜星辰闪烁的天空
遮蔽民族的神秘和信仰
显露母性的谦虚与坚贞

生活的智慧不是宗教
临近风暴，涉进沙漠的腹地
面纱，挡住沙子过滤风尘
阻隔粗俗者窥视的灵魂

真主启示，盛产流言的荒漠
诗歌的面纱阻拦阳光的紫外线

二、沙蓬

流动沙丘的阴侧
黄色的沙粒间吐露碧绿
一棵孤独的沙蓬
如一丝闪现的生命希冀

背后流言样的沙粒
跃过沙脊，水一样流下
它没有言语，挺直脊梁
勾头，抵挡涌来的沙子

借助风，动一动，摇一摇
抖一抖钻进身体的沙子
根拉直拉细，甚至拉断毛须
做一个努力向上的引体

保持与沙面恰好的距离
不被淹没又不被悬空

三、野骆驼

敦煌，女儿与游客换票
幸运地换了一峰白驼
我对视它的眼神

它生了马鞍形的双峰
披挂的身形，没有眼泪
每天驮送假装进出沙漠的游人

我没对视过野骆驼的眼神
它机敏地保持与人视线的距离
荒芜中，炫耀唯一的驼峰

心没家，眼无路，鼻孔也无缰绳
野骆驼把自己融进沙漠
如盐把自己溶进水

野骆驼守护唯一的单峰
守住不被人骑的自由和野性

四、常识

有许多常识，比如
沙漠行走别开口
开口会钻进满嘴的沙子

谚语给人们启示
骆驼，出门不考虑天气
发言，不怕满嘴钻进沙子

即使没有丝巾挡住刀锋
骆驼也要坚定地
向来风的方向传递信息

即使灵魂让沙子窒息
野骆驼也会躲过风口浪尖
生存的哲理明灯样高举

把自己当作本地的土
不怕被过路的沙子压住

五、西去的列车

晚霞闭上日子剧终的幕布
兰州的暮色里
乘西去的列车
去追赶离我们远去的落日

火车时速，纵然

超过夸父飞行的脚步
也牵不住大漠的落日炊烟
撵不上逝去的光速

祁连山苍茫的阶梯攀越
乌鞘岭长长的隧道
与黑夜没有预约
压给我们双重的黑暗

今夜无眠，看不到旅途的沙砾
不见星辰，不见秋色，一路向西

六、不见桃林

列车并不因夜色停止前进
如一条长龙，莽撞地冲破黑暗
冲出荒漠占领的原野
蜿蜒河西走廊，天下粮仓

没见到至今还清澈的渭水
没见到至今还混浊的黄河
还有埋葬神话与传说的坟茔
以及北方最美丽的大泽

如同我们，追赶时光
望尘莫及的形象
落日也追赶黎明
正如夸父的手杖化作一片桃林

崭新的红日，从背后，关城
又给我们天明的幸福与光亮

◎ 丝路行 ── 黑白画面
（第二卷）

一、鹰视

无数次梦里
总被一双眼睛惊醒

战争过后的硝烟
笼罩苏丹荒漠的凄清
一只乌黑的秃鹫
睁着它乌黑贪婪的眼睛

盯着一个乌黑的孩子
那是它的食物，饥饿的孩子
皮包骨头无力站起
只是弓腰，头抵大地

一张死亡对决的图片
载单薄的灵魂，气息
轻盈地传遍世界，如一片雪花
激灵，落入每一个人心底

二、落石

无数次梦里
总被一双眼睛惊醒

摄影者将这人间的黑暗曝光
也曝光自己脆性的胸怀

谢罪，他选择自杀
他想把自己当作山峰
想挡住一条河流的喧哗

他想以他不重的肉体
石头样，给世界一个惊叹
他砸碎心爱的相机

镜头没有血的艳红
镜头只留一张世界黑白的照片
比沙漠还荒凉悲伤的风景

正如片石飞进狂暴的河底
激不出落水的惊天巨浪
惊不起一丝让世界思考的涟漪

三、祖国

无数次梦里
总被一双眼睛惊醒

伊拉克战场宏大的背景
炮弹摧毁小女孩的家园
炸死她所有亲人

无助，小女孩没有哭泣
废墟，冰冷的水泥地
用粉笔画下平面的房子

房子中间画上妈妈的轮廓

胸膛的位置画一颗心
那是她心中的祖国

她走进房子，走进母亲的心间
蜷缩粉笔的心底
感受大地冰冷的温暖

四、佛山

无数次梦里
总被一双眼睛惊醒

和平生存的人们
刚从火炮蹂躏过的原野爬起
刚从殖民者的铁蹄下站立
人性，为何这样仓促丧失

那个车轮碾轧过的孩子
不能哭喊，没有言语
一双明亮的会说话的眼睛
盯着过路人的行迹

没有悲伤，把自己当成蚂蚁
她找到一条地缝
让自己做人的灵魂安息
感觉，蚂蚁的巢穴比马路干净

五、光明

无数次梦里
总被一双眼睛惊醒

一个六岁的小男孩
一个白天的黄昏
被抠去眼球，没有角膜
据说人们找到他的眼球

他的世界从此黑暗
那血淋淋的一双黑洞
伫立于他的眼眶
看不透黑暗的深度厚度

对视这无底黑洞，纵然超过光年
我两只光明的眼睛
也看不透他与我心中的悲伤
越不出他与我恐惧的阴影

六、弧度

无数次梦里
总被一双眼睛惊醒

熟睡于婴儿车的婴儿
被一双大手高举
她没来得及睁开眼睛
快乐的童话，飞翔的惊喜

坚硬的柏油路与水泥
这短暂瞬间
都想把自己变成海绵
去吸收这来自罪恶的震撼

然而，它们没来得及变软
婴儿的灵魂已经飞逝
内脏没有染红大地
骨骼断了没有炮仗声息响亮

◎ 丝路行——明亮的眼睛
（第三卷）

一、山川

无数次啊，无数惊梦，无数深渊
写诗的心，一次次窒息

我在高山之巅寻找
你在哪儿啊，你在哪里
黑色的眼睛，光明的眼睛
雪峰回答：啊谷底，谷底

我在深深的峡谷寻找
你在哪儿啊，你在哪里
害怕的眼睛，光明的眼睛
岩洞回答：啊清溪，清溪

我在浅薄的小溪寻找
惊惧的眼睛，光明的眼睛
你在哪儿啊，你在哪里
鱼儿回答：啊堤岸，堤岸

二、岩岸

无数次啊，无数轻叹，无数埋怨
写诗的心，一次次窒息

我在长长的河岸寻找
流放的眼睛，光明的眼睛
你在哪儿啊，你在哪里
岸柳回答：啊石缝，石缝

我在岩石的缝隙寻找
藏匿的眼睛，光明的眼睛
你在哪儿啊，你在哪里
石纹回答：啊草根，草根

我在绿色的草原寻找
忧郁的眼睛，光明的眼睛
你在哪儿啊，你在哪里
草茎回答：啊花心，花心

三、花海

无数次啊，无数追问，无数怨怼
写诗的心，一次次窒息

我在绚丽的花瓣寻找
温馨的眼睛，光明的眼睛
你在哪儿啊，你在哪里
蜜蜂回答：啊蝶翅，蝶翅

我在蝴蝶的翅膀寻找

善良的眼睛，光明的眼睛
你在哪儿啊，你在哪里
空气回答：啊阳光，阳光

我在阳光的缝隙寻找
温暖的眼睛，光明的眼睛
你在哪儿啊，你在哪里
太阳回答：啊大地，大地

四、秋风

无数次啊，无数追寻，无数呼喊
写诗的心，一次次窒息

我在广袤的大地寻找
飞翔的眼睛，光明的眼睛
你在哪儿啊，你在哪里
树木回答：啊秋风，秋风

我在舞动的秋风寻找
灵动的眼睛，光明的眼睛
你在哪儿啊，你在哪里
果香回答：啊落叶，落叶

我在腐败的落叶寻找
失落的眼睛，光明的眼睛
你在哪儿啊，你在哪里
秋蝉回答：啊蚁穴，蚁穴

五、蚁梦

无数次啊，无数访问，无数失意
写诗的心，一次次窒息

我在黑暗的蚁穴寻找
跌落的眼睛，光明的眼睛
你在哪儿啊，你在哪里
蚁后回答：啊天空，天空

我在流霞的天空寻找
血红的眼睛，光明的眼睛
你在哪儿啊，你在哪里
归鸟回答：啊星辰，星辰

我在闪烁的星星寻找
妩媚的眼睛，光明的眼睛
你在哪儿啊，你在哪里
流星回答：啊梦中，梦中

六、归期

无数次啊，无数探寻，无数追问
一次次窒息，写诗的心灵

我所问过的生灵都有回答
善良的眼睛，光明的眼睛
在哪儿啊，在哪里啊
明确地满意地指示显影

可是，我盲目地寻找
善良的眼睛，光明的眼睛

总隐藏世界的背阴
失望的灵魂找不到人间的真情

我，并不会因此绝望
我知道诗行的云梯
善良的眼睛，光明的眼睛
韵脚有流浪者的归期

◎ 丝路行——嘉峪关抒怀
（第四卷）

一、牌匾

朝阳照耀金色的大字
几百年土筑的城墙
"天下雄关"，方正的汉字
陪伴澄澈的蓝天向往大唐

几百年风沙不息
吹不斜它面向东土的方向
几百年稀落的雨雪
洗不净它金銮殿纯金的光芒

雄关支撑长城西边的起点
舞龙威仪陪衬祁连马鬃的奔放
九眼泉立命的关隘关楼
万里大地，伫立成华夏立体印章

暗壁明墙，关城雄鹰样飞翔
怀柔世界沙漠挺起头颅和脊梁

二、展翅

一个雄鹰飞翔的形象
嘉峪关，甩出长长的翅膀
那是延伸的长城
拉起沙漠与绿洲的边防

黑山的岩画见证时代的风沙
文明变迁传承古老吉祥
不朽的故事风干成一口老井
甘甜润泽几代混沌的迷惘

驻守的战士守一水一关
穿越的行客过一城一楼
赶往西域的驿站过滤
甄别的身份不是敌人即是朋友

嘉峪山干涸中守望千年
不变的，是凝固的土色容颜

三、马道

舍弃平整错落的台阶
一个属马的人走进雄关
艰难地走过曾经的马道
俯身向上，手摸道砖

关城已无整齐的披挂

找不到那对传递信号的马镫
找不到曾经雕花的马鞍
以及马背挺立的将军

马的铁蹄踩过的道路
弥散硝烟与熟铁的味道
沉积砖石缝隙的嘶鸣
带血的气息潜藏飞燕的羽毛

我知道，前身是一匹白马
不是能嗅出方向的诗人

四、燕鸣

一对恩爱燕子
巢垒关楼卷起的檐间

春天的信使
戈壁的石头压不住大地回暖
征人眼中所有的柔情
包围归燕的翅膀

形影中的羽毛
潜藏亲人们牵挂过的目光
一场风暴，出关的雄燕
撞死在闭关的城墙

悲鸣的雌燕啾啾鸣叫
为失去的爱人殉葬
一个传说，凄美沙漠的温情
敲打砖墙，哭泣的石头囚释燕鸣

五、车辙

西边的关城，城门洞
不知道路过多少行人
他们薄膜样的脚印
叠起来的厚度不见踪影

我从这关城进出如一个游客
脚印与每一个行客相同
如页岩单薄得不能再薄的一页
几百年表皮，几千年中层

黑山冰道运来的条石
留下深深的辙印
汗血马的汗水与行人的眼泪
碱湿过棱角的方正

黑山的石头铭记车轮留下印迹
过往车轮不忘穿越时空的相思

六、女墙

角楼的旗帜随风飘扬
背景的蓝天滑翔机飞过
听不到昔日战鼓激昂

女儿伸出天真的脸庞
雄关城头的女墙
我用数码相机给她照相

闪动镁光的镜头，快门
瞬间定格游览的经历

容颜温暖几百年土色荒凉

向敌人射箭开枪的窗口
妇女和孩子绽放笑容
潜藏怀柔天下的梦想

荒凉和粗犷出没的地方
温柔的梦总留给和煦的阳光

◎ 丝路行 ——高原的青稞
（第五卷）

一、田野

麦子不黄的高原，海拔、光照
以及温度，缩短粮食的生长期
青稞选择的土地，肥沃黝黑
酥软较迟，过早封冻高原的神秘

所有的青稞都竖直抽穗
如针芒刺入阳光耀眼的空隙
偶然攀附的牵牛花如攀附权贵
青稞地因此有了粉红的记忆

洞穴狩猎产卵的飞蛾
不结网的土蜘蛛穿行森林
背七星的瓢虫麦芒尖起降
吸食青稞穗缝隙繁衍的蚜虫

157......

古老的蟾蜍潜藏田园的景深
守候高原夜空闪烁的星辰

二、青黄

绿色的青稞粒才灌满浆
沉甸甸的头颅羞涩勾下
正是一年难熬的青黄不接

母亲自家自留地
摘一些头勾得最低的青稞
蒸馒头的蒸笼蒸熟

青稞的青春想不熟也熟了
父亲簸箕样的大手搓一穗
吹去胞衣，青稞绿如珍珠

撒上盐的绿青稞滚进口中
独特的味道，接近太阳的粮食
青稞，最能抵御生命的寒冷

会勾头的粮食，接骨样接岁月
如羔羊吃奶时，双膝跪着

三、发言

灶膛的青稞草燃烧
炒铁锅青色的青稞
这让我想起曹植

七步，他把自己比作豆子
浓烟从烟囱飘入蓝天
那也是见风斜的炊烟

青稞草的生命短暂消失
灵魂升天，留一丝灰烬明暗
青稞草仅有的能量与火热

透过比生铁还生的铁锅
本原的母爱，难以说清的情感
让青稞开口诉说

爆炸过的生命不留存私欲水分
发过言的青稞闭不上裂开的唇

四、口袋

记忆中的口袋，装过卵石
装过鸟蛋，装过玻璃珠子
装过老家的鸟叫
装过小河的溪流声与蛙鸣

装过秋天的雨，装过春天的风
装过冬日的雪花，夏天的彩云
装过夜晚的狗吠，夜空的星星
装过小人儿书，装过弹弓

还装过姐姐偷偷塞进的麦米
那青稞草炒过的青稞
开口笑的有洁白牙齿的青稞
它的官名，当时不叫零食

想起大两岁姐姐笑着的样子
口袋中掏诗如掏麦米

五、糌粑

粗犷辽阔的大地
高原短暂的无霜期
二阴与高寒贴着标签
温带作物自此却步

没有云彩的蓝天
雪峰划过的十字架
决定生命的二三象限
定格黑牦牛蹄印的高度

炒面与牛奶光天化日下融合
搅拌的过程，旋转的碗
有转经筒飘出的真言
养育高原人的肉体与精神

糌粑，这不是麦米的虚假名词
用麦米养育高原的高与神奇

六、草蛇

一根葱粗粗的叶子
灌进青稞炒面
一条绿色的草蛇
游走童年的记忆

加过砂糖的炒面
滴过胡麻油的炒面
青稞的味道
超越了原始的习性

正如我惬意时
喜欢喝纯正的青稞酒
温酒过程
切几段大葱的葱白

正如孔乙己碟中的茴香豆
有酒的日子，咀嚼生活

◎ 绝句中考古（组诗）

一、绝句

青藏高原抵达太阳的地方
塔尔寺牛角号吹响黎明的赞歌
转经筒旋转轮回
草原绿托起蓝天下雪山的纯白

昔日行走过的唐蕃古道
车队随行的诗人
从军的战士、铁衣、战马
他们都是我前生的形影

楼兰随风舞的猎猎战旗

与城池一道，被风沙埋进历史
只是一首绝句的韵脚
见证过楼兰战士的英姿

诗人啊，所有寂寞、孤独、凄怆
均怀念故敌舞动的战刀和长枪

二、考古

长云隐藏雪山的形影
青海湖倒影中起程的风
吹开墨云寂寥的胸膛
一线蓝天下的雪山随之隐遁

随风飘动的冠巾携长袍的丝带
风中站立的诗人，遥望玉门
风沙，满含血凝重的气息
战马奔腾，卷起蔽日的沙尘

大漠苍茫驰骋的楼兰勇士
身后是守城妇孺老人的泪影
也如长安的明月西窗
散射缕缕期盼归人扯心的疼痛

楼兰不破，却破沙漠的红尘
风干的王国，塔克拉玛干[①]保存

---

① 塔克拉玛干沙漠，也称死亡之海。

◎ 位置（组诗）

一、脏腑

西部的民俗与方言
一个人有没有意志和勇气
是说他有没有脏腑
其实是说他有没有谋略与胆识

男人的刚烈、女人的柔韧
同样具备智慧的气质
具备脏腑所有的气节
如铁有了钢水，根埋入大地

虚伪的高谈阔论
抵不住发自内心的真诚
华丽的豪言壮语
顶不上实践梦想的行动

白雪覆盖索契原野的神圣
正如一句话可以是暖心的春风

二、位置

有的人时常把脚印等同于脚影
习惯云彩里留下脚印
大地上留下脚影
好显示无影腿的杂耍本领

有的人时常把言语等同于寓言

喜好荧屏或电波传播言语
微博和报纸保存寓言
展现驾驭文化与文字的能事
也时常一个位置想职位
心里把玩位置与职位的关系

有的人剖开心找到最高的位置
把人民放安全区域
犹如一膛炉火，添加上硬柴
将蒸煮的烈火旺旺燃起

◎ 栖云峰的野径

鸟鸣清幽，叮咚涧溪泉流
青黛与嫩绿相间的山野
喜爱一条上山的野径
叠翠的峰峦如古典的册页

青草，去年的枯黄中伸出
叫不上名字的野花
如倒立的火柴头
柱柄的艳红把夏天点燃

马兰初绽的蓝色花瓣
蚂蚁蕊柱间攀缘
阳坡的杂树开满白色小花
枝丛掩不住油亮的新绿

芍药如紫红的灯笼
照亮林间的幽暗
紫色的一树树野丁香
传递馥郁碎小的清芳

没有人迹的山野、蛛网
是昆虫和植物立体的世界
阴坡高大的云杉
呵护细小的毛竹

黄刺玫、白刺玫、红刺玫
悄然于绿的山野开放
陪伴云杉与毛竹的寂寞
如一簇簇的花美如彩色蝴蝶

轻风抚动，你疑心它们的灵动
唯花丛飞舞的蜜蜂
嗡嗡的声音，忙碌的起落
才勾起失真的梦境

偶然遇到的野蕨菜
举宣誓的拳头，展手老
断根时，仍保存原始的野性
涂抹根部的泥土才不会变老

千百年年轮，腐朽的木头
暴风骤雨中倒下，孕育生机
接近地面，潮湿的部分
苔藓，冒出鲜活的蘑菇

六月还没消融的冰川

冰面，杂树发表不可思议的绿
不是亲眼所见不会相信的奇迹
诠释灵山的美与神秘

哦，栖云峰隐藏仙踪的绿
消磨了诗人的一个夏日
不向险峰去，怎题绝壁诗
俗人的梦，丢进这山野的韵律

◎ 蕨菜与根土

题记：蕨菜有灵性，只可偶遇。打蕨
菜，一定要在蕨菜折断处，粘抹蕨菜
根部的泥土，如不粘抹，蕨菜会老去，
不能食用。至今，人工培育还没成功。

进过深山，登上峰顶的人
才知道野味山珍的习性
偶然遇到的蕨菜
举宣誓的拳头
将原始的性情保存

连根断了的蕨菜，折断处
流出绿色液汁
似泪如血，泪泪无声
折断的植物，远离故土时
散发出动物血液的浓腥

野蕨展手老，打蕨菜的人
懂得蕨菜的这点心思
断根时蕨菜的伤口
粘抹上蕨菜根部的泥土
让人触摸生命间相知通灵

正如捉鸟时蒙上鸟的眼睛
防止它啄乱彩色的羽毛
历史和文字的缝隙
常发现，远离故土的人
带一抔故乡的泥土，寂寞时暖心

存储于行囊的牵挂和不舍
承载过童真与快乐的根土
抚慰旅途所有的原伤
让远离故土的灵魂
不因根断失落或者忧伤

有了守望的寄托心灵的慰藉
根土涵养的水分
根土保留的味道
演绎根泥神奇的疗效
根土啊，让人难舍的情结
保佑梦幻般的意境
让诗人攀缘月光瞭望故乡

◎ 猫与狗

题记：这是作者亲见的一幕。并感怀，

今夏有人用七万元买通高考考场。

周末，应朋友邀请喝酒
文成阁门口，遇见个疯女人
蓬乱的头发，污浊的衣袖
怀抱出生不久的小狗
认真地教它上树

不高的侧柏，光鲜的绿叶
映衬小狗棕色的皮毛
女人目光充满温柔
一次次徒劳地努力，不言放弃
让一只小公狗上树

四肢悬空，抱不住粗糙的树干
努力的小狗，惊慌的目光
喉咙发出呜呜的哀鸣
它不明白给它温暖关爱的主人
为什么要它上树

我忖度，女人把它当成小猫
是猫要学会爬树
这是她精神错乱前获得的常识
流浪者收留流浪小狗的瞬间
已将它当成亲子担负教育责任

这个画面一直闪现脑海
心中生出无尽的悲悯
悲悯疯了的女人，悲悯小狗
悲悯这育才的教育方式
做猫做狗，都是安身立命的过程

◎ 枯树与野蘑菇

沐浴过阳光温暖的枝节
享受过月光明媚的温柔
与星星聊过快乐童年的大树
留下诠释春风的木叶
留下描画山川的风光
以及空林的鸟鸣与涧音

曾经站立过的、笔直的大树
支撑过雨雾与墨云之重
支撑过鸟鸣与松风之轻
没有惊天动地的死亡
老朽的木头，千百年年轮
暴风骤雨中轰然倒下

所有梦幻与希望一起泯灭
没成大厦的栋梁
没成一张课桌一条板凳
没成为演算的一张草纸
没有燃烧，没成为一支松明
出生与墓地都是幽深的山林

接近地面，潮湿的部分
雨水的双重身份，对根的滋润
化作对枝干腐朽的催化
时光消磨了坚硬，朽腐的气息
生长出鲜活的野蘑菇
孕育轮回的繁华与生机

◎ 野蘑菇与枯木

正如死亡的骨头碳化的程度
记录一个人或野兽的生命过程
一棵古树，山野，年轮的老朽
风雨合谋，时光闭上睁开的眼睛

彩云不记得，飞鸟不记得
星辰不记得，野蜘蛛不记得
甚至，已成参天的松子不记得
一棵树曾经活过，留下无数针叶

葬礼，山谷的松风，涧中的鸣溪
晨露，竹叶，刺玫粉红的花瓣
覆盖倒下的躯体，古树无言
茎寸苍苔，把它掩埋进历史缝隙

一场透雨，松软了已久的干涸
被鸟鸣和虫鸣唤醒的野蘑菇
星星一样，举洁白的小伞
一夜间，撑开保护世界的身形

娇嫩，经不起碰撞的野蘑菇
根附古木细密的纹路
汲取古木一生汲取的阳光
实现梦幻与诗意的栖居

排队的野蘑菇，一队小伞
秩序井然，领队与队员
站成一棵树站立时挺拔的姿势

柔美地把坚硬的秘密诠释

不染泥土的野蘑菇，幽暗的山林
有害菌没有入侵空间
替埋进时序与泥土的古木说话
伞朵画出一棵树活过的形迹

采摘一棵树举起的一溜野蘑菇
学古树，真相，野蘑菇沉默不语
写下这诗句，我也不语
灵魂择诗的骨缝，当生命培植基

◎ 西部寒鸦（组诗）

一、暮归

柳条河水库玉一样冰封
封冻一片洁白的宁静
苇草枯黄，沙棘的枝头挂灯笼
黄或红的酸果，望一眼满口生津

绵羊与山羊披白氅缁衣
如虔诚的大臣、绅士般
静默的身影，等待王者归来
我懂得它们目光里的陌生

羊角上挂阳光的余晖
一瞬间蹿上最高的峰顶

这尖角挑的金色光明
被山坡提起的夜幕收紧

日之夕矣，羊牛下括
直译《诗经》缝隙里的原梦
柳条河水库边的绵羊山羊
注视我从山路归来

二、碧空

"鹫喂—尬""鹫喂—尬"
上演童年惬意的场景
天宇下盘旋的群鸟
定格成记忆中绝妙的画景

相机只留下它们的身影
却捕捉不到天际聚会的声音
怅惘的目光，喜悦的心情
穿越入少年记忆的天空

入夜的失眠，我知道
我想念这儿时的暮色
想念暮色中喧闹的红嘴鸦
想念罡风中嬉闹的安静

红红的鸦嘴叫成闪亮的星星
让目光和相机无法追踪
傍晚见到这大群的鸟儿
不知道还能不能邂逅相遇

三、植被

松柏苍翠，排起山腰一道道墨绿
寒冷的晨风吹过，开垦过的山塬
枯草凄凄，退耕还草的土地
好似诉说，受伤者轻言自语

生长杂草的土地不长粮食
饥饿喂养过的人，灵魂
亏欠粮食的香味
开垦自然的草场不能自持

低下头颅的草，立根
以倒伏的智慧，消减
风尘的粗野狂暴，抑制
身下的泥土追随飞扬的欲望

狂暴的沙尘隔草皮
一如窗户隔脆弱的薄纸

四、追踪

翌晨的浓云遮住太阳的身影
不知道有没有幸运
遇到宿命中的寒鸦
再遇见自由生活的鸟群

沿山脊爬上一座山峰
干枯和荒芜的原野
千年雪洁白远山的峰岭
白云缝合了山峦与天空

惊叫的野鸡，隐藏于草丛
不知道蓝天溶化的翅膀
还能不能飞出厚厚的云层
飞入视野，落进相机

不知道，它们是否把我记得
是否还有对一个少年的记忆

五、奇遇

一大群的红嘴鸦、野鸽
黑色的浪涛翻卷
盘旋多云的天空
起伏于冬日苍茫的山野

找不到它们的领袖
没有规则地起飞，降落
只把一片描画天空的字
铺满灰白的天空，空荡的田野

我所有的意识和思想
都集中于它们的翅膀
追随它们卷起的空旷

心随它们的翅膀起降
汇聚它们之间的留白
汇聚这杂乱无章的统一
这真是绝妙的狂草书法

六、寒鸦

如梦一样，成群的红嘴鸦
山岭中的奇遇，让我
再一次见证，有生命的文字
蓝天下展示灵动的书法

复制童年群鸦翩翩的天空
这山野与天空中的狂草
我的心随潦草的翅膀
凌乱成无边复杂的喜悦

目光做虔诚的追随
脚步于峰峦的高处游移
人迹荒芜了的山野
聆听天际传递的信息

红嘴鸦，翅膀掠过的原野
有自然最美的生机、讯息
山顶观看，它们也生活在大地
只是它们拥有翅膀和飞翔

七、圣地

红嘴鸦，你找到了安静的封地
让我睡梦中向往
我确信这奇遇
真的不是梦境，不是幻想

用光了最后一丝电量
拍摄完最后一张影像

与山的外界断了联系
只是注视红嘴鸦自由飞翔

辞别山野，红嘴鸦守候的天空
群鸦向太阳飞去，渐渐地
遮蔽蓝天与太阳的翅膀
被云雾中露出的太阳遮蔽

相信，太阳里有你金乌的祖先
阳光是你温暖安全的老家
我下山时，它们也向太阳飞去
这一定是回家的感觉

◎ 野李花开

兴隆山畔的野李子
开满一素白花
无人种植的一簇簇宁静
仿佛与春天践约

用一双明眸摄取
云杉黛墨、野杨金黄
落叶松碧绿溪流清澈
描摹山野的画境

正如朴实的诗
平凡地存放于心
期许明亮的目光

轻柔地打磨文字的棱角

一双明眸，淡淡的隐忧
穿梭诗行的留白
让潜藏角落的心思
裸露纯洁形迹

遐想浪漫的行程或旅途
邂逅与相约的春情撷英
总以诗意的方式
夏季的温暖中品味芳芬

正如一些眼睛收留了诗句
正如一些诗行收留了目光
彼此采撷的过程
淡淡的清香渗透灵魂

◎ 诗及诗人的救赎（组诗）

题记：2014 年，海子如活着，应当是他的本命年，是他知天命的年龄。他活着，不知道又写出什么样的诗句？他活着，会不会还选择自杀？或自杀的方式？他活着，他是不是一个诗人？二十五年前，我叫他大哥，今天，我叫他孩子。

一、悲喜

中诗会甘肃群，朋友们聊天
认为甘肃是诗歌大省
自豪，高原有一个诗歌群体

诗与诗人，如同鸡与鸡蛋
无法定论的命题
我说：浮躁时代诗人太多

没有写出一句
甘肃人都吟诵的诗歌
写诗的人不是诗人

没有写出一节
西北人都朗读的诗歌
写诗的人不算诗人

没有写出一首
中国人都传唱的诗歌
写诗的人不够诗人

没有写出一组
世界都翻译的诗歌
写诗的人不配诗人

没有写出一部
千百年后，人们还落泪的诗歌
写诗的人仍然不叫诗人

记住诗，忘记诗人

记住诗人，忘记诗
许是诗与诗人最大的悲喜

二、悲剧

一颗空荡的头颅
空泛的思想
熔炼不出星火
浇筑不成有钢水的诗句

海子自杀，206 根骨头，并不硬
它挡不住时代急驶的列车
即使伸展四肢，也架不出一道
让列车改变轨迹的虹桥

什么让你选择自杀
是时代思考已久的疑病
是对诗的热爱和痴迷吗
是江郎才尽的失意与失落吗

历史长河，一些诗人
死亡，非自然的选择
但他们留下永恒的诗句
比如普希金，他为荣誉决斗

比如裴多菲，花季的生命定格
瑟克什堡大血战时牺牲
你，没有骄人的诗句
只会面朝大海，等春暖花开

骑马劈柴，是牧人生活的方式

纯属口语的意愿有多少诗意
只如深林洁白的马屁孢
不是一盏暗夜点亮的明灯

谁容许你选择自杀
诗人的名誉，诗人的桂冠
可以和青春的生命等价兑换吗
救救诗，救救诗人，救救孩子

三、虚名

卧夫，又一个自杀的屄人
他跟从了虚名的脚步
立了块海子石，就想立成诗人
却没有写出应写的诗章

虚名，让渴望成名的人
渴望成为诗人的写诗者
放弃了珍贵生命
放弃了等待他完成的杰作

诗人短命，貌似合理的伪命题
给写诗者，一个约定诱导
救救诗，救救诗人，救救孩子
写诗者自杀，违背天命

我真想高呼，写诗者
自杀，迎合了诗人短命的谶语
没有诗的灵魂轻不过片石
激不起滚滚大河的一丝涟漪

四、怪圈

世界没有专供诗人生存的天堂
写诗的人，戕害自己的生命
砧板，没有人为这愚蠢断喝
没有人严厉地阻止谴责

只因他们写诗，寻找阿拉丁神灯
成为艺术殿堂的供桌和祭品
没人指责他们对生命的不敬
怜悯的泪水，串一顶艺术花冠

我不知道，是谁的大手
给写诗者加上思想的镣铐
是他们对诗歌的惧怕吗
是他们对真正诗人的胆寒吗

马拉之死，是因敌人的匕首
没点亮星星，自杀的写诗者
心中也隐藏子弹和匕首吗
救救诗，救救诗人，救救孩子

◎ 缝隙（组诗）

题记：城市化进程中，部分地区已
有 50% 以上的人口住进城市，预计到
2030 年全国应该达到 80%。

一、天空

不知道天空有没有缝隙
鸟的翅膀总能钻来钻去
还有沉重和轻浮的云
闪电和惊雷以暴力的方式穿越
还有轻盈的雪花和春雨

无须论证，天空的缝隙
能容得下一切星辰
但罡风变幻的深邃
却容不下一尾鱼
一个思想者的头颅

诗人确实需要一对翅膀
渴求飞翔的欲望
划破这封闭的领地
尽管弦窗观望过云海
浏览过如画的江山

诗人的前身是飞禽
浑身长满自由的羽毛
正如羽翼未丰的思想
想融进哲学和诗意的天空
找一处安放灵魂的栖所

二、大海

不知道大海有没有缝隙
虾米的脚步总没有印迹
海龟的房屋背在背上

古老的海龙海马
海星以及章鱼乌贼穿梭的家园

彩色的珊瑚、海藻
以艳丽的方式飘摇
海的深处，美人鱼的笑容
仙女天籁般的歌声
释放迷魂的引诱

塞壬给予的智慧
让诗人把自己捆绑成桅杆
一如捆绑立起的诗行
我真想一次迷失
想一次灵魂的失航

肉体喂养鱼儿
白骨沉入深渊
灵魂化作洁白的浪花
从不否认，大海不给呼吸
却接纳鱼群独来独往

三、城市

不知道城市有没有缝隙
那些鸟儿的天空
那些鱼儿的深蓝
总是以深邃的模样
假装由来已久的深沉

壮大起来的城市
摩天大楼，越来越窄的马路

白天的喧闹，尘嚣
夜晚的霓虹，丰富的夜生活
穿城而过的河流、流浪者粗糙的歌声

富有与贫困者艰难创业
感动时代脚步
打工者亲手抚摸过的层楼
五花八门的户型
都有一扇门窗向阳

电梯替代了脚步
地铁穿梭过站台
总是让人高处观人如蚁
释放人的进出口
摆地摊者，散发广告的少女

拥堵的车流，尾气如烟雾弥漫
戒烟者的意志与禁令对抗
同洒水车一道净化空气
占道经营者坑城管的游戏
道路延伸处耸起碍眼的高楼

国道边粉砌的遮羞墙
正好给私建乱占者以口实
高楼包围的城中村
被杂乱无章的搭建
毁坏了历史积淀的文化层次

洁白的墙面，一夜间会写满
办证者的电话号码，不知道
证件有多少是真，有多少是假

行人匆匆，休闲健身广场
流行歌曲，明星画贴满雅堂
也贴茅厕的砖墙
文明与积习混搭的文化

网络与手机拉近的情感距离
传递无数与爱恨相关的信息
暧昧的味道、道德防守的底线
一次次退守，一次次被冲断
又一次次被正义与善良续起

没有枪，不瞄准天空的鸟儿
即便是乌鸦，更不会幽雅地吹去
枪口上还未散尽的青烟
一如不想践踏草根和草坪
不想攀折富贵与贫贱的花枝

没有鱼竿，没有钓饵
自由的鱼儿钓不离它们的世界
更不会撕裂它们的嘴唇
以仁慈的心境将受伤者放生
防止被鱼儿钓入浅溪或者深渊

海是云世界，云是鹤家乡
适合的呼吸，赋予适合的生存
正如，那些捡垃圾收废铁的人
如同一个诗人、用竖起来的诗句
撬出一丝容身心进出的夹缝

◎ 古籍室一日（组诗）

题记：县图书馆历时多年，搜集整理，设立了古籍室，所存典籍，均来自民间捐赠。因特殊原因，暂时还没对外开放。一个周末，因工作关系，我有幸古籍室独览一日。锁古籍室，心想，我只是暂时把自己封进梦、封进历史。

一、古籍室门口

去古籍室前，去了趟洗手间
清空体内的污浊凡俗
清洗手指上沾染的尘垢
甚至清洁了一双目光
是的，我还懂得坚守
这些读书人的清癯斯文

清水淋浴的肉体
通灵地载负，接纳古老的灵魂
洗手焚香的意识
包含敬畏、尊重
别让俗人的迷惘和俗念
惊扰古贤虔诚的目光

不是为古人，是为自己
寻一刻宁静心境
不把尘世的混浊
带给沉静的古籍
尽管它们历史的泥沙渐淀

结晶成安放灵魂的圣地

真不想打扰古人的安逸
不想加入他们智慧探索
甚至是长久争论
好奇的心，总让我
没把自己放在门外
我知道，门外汉的所有内涵

二、时空穿越

一定要把身体放在门外
放下浮躁，穿越时空
容不得一丝杂念与世俗的缁衣
门口聆听，平静心绪
要进入智慧的殿堂
须征得室内智者的容许

时光的门已经打开
哲学从躯体中穿越
从这一扇防盗门中穿越
聆听古人的忠告训诫
已过不惑，写诗的人
越来越懂得内心的虔诚

携灵魂之轻，防盗门薄如蝉翼
这与古人最遥远的距离
面对死亡，短暂的生命
压缩出透明人生
五千年的时光不算太长
能闻得到古人均匀的呼吸

缩水了的距离，不是目光的行程

导电瞬间，心灵共振

古人经纬出的真情

贤者思想散射的光芒

还照耀这辽阔的山川

还呵护这厚重的大地

三、沉重的阳光

一把穿越时空的钥匙

打开了尘封的历史

幽暗的密室、情人一样

神秘，敞开了胸怀

闻得见透过时光的体香

听得到透过空谷的声音

拉开藏青色的窗帘

古籍室阴暗被沉重的阳光填满

远古的灵魂，轻盈飘逸

向角落躲去，归藏进栖所

我知道，他们畏惧这阳光

正如我们畏惧历史的阴暗

我终于看清，现代橱柜

明净的玻璃后藏着青色的书函

一排排的橱柜，仿佛

立起来的山峰，能感觉到

它们的高度和厚度

不能把它们当作齐肩的朋友

我知道洞穿历史的目光

已洞穿了一些心思

身世、梦幻以及欲望

还有身体里的几根骨头

我知道，智慧面前

身心通透，阳光和流水穿行

古时的阳光穿不过昨日的夜色

今日的灰尘沾染不了古月明媚

吸纳了阳光的文字

仍蕴藏昔日的温度和光亮

直射以内的浮躁与心虚

让人把内心和意志审视

四、同样的读者

手按一部藏青的古籍

感觉独特的包装

细绒布的缝隙与纹路

释放古人的气息，柔韧的页面

手指，触摸到翻页时留下的唾液

和感动中没来得及甩开的泪滴

古籍，册页或者钦点的二十四史

多少人搁置、借转、移手、珍藏

多少少年、老人捧读

批阅过的朱红的圈点、断句

误入意境的自得、快乐赞许

无法计算，一页书收留多少目光

正如一部古籍的经历与劫难

遗弃、偷窃、辗转、买卖、馈赠
书的命运如同一个民族的命运
这一刻，让我忘记自己
不知道是历史的缝隙穿越
还是古人的灵魂和时光的隧洞

这种无限延长的接力
只是理论上的永久
古籍有它们的生命与时限
活着，只是一种称谓
与岁月无关，与价值无关
却与光亮和温度有关

五、藏青的长城

绳结出的汉字
雕刻龟甲与竹简
书写锦帛与宣纸
幻化了的形影
记录人类最率真的情感

浏览古籍，这让我想象
华夏大地上巨龙的化身
我看到绵延万里的长城
我看到浩浩荡荡的黄河
竹简书函续接的是否也是巨龙

时刻隐藏我们的身体
隐藏建设者的脊梁
隐藏梦想者的骨头与经脉
隐藏诗人的豪放与悲伤

隐藏面对内乱与外辱的泪痕

或厚或薄的古籍
仿佛有秦砖汉瓦的沧桑与厚重
我知道，续起来的藏青色的古籍
一定高过八千米的山峰
一定超过几万里的长城

随手举起一块城砖
举起连绵的长城
正如随手阅读一函古籍
能进入中华厚重文化的深层
是无须思考不用证明的真理

六、门锁的功用

古籍室牢固的防盗门锁
现代化的监控探头
这不是防止古籍中的灵魂
防止活着的汉字出逃

我确实把自己锁进古籍
我懂得"慎独"的境界
不能把古人的思想据为己有
我老朽时还想与大家商讨

一扇门关闭或开启的世界
一把锁与钥匙默契地配合
锁孔是灵魂的通道
活着的文字再高明的锁也无法封锁

一个没被时代遗忘的人
一个历史认定的灵魂
你锁或者不锁，无形的通道
都有进入历史或古籍的方式

我知道，我不能轻易进入
进入了，要把自己当成一个汉字
当作包裹古籍的字纸
活过，要把古人的光芒延续

七、灵魂的穿梭

一尘不染的古籍，书螨
散发尘封的气息
被岁月打磨的发光的文字
即将碳化的页面

让我感受古人的心路历程
感受生命不朽的魔力
浏览了《蒙学镜》
阅读了一百个精短"寓言"

不容删减一字的小故事
讲述人之初做人的道理
最简洁干净的方式记录成回忆
我懂得古人惜墨如金

不只是古代的印刷技术
是留给后人的智慧结晶
木板一刀刀雕刻
不存一个废字，一句废话

八、慎独境界

读过《人谱序》"凛闲居以体独"
慎独，单独的言行别人无从知晓
但天知道，地知道，神明知道
自己知道，自知是一种境界

浏览了《八贤手札记》
目睹了八位宰相的墨迹
清秀刚劲的小楷
爱国爱家的情怀不是书法
亲情与友谊流畅如行云流水

先辈们治国的方略
足以让后人顶礼膜拜
禁不住占有的欲望
违规进行了翻拍
字如其人，心有古贤的素描

关闭手机，关闭灵魂的外界
怕一个短信或电话扰乱
与古人对聊的情绪或缘遇
虽一目十行地浏览
却没有照相机留存的真实清晰

九、顿悟的溯源

民国岸边试试水深
走向辛亥革命的烽火
走向晚清，走过康乾盛世
走向朱元璋乞讨的路径

走入成吉思汗马蹄卷起的风尘
走上弯弓射雕的箭镞
走进罡风、盘旋神鹰温暖的羽毛
穿梭历史宽阔或狭窄的缝隙

走进婉约宋词，走进岳飞的忠义
至今武穆的子孙不与秦姓通婚
仇恨的种子落地生根
但他们的门口仍张贴秦琼

走入杜甫逃亡的路途，穿过草堂
走大唐绝句，沐浴李白床前明月
穿丝绸长袍，感受诗意的熏风
登幽州台，同陈子昂临风而歌

前已见古人，后可见来者
念天地仍悠悠，独怆然涕何下
我知道，古籍搭建的通道
能让来者溯源而上，直达本源

走过昭君出塞的和亲雁阵
走进汉武帝征战的御定酒香
走入秦始皇青铜的兵马战车
找到生锈的熟悉的长戈……

越过征战，越过三皇五帝
走出荒蛮的阴冷和黑暗
走上明媚灿烂的有梦的明天
同我的祖先、兄弟击壤而歌

"日出而作，日入而息
凿井而饮，耕田而食"
灵魂思想的集散地、栖所、墓地
潜水的过程，梦一样还原出诗意

五千年历史，说短即短说长即长
血泪的长河，如梦的长河
寻根过程，绢帛、简册、龟甲
皆是燃烧的松明火炬

十、偶遇的细节

把自己锁入古籍室
身心的逃避，躲尘世之外
如独自闯入栖云峰的原始森林
所有的鸟鸣、清泉、杂草、野花
所有的竹树、蜘蛛、蜜蜂、蝴蝶
展示无限的绿与生机

有氧运动，与故去的灵魂讨论
没有想象自己墓地的顿悟
我还没被盖棺论定
需要圣神的殿堂镀一层金身
用还原的方式验证文明

思绪没有孤独，太多的灵魂
册页中的百美，骑马的英雄
青楼中的姚玉京、苏小小、薛涛
纳兰容若……颜如玉的女子

进入黄金屋，只见到张百年纸币

没把它装进自己的钱包
只拍了照，仍让它留存古籍
留存古籍的胸膛或记忆

◎ 和平尊（组诗）

题记：联合国成立七十周年之际，中国向联合国赠送"和平尊"，以呈示中国人民祈求世界和平的愿望。尊为国之礼器，富有非常的寓意。《论语》讲：礼之用，和为贵，儒家侧重"人与他者"的社会和谐；《老子》讲：万物冲气为和，道家侧重"人与自然"的天人和谐；《中庸》讲：和为天下达道，佛教侧重"人与自我"的内和谐。天时、地利、人和，是指做事要符合的自然规律。"明德格物"，意思是让道理明显，事物符合规律。东西南北中，金木水火土，和平尊融合了中国文化的所有元素，"和"与"平"是中国文化永恒的价值，也是中国文化追求的终极目标。

一、金石

镶嵌陶瓷上的金石、玛瑙和松石
宏大的景泰蓝，突显赤子之心
绝美装饰，丰富色彩凝结成琉璃

花丝錾铜，灵巧勤劳的手上脱颖

九州金石，都以柔美的姿态呈现
这金石，出自每一条龙形的矿脉
这金石，泥土收藏，雨水冲洗
这金石，烈火熔炼，出落成凤

这金石，让中国红，大气恢宏
这金石，翻飞的鸽子，口衔橄榄
这金石，让喜悦的孔雀灿烂开屏
这金石，含五千年文化底蕴

这金石，担当国之礼器的重任
这金石，诚信的姿态，祝愿和平
这金石啊，谦虚发出叮当的脆响
金石样的承诺，环宇内掷地有声

二、神木

神州绵延的峻岭，伐株千年古树
巢居方式繁衍生息，钻木取火
这棵树，栖落过何枝可依的凤凰
这棵树，挺举早晨升起的太阳

这棵树，攀附万千根蔓延的藤条
这棵树，记忆喜乐与悲伤的年轮
这棵树，穿越过原始古老的丛林
经历过硝烟弥漫，战火洗礼

这棵树，劈开自己，为瓷器燃烧
这棵树，拨开山野弥漫的迷惘

这棵树，迎接五湖四海的友朋
这棵树，缀满星辰，飞临仙鹤

这棵树，飘香的丹桂，梦随嫦娥
这棵树，树冠硕大抵挡风沙肆虐
这棵树，常青的阴凉，遮盖荒芜
枝繁叶茂，收留清脆的鸟音

三、圣水

中华文明的河流，净化一滴水
好与这抔泥土做无隙融合
这滴水，填充泥土僵硬的间隙
这滴水，成瓷器柔和的线性

这滴水，取自天涯海角的云翳
这滴水，化自喜马拉雅最高雪峰
这滴水，观音净瓶，起死回生
这滴水，一个哲理成语滴水穿石

这滴水，取长江黄河奔腾的浪花
这滴水，藏匿高原澄明的天池
这滴水，浸入安宁桃花的馥郁
这滴水，楼兰女儿干涸心底渗析

这滴水，降落松花江落雪的松梢
这滴水，滋润阿里山女儿的眼白
这滴水啊，让灵魂柔软潮湿
泥土骨架，如此易碎、顽强坚毅

四、灵火

薪火相传，那点燃煤炭的柴草
总在一点火种，燃烧自己
化为灰烬热烈地燃烧照亮世界
这星火，行走叶脉、枝条和根茎

这星火，普罗米修斯盗取光芒
这星火，不断添加，别釜底抽薪
这星火，需世界呵护，借助风势
这星火，怕火上浇油，自我毁灭

这星火，熔炼青铜，铸干将莫邪
这星火，女性的心灵熔融于剑锋
这星火，把泥土与水炼制成瓷器
这星火，生性有燎原梦想信心

这星火，适合的时空传递温情
这星火，适合的人缘发散色彩
这星火啊，总燃烧自己塑造他物
这星火，照亮大地的黑暗与阴冷

五、泥土

华夏古老的大地，筛选一抔陶土
女娲"和"泥，塑造流线形象
空空的瓶，承载13亿人的心愿
传递蚂蚁和飞鸟的和平祈祷
这泥土，埋葬华夏祖先的骨殖
这泥土，润中华儿女殷红的精血
这泥土，种植过养育人民的粮食

这泥土，畜养先民们猎狩的野兔

这泥土，团造补天的五百块条石
这泥土，有石头填平东海的志向
这泥土，雕塑站立千年的兵马俑
这泥土，锈蚀过埋藏千年的箭镞

这泥土，生活过最早的北京猿人
这泥土，隐匿制造活字的楷模
这泥土啊，经历烈火的历练
竟然变得如此单薄、透明和深沉

◎ 诗集中夹着根羽毛

题记：一根羽毛，诗集中充当书签，
我不知道它的来路。不知它为何掉落。
但落在诗集，真是它幸运的宿命。它
支撑过鲜活的生命，从它的绒羽的缝
隙，能听到风声，感受到阳光和月色。

诗集夹根羽毛
一根彩色纹路清晰的羽毛
学会安静的灵魂
静静隐藏诗的深处

我知道，它穿越过诗集
穿越诗人角落游荡的思想
穿越诗行的留白

穿越诗人快乐或忧伤的目光

飞翔过的回忆，罡风
田野、雷电、雨雾、白云、蓝天
都是它记忆的生命场景
以及甘露、山花、飞雪、草原

它真从大鸟的肉体脱落
它收藏许多鸟鸣
懂得落单时的岑寂，铸成
无法改变的现实，它不说过去

梦想的中世纪，它是一管羽笔
用连接过血肉的脉管书写情诗
历史舞台，京剧和秦腔的旦角
咬弯花翎，摆一个酷毙的姿势

一根羽毛，托飞翔的鸟儿飞翔
一根羽毛，落进诗集
坟墓，这料想不到的结局
文字空隙，自由飞翔的天地

一根羽毛，潜伏诗集
飞翔本质与愿望，鼓动汉字流浪
抑或期许，插入一首诗
插上文字，月夜和睡梦中翱翔

◎ 一方被收藏的河石
（新十四行组诗）

一、幸运

暗云密布，夏日的一场雷雨
九声炸雷、九道虬枝样的闪电
天空被怪剑斩杀，不见星辰
闪电如游动的血管，红得深蓝

显影夜的肉体，瓢泼而下，
雨如羊水，恰如石横空出世
所有声响、色彩，均成异象
干涸的河床洪水百年不遇

清晨立于岸边，淘石者站立如石
思维定式，发过大水的河流
定有奇石，走出黑暗，等待
收藏者如炬的目光，洗去泥垢

穿层透明的清漆，走进光明殿堂
石头，把聚敛亿年的色彩绽放

二、经历

一方石头，出生是个谜
经过大地熔炼的灵魂融合坚硬
同坚硬的岩石相抵、对抗
仍保存身心的坚硬，没被挤碎

一方石头，生存也是个谜
经过沙砾的拥抱，泥沙的打磨
泥水的抚慰，亿万年的时光
仍没被远行的泥沙带走

一方石头，安身立命，也是谜
浑身开粗细不均的纹路
没有一条，让泥水流入心底
保持亘古不变的色泽和画图

一方石头保守一生的秘密
碎了，也找不到一枚沉重的心事

三、图案

一方石头，火的洗礼心血凝聚
呈现无限江山、万古河流
龙根玉柱、层层梯田盘山
云雾缥缈，朝霞染透

一方石头，落一对喜鹊
一次巧合的指示，让我用清水
把它尘世中的面目清洗
正如，小狗遛我，山野觅诗

挤压拥抱的岩石、泥沙、泥水
都是石头过命的朋友
把石头打磨得凉绵如玉
融合了赭红的细腻和温柔

一方石头，缄默不语，梦里

曹雪芹说，石头是不及物名词

◎ 红娘，请收下玫瑰花的嫁衣

题记：重读《西厢记》，总觉得不知红
娘归宿。时 2014 年七夕前，写下这些
文字，愿红娘有美好归所。并愿天下
有情人均成眷属。

红娘，请收下玫瑰花的嫁衣
千年守望，诗意里栖居
杂剧的水袖，普济寺的钟声
都有你机敏的身影与声息

红娘，请收下玫瑰花的嫁衣
白雪覆盖的松林，浅笑，依立
数码拍摄的照片，你穿紫色小袄
今夏，捎给我不能料想的馨意

红娘，请收下玫瑰花的嫁衣
画好蛾眉，涂匀粉脂
爱情脚本舞台，你永远不是看客
伏下额头，让我把你的长发盘起

红娘，请收下玫瑰花的嫁衣
别在意你不懂歌赋诗词
别在意世俗者媚俗的眼神
别在意你丫鬟的骨肉身子

红娘，请收下玫瑰花的嫁衣
没有油壁香车，流光溢彩的卧室
没有摘星望月的阳台，没有宝马
没有夫人名分，甚至没有戒指

红娘，请收下玫瑰花的嫁衣
我看到你苍苔阶冰透的绣鞋儿
懂得你晨露中守候鸳鸯的思绪
我知道，你也是情窦初开的少女

红娘，心仪爱人，泪光里望断红尘，
终成眷属你也是爱情主角
红娘，请收下玫瑰花的嫁衣
诗行，搭成你的行程，你的归期

◎ 乡风中氤氲的醉意

题记：老家要脱贫，全村集体行动，
将村内道路水泥硬化，二弟因不小心，
连人带车掉入五六米高的崖坎下，庆
幸的是只受了点皮外伤。异日现场，许
多乡亲都来帮忙，把三马子从崖坎下
拉上来。中午我买了酒，与亲人们喝了
几杯。纯朴的善良的，有粗糙大手的
熟悉的面孔，深深的记忆，更加清晰。

晕染天空，马喇山顶的云
入了伏，躁动，极不淡定

稍稍凝聚的一朵棉花
顷刻，会提起一道雨云

聆听，几声低沉的响雷
闪电银白，划破蓝天的墨云
带着蓝，带着白雨的阳光
照亮马街的洁白，山腰的墨绿

老家，能够极目的视野
满目是苍翠的青山，碧绿的庄稼
有碍照片风景的电线与电杆
传播来自北京或纽约的消息

傍晚，母亲种植的樱桃树下
宁静的老家，不喝醉
对不起自由圣洁的山花
对不起凉爽柔软的山风

对不起童年清澈的溪流
对不起村口直呼，贴乡音的小名
白杨树梢含颗旭日的喜鹊
把我从美梦唤醒

喝多了的山村，酒香飘散
无纸无笔，写了些醉话，只手机
记录老家难得的醉意和思绪
怕醒来，觅不到乡风柔绵的踪迹

◎ 老家，有几株樱桃

题记：母亲脑干出血，治疗近一年，最终离我们而去。埋葬时，我坚持没在耕地中修座坟丘。如今，她只是墙上的黑白照片，今年她亲手种的樱桃，非常茂盛，炎热的七月，硕果累累。因董先生的提议临屏作诗"老家是一树樱桃"，草成几节，不意竟成对母亲的思念。因记。

七月，《诗经》里走来
带千百年不曾熄灭的流火
城市炽热，团扇带不出一丝馨凉
老家，总能跳入周末的行期

蓝天悠闲的白云
覆盖纯绿的山野
山风移动的云影，如帆船
飘荡绿色王国

不打农药，梯田层层依山
插满一方方杏黄小旗
假装花蕊的艳色，引诱蚊虫野蝇
别染指进城的冷凉性蔬菜

我知道，老家、乡村、山风
定有我曾经遗落的脐带
遗落的欢声笑语和跳方的游戏
以及土屋屋檐做窝的麻雀

想起小院里母亲种植的樱桃树
那绿叶隐藏的玛瑙样的樱桃
暗绿，如闪亮的星辰
让思乡的情结，咀嚼星星的味道

七月，流火的岁月，樱桃红了
红成一树繁硕的老家
含着一颗樱桃，含着老家的甘甜
如儿时，含着母亲的乳头

母亲，单薄成墙上的黑白照片
我甚至没为她堆起一座坟丘
那一方土地，还要生长粮食
虽然，家乡不缺安放灵魂的高地

但可种几棵菜花，几株樱桃
母亲说，她喜爱向阳的山坡
喜爱红色的大梨花
喜爱马啷山六月的木杜鹃

流火的七月，想念老家的凉爽
老家，是一丛茂盛的樱桃
泪光里，看见樱桃
忆起母亲严慈的容貌

◎ 八月，握在手心里的温度

八月，伸开五指
指头的六条缝隙，河流样
流淌风尘、沙子、时光
穿梭隔月的热情

一连三日的细雨
打磨掉炎热的棱角
看见七月留下热烈的背影
如情人转身离去

果断地收紧五指
抓住风、抓住云影、抓住绿
攥住一把岁月，攥住梦
捏紧长发、雨和泪珠

可是，伸手查看的瞬间
内心和肉体都能感觉到的灵魂
我的手中神秘蒸发
轻灵得没有一丝温度

◎ 童话与流浪狗

一连三日的细雨，刚入秋
干涸的南河，流淌清澈的溪流
黄昏，兴国寺的钟声

融进夕阳熔炼的金色晚云

嬉戏，挽起裤管的少年
穿鞋，跳跃蜿蜒的河水
他们用石块砌起道石墙
企图，改变溪流暂时的方向

掩盖南河公园停工的废墟
小城边缘，杂草随生
绿，修饰垃圾场的生机
以及闲置的远方运来的黑石

石头上坐着四个十多岁的女孩
守好心人搭建的狗窝
简易的，收留流浪狗的居所
住十几只即将满月的小狗

洁白纯种的比熊引我
散步，从这垃圾场穿过
女孩们围着它，夸赞，不谈仁慈
母性天生，怀里都抱只杂色狗崽

眼里说话，机灵的黄衣女孩
她问：叔叔？纯种的狗，毛色
要经多少次杂交，才变成土狗
进化论，我汗颜不能回答

指条大白狗，她们说：它怀孕
它有一个老公，在兴国寺
是姑子、僧道收留的，名叫佛光
让我深思，流浪者的秩序与机遇

垃圾场，狗的乐园，童话年龄
女孩们目光透明，天真思考生命
没有哀怜，我暮色渐重的心境
划过电闪，庆幸，没谈生计命运

和孩子们回家了，空旷的垃圾场
流浪狗，守初秋底色，摇尾相送
它们身上，孩子们尚小的胸怀
留有余温，留有蒙昧的爱与真情

◎ 拂尘

在中国，有一位一流诗人
就有一万缕光芒
他将是一把拂尘，佛的手上
打扫殿堂和泥像的金身

尘世，有一位三流诗人
就会有一丝萤火的光亮
有一万个三流诗人
也就有一万缕心灵的干净

遴选出一百束长长的银丝
从一万匹驰马的尾部
勒死过苍蝇蚊子的尾毛
集结待命，寒凉虎豹豺狼的眼神

藏有千军万马嘶鸣的风声
一把柔韧的拂尘，缝隙
也藏有点化石头的灵性
只要它握在仙人手中

落日，借助云霞，展示生命血性
诗啊，是否也有这晚云的机缘
灵魂壮美，内心的红向大地呈现

◎ 初秋的夕阳

◎ 让所有桃花着床

不懂巫术，也不喜禳解
写诗的情绪，通常与季节无关
一日轮回，照耀世界的职责
同雨水一样，给万物生机和流年

一场暧昧，一场淋漓的雨
却没有老家的冰雪世界
馨凉的干脆

不懂占卜，也不愿祈祷
写诗的心境，通常与时序有关
同风云一样，给夜色以灵光
一刻的定格，捕捉瞬间的闪电

需要降温的爱
肉体，抑或心灵
总如水凝结的寒冰

收割田野，初秋的夕阳
染红天边聚起的晚云，佛光一样
落日熔金，带火的文字
晕染薄幕，晕染一张素洁的蓝宣

碧玉，消融的过程
涓涓溪流，鸟鸣声里
流向春日的田野

墨绿的方阵，玉米的红缨子
软刀样的叶子，晚风刀口上私语
血色，蓝天的缝隙中泼开
让诗人看穿，夕阳最壮烈的胸腔

注入明媚的月色
注入爱人迷蒙的眼神
让所有的桃花着床

◎ 错连的风景

晚云，透过阳光，释放心的彩色

你遇到的风景，许是我的曾经

可惜，我将它错过
我面对的风景，许是你的曾经
可惜，你将它错过

红尘无意失落的旧梦
存放于顿悟和留恋的内心
月色里拾起期许的过往
纠结，演绎几分淡淡遗恨

时光真可以倒转
你的曾经，仍然是你的
我的风景，仍然是我的
你我是不是又会有未遇的怅恨

错过的美，与错过的距离
拥有时珍惜吧，独好的风景
肩头上擦出火花，燃烧
照亮黑夜，毁伤的可是灵魂

◎ 傻兄弟（组诗）

一、人生旅途

同样的衣，同样的眉眼
同样的举止，同样的声息
傍晚，被狗遛的行程
总遇到一对双胞胎兄弟

石油公司的门口蹲守
城市的边缘，不是主干道
油漆过的天蓝色垃圾箱
张口，等待居民施舍恩赐

毛发尽如疯长的蒿草
同七八只流浪狗一道
兄弟俩，腐臭的垃圾堆翻找
填塞饥肠的叫食品的物质

期望赢得更多的怜悯同情
捡拾旧纸箱、空酒瓶
蹲点守候，守份最低生活保障
守候能活下去的勇气运气

二、相互施舍

路过时，他们正进晚餐
目光含混，举起的黑脏手
一个递过来的手势
一根黄香蕉，传达礼让的善意

这是他俩最珍贵的食物
庆幸，意识里还有这美德
中间有还没坍塌尽的道德
懂得那点真诚，懂得那点善良

我从他们的目光中遁逃
羞惭的心，裸露形迹
垃圾中生存的傻兄弟
还没抛弃做人的礼让节义

我知道，许是冥冥中的信息
让他们破译了诗人的灵魂
与痴傻有共同的基因密码
内心保存对世界挚爱的思绪

三、谋杀猜疑

与那些高层建筑比邻
孩子们垃圾场认真搭建
流浪狗的狗窝、遮风挡雨

仲夏，又一代杂交小狗出生
照顾可爱的十几只生命
是孩子们最上心负责的大事

一只漂亮的小狗神秘失踪
据说，与傻兄弟有关，没证据
它暗夜里被他俩活生生吃掉

孩子们，携群狗，用鞭子
抽哭傻兄弟，他俩没法辩解
之后，狗窝中小狗没再丢失

这只是一个爱狗女孩的口述
一种罪恶的呈现与消亡
结束的是另一种罪恶的繁衍

四、天堂母亲

吃住人行道边，傻兄弟
与人们谈论，他们的身世

只是一个没有谜面的谜底
谈论最多的，是他们的母亲

他们爱他们的母亲，命运
是她给予受罪的灵魂和肉体
正如他们始终相信，远方
母亲最终会接他们归去

慈爱的母亲，永远天堂守望
混沌苟活，蒙昧只是一种信仰
无穷的力量，狗一样活
目光中，没有一丝哀愁忧伤

◎ 八月，那美丽的格桑花

孟秋，寒凉的空山
没有定力的野山杨
守不住绿的底线，峰顶
率先交出珍藏的橙黄

吊丹丹鲜艳的秋红
经历了秋风温柔的暴力
墨绿山野，衬托
不可抗拒的规则与秩序

花心的蕊黄与芬芳
引诱劳碌的野蜂酿造秋的蜜香
八月，格桑花绽放的高原

缤纷如蝴蝶舞动翅膀

经历秋风的格桑花
坦诚向蝴蝶和野蜂耳语
抵御无情的秋霜
随性讲述裂成八瓣的心事

不敢轻易触摸如蝶翅的花瓣
不会轻易触碰如花瓣的翅膀
正如五彩缤纷的爱恋
开放一朵花心，让蜂蝶随意潜藏

定格一帧风景，记录一次艳遇
用相机捕捉格桑花的艳丽
蜂蝶驻足瞬间，真心超脱
一首诗存储成进过花丛的秘密

羞涩的玉米都戴红缨
仰望，中秋节前半圆的月亮

没打算进驻这神秘场景
玉米成熟的青春，丰满光洁
却排斥，一双移动双脚
行走的根，立不出稳定阵形

寂寞，穿绿旗袍的玉米棒棒
热切讨论开衩的高度
声音细碎，杂着刀口间的抗议
飒飒秋风，还感觉不到寒凉

让月光轻易剥去外套或内衣
舞动的玉米叶，如无数软刀
守护玉米们的闲言碎语
冷不丁，给思邪者划道轻伤警告

◎ 秋月下，故乡那熟透的玉米地

题记：谨以此诗献给，乡下中秋节还在等待打工男人的女人们。天阴有雨，观赏不到月亮，这不代表月亮不存，她只是在云彩的后边。虽然看不到我祝福的短信，但不代表我的祝福不存，如今夜月亮在云端，雨水背后，我的祝福内心深处闪烁。时窗外秋雨正浓。

皎洁的月光，洒满郊野
婵娟，黛墨立体的方阵隐藏

◎ 白色之夜（十四行组诗）

题记：公安部"打四黑除四害"工程，开启了时代的拯救，国家的拯救，民族的拯救。发生的怪事，一次次突破人们难以承受的心防底线，特别是针对儿童的犯罪，挖眼珠、甩婴儿、猥亵等等。近日，黑车司机谋杀女大学生，又让人们惊诧与愤恨中接受，冷漠中遗忘，下一场罪恶又在酝酿。扫黄打黑，惩治腐败，真是任重道远。

一、晕染

都知道，确实不能把眼仁
黑的本色，红绿蓝的单彩染定
黑无法改变的现实，黑玫瑰
走不出三原色重叠的中心

都明白，确实能把长发
黑的外围，染成黄蓝紫的虹彩
可是，被暴力拉断的原点
时光的根部，头皮仍输出黑白

正如恐惧冬夜的阴冷
恐惧一座荒野的坟地
总是被黑蝴蝶噩梦中惊醒

正如喜爱黑色的明亮的眼睛
喜爱燃烧的乌红的煤炭
总是被一缕黑发缠绕住灵魂

二、染黑

加黑心的黑作坊生产地沟油
加黑肠的黑工厂勾兑奶粉假酒
加黑肺的黑窝点窝藏罪证罪犯
加黑肝的黑市场垄断蒜豆

洁白的黑手，举把黑枪
瞄准林中的野兔，小鸟的胸膛

自由，乌云中杀出的一匹黑马
花黑钱，说黑话，江湖闯荡

贫穷，忌恨洗黑钱的地下钱庄
炫富显影为富不仁背影的阴暗
没人问，暴富者暴富的来路方向
正如穿一身缁衣念一份悼词

已知道，无法逃开那些黑洞
白面孔尴尬露出笑肌黑的悲戚

三、冷漠

一股股发怪味的乌龙
偷偷地蜇入浑浊的黄河，潜伏
霾，染黑了蓝天白云
染黑洁白的口罩堵心的呼吸

加了黑板的学校，教室里
六岁的女童，竟然被无数次猥亵
加黑胆的黑车，竟然
肢解女大学生丰满的青春光泽

打不开诗心的门和窗户
我只是一个黑影，太阳的光斑
我只是被天狗咬住的月亮
打不开黑雾笼罩舞台的黑幕

我也是一个黑户，身上的黑心棉
挡不住突入心中沙尘暴的风寒

四、亮剑

国耻日，被斩首的日本男
准备要往日本贩毒
可是找不到毒品的来源
装满黑火药的心觉得中国有毒

我深信，黄皮肤黑眼睛黑头发
血心白骨的躯体，已冒险
从这生命的黄黑全身而退
亮剑，是诗歌缝隙耀眼的光斑

让黑夜的黑有星星的亮丽
一声惊雷，一束电闪
让黑暗的暗，有灯光的温馨
一把闪烁寒光的亮剑

扫黄打黑，打出来包公的黑脸
扫出来葵菊的花黄，阳光的温暖

◎ 没皮地活着比没脸悲惨

空旷田野，水渠边生长两株白杨
它们从春天活到秋天，日子艰难
两树的绿叶熬过整个夏天
近百年茂盛的年轮，却离奇死亡

西风不是凶手，秋霜不是凶手

没有人斩断根，根在岩石的缝隙
没有人折断干，枝杈高入云端
它们死亡，死得确实离奇简单

闪电不是凶手，臂膀举起闪电、暴风
雨不是凶手，暴风雨在呼唤
飞鸟不是凶手，它是鸟儿的天堂
星星不是凶手，晚风私密的语言

大地回暖，树的根部，这个春天
不知是什么人，把它们泛青的皮
用刀斧削去四十厘米的一圈
湿漉漉洁白的树干，格外耀眼

半年光景，我时常它们身边驻足
树活皮的咒语，以为它立即死亡
没看见剥树皮的人，两株树
相互注视，被一刀刀削出真皮

两株树借夜裹住裸露的肌肤
遮盖彼此暴露无遗的百年隐秘
夜深，痛苦呻吟，相互抚慰疗伤
羞耻注视同伴，及那剥开的大腿

那洁白丰腴的皮肤光泽
没有刺瞎剥皮者贪婪的双眼
没有划破被欲望染黑的心胸
以及被恶魔劫持的灵魂

两株树难舍难分地活，叶子
夏天牵手，把生命最后的绿色

奉送给最后的白云，最后的蓝天
树知道，没皮地活比没脸悲惨

◎ 孟家山杂诗（组诗）

题记：去孟家山驻村一周。干旱少雨，
主要种植小麦、洋芋、玉米，无经济
作物。

一、黄昏

黄昏，独行于高高的山梁
身影融进长长的芨芨草和蒿丛
头顶盘旋太子营机场训练飞机
飞机穿过夕阳的一瞬
我拍摄下最美的一帧照片

没温度的太阳也无刺眼的光束
山沟洁白院墙红瓦间炊烟升起
干净田野陪伴落光叶子的杏林
夕阳最后的一抹红，红柳梢
定格成一组手机里的风景

牛羊呼唤声细，走向归途
脚下扑棱棱惊起五只野鸡，归程
惊叫声里，彩色羽毛，瞬间
又掩藏于不远的草丛，万籁寂静

孟家山黄昏，我惊动了山鸡
甜蜜的约会，小心地再不敢高声
轻手轻脚，走进纯朴的晚风
夕阳余晖，赶往村落戴星的乡梦

二、庙灯

半夜，与驻村点相对的古庙
两盏现代电灯，发散光明
我不迷信，天上有明亮的星辰
庙中供奉古老的八蜡（音 zhà）
没有木鱼，也没人诵经
从百度查找，八蜡是八位神灵

旺盛的香火与供奉，丰收的期许
是庄稼人对年成最美好的祈祷
大开的庙门，上溯，源自周朝
它们都是庄稼的守护神
神农、后稷、田畯、邮表
虎猫、堤防、水庸、蝗螟

看懂那些优美的神赞，容诺
铭刻老百姓骨头里的祈求
猪头和长香中袅娜
老百姓，惶惑的意识信仰
膝下的佛光，跪拜香火
也如耕耘田野，希望虔诚

需要诉说的场所，祈求祥云
祈求春天雨水滋润秧苗
祈求夏天雷电不带冰雹

祈求秋天秋风未藏虫害
祈求冬天瑞雪兆丰年
生活愿景，发自真诚内心

三、超度

峁梁上，夕阳最后一点红消隐
星空覆盖宁静的山村
狗吠声渐渐稀落，走异人
奏响神秘古老的弹唱

小山村一位老人去世了
后人为他请来超度的团队
一串鞭炮，引出神秘仪式
山山岭岭鼓点的节奏跳动

二胡的低音，唢呐呜咽
七拐八转的道场，五色旗帜
搭起八卦阵，星空下
为忙碌一生的人开启天堂之门

喊魂，收拢遭散山山沟沟的形影
收回他跌落田埂间的笑声
收回抚摸过土豆玉米的手指
收回踩碎过土疙瘩的脚印

收集到财富的金山银斗
收集到纸糊的花圈和引魂幡
收集到红松木的五彩棺材
收集到纸人纸马纸房子的世界

装好的阳界罐，装满五谷杂粮
一声鸡鸣，鸡血里
摆成七星铜钱托起天堂的灵柩
那是泥土最庄重的位置

山风记得，草木记得
山路记得，田野记得
一个农民完整的故事和形象
记录没有墓志铭的平凡经历

如播下种子，小村宴席，悼念
后人哭泣的泪水，念想
村庄燃烧麦草的烟雾，缭绕
生命于泥土种下洁白的骨头

四、清辉

明月的清辉照耀山村的幽静
孟家山人同山塬进入梦乡
偶尔有外出开车回来的人
惊醒一些狗警戒的叫声后平静

孟家山的灯还有几盏未关
一盏是孟家山村庙里的灯
一盏是为过世老人守夜的灯
灯下有打麻将丢三颗子的人
他们小赌，用这特殊的方式
为去世的老人挂点彩头，守灵
驻村点的灯，正对庙门
天空的明月，照耀不眠的灵魂

孟家山泥泞的山路铺上砂石
古老的土大墙，粉刷洁白的涂料
清晨，没响过喜鹊叫声的耳鼓
幸运地遇到喳喳喳喜庆的讯息

我也是山村长大的孩子
不知道，我穿皮鞋的脚
能不能扎进秋季保墒的土地
杨柳一样，开出洁白的花絮

写过的诗句，覆上地膜，会不会
泥土的浅层结出萝卜土豆
泥土的表层长成蔬菜甜瓜
泥土高举的半空化作麦子玉米

我想，某个春天，村口的杏花
耐旱的古槐，和村口的石头
把我小车中探出的身子
会不会，当成久别来访的亲戚

◎ 落雪的梯田

去年冬天我回老家
闲时，至后山拍摄雪景
那养育过故乡的田野
每一块，都落上洁白的雪

如上苍恩赐的白面粉

装饰每寸土地
雪啊，这圣洁的天使
导我入童话世界

层层梯田，是勤劳的人
大会战时人工修建
让一个游子的梦
记忆中洁白，纯真

我知道，人们对过去的时代
有或多或少的诅咒
高处观望，人力的美景
让历史概念有惊喜交集的层次

◎ 马喞山的雪线

雪落故乡的原野
马喞山，耀眼的雪线
恰是上苍赐予老家的银饰
装饰老家不朽的青春

山路守望千年的石人
等待岁月和风霜的风化
任风霜雕刻出坚毅的容颜
黑色石头，让雪把心灵染白

雪线，于蓝天下洁白
正如老家人心中的善与纯朴

云彩中漂泊，高峰中着陆
给山村捎来希望的暖色

时常等待老家的消息
等待那乡音特别的声腔
睡梦中呼唤小名
如雪线给漂泊者灵魂的装饰

◎ 隐身支柱

山高人为峰，确实是一个命题
无意拍摄下一帧奇妙的照片
为稳定做新的诠释
三条腿的稳定与两条的区别

如圆规行进与定点圈住的疆界
走不出固定的思维方式
用两条腿前进或者撤退
总有老家隐身的柱子立成背景

远方，老家也是定点的圆心
给游子一个半径的距离
漂泊的日子，风雨红尘
牵挂的讯息，让人他乡望月生思

行进尘世，没轻易倒下
那是身后，有一根无形的柱子
是老家人笔直的目光，抑或圆心

支撑牵扯行走江湖的背影

◎ 枯黄草丛

冬日的山峰，站立枯黄的草丛
感觉不足百年的寿命
原没这小草一岁一枯荣的精彩
我知道，我没有一百颗头颅

随生的小草，只要根留存泥土
来年春风，雨水里
会再现绿的生机，没有穷尽
虽然，被秋风和严寒无数次扼杀

时光与时序总向我们索取
短暂的年轮，如一圈圈钢箍
增大的过程，检索归期
也加固你试图穿越的欲望

所有努力，只是徒劳的奔波
死亡，只在某一个路口等待
我只是草丛，渴望成为石头
被草们柔软地包围，没有哀伤

◎ 为垃圾工作（组诗）

题记：峨眉山金顶，彭文才是护栏外和悬崖区域唯一的清洁工。今年国庆期间，有乱扔垃圾的游客对他说："我不扔垃圾，你没工作。"我想替彭文才说的是，"谢谢，我为垃圾工作。"

一、崇高的职业选择

卑微的人，却选择为垃圾工作
风景里被放大的镜头
记录勇敢者对垃圾的解救

飘落险峰绝壁的垃圾
保质期，坚定地守护保质承诺
碎蛋壳，不能失钙成软蛋
精美的包装袋，不能随风漂泊

垃圾的内心也怕呀，怕无依无靠
怕山涧松涛的怒斥、讥笑
怕暗夜暴雨无情的吹打
怕疯狂的夜风撕扯它们的头发

危险的峭壁，无底的深渊
无休无止的掉落和下坠
垃圾总想扯一根救命稻草
把自己拴在一缕阳光的尘世

二、垃圾的自身定位

垃圾知道垃圾的经历与宿命
还没成为垃圾之前
垃圾也不是垃圾的组成部分
好像哲学名词解读外交辞令

垃圾额头没有垃圾鲜明的标签
它只是出现不是垃圾的坟场
以不是垃圾的模样混迹江湖
隐藏不是垃圾的物流与人流

尽量与不是垃圾保持相同线型
通常让垃圾把自己不当成垃圾
没想是不是垃圾的光鲜包装
如饮料瓶，只是垃圾的灵魂外壳

垃圾也信守自己的承诺
不能不是垃圾变成垃圾之前
垃圾变成过期与腐臭的垃圾
这是不轻易被岁月风化的骨性

三、与垃圾的距离

把自己从尘世取出，小小的假期
景点流放，被爆满攒动的人头
淹没，混淆没有特征的容颜
一路小心走过，留下一路垃圾

带旅行用品的旅客或者游人
手上必拎垃圾，无可怀疑

何况，手心没留垃圾桶的位置
不能背负沉重，坏了观光心绪

离开农村，已不会种植粮食
却无意间学会风景里种植垃圾
随意吐口香糖粘住鸟的喉咙
生芽的鸣叫还有多少抗议有效

存满各色各样的包装，包括面孔
一台洒水车，驶过秋色走进冬季
如那离开枝头的落叶失去生机
碧绿、金黄和鲜红变得枯萎

四、倾斜的汉字

垃圾存在，有人就为垃圾工作
绝色风景，皆大欢喜的独幕剧
民族险境与绝壁缝隙上演
山岚拉起帷幕，峨眉顶猴子观看

已不能把中华方正的汉字
端端正正地诗歌排版
把一根命运的保险绳斜系奇峰
系即将窒息的领口，拯救垃圾

而将云端，暴风雪来临之前
白夜来临之前，看准垃圾的位置
峭壁悬空给垃圾们套上救生圈
好把失魂落魄的肉体拉回阳世

如卑微的人，选择为垃圾工作

清洁者，选择诗歌金色的绳索
让人担心潜藏石头的刀锋
把细小的保险索齐刷刷磨断

◎ 野菊花

祈求无益，粮食短缺的年代
长满杂草的原始山梁
铁锹与步犁开垦成一块块耕地
野菊花，也被开荒的野火烧伤

艰难存活，续命的春天
野菊花偷生于五谷缝隙
长梦，野菊花差点承认是杂草
饥饿绑架，被缺失美的目光拔起

贫瘠的土地，难以料想地荒芜
遗弃山梁，野菊花又随性开放
负债岁月，风过多，种植鸟鸣
适合野花落草的山梁归还野芳

淡定，生长过续命粮食的土地
茕茕孑立，诗人诗句耀眼的金黄
晚秋，如蒿草间绽开的野菊花
遮盖胴体裸露的寒凉，不言忧伤

◎ 有时候，我真像个诗人

一、掩耳真能盗铃

通常掩住自己的耳朵
一定不是别人脸颊的那只
像梵高割下自己的右耳
像割别人的耳朵一样

流血，只是一场心理准备
准备去盗铜钟的声音
那刻铭文的青铜
没有钟槌敲打失声已久

埋怨一双形同摆设的耳朵
习惯没有呐喊的世界
听不到铜器里潜藏的惊雷
走失的撞钟人，敲不出雨住花开

我的诗只是一道蓝色闪电
敲打不开古乐失忆的慧根
如有时，学过的成语
盗汗与盗火捉摸不定苦涩意境

二、一叶障目不知秋

通常用一枚叶子挡住一只眼睛
另一只或睁开，或者闭上
奇效，瞬间感悟黑暗光明
无须等待夜晚降临，黎明来临

四季，观察叶子的人生
有时碧绿，有时金黄
有时血红，有时像枯叶蝶
显示出最完美的伪装

有时针对阳光，有时针对月亮
叶子的背面遮挡星辰
遮挡鲜花，遮挡清风
遮挡流云彩霞，和霓虹

选择看见或看不见，不必假装
叶脉的树形，述说叶子的身世
情人的倩影，全凭叶子的喜好
放大世界的同时缩小自己

◎ 张掖，燃烧的丹霞山

黑夜裹不住七彩分明的层次
雨水刷不去生命的固有色泽
丹霞山红与蓝燃烧的永恒
定格成高原亘古不变的焰火

流线的生命，如岩浆注入石质
如充血的眼睛，火焰点亮形象
如阵痛，是大地凝结的精血
铁色岁月锈蚀的标记

从冷色攀缘，火舌上
七色虹彩的缝隙间穿梭
像一位着魔的琴师，击节
踏音阶跳跃古老鬼魅的舞蹈

更像一个汉字，焰火中淬炼
从紫色走入，走过蓝，走过青
走过绿，走过黄，走过橙
赶往火红，舔蓝天燃烧

从红色又回归紫色的旅程
知觉酒意地陶醉，已无法分辨
感知，暖色洞穿冷色的穿越蜕变
以及山峦冷暖之间的差别

细微的生命和肉体
已成为这燃烧大地的燃料
这行走如画江山的宿命
是追求和渴望已久的夙愿

丹霞山，头颅所有的光芒释放
色彩是囚禁思想的欲望
十万光年一颗恒星耀眼的裂变
铭刻光盘，记忆镜头循环播放

◎ 不用蒙上你的眼睛

不用蒙上你的眼睛

仰望明月，打一个陌生电话
让你猜出我的名姓

一个酒杯中居住的人
习惯了酒水的清澈透明
同窗，时常月照窗棂

嗅着酒的芳香与厚醇
嗅到酒杯中月亮的模样
青春年少的身影

正如，酒意中多年的思绪
酵化成诗句，思念时醉人
遮掩灵魂，及那两行泪痕

干杯时，不邀明月，已成影对
轻触，别把酒杯蹒跚的月影碰碎

◎ 西部，雕刻进乡音里的名字

一、马啣山

马啣山峰峦云朵间盘旋的苍鹰
如炬的目光注视天际深层
黄河仍然是眼角流不尽的浊泪
流水带不走守望千年的渡口

旋转轮回的明月照亮古老窗棂

泪花如浪花一样时多时少
羊在岸上轻咩，灵魂的呼唤
所有童真目光摄取过的形影

不变峰峦与草树的老样子
暮色融入盛产梦幻的天空
忘不掉念想山河样浊浑的肤色
驾驭罡风关爱晚霞的火红

对影三人的牵挂，托付给花心
面孔明亮，捎给原梦羞色的温馨

二、石棺材

石棺材，我做认真思考
马唧山云雾无力笼罩的峰岭
一个意象，带给人太多遐想
只为五百年修炼等待的重逢

马莲花、荨麻和蛇驻守的仙境
头顶云雀的鸣叫盘旋的苍鹰
被风霜雨雪雕刻出面孔的石人
如我矗立峰回路转的峰顶

色彩留于心间，留念染梦的风情
留置于酒杯单薄落泪的身影
目光撬开一丝地动天惊的缝隙
循你的长发，走入仙女的灵魂

石棺材，这来世预约的冲动
埋葬，源于秋霜覆盖的纯洁乡梦

三、龙头岭

栖云峰山脊，松竹间潜行
孤独的灰狼和狐狸
不带一点颜色，不留一丝粉红
野玫瑰绽放的空山
耀眼的蓝和黄留住蜂儿的芳心

春天，渐暖的空山被绿叶填满
烟雨迷蒙，总是被流动的风
明镜高悬的夜晚抽空
敞开胸怀，留一行足印
存储枝叶上掉落又聚成的水晶

也如被细雨清洗过的鸟鸣
悸动的心，装满清脆和水灵
如瞎子摸象，遇了云彩与烟雨
遇到了龙潜藏于有无的身形

◎ 傻兄弟与垃圾

南河边，石油公司门口
拾垃圾的双胞胎兄弟
得到了民政局冬天的救助

他俩整夏和一秋捡来的垃圾
同门口天蓝色的垃圾箱
混搭成准备过冬的新居

城市边缘，高楼已通了暖气
11 月 19 日傍晚，小雪来临之前
苦命的傻兄弟，被小车遣送回去

一捆捆叠整齐充当砖墙的纸箱
经不起拆，让好心的大爷姑婆
拉抱进隔条马路的废品收购点

如抢劫样搬运垃圾的人们
同收购垃圾的婆姨，分散称量
一秤秤计量一堆垃圾的价值

如数奉还，我猜想，好心的人们
定会把这卖垃圾的钱，打包
来日，奉还给闹心半年的傻兄弟

11 月 20 日子时，真是安静至极
这让我有些心虚，一条街
楼的睡梦都没有傻兄弟的影子

听不见一声低过一声的哭泣
听不到一声高过一声的哀号
间杂一阵又一阵流浪狗的吠叫

流浪狗的声息，安眠的夜
没有忧伤，装饰有些寂寞的耳鼓
凉月中，街道的梦干净了许多

如写诗时，总渴望清明的风
月光清辉，存照没有垃圾的小城

诗行，填满小狗没有忧伤的呻吟

◎ 草帽（外一首）

题记：这确是梦中场景，夜半惊醒，
不再安眠，遂有诗句，与现实无关，
请别对号入座。

一、草帽

老家屋檐下，木柱的裂缝
别的松枝木橛
挂一顶历经岁月的草帽
草编，看不到麦秆的气节

与草有关，遮挡烈日的草帽
遮挡暴雨的草帽
缝隙里透过清风透过月光
透出麦草淡淡的清香

这古老即将失传的手艺
压平的麦草，灵巧的手上
如我没忘记编草戒指的工序
续接成麦子无限延长的运命

麦秸涅槃，漂白的过程
新的使命，戴上头顶的草帽
草旋中心压住天灵盖的发旋

与父辈们的思想自然契合

记忆中草帽装不满少年的头颅
伙伴们玩迅速转身
却让草帽静止的游戏
麦子基因密码旋入童心与大脑

麦子给祖先打上草民的标签
长田野的麦子长的是食粮
把麦子供奉头顶，是草民的敬畏
长头顶的麦子可否长成思想

那抵挡酷暑与骤雨的草帽
麦子的气节，好久没戴了
偶尔出现梦中，有些衰老
草命，陈旧地泛出土黄色

与草无关，悬挂记忆缝隙的草帽
如草书，沉淀出岁月的金黄
渴望，遮盖住发际的几缕白发
将头顶的草稿演绎成麦田色泽

二、白雨

没有雷声与电闪的征兆
骤急的风，携来一片雨云
一阵钢珠样的珠子，白雨落下
耐不住寂寞的天空

山野一片银色、寂静
黄土如烟，雨帘如织

旋即，又被一阵紧一阵的落珠
如幕布样钉入大地

成群的红嘴鸦，云的边缘飞过
联翩如宣纸上灵动的书法
奇妙的动画场景
瞬间遮蔽了视野的老家

覆盖我试图拍摄灾情的镜头
无数黑色的翅膀，飞于心间
故乡天空的黑白里
一条新闻这样搁浅

◎ 冬日祝福（新十四行诗）

冬天，收到份雪花样晶莹的祝福
六边形的每一个角面
都潜藏一份醇化的心愿
存照你丰满的体态如月的容颜

装饰寒风吹皱的头巾
纯洁的棱角和馨凉飘落
低头，一双玉手插进浅蓝色衣兜
城市的缝隙，你悄然过

踟蹰，期望一次美丽邂逅
一句话，真切如温暖的风衣
抵挡旅途寂静的冷，恰如

默默拥抱，传递心境浓浓的情谊

让所有的雪花开出雪莲的模样
嗅你发际间凝练的清香

◎ 国家公祭

题记：日本有言论称，南京大屠杀是
虚构的历史。国家公祭适时有力地回
击了日本军国主义企图掩盖篡改历史
的野心，同时昭告世界真相，激励民
众反思。

七十七年的守候与等待
三十万亡灵填充的隙缝
打开了涌入阳光的通道
历史，不会被苦难日子尘封

南京啊，曾经的民族考场
外患，成为魔兽横行的舞台
军刺、狞笑以及将官刀
孩子与女人身上发泄兽欲

公祭，每年 12 月 13 日
约定成习惯，悲愤的警笛
激起血液中汹涌的波涛
洗净尘埃，显影血肉凝固的记忆

白天差一点被夜晚抹黑
夜晚差一点被白昼吞没
只因军国"虚构"的谬论，如盐
仇恨被谎言覆盖上一场白雪

雕刻善于遗忘仇恨的头颅
迟到的警钟，哀鸣，适时
照亮国人向往和平的素颜
铭记电闪，镜子永恒，勿忘国耻

◎ 在西部，面对冰峰雪山
（新十四行诗）

一、冰雪的镜子

祁连山，或者喀喇昆仑
面对一座雪山，抑或冰面
我通常把它们当作一面镜子
照耀目光与心灵的不洁

我知道，童话中封存的白雪公主
需要王子的吻解救封冻的灵魂
我紧贴冰雪世界的颜面
还没足够的魔力，融化一角冰山

水的骨性，寒冷中呈现
锋利的刀剑或者枪弹
无法毁坏它透明的纯粹

除非用真心感化真情温暖

极寒世界，生机盎然
那是雪豹雪莲和雪鹰的乐园

二、幻象的形影

西部，冰雪覆盖的世界
面对冰雪，心中总有许多幻象

奔腾的长江大河，迷蒙的雨雾
绚丽的云霞，耀眼的虹桥
剪辑成江南波谷间的记忆
溪流叮咚，美妙绝伦的场景

正如，遇到云雾，闯进细雨
远望大海，沉醉湖泊
水身体里，血脉一样流动
感知水的轻灵与柔媚

不知道，流水、冰雪、云霞
还有山岩和植物生命中的水分
谁是谁的祖先，谁是谁的后人
正如尘世，分不清过往与梦境

三、季节的理性

真诗人，不考虑自然生命的理性
一切与高度有关，与温度有关
与压力有关，与时空有关
环境，永远是精绝的雕刻师

如做冰时，温度的规则和时序
水是冰雪的孩子，云是水的孩子
做云时，水是云的孩子，冰雪是水的孩子
做水时，冰雪云雾是前世或来生

匍匐于冰雪纯洁的世界
聆听冰面下流水的声音
阳光把身影存储于冰心
一个人的轮廓定格水的记忆

四季，给予水自由变幻的机遇
蝉变，都是对灵魂再一次清洁

四、一根火柴把冰点燃

富含热情，如真诗，地之深层
不是接地气，是蕴藏能量
亿万年潜行修炼，纯洁燃烧
积蓄生命所有的经验和智慧

那也是水的幻形，是冰的面孔
承载万千重山峰的重量挤对
坚守万千年黑暗的沉默忍耐
浓缩生命的厚度，等待燃烧

我知道，可燃冰①以冰的模样存在
内心的喜怒忧愁和哀伤

---

① 可燃冰是未来的清洁能源，一立方米可燃冰，
可转化为164立方米的天然气和0.8立方米
的淡水。

隐藏大地之心，隐藏冰
还有那些火焰，那些光亮

诗人碳化的文字积压冰的心找不到出
口，熔炉积蓄放光能量

◎ 蜂与花的同修（新十四行诗）

蓝天，总以纯净的面孔呈现秋意
红黄绿，油彩晕染过的山野
紫色的花，领一块最后通牒
草色枯黄，绽放寒凉无尽的诗思

循耀眼的色彩，深秋辽远的季节
我也如这冷色调登临的野蜂
秋的花期原野探寻曼妙诗文
脚步踟蹰徘徊，目光流连于收获

秋风摇动花枝，采撷过程
慌乱淡定，触及灵魂的触手
才得到芬芳销魂的初吻

内心闭锁的寂寥，让前世的秋愁
散乱成纷繁的花蕊，一肩长发
昂起面孔，紫色相思，甜蜜同修

◎ 秋菊（新十四行诗）

摇曳的野菊花，山野
金色的黄，开出金色的野性
秋风拂过高原的苍茫
如相思掠过野菊花绽放的秋心

同阳光说话，让过路鸟捎个口信
同星辰说话，让缺月带些光明
野菊花守候山塬的寂寞
给原野保持金子样纯足的心灵

金秋，那些溢满相思的汉字
总是等待一个过路人，打开心事
一粒粒金子样锃亮的花苞
正如野蜂儿起落处诠注的花语

岁月深处，金风吹打过的灵魂
总如幻境，携入红尘镀金的原梦

◎ 姐姐，你别走

题记：景谷地震时，姐姐小熊猫圆圆
被大树压住，逃过劫难后，小黄妹领
管理人员行两公里，找到圆圆，并叼
来梨片放圆圆嘴边，用嘴拱圆圆，不
停地叫，非常悲凉，圆圆已经死亡。
工作人员将圆圆尸体装入编织袋带走

时，小黄妹咬住袋子不放，缠绵悱恻，
场面让人落泪。

你别走，姐姐，你别走
编织袋，不是你婚典的新房
我知道，你只是进入梦乡
我会守候你梦境的边缘
月圆时，醒来看明亮的月光

姐姐，你别走，姐姐
起来，我们去看山野的鲜花
去玩山涧清澈的溪流
去追逐翩翩飞舞的花蝴蝶
去听枝头上清脆的鸟音

竹石林间捉会儿迷藏
野蜜蜂的老巢偷点儿蜂蜜
管理员手中争抢些水果
游人的相机中摆个酷毙姿势
姐姐，别走，我们还没玩够

姐姐，举起你的小爪子
再给我一个温暖的拥抱
姐姐，伸出你的小舌头
再给我一个缠绵香甜的亲吻
再为我梳理脏乱的皮毛

姐姐，你别走，灾难只是暂时
秋天即将过去，冬天就要来临
一场雪会让这公园洁白
装扮成粉妆玉砌的童话世界

姐姐，比天堂干净漂亮许多

姐姐，你别走，我的话你懂得
虽然生活的圈子越来越小
虽然我们被当成珍稀动物
你别走，我的心事只有你知道
我的快乐只有你分享

你别走，姐姐，明天
我们还去看东方升起的太阳
我们还去彩色的峰峦观流云
你别走，姐姐，明天还是那棵树
姐姐，我们去看火红的晚霞

◎ 稻草人和他的使命

加拿大北部的新斯科舍镇
街道有许多奇异的稻草人
这异域风光的背景
源于威吓葡萄牙入侵者的灵魂

故乡也有许多稻草人
他们手拿彩色的鞭子
驻守老家碧绿的田野
守护麦粒成熟的旅程

新斯科舍镇的稻草人
打领带，穿时髦衣衫

光艳的形影闪烁名宿光环

如玛丽莲·梦露，如卡扎菲

挂电线杆，露出奇异的鬼脸

老家的稻草人没名没姓

通常戴一顶破旧的草帽

干瘦，十字架一样的象征

穿失去颜色的旧衣

没有肌肉，简洁成抽象人形

有名姓的稻草人健全的形貌

装艺术心脏，如没有骨骼

丰腴，引诱爱好和平的人

拍一组画框中的风景照

留下宁静怡人的心境

独腿站立，没名姓的稻草人

期待风，舞起他们手中的鞭子

有意或者无心地挥动

驱赶掠食的麻雀、野鸡、寒鸦

行使一份无私无畏的监督责任

晚风和月光递送远方的信息

稻草人也做人生经验的交流

守护同样的阳光、明月、星辰

像诗人，不同的身世和经历

灵魂却都担当抵御入侵的使命

◎ 黄土地的影子

一、黄土地

总以弯曲的形式呈现

西部高原的地平线

金色光束没有偏颇地散落

阳光不会做平直与弯曲的判断

山脊与垭口，树形与石头

投影变化的轮廓，身正影不斜

清晨，定格一个峁梁

好久没关注自己背后的影子

面向太阳，从没艺术欣赏过自己

无云的蓝天、黄土路

梯田、落雪、芨芨草、黄蒿

五只野鸟，闯入拍摄记忆的风景

纯属偶然，看到自己的影子

背负晨曦，印进冬日苍茫的大地

修长、变异，没有腑脏、五官

好比复制收藏后打开的旧文档

阳光，钉入大地的平面形迹

凹凸线条，黑暗覆盖黄土

影子，遮蔽一方裸露的黄土

如一丛枯草，曾经的绿遮蔽荒凉

二、影子

太阳收藏了多少帧影子
适合的时间击中灵魂
开启一个激灵的思考瞬间
感悟生命之美、生活之遐想

黄土显影，大地必将收留
不知，大地容纳了多少枚身影
放浪形骸，没过多思考死亡
抑如大地释放大豆玉米与麦子

寻找人生与阳光的最大夹角
影子，隐藏于阳光，存储大地
撒开色彩的影子，只有黑白
潜伏身体缝隙，虚无，却有形迹

没有谁，能抛弃自己的影子
也没有谁，能捕捉自己的影子
灵魂不可或缺的部分，如影随行
沉睡或醒来，都在身体中存活

充当一生行动的目击见证
从不褒奖谴责，永不背叛和告密
只是记录所有善念或恶行
最终同黄土骨头重叠，不再矗立

站立或行走于田野、山源
多情的阳光啊，清晨与黄昏
总是把早出与晚归者的影子
艺术地显影，夸张地拉长

◎ 民俗（组诗）

一、剪纸

期待一把剪刀身体上游走
炕头，竹篮存放的油光纸
隐身于纸内的生灵
被心灵手巧的女人艺术地剪取

新春气息，年关临近
剪一对可爱的老鼠
窗户边角，点缀木格子的单调
以示家藏余粮，花猫舔着胡须

美好的愿望，素朴的艺术
潜藏于纸张的纹路和缝隙
江河山川，鲜花与鸟鸣
剪贴出生活的细碎和诗意

四季，飘荡喜庆的讯息
一树梅花，登两只喜鹊
乡下人啊，总是把剪好的春天
瑞雪中，贴满白纸新糊的窗棂

二、木偶

如一个诗人，面对一截木头
完成一首诗的艰难历程
必须左手握凿刀，右手持斧头
一下下，剔除多余部分

曾经活着的木头，头顶蓝天
让歇脚的鸟儿唱歌、恋爱、筑巢
无数的叶子，迎风展示翠绿
抑或，冬日褪尽铅华，披身雪挂

一截木头，木讷地不再替风讲话
只是把部分身体除去
碎屑纷纷，如飘落的雪花
脱颖而出的形体，于木头中呈示

快乐的玩具，永恒的表情
一棵树，泥土中引进的生命
木头中存活的身影和浮图
自然地显影纹路上一圈圈年轮

正如，画龙点睛，雕刻者
总是最后完成木偶的眼睛
好让它只看到自身的完美
看不到雕刻时木屑纷飞的过程

三、泥塑

记忆中的艺术，泥人张
随意地，把泥土和水抟成经典
抟成永恒不朽的作品

总是保持原生态的模样
泥巴中钻出的人物
保持善良、朴素和憨厚

泥巴中飞出的百灵和苍鹰
又总是把一双沾满泥土的手
当作自由翱翔的天空

存活于热爱泥土者心中的灵魂
也是存活泥土中的生灵
总以灵巧的模样展示可爱形影

我知道，女娲用心捏造的灵魂
不是传说、神话抑或故事
只因一口气，以生命的方式存在

让我想象不到，藤条上甩出
如何有了清秀的五官
平凡的泥点子，也会爱，会思考

如西安皇陵埋藏千年的兵马俑
排列整齐的队形
保持王者不朽的形象和灵魂

四、皮影

古老的传说，牛说：天帝啊
勤苦地为人们劳动
使他们过衣食无忧的生活
这样，应当得到怎样的尊重善待

天帝说：你去告诉人们
勤劳的牛，一生清苦，老了
要让受到恩泽的人们
顶礼膜拜，"一棺一椁"地安葬

牛的大舌头，吐字不清的语言
信息失真，错讹地理解
传达不了上天美好的旨意
变成牛死后"一锅一锅"地安葬

因这变故，勤劳的牛老了
还要被剥皮和清炖
牛接受了现实，因为自己的过错
只是不曾学会忏悔

五、埋葬

人天真地认为，对待牛是自己的智慧
但天帝对牛也说
你告诉人，他们应富足地生活
尽情享受，白天温馨夜晚浪漫

没得到善待的牛，怅惘地望着天空
无数次思索和内心挣扎
每到夜晚，总是静静反刍
它曾饱受过人们无情的鞭子

它本应告诉人们，天帝的旨意
让人每天用一次餐，打扮三次
它却告诉人们，天帝的旨意
让人们每天用三次餐，打扮一次

人会忏悔，只为市井，语序颠倒聪明人，
为翻倍的胃口不停奔波
无法考证，两个故事的次序

是牛传错帝意，还是人会错牛意

六、皮衣

灯光和幕布中间
所有的英雄和美人
所有的神仙和妖精
都以一个侧身，展示完整

一张牛身体上剥落的皮
曾经是牛灵魂的外衣
牛毛栖息生根的居所
保佑牛，行走于旷野

雕刻过的牛皮，浸上五色
一些人经典的故事活了
活在陇东皮影和道情里
活在泥土一样深厚的故事传说

那些灵魂中的善良美丽
那些原罪的险恶丑陋
以穿越时空的概念和方式
以提线式的形影呈示动画演绎

◎ 脑残的语境和谶语

有时，真把自己想象成荷马
荷叶与荷花间奔驰的马蹄

踩踏出菡萏的香和水声
装饰早已空洞失真的思绪

有时，真把自己想象成阿炳
一根丝弦，垂进音池
月色里，触摸到的月光
穿越盲者目光与心灵的扇区

只是，我懂得，正常脑垂体
总被源流的况味左右
不能轻易地表达朴素情感
比如：穿过大半个中国去睡你

原始的存活于肉体的本能诉求
即成为诗界标榜追求的宣言
让人们虚伪殿堂和名利缝隙
再一次看清皇帝透明的新衣

诗歌，已习惯于用残缺表达完整
正如这残缺世界突不破兽性
放弃尊严和生殖功能的媾和
把下体，充作吸引人眼球的星辰

没有教化善良和纯朴的情结
缺失高尚，满足欲望高潮的言语
确如牛头上悬挂着的红绫
充当几行文字的黑白价值

◎ 立春的雪花，陪你在云端

站在十六楼的高空
睹窗外轻扬的雪花
陪你云端的游戏
一颗追随的心闯荡天涯

有些多余的担心
如雨水和冰雹样降落
雪花，会不会被罡风掼碎
抑或把大地砸伤

认准的归程，多高的坠落
雪花啊，瞄定大地为故乡
多远的漂泊，总不被梅红诱惑
多么莽撞地扑入，也不会受伤

正如，游子素洁的心
着陆时喜悦的感情
轻轻叩开家门的过程
如泉声，咚咚，敲开冰封的阳春

◎ 心里装着石头的人

没识字之前，童真的目光
山是山，水是水
花朵是花朵，彩虹是彩虹

石头是石头，粮食是粮食

认识天地人，日月星
认识山石田土，刀弓车舟
心头烙上族谱和华夏的姓氏
素白的纸，留下歪斜的字迹

立体灵动的文字，存储大脑
存储成灵魂中沉甸甸的石头
身体里的河流化作清泉
流泻如月光，撞击石头的磬音

光洁如流水打磨的鹅卵石
纹路细腻，雕刻歌者的脚印
比泪珠儿清亮透明
比罡风坠落的雪花轻灵

墨香包裹，遗落心中的石头
时常月夜里，扣动心弦
如一面穿越春秋的古铜镜
充作一杆良心秤的秤砣和准星

打磨过的石头，蚌体里的细沙
岁月的苦难包裹成珍珠
闪烁体温和思想的光芒
照亮雨夜或黎明，照亮内心

写诗的心境，如李白的白
白过时空纯洁的玉兰
总是企图把丢进心中的石头
用心血包浆，用真情熔炼

经历过木箱的消磨禁锁
流落纸上的文字
被一双纤手敲打成报纸或杂志
装饰好容颜，才走出家门

如火的文字，沉重的心事
心里装石头的人啊
祈求，显影灵魂，置换春天
因着石头的飘移闯太虚幻境

◎ 元日的喜鹊与沙枣树

羊年岁初，守岁人
耐不住，孩子手中的鞭炮声
晨曦里，走进山系
闯入果林。一只喜鹊
站立故地，站在一株沙枣树梢
鸣叫，守望高枝给予幸福

喜鹊，以淑女不可忽视的形影
吟诵似水流年的诗句
唤醒新枝，身披黑白，却不混杂
守候沙枣树未落尽的银色叶子
装饰一棵树初春繁茂的虬枝
渴望的梦，飘逸枣的紫色

沙枣树，云雾中书写浪漫的笔意

大笔倒立，经历百年风霜呼喊
老家屋檐，无数鸟儿栖落成音符
喜鹊，三十多年久违的生灵
潜藏百年沙枣树沧桑的枝丫木格子窗棂，
窗花守望喜鹊登梅

没把自己当作一株行走的树
记忆的树，总叫诗歌不能忘记
同喜鹊，给予一处吉祥天空
悬挂灵魂。神，佛，
保佑，先天下之人将纯情保存
年味吉祥的声音传遍时空

◎ 高原早春（组诗三首）

一、一棵树

太阳还没行走到山脊
阳光，方晕染天边一抹彩霞
我尽力向山峰奔去
看看太阳温暖的面孔

层云遮蔽天空，天阴了
聚起的云掩盖太阳羞色的红
西部之春，比想象的晚些
美好的愿望，总有些许错迕

偶然失意，却因遇到一棵树惊喜
高高的山梁，一棵树临崖而居

守候山涧，山涧流过的风
间杂，鸟儿娴静的叫声

一棵树埋进黄土的根须
抑如伸向蓝天的虬枝
恰如水的深处，呈示的倒影
一棵树立于崖壁，干涸等待雨季

一棵树，把左枝伸向右边
同时，也把右枝伸向左边
思索，如交臂站立的人
伸展的形体恰如舞蹈造型

一棵裸露形体的树
保留审美和生存观点
春夏，洗尽铅华，临渊石居
秋冬，褪尽缁衣，迎风而立

二、红嘴鸦

红嘴鸦盘旋的天空
山野有更多春天的气息
因为距离，我看不到
你艳红的嘴巴和脚趾

红嘴鸦，披墨色栖息黄土崖壁
伴侣应答，时不时飘过天空
不愿树梢筑一座虚空的巢
不愿落于丛林，只爱田野逍遥

看到你黑色的身影
不断滑过蓝色天空

给萧索的山塬原始的灵动
给初春水墨的高原题几笔落款

守候过秋季和冬天
寒冷的季节，依然不愿去南方
寻找它乡明月清风，湿润温暖
如诗人们，坚守一份写诗心境

三、营堡子

从东向西。高峰，有许多堡子
那些完全用黄土夯筑的方城
保存共同的模样，方方的天空
经历岁月和风霜的侵蚀

无法考证，烽火传递的信息
是否，如文字，还传递文明
我只知道，它们各自的山峰
静静耸立，见证沉默，面向长安

没有谁知道它们的年轮
没有谁理解它们的喜悦悲伤
没有谁关注它们的身世
垛口小草告诉它们一季的春秋

它们各自的爱恋有流云传递
各自的心声，有过往的鸟儿捎带
我想象它们总是星夜，梦里
因烟火的号令牵手和相聚

山脊的营堡子啊，如历史驿站
一路向西，把春天的信息

一山山，一岭岭向边关挪移
存储成历史册页苍茫里的遗址

◎ 生命的村庄

题记：死亡，都要背一口棺材，这让
我思考，成材的树木由谁栽？西部植
树节，要晚一个月。一个梦境，母亲
是要传递给我一个心愿。母亲给自己
种了好多白杨树，我们却用松木做棺。
眼下打棺材的树，一个村庄越来越少。

母亲一周年忌日前
奇怪的梦境
古老的村庄，依稀是冬天

母亲，从她的墓地走来
我诧异，她如何能走出
那一处荒芜天地

我心里明白，阴阳相隔
如何能见到她的形影
急忙向安葬她的田野奔去

母亲的墓口敞开
那没起坟丘的田地
抑如她安葬时的情状

只是油画过的五彩棺材
却变得十分焦黑
如遭过大火雷劈一样

这确是奇异的梦境，山野
所有的坟地，都如母亲的墓穴
全部敞开，棺木碳化般焦黑

奇异，没看到一棵绿化树
没见到一丝绿荫
古老的村庄，安静肃穆

村口的牌门，看不清文字
仿佛，只有几个孩子在村头
烟火的取景框中站立

排列的墓穴，一口口打开
没发现乡亲的骨骸和灵魂
我在这梦境失语，焦急中醒来

生命的村庄，听不到鸡鸣狗吠
没见到一棵树，以及树间的鸟影
甚至，没有草木燃起的炊烟

那么多张开的墓口
确实需要一些成材的树木
需要一些棺材，填平创伤

突然明白，要为自己种一棵树
春天，种一棵可打棺材的树
搁置尸骨，收留形骸，安放灵魂

◎ 岩隙与野花

九子峰北麓，裸露的岩体
一株野花，含苞在岩石缝隙
这石头夹缝生存的野花
柔媚，却透出灵性的坚毅

柱状的粉红色的野花
初晨的阳光下静默
似是等待盛开时机
盛开于高耸的崖壁，观云呼雨

记忆中搜寻植物的存储
找不出她特有的名字
石缝中站立的野花，随山势而立
让人不得不思考她神秘的身世

或许是一阵惊天的旋风
或许是一只温暖的鸟口
或许是神仙的莅临
缘遇，让她落户岩石缝隙

石头的缝隙扎根，是花儿的宿命
花儿找到石头的缝隙
石头缝隙开花，也是岩石的宿命
石头等来一粒花儿的种子

冰冷的岩石因花儿温驯
生命彼此的冷暖，从不相负
娇媚的花儿因岩石坚毅

石头开口，花儿说话，恰好互补

打破石头开花的童话
打破一种世俗信仰
打破爱情欺骗的虚假
打开一种美丽存在的方式

生活，即使是没有生命的石头
只要爱人是一株神奇野花
盛开冷峻额头、生命的缝隙
盛开青石样风化出缝隙的诗里

◎ 崆峒之夏

紫丁香引领春末的暧昧
五月，所有的花儿次第绽放
空气里，弥散槐花的香味
牡丹毫不谦逊，展示国色天香

月季带刺玫瑰紧随牡丹的凋落
含苞的含苞，绽放的绽放
花心里，野蜜蜂收敛飞翔的翅膀
钻进爬出，金黄的花粉粘成蜜囊

池塘的锦鲤，一片一处的流红
玉一样碧绿的水中游荡
或整齐列队，或散乱争抢
嬉乐游客喜笑中投入的饵粮

大梨花也开了，所有的色彩
粉红，品红，洁白、金黄
那些花儿，都拿艳丽的芳泽
点缀绿的田园，绿的山庄

崆峒的夏天，精彩绝伦
鹊鸟声细，不为问道，不为成仙
只为花儿的江湖，野径与空谷
留下绚丽、馥郁和香艳

◎ 十字绣

题记：一种无须培训参与的形式，成
为农村妇女农闲时触摸书画艺术的劳
作。联村联户，所到的农家都有几件
装裱精美的十字绣作品（中堂和横幅、
条屏）装饰厅堂。

轻轻捻细过泥土的手指
抚摸过野草和麦芒的手指
抚摸过男人脊背的手指
碰触过云彩与雨水的手指

十字镶嵌黄梅桃花的芬芳
用一种方式，触摸文人的虚拟
也许，并不是性灵的创作
却是对艺术灵性的复制

改变曾经的缝补，一针一线
是对美与美感的嫁接和移植
旨含万分虔诚，灵魂沟通
生活的愿景，一针针扎进画衣

采摘过红枣甘甜的手指
采摘过棉花温暖的手指
烙过锅盔蒸过馒头的手指
擀过长寿面炝过葱花的手指

也敢把世界名家的名画
落款的地方，刺上自己的名字
虽没有朱红印章，没有字讳
却把心中的瑰丽装饰厅室

侍候过老人孩子的手指
裁剪过窗花菜畦的手指
筛选过种子贴过花黄的手指
举起野花轻嗅过的手指

把针织从机器的冰冷中激活
戴着的金戒，换成银顶针
绣八骏图，蒙娜丽莎的笑意
绣清明上河图，渴望汴梁盛世

绣一份从唐朝穿越的绝句
绣一卷大宋繁华的隽词
绣一条开满黄花的山道
绣一生梦境中浅笑的相思

绣彩色山水，绣梅兰菊竹
绣上喜鹊登梅、富贵有余
绣家和万事兴、国色天香
绣出连年有余奔小康的日子

◎ **让生活常拥有高考时的宁静**

没有轰鸣，没有声嘶力竭的吆喝
或许是一种难以企及的奢望
让日子常拥有高考时的宁静
没有尖锐鸣笛、没有突响的炮仗

宁静的夜，所有人都放下焦躁
所有的声响都棱角磨平
丢弃酒后大街上粗野的呼号
愤懑、宣泄隐藏或搁置于内心

让生活常拥有高考时的宁静
自知，所有的行动都彰显文明
克制，所有的动作都现出轻柔
生怕一点粗俗，惊破逐梦者的梦

仰望星辰，聆听天籁间的鸟鸣
让岁月回归到考场的安静
找回世界原本的安宁、祥和
听见心跳，听见大脑思考的声音

让环境常拥有高考时的平静

抛开生活的浮躁和烦恼
享受一份安谧的紧张竞争
享受没有噪声污染的时空

假设一种高考般约定的遵守
除非惊雷，除非闪电
正如世界原本没有喧嚣
除非轻音乐交织混乱

让生活常拥有高考时的宁静
这无数次内心激荡的叩问
正如谁打开了潘多拉的盒子
希望，又有谁为之关闭角门

渴望独特的日子成为时尚
生活的高考内心存储已久
如岩石页面存现的蝴蝶鱼化石
有一方天域的缝隙，飞翔、游走

◎ 仲夏夜那半片月色

夜色还没跺老年的脚步
前半夜喝酒的人，踉踉跄跄
行走于寂静抚慰的星辰眼白
办公大楼，笼罩于淡云

为一个侧影，月色的窗棂

上弦月的小船，加班青年
红烛样的身影，坚守黎明
等待太阳，升起，燃烧清晨

黑暗面，打磨灵魂的褶皱
为的是，一个风月人的长梦
大地，绽放成纯洁如雪山的雪莲
小草花俊俏的模样，承接清纯

那半片云彩中的月镜
照耀踉跄于斑马线的酒壶
装着踌躇的游子，异乡
找不到回归老家的路径

低处仰望，也如站于高端俯瞰
写诗的人呀，如叫花子乞讨光阴
沉湎洁白的透纱，掩映面容
不敢露出，红晕遮掩眼帘的眼睛

仲夏夜的酒精，挥发浪漫
那些四周站立的方块字和标点
不会嘲笑，不会冷落
只会寻找一个次序，列队前行

◎ 石头中泅渡的奔马

浇灌街道的花坛和景观树
一场急雨，浇灌楼群

炎热，统治的盛夏，静宁路
属马的人没奔跑，享受雨水洗礼

人行道，蹲点守候的女人
红雨伞，温柔地守候一方石头
雨水冲刷，石头里的奔马
愈发形象立体，脱石欲出

一声暴烈的嘶鸣
马鬃飞扬，马蹄翻飞
驰骋于石头的云路
御风而行，日行千里

一场大雨，黄河涨落
更多的河石浮出水面
淘洗石头的男人，直直的
目光如炬，垂进河底

抑如，街头守候人流的女人
期待，懂石的人，抑或懂马的人
换取生活用度，艺术地解析赏读
匆匆行程，驻足，掏出银子

尽管，奔驰的马，飞不出天空
跃不出一方石头的纹路
正如诗人和诗抛不开尘世
挣不脱汹涌的洪水，泅渡人流

◎ 走不进的桃花跃不出的潭（组诗）

题记：汪伦邀请李白，撒了美妙的谎言："先生好游乎？此地有十里桃花；先生好酒乎？这里有万家酒楼！"收信后，李白欣然前往。不料，不见桃花，十里桃花只是个地名，只看到一处姓万的人开的酒楼。临别，诗人瞬间吟出《赠汪伦》这首千古绝句，让友情荡波于心间。

一、桃花摄魂

面带桃花，目光垂进潭心
穿越千年，四行文字间
没走入那片芳菲的桃林
也没走进一朵香气四溢的桃花

目光丈量，用尽三生岁月
桃花潭，依然保留未知的谜底
幽深，如一面古老铜镜
接纳飞鸟白云、日月星辰

桃花潭，让人口衔桃花
栖居、行走在一首诗里
穿越千百个轮回
期遇，曾梦魂绽放过的桃花

即使，流落为异乡的游子

只要遇见桃花般的殷红
心沉浸于淡淡的异香，抑如
畅游桃花潭清碧的水里

二、心门洞开

沿桃花潭走过、掬过桃花潭水
抑或，漂浮于潭水之上
一扇封闭的门，自心头洞开
让一阕盈溢清香的踏歌进驻

经一竿竹篙碧绿的点拨
岸上的石头，也发思古幽情
桃花的心，荡漾清波
潭水浸润了桃花的馥郁

惜别里，舒缓的节拍，谐振
潭水泛起酒花样醇醇的涟漪
让一个时常醒的人
沉醉于朦胧月色，心念桃花

真切纯朴、不俗的感念，如电波
汉唐遗风，穿行诗意缝隙
二十八个汉字构架世界
流水高山，发散知遇的讯息

三、故乡的磁性

一首存储足印和歌声的绝句
桃花铺成故土芬芳的路径
引领行吟诗人回归正道

逡巡桃花潭碧水的宫殿

岸边，随风轻扬的老柳
打坐千年，只把无钩的柳梢
垂进鱼儿透明的世界
月夜寂静，窥搅着鱼的梦境

潭水幽静，漾起层层清波
梦存桃花，莲步难移
诱惑，一首诗富含的磁性
情意缠绵，让远客梦绕魂牵

漂浮桃花的潭水，荡涤灵魂
一颗心塞满香艳和柔软
踌躇一生地追思寻觅，留恋
任谁，都游不出乡愁葳蕤的幻境

◎ 分豁岔采风两首

一、噢，漫进花儿的水磨坊

掩映青山里的水磨坊
伫立石路和木纹中的水磨坊
古老又年轻的水磨坊，加工食粮
像一首花儿，开在我的心上

清水儿打地磨轮子转
磨口里淌的是细面

你不爱时我不缠
强扭的瓜瓜儿不甜

灵魂中播放爱情歌谣的粗犷
纯朴直白，把不朽的诗歌喂养
《诗经》缝隙，如葳蕤的荇菜
抑如，采摘的防风花咀嚼清香

噢，漫进花儿的水磨坊
流淌过雪花的水磨坊
俊俏的模样，为什么苍老
静默画框，述说爱情的沧桑

二、冬虫夏草

天宇下飞翔和游走
远离虚无的精神恋爱，飞高
走远，想接接地气
追寻投入大地纵深的路径

打开垂进生活的甬道
一只虫选择一株草的根系
如藏进情人温暖的怀抱
躯避冬天的寒风、冰雪

慎重抉择，光明与黑暗
恰逢时机，切入
生命融合，动与静
高原的嬗变，相容贵比黄金

一株草洞开，接纳一条飞虫

生命才拥有爱的实质本真
如写诗，须把那些意境和意象
同命运嫁接，浇筑灵魂之意蕴

◎ 行走于唧山云雾

沿野牦牛迁徙的山道
黄崖沟，向马唧山进发
溪流声渐行渐远
烟雾弥漫，鸟鸣更加清幽

置身山野，视线被云雾包抄
那些比奔马更快的流云
时而是山野的幕帘，遮蔽幻境
时而是山野的面纱，浅露画颜

行走于笼罩天涯的云雾
像一个暗夜提灯的人
照耀无数绽放的黄花蓝花
恰如不断闪烁的星辰

空山无人，峰顶云雾的穹隆
视野，地平呈示圆形弧线
一阵云雾中坠落的小雨
惊醒幻游，度我返回人间

◎ 石之花坛

一块巨石，山梁一侧面向东方
风霜雕刻，岁月侵蚀的斑纹
显示生存万年的冷僻孤傲
联想李广将军箭入石棱的老虎

不规则的，五颜六色的石斑
开花的石头，开的是一个高度
开在三千五百米之上
以花坛的姿势，峰巅向日月献祭

独立，四壁悬空的石头
山的高处，兀立如人
睿智如发，顶部深凹的部分
聚集万年的沙尘，开满杂花

一丛鲜花仙风道骨，风中摇曳
一块脱离尘世的世界
尘世之上，飘浮于云雾
扎根石头敛聚的雨水和风尘

◎ 鱼说（新十四行诗）

鱼说，你把我装在心底
是多么艰难和坎坷
无数的誓言，脱不出五秒记忆

流不尽的眼泪，汇成长河
凝成江海湖泊，聚成生活的空间
只为还能在自己的泪水中存活

鱼说，我把你藏于头颅
是多么容易和轻松
你的模样，水清水浊，都能看清

为这，我进化了自己的眼睛
远离、抵近、白天、黑夜
至死游不出从不闭合的瞳孔

鱼说，无你的岁月泪比海深
鱼说，有你的世界心比天阔

◎ 苦菜花

如秋菊，苦菜花的内心藏存金艳
让写诗的人产生许多疑问
是谁，给一种菜冠上花的名字
又是谁，给一种花融进菜的含义

春天，蔬菜的种子刚撒入大地
苦菜花，以她碧嫩的叶子
遮蔽泥土经历秋霜冬雪的裸露
贴补记忆灾难和历史的饥馑

苦菜花，脆性的叶子和根茎
无论是受伤与折断，创伤与断口
都会流出洁白的汁液
洁白，如母亲与哺乳动物的乳汁

泥土深处汲取的纯洁
虽然有浓郁的苦涩
虽没有母乳的甘甜，却像母乳
滋润过诗人和诗人的文字

奇异，伤断处流洁白的血
如诗人血管流动深蓝和碧绿
阳光下，一点点变紫变黑
月色，悄悄将伤痕和断口愈合

◎ 野花的卑微

为三千六百米海拔的高度
马啣山，神仙居住的地方
花儿盛开，省略了枝秆和花柄
如省略细节，省略整个夏天

紧贴流过的白云、驻足的雨云
春秋里，紧贴单薄的土层
紧贴牛粪，紧贴石头立起的港湾
紧贴云雀的翅膀和叫声

接近泥土的表层盛开

没有茎寸之高，甚至
花心潜藏巍峨的峰峦
只把内心的艳丽芬芳吐露

达到一定高度的花儿
洗练，把生活的卑微精确提纯
开放，已没有过多烦琐程序
精简清瘦，如一个真正的诗人

◎ 岩石的恋爱

旷野，恋爱的石头
拥吻千年，埋入长发的脸面
无法关注风云际会
听不见惊雷，看不到电闪

一块石头给诗人的想象
造型美妙，架构永恒
没有时序，没有空间
依立姿势，让人泪如雨落

峰峦，红色的苍苔
那心间渗出的血斑
装饰肉体的色彩
抑如，袈裟规则的图案

两个生命肉体的竞合
唯留下一条可以分辨的缝隙

让世俗的人，不轻易看到
恋爱的石头，永远是一个整体

◎ 位置与过错（组诗）

一

樊家山入县城的路口
两棵见证过百多年的树
坦然面对死亡，死亡的方式
让人想象不到地离奇

一个少年，田野的周边
种植了一排整齐的白杨苗
好把田野同道路分开
同过往的行人和畜生分开

长大的树苗同那一排绿
守护田野，守护
每年都不同的庄稼
麦子、玉米、西瓜、土豆……

风起时，树苗们呐喊
为田野挡住卷起的沙尘
风住时，收留鸟儿和鸟鸣
陪伴田野和庄稼的寂寞

二

无论春秋冬夏，白天夜晚
留下少年田野成长的身影
养育的牛羊，娶来新娘
架子车上睡觉的婴孩，记忆鲜活

轮回，树不知道时光会消失
不知道寿命，不考虑未来与理想
只是每一个四季，都会
心中画上不会折旧的年轮

有枝成杖，少年已老
拄杖而行。树思维繁茂
却没有死亡概念，树在减少
树，也会怀念身边倒下的树们

因为，有太多的树叶
因为，有太多的枝条
树从没感觉到孤独，旷野
褪尽铅华，仍快乐兀立

三

种过一排树的少年埋入了大地
连同他终老的儿子
两棵树，仍然站立村口
把绿和阴凉放置于显眼的地方

树身不断长高树围不断扩大
树根伸入田地的中心

汲取田地中心的养分
漫延开来的阴凉让行人休憩

树随性地长，不知道
它的四周已不长杂草
那一块阴凉遮蔽的地方
种什么庄稼都会颗粒无收

树守护的田地越来越贫瘠
树看到，田间收获越来越少
树又见到一个少年，树迷惘
他是种树者的孙子或者重孙

树不知道，那些碧绿的叶子
其实是养育人的粮食
苦涩的叶子，不能充当粮食
树只是自由地长，不知节制

四

树看到，那收割过麦子的镰刀
在它离地面一米的地方游走
锋利如白月光的刀口
划破了它经历几百年的肌肤

冰凉的感觉，树感觉不到疼痛
只觉得空气中的冷侵进
洁白的真皮，暴露无遗
那些供养树叶的吸管从中断裂

树一瞬间，关闭导管

树的记忆中只有向上的通道
没有回归倒流的途径
树知道，树因叶子生长

被剥一圈皮，露出耀眼的真皮
树梢的叶子，不知树受的戕害
依然随性招摇蓝天白云
树间依然有鸟儿喧闹的议会

五

没有抚慰，树经受最后一刀
连接大地的最后几根导管断开
树冠上的叶子，与大地失联
人活脸，树活皮，树大招风

树守护最后的尊严
依然坚持，没有死亡
经历了一个秋天，一个冬天
落雪时，枝条也银装素裹

春风吹过田野，无法想象
树枝还能在天空泛出青色
那些树叶子依然枝头探出
新奇地观察蓝天白云日升月落

根的努力多么徒劳，但是
树输送身体里最后的水分
仍然，让能枝头上露脸的叶子
碧绿地绽开，消瘦，鹅黄

六

同使镰刀的人一样
树给我的表象，是它不会死亡
使用过利刃的人
又四周架起一圈玉米秆点燃

那一米高的洁白耀眼的真皮
被烈火围绕烤烧了一夜
烟火让一部分的树也燃烧
焦黑，但是，树叶仍然油亮

两棵白杨，顽强坚持到冬天
死亡了仍然像活着
一场雪，覆盖它们所有的伤口
两棵树第三个春天，没再醒来

两棵树，真死了，却活在我心里
雷劈过，它们碧绿皴裂的树枝
洁白耀眼的真皮裸露
烟火烧黑的干撑起绿绿的木叶

思考，一个活不过百年的人
为何，因活过几百年的树落泪伤感

◎ 望秋

守护尊严的时刻

狗性永远大于人性
人的理智，是进化历程的驿站
时序在一片木叶的纹路守候

秋已寒凉，只是爱人的色彩
还流浪远方的路上
徘徊于中山桥的桥口
见证过往，见证彩虹的艳遇

好了，望到秋天的峰峦
望到秋草的丰满
也望到勾勒出腹部孕育的轮廓
玉米的旗袍开至适合的高度

秋啊，蓝天与白云无法衬托
心中的色彩，天高云淡
望见老家峰峦上仲秋的白雪
红瓦秋树掩映老家，梦幻存现

◎ 在哪儿安放你，我的乡愁
（组诗）

一、白狗

晨钟敲过，兴国寺门口
大肚弥勒佛的功德箱前
供人跪拜的蒲团之上
横卧条并不素洁的白狗

它没有向佛，没有乡愁，没有笑
它没有神奇地相信宗教
目光同佛的目光一样，注视
永远眺望你的后方

亲眼看到它耳朵上微黄的杂毛
我知道它没有沐爪、念诵
也没点燃一炷长香、叩首
更没投入一份香火钱，祈求庇佑

狗的目光，透明没有杂质
它不懂佛事，不懂虔诚
信仰明月，不会为杀生忏悔
更不会为过错自责或赎罪

被洁白的小比熊牵着
与它对视。两条狗都没说话
我也没说话，话在这场景多余
知道，它在蒲团躲避秋凉

兴国寺的飞檐，勾卷山野
勾卷沉默的挂满果实的果园
已是深秋，兴隆山染上油彩
初阳照耀，熠熠生辉，披层佛光

二、鹧鸪

黄昏，火烧云的红染透西天
树少了许多，被剥了皮的树
是一个个不长枝节的电线杆

让村庄的鸟儿，误认为树

一大群鹧鸪鸟，滑翔过天空
滑翔过原野，滑翔过玉米地
疲惫瞬间，栖落电线之上
像一个个乡愁悲喜的音符

鸟儿们的智慧是无上的
电线杆不适合筑巢
它们选择以电线杆为中心
电线最稳定的地方，打盹过夜

两只爪子，紧握冰冷的电线
它们不知道，这电线中输送的
恰是温暖的电源、光明、火花
鹧鸪知道，鸟的夜有星月就够了

鹧鸪纳闷，不长皮的树为何会活
为何不会倒下，真有胡杨的神奇
羽毛、尖喙、利爪，呼朋引伴
人活脸，树活皮，鸟要活的太多

三、户口

我在县里混，混了十八年
还是个科员，家乡人却把我当官
邻居家大叔，托父亲让我办事
给他家抱养的孩子报个户口

不办这事，会得不到父亲谅解
办这事，我真没十分的把握

我知道，让一个孩子在母亲身边
活着，才有亲情与家的和谐

我知道，那定是不念旧恶的女孩
收养人家，定会好吃好喝
比自己的亲孙子还亲，人们富了
粮食，蔬菜瓜果，不乏鸡鸭鱼鹅

问过孩子的来路，她不是被拐卖
只因他们家要超生个香火
她母亲同意，将她送亲戚养育
家不穷，只为不愿缴社会抚养费

法理情的边缘，道德底线防守
我真怕抵挡不住这波洪流
不知道，续上的香火会不会再续
这女孩，命注定，她不会是黑户

这样思索，不眠了好几个夜晚
望老家方向的天空，残月、星辰
愁绪迷惘，没脱离愚昧的老家
乡里乡亲，乡愁雨泪浸透

◎ 红月亮

眼睛充血，看什么都有份眩晕
如情人面庞，会看成一轮满月
酒意微醺，踟蹰夜的缝隙

如情人的眼睛，会看成星辰

还如蓝玫瑰，如紫斑牡丹
色彩，都有诗意与酒气
仲夏，青竹摇曳灵动的光影
高脚杯，晃动酒红的涟漪

晨曦里撩起长发，面庞的红
存现于梦，如喝醉的月亮
清辉，照亮空荡的诗行
陪伴，文字中修行者孤寂的灵魂

白月亮，红月亮，分手好久
记忆那惊艳一瞥
刻录成永恒与忘情的光盘
偶然脑海，翩若惊鸿地上映

寻遍地球，寻找一个合适地点
红月亮，守候，只为与你相见
为这虚构梦幻，写诗的人
常把自己灌醉，为看血月的容颜

◎ 学车杂记（组诗）

一、夜行与变灯

行走路上，黄昏拉开幕帘
开启大灯，探照未知路径

视线缩短，夜色如墨
目光如炬，闯入夜心脏的纵深

你向我驶来，穿透黑暗壁垒
如恋爱，会车时不变大灯的人
两束远光交织，把视野
照耀成盲区，恰如一些好心

交错瞬间，近光柔和
彼此眼前呈现港湾的宁静
突然明白，不是所有的光芒
都显示温暖、舒适与光明

行走于夜，真感激变灯的人
无言，适时为路遇者变灯
虽然，看不见彼此容颜
交会，不知道彼此姓名、年轮

行进夜色，变灯，恰如低眉交错
而我，从未把他们当作路人
懂得，变灯为别人也为自己
感念，常有不遇的失意与惋恨

人生啊，也是漫长的夜行
短暂盲区，交错太多好人
瞬间路遇，错连大美风景
时常回味，一次远近交替的变灯

二、后视镜

水银与凸起的玻璃

科学成像，两只耳朵的模样
充当审视身后的镜子

行驶于路上
盲区，由此减缩
视野，由此宽阔

习惯了目光向前，不用回转
便顾见身后的世界，不看自己
反思，三省吾身，仿佛过时

路上，离不开回顾瞬间
身后睁着明亮的眼睛
前进，不沉湎风景与过往

三、驾照和薰衣草

同领驾照，她让人记忆最深
宣誓室，听见她庄严的声音
看见她举起紧握的拳头
做一个遵守交规的驾驶人

她退休了，六十三岁
山野采束紫色薰衣草
像初恋少女
满面晕光地自信

她说，科目二五次才过
科目三也五次才过
科目四一次没过，三年期满
驾照到手，如煮熟的鸭子，会飞

重学，老公不同意，子女不同意
说她没驾驶员素质
她那个郁闷，差点有寻死的心
说老家话，原来与我同乡

第二次进驾校，第二次重考
科目一到四重新走来，偷偷地
顺利通过，把驾照突然丢给家人
好告诉世界，历练的自信与毅力

114公交站点，她挥手下车
四年奋斗，只为七年驾驶
不考虑值不值，举束紫色薰衣草
向一车人辞别，过程胜过结局

四、村道与限宽门

一条少年时走过无数的路
依然横陈乡野
我想重温记忆的温馨
打这条村道驰过

田野没变，山形没变
依稀是旧时样子
老路真有些老了
铺一路沙子，不见昔日宽阔

少有车辙，中间流水冲出痕迹
一辆红色轿车驰过，我被迷惑
误以水泥墩立成的限宽门通行

不料，车头遭遇刮擦受伤

划破心灵的声音。下车丈量
门比车窄，前车掉头而回
这让我无法明白，宽阔的田野
路，为何越来越窄

乡村的限宽门越来越多
我知道立墩者的心意
已不是占山为王的时代
他们的心胸，为何越来越小

只容微耕机通过，不许外人驰入
借一条道，你没有出资
学艺不精，这是通行代价
只怪，开车还没炼成火眼金睛

五、路人、路及其他

煤矿的煤炭，早已枯竭
新修的水泥路宽约四米
阿干镇，褪尽昔日繁华
309宽阔的省道在此变窄

道路两边，修建经营的房屋
齐齐地，沿水泥路的边沿
不留路基边沟，更无处栽柳
建筑成阻碍通行的血栓

此处，我一挡与辆货车交会
路边行人，依然迈方步

右后视镜，碰到他的肩膀
他说，为什么不停，这么窄的路

建筑违章，路人无处避让
矿藏枯竭的地方，法律便成摆设
不是占山为王的时代
庆幸，没有碰瓷，没向我收钱

◎ 石头与文字（组诗）

一

许多次梦里穿越河流
与清澈的河水一道前行
偶然遇到干涸的河床
裸露各种样式的石头

跳跃坚硬的石头
寻找远行的流水
怕那些石头忘记脚步
每块石头写上文字

担心那些轻浮的字
会被唐突的洪流冲刷干净
想尽力实现一个梦和愿望
把文字串成一行行诗句

那些潦草的墨迹

悄悄渗进石头的心底

二

寻找诗的艰难历程
如相思的人追寻刻骨铭心
步入一条河流摸着石头
架起支点生命的行程

险滩、旋涡、激流
明月、飞鸟、沙洲
浪漫与孤独的旅程
脚心的温暖印入冰凉的石头

不朽的诗章具备石头的特征
风刮不动，水搬不走
日晒不化，沙埋不久
只那样立为砥柱中流

许多人都做到了，比如李白
喝过的酒都升华为千年的月色

◎ 与影子有关（组诗）

一

入夜，路灯都成双成对
独自行走于寂静的夜

或长，或短，或细，或粗
发现自己有两条影子

中间重叠的部分
有夜色一样的质地
四周虚淡的部分遮蔽不住
灯光照耀大地

踩着自己，慢慢行走
中心殷实，周边虚淡的形影
渐渐隐身于后
又突然呈现于前

没有回首，没看身后的影子
看不见这形影的目光
也听不到这形影的心跳
夜行，躯体阻隔灯光射向大地

二

手术时，躺在无影灯下
没有影子存在的余地
明白，那一刻，身体透明
不见影子，这足以证明

肉身空灵，包括血脉与骨骼
些许的愿望，在那一刻
均成泡影，只是迷幻瞬间
凸显最美好的祝愿，灵魂如灯

望着窗口，醒来
望一束温暖的阳光

望瞬间飞过的小鸟
望白云娴静于蓝天

嗅床头柜上的花香
盯吊瓶下液体的点滴
冰冷的暖流输入血液，流经心脏
意识，让所有影子归位

三

一个人，如同一块石头
也如一棵树，更如所有名词
代表的生灵，活动的，静止的
都会有影子，白天，有太阳影子
夜晚有月光影子，雁过留声

通常忽略了许多
太阳光芒里，忽略恒星的影子
月亮光芒里，忽略行星的影子
星辰光芒，忽略无数星光的影子
影子无处不在，走不进一双瞳孔

生命主宰，恰是佛光背影的虚无
影子的真实，淡化于无形
清澈的流水，歌声没有影子
流动的风，没有影子，如思想
善念，没有影子，思念没有影子

形与影，终于像一个哲人思考
举头望月，低头思乡，形影相吊
无形与有影，无影与有形

无形并非无影，无影并非无形
如一场虚无的梦，人过留影

◎ 生命的旋律（组诗）

一、生命甬道

支撑起世界第三极的高原
三千米海拔高度之上
布达拉宫云白与藏红的殿堂
一幅唐卡荡涤了所有俗念

石红描画，放大的母性生殖孔
正视，如宇宙一样旋转的甬道
星系样，闪烁神秘之光
是每个人出生无从选择的隧洞

所有的嗤笑，内心的猥琐与不敬
在这一刻，均如妖魔鬼怪
呈现于这一面古老铜镜
让灵魂，经历一次世俗审判

幡然醒悟，羞赧，心生敬畏
光明与黑暗，生命的信仰
诗人永恒崇拜的图腾，不是
卑鄙者文字绘画的看点与卖点

二、城市流浪狗

蛮荒时代，藤网与荆棘的山野
狗，最先放弃兽性的生灵
陪伴四肢着地的人类
走过原始愚昧无知的丛林

机警的吠声、尖利的牙
传递路途危险的信息
跳前跃后，警告隐藏于野的兽
一步步，走出迷惘，走向文明

穿梭高楼林立的城市
流浪狗时常迷惘
珍惜尿液，一个个拐角或电线杆
文字样，留下记忆的味道

保持假装填埋粪便的习性
摇尾乞怜，审视人的脸色
不生仇恨，唯念施舍
夜深时，吠叫想唤醒睡死的人们

三、老树与智慧

深秋的风，刮过原野
一棵老树，及时褪尽阔叶
身旁的小树说
铅华未尽，何须这样匆忙
你不见那松林仍着夏的盛装

老树不言，只有叶子纷纷落下

入夜一场初雪，轻轻飘落
每一片雪花轻盈无一点分量
洁白如童话的世界
小树想象白银装饰的自己

翌晨阳光升起
老树，精神抖擞
小树却累弯腰，一枝折断
断口洁白，述说一份哀伤

◎ 时光及其性别

题记：有感于一个人拥有二十块名表。

古人智慧探索过程很关注时光
世纪纪年到用光年测算距离
无法研究透彻的物质不足百年的脑壳存现
远古到中生代、白垩纪到侏罗纪

无法搞清时空顺序，也想象不清
沙漏颠倒，无法颠倒时光排序
真实虚幻，几分真实几分虚幻
现在是现在，将来是将来，过去一定是过去

拥有上帝的权力，即使会魔法
怀揣古老的怀表，用胸膛温暖
时光冷漠，欺骗自己，蒙蔽别人
心律温柔，虔诚凌乱律动的脉搏

权贵，四肢佩戴金子钻石的手表
牢笼镣铐，拘不住时光的行进
时光没性别，不因宠爱心生感激
不与财富恋爱，罪恶媾和，谄媚变得徒劳

◎ 骨头融不进金属

迷信说法："入棺材时，身体内，
不留存任何金属，留存，会影响后人前程！"
父亲跌断大腿，成功手术，他又站了起来，
宽阔的原野穿梭，承包地里播种、收获。

一年了，他念念不忘，骨头外的两块钢板，
骨头内的六根钢钉，还有蹲起不便的苦恼。
邻居说："七十岁，不必再开刀挨那个疼！"
父亲说："你们不知道啊！一到冬天，金
属显示它的冷漠。

"金属没跟我一起出生，也没同我一块长大
没血的温度，没肉的柔软，只有紧贴或洞
穿骨头的寒彻！"

突然明白，那是让不肖子孙，留下首饰与
金牙，
把活着的痛苦减少到最小，迷信有其科学
依据。

骨头融不进金属，金属支撑骨头

死亡阴间，骨头也要保持纯洁抑或纯正。

黑白分明的眼睛，不分黑白时
会发现，银河与交替的霓虹
前进与等候，已成生活定式
内心亮一面甄别善恶的明镜

◎ 黑白

已入中年，头脑中，天真与幻想
走失许久，才尝试接近现实
如接地气，接近没有字迹的熟宣
如蓝天飞翔白鸽呈示的腹部

满含冬夜一场雪覆盖纯洁原野
李白的白，盈逸白玉兰的香气
少女纯粹的眼白陪伴眼球的黑
注视白马白梅、雪峰绿色原野

如黑旋风李逵没有思考的黑
现实与虚构的存在，可斩除老虎
乌鸦，用周身的墨晕染真话
恰似静默的炭块，炉膛内发言

黑即是白，包裹大熊猫的憨态
夜色，有星星，更有明月
循环与交互的太极蕴含双仪
白山黑水，万象，不轻易忧伤

笔墨灵动，抑如联翩昏鸦
盘旋幽梦，无须分辨留白的美艳
潜藏与交融，抚慰共生宿命
颠覆、打破非黑即白的认知理念

◎ 冬日，开花的蒲公英
（新十四行诗）

题记：帮扶联系驻村点，见到几朵蒲公
英冬天开花，真感觉惊奇，不是亲眼所
见，真不敢相信，冬天，也能见到春花。
随记。

西部，一处避风角落，偷偷开放
金色的花黄与春天没有二致
紧贴地面，独特，没有花柄
谨小慎微，成为萧瑟的唯一装饰

冬日，蒲公英的花，肯定了暖冬
当然，它没机会结出果实
不能给它们向山野进发的小伞
更没机会让这花儿结出种子

冬日，蒲公英的花，扣紧大地
尽量卑微，没有身高，充满好奇
娇羞的女孩，躲在门口窥视冬天
有些不合时宜，却展示生命奇迹

奇观，让城市行吟的诗人
冬的眼界，存现春日幻象的生机

◎ 长城梦里梦城长（组诗）

一、冷峻对视

泥土和石头的缝隙
木夯歌夯实的基础不会风化
蒸笼蒸熟的热土，站立
高墙，不再生长粮食，不长杂草

险关、隘口、边城、城堡
选择山脊和崖壁间耸矗
一如峰峦逶迤的流云
星辰，串成经卷抑或念珠

不知道长城确切的城址
正如风不知道自己的身世
不知道，长城蜿蜒着关口
还是关口粘接成长城

砖与石的长城，砖的缝隙
是连接，还是空虚
一个没有正解的命题
烧成灰的石头洁白地缄口

二、永恒课题

正如民族一直还研究
是历史释放了长城，还是
长城洇释历史
时光打磨，还是岁月洗礼

也正如我研究还搞不明白
是梦如现实，还是现实如梦
是砖生土地，还是土生砖石
是一条砖长，还是一条城长

故事和传说晓喻世界
泪水，能冲毁八百里长城
孟姜，一个女人的泪腺
冤屈，会如天河决堤

睁开，能容得下砖瓦日月
闭上，放得下大千世界
一双明眸，长城的一条砖缝
又能容纳多少安放眼睛的躯体

三、绝版画图

梦境清零，一幅山水连绵的国画
抑或有关城相连的山水
水墨与云烟朦胧的风景
潜藏征战的呼号、战马的嘶鸣

兵器上的霜月，闪亮
从古至今的清辉、威仪

一枚树叶，衰兴春秋
一双鸟翅，盘旋飞翔

飞跃峰峦间的长城，龙的图腾
肉体、骨骼、汗水和泪水
是它隐身的云雾或彩霞
诠释民族的自豪或者亘古

穿越时空，笔墨的点画
组成的汉字，抑或文章
正如烈火烧制的城砖
连接成历史唯一的绝版

四、龙脊高耸

遗址，如蜿蜒峰岭的关口
民心，如高耸或低伏的山峦
潜泳长城的泥土和砖石
灵动历史朦胧的云烟

梦中的长城，太多的硝烟
太多的人喊马叫
太多的驿站，太多的战旗猎猎
纷纷埋进大地深处

如大海的鱼把脊梁
露出海面，露出浪尖
长城把身体的部分潜藏进大地
把代表脊梁的部分露出时空

心高过长城，却高不过足印

硝烟残存，女墙架过枪炮的垛口
露出女孩们如花的笑容
枪炮样伸缩的相机存储风景

五、启示梦境

分不开内外的长城
也分不开它头顶的天空
分不开一声鸟鸣，目光迷恋
随飞鸟的翅膀掠过家乡

长城下成长，长城上奔跑
想象，自己是一片龙鳞
到过长城的，不都是好汉
还有许多穿彩色衣衫的美女

长城的梦里有更多的期许
更多的色彩，更多的明媚
更多的风景，更多的故事
更多的烟火，更多的威仪

溯源过程，把梦想托付给长城
诗句迷幻，指示方向
清醒与迷惘瞬间，回环
梦有栖所，有了太阳身后的光芒

◎ 拍一帧小城雪景

雪花轻灵，低沉的云层撒落
落雪的小城，温暖宜人
拍几帧雪景，小城，不为留恋
只为留下，小城美妙的一瞬

雪花纯洁，遮蔽石头的冰冷
覆盖公园亭阁飞檐的瓦楞
填充冬青并未落尽叶子的缝隙
以及，草坪没来得及变黄的草茎

远景的垂柳，虚淡如烟
如画家线条的柔韧
色彩，均以水墨方式呈现
小城瞬间的安谧宁静

雪花喧闹，纯彩棉衣的少男少女
堆几个雪人，打会儿雪仗
喜悦的声音，鸟鸣般蹿入云霄
我，在这画景，被小狗牵着走过

◎ 请给我，你的潮汐

没抵达钱塘与亚马孙之前
平静的心，不懂助波推澜
亲见日出与月圆

孤独的诗人，才知海河的孤单

情绪激荡，潜伏于文字
不因穿梭的鱼群搅动心事
不为雷鸣与闪电开启窗棂
收留航船，收留云影与鸟翅

一次次高潮，一次次无奈退落
久违的情怀穿越千年地仁望
终不能拥有一张轻佻面孔
徒为无形力量的诱惑痴狂

这样，被谁嘲笑一生
欲望，相思病的心灵
海河知道，终不被日月接纳
却无力摆脱这虚假挑逗的痴情

◎ 北山行（组诗）

一、花花山记忆

南部峰峦，马嘞山顶北眺
少年记忆，珍存弥久的回味
幻想花花山的辽远与神奇
远方的迷恋，如诗，诱惑向往

童真目光，总想洞穿魔芋的魅影
无论夕阳、无论晨曦

光与影透视的峰峦，皱褶苍茫
捎给你丰富的景深与层次

春暖花开，修饰季节的枯焦
北山啊，多像千万朵盛开的白莲
层层叠叠，绽放于瞳眸大地
成为，荒凉不长草木的代名词

二、粗犷的高原

白天，采一朵白云
叠顶太阳帽，戴上头顶
夜晚，摘一颗星星
当作漂亮的胸针，别于胸前……

三十年前吟诵过的诗句
被冬暖夏凉的窑洞收留
土炕窑顶的青烟袅娜
麻豆花迷乱的梯田葱茏

梦牵魂绕的北山
苍凉，也有华彩乐章
构筑贫瘠田园的诗意
构筑荒芜山野的遐想

三、岘与岔的命名

散落于贫瘠与苦甲天下的村落
杏花岔，遇不上一朵芬芳的杏花
柏木岔，见不到一棵柏树影子
柳树湾，无一枝舞动的柳丝

鞑靼窑，这消失民族生息的土地
只是历史缝隙压扁的名词
同彩色泥陶封存于亘古山系
贡马井不见老井，也不见贡马

中连川没一块平川，大岘、小岔
见山山见，分山山分，大与小
不难想象，奇特的地理命名
上下左右，除了山还是山的宿命

唯缺雨水，缺少水一样的女人
是我大白土燥干屁股的地方
是我无法不爱的故土
是我剪断脐带的故乡，尽管苍凉

四、烽火台的墩墩草

细碎的米蒿，仅有的血红
一寸寸装饰瘠薄的大地
四周悬空的烽火台，烽烟见证
青城黄河大峡，述说岁月沧桑

随风而倒的墩墩草
生命秩序选定的自然法则
是它们生存的智慧
风来匍匐于地，风去昂首摇曳

草茎的韧性与坚毅
根须攥紧燃烧过烽火的余烬
守望春风，守望苍穹的蓝与深邃

守望一处有过历史记忆的高地

草茎的绿与枯，装饰岑寂
规则的方格站位，恰如汉字
墩墩草也懂得留白
懂得草与草之间恰好的距离

五、大地的诗笺

沿等高线蜿蜒的山道
不长草木的岭沟峁梁
千百年裸体沉睡的北山哪
洞开无数人工方格

这又多像大地铺展的诗之册页
让放牧绿色文字的诗者
点播一行行灵动的诗句
谱写一篇篇生态建设的乐章

看，一个"梦"立体地呈示
六千八百棵柏树苗泛起的图案
如红柳如柠条一样的守梦者
把一生扎根贫瘠与苍茫的骨骼

六、复活的生机

锦雉关关，银鸽飞旋
追逐一片绿意，一片吉祥
野生石羊，依偎林场的老工人
没有惊悸，不再仓皇

沐浴过貂蝉的洮河水
凝脂样，清澈地流进群山
杏花岔开满了杏花
柏木岔柏籽飘香

古老贫瘠的北山，一个愿景
做梦也感觉裸凉的山魂
柔软的春风披上新装
岁月的歌谣传唱粗犷

七、警示的红丝带

老场长驯养的三只野石羊
脖子上拴系护身的红丝带
独特醒目的项链，并不宗教
更不是高贵血统的标识

同充血的眼球，百合花的红
经血的红，红灯笼的红一样
石羊的颈项上划道血色封地
让山灵们都知道，一个隐忧心思

生态脆弱的北山，荒芜不可怕
贫瘠不可怕，干旱不可怕
可怕的是，文明的惦记与瞄准
一声枪响，一个物种由此消失

聆听石羊敲打石头的声音
告诫，目睹过苍茫的眼神
和它眼神中的迷惘，轻抚的瞬间
所有的野性提防，由此温顺信任

◎ 昙花与明月

逸生出酒色般伤花怜人的怀绪

金菊绽放的九月
素洁的昙花又一次盛开
已近中秋，不知道，昙花
是不是也等待
等待一枚圆圆的轮月

漫漫长夜，昙花的思绪
许是把清香送给星空
送给没有亏缺的明月
只是所有完美的心愿
难以成为美满与现实

月满如轮，昙花却已悄然凋谢
让人感怀，一怀馨香，一生华丽
不能倾吐给明月的星空
两种完美事物
不能在彼此完美的时刻相逢

昙花眼中，月是亏缺的
圆月心底，昙花是衰败的
昙花不知圆月之美
圆月不知昙花之妙
忧恨缘遇，真是冥冥的恩赐

不能呈示彼此最完美的形影
只留下一刻与一世缺憾
恰巧，触动灵魂柔软的部分
如美酒，花与月极易醉人

◎ 兰州黄河奇石

一块石头，梦着乌云是幸福的
天地酝酿已久的黑暗
心跳与脉搏紧随风际云幻

一块石头，想到闪电是幸运的
上苍赏赐的长剑抑或天线
劈开抑或接通天地相隔的甬道

一块石头，听见雷雨是惊异的
阵痛来临，疯狂的嘶喊与泪滴
砸开禁锢静止命运的门锁

一块石头，碰上洪流是欢快的
沉默的宁静惊异流动的呼啸
伴随山风，遇星是星，见月是月

一块石头，滚落黄河是喜悦的
一半清澈，一半混浊的水流
千百年的棱角，时光打磨失落

一块石头，遇见石头是愉悦的
硬与软，看见或看不见的陌路朋友
无数磕绊，让彼此听见心跳

一块石头，冲出河底是惶惑的
际遇与机缘恰巧穿透泥衣的目光
清洗，时光包裹的胎衣轻抚玉体

一块石头，享受拥抱是激动的
冰冷，感悟一双手与怀抱的温暖
热血，注入粗犷抑或细腻的纹路

一块石头，呈示画面是羞涩的
峰峦、长河，奔马、飞鹰、晨日
苍松、山竹、悬瀑、流云、落霞

一块石头内心的呈示，冥顽不化
云路历程，精彩纷呈，不被擦拭
遇人显人，遇路显路，见花献花

◎ 送给蒲公英的歌

如果我可以是暖风
一定悄悄伴你旅程
如果我可以是寸土
一定敞开心扉请你生根

如果我可以是秋水
一定会进驻你的心灵
如果我可以是冬雪
一定把你的身子裹紧

如果，如果真的有很多如果
我一定是你最忠实的同行
牵你的手，听你的歌

踏你的节拍步你的红尘
浪迹天涯，笑看春风
穿越坎坷领略生命的美景

◎ 阳光的背影

记得清晨，送你至考场门口
一张阳光笑容，挥挥手
此刻，光芒是你最耀眼的背景

一起被竹笼关进考场
熟悉的书桌，粉色分界线
比天河水还宽还长

一同牵手走过的羊肠道
护佑着没被野狼叼走
星子和萤火虫提着灯盏

一双手，一面山垭口飘着红丝巾
将我从阴坡雪白的纸上
送进晨曦照在脸上的朝阳

一朵花，艳丽地绽放，格桑
心就分成八瓣梅，每一瓣
都是擦干眼泪的棉布手巾

◎ 山与海

一、山

鸟鸣，幽静的空谷回荡
石板，云雾中的山坡
静默，那些青草、枇杷叶
石子路补录过少年单薄的身影

石头缝隙里涌出的甘泉
一泓清澈，依然闪烁明眸
单膝跪下去的渴饮
羔羊吮吸母乳般地虔诚

千万年还未风化的石头人
脊梁比山峰挺得还直
棱角分明的容颜，冬春的雪
只覆盖头顶，却不晕染双鬓

依稀还有少年的记忆
幻想，拉不住岁月侵蚀的腰背
只有思想是新的，一个时代
将成为青山不老的代数式

二、海

鱼的眼里，海是感动的泪滴
晨曦与星月均是闪亮的心灵
也如母亲善良的目光
让鱼有了爱与敬畏，以及浩瀚

早春的浪花，穿丝绸面的鞋子
行走与跳跃的轻灵，归聚散尽
海鸥的翅膀，火烈鸟燃烧的身子
重复消失的过程，构筑永恒

信风与洋流，给予思考的鱼
温暖与寒冷的消息，选择港湾
选择爱，选择繁殖，选择赴约
信守千里会盟，至死不渝

在自己的泪水中游弋
即使亿万年的冰封
也阻不住天地间的蓝与深邃
挡不住奔赴远方的梦与向往

◎ 西部三月的雪

白雪覆盖的世界一片馨凉
行走的欲念突破冲动防线
只为刷新纪录的银色诱惑
看见暖意，看见天地一色的苍茫

留守的喜鹊引领喜悦
走出郊外，走向原野
走进空山，走进回暖的鸟鸣
走上还未落尽的几片红叶

石头内心的暖，融雪显影纹路
铁一样黑的虬枝，举起苞芽
纯粹的雪，只把凉爽寄托心欢
所有的心思成为惦念或者悼词

天地一色的屏幕，只有黑白
红嘴鸦成双的身影掠过田野
灵动的黑，触摸灵魂的鸣叫
震动内心久违的一处宁静

烟墟里的狗吠，呼唤
没有风的雪野，我不像归人
不去叩一扇柴扉，一肩玉屑
如一株淡定的古槐，静默

埋入雪中的双脚，埋入乾坤
根须探入大地深处
叫不出名字的鸟叫，灵魂代言
仿佛诗者，喂养心灵的文字

◎ 你，为什么活着

比雪白的小比熊，牵着遛狗人
傍晚，昏暗或明媚的春光下走过
像白天飘荡一朵云，那么轻灵

柳枝拂动晚风，没一枝吐露心事
风从不思考，它活着还是死亡

需叶子、风筝，抑或思绪验证

再白的一朵云，夜晚，都是黑的
如白狗走进暗箱，看不出本色
唯眼睛与光亮，能给出正确判定

活过就不能再活，死后不能再死
轮回，像一个暗夜提灯的盲者
不为看到别人，却为望见自己

无间依偎，山石活着，像死去
草木死去，像活着，
山水树石，世间最美的风景

◎ 悲喜，这个春天发生

题记：兰州，一只怀孕的流浪狗被一辆摩托车恶意撞伤，后又遭一躲避不及的小轿车撞击，昏迷马路中间。一市民看到受伤流浪狗后紧急将其送往附近宠物医院，抢救3天后，昏迷的流浪狗产下9只幼崽，存活6只。因小狗不足月份，活的也一只只死去，因此，我的诗也有变动。对此，有市民呼吁："每一种生命都有存活世上的权利，你可以不爱，但不要伤害。"

这个春天，大白，发生车祸

她是只洁白的流浪狗
记得母亲，不知身世，更不知道
如何闯入叫城市的领地

她的祖先，曾引领过迷惘的人类
走过荒蛮的旷野和山谷
引领人类一步步走向文明
乘上开往未来与春天的列车

她的头受到生铁和速度的撞击
即将昏迷的意识里
尽量远离车祸现场，远离
远离，不留下伤害的罪证

她可怜的胃肠，只有塑料、柴草
如何在灯火灿烂的城市生活
摇尾乞怜，提供孩子生命的养分
如何星光下恋爱，都成未知谜底

她没学会碰瓷，无力控诉
车轮滚滚，也无场所和时间控诉
急需安全地方，好生下孩子
不够月份，不埋怨小狗父亲

仅存的意识里爬行、爬出血泊
心中没有仇恨，只有母性和爱
死亡，不能让无辜生命付出代价
没有车轮的地方，生育孩子

城市总会有善良的人们
宠物医院，完成生命最后的遗愿

九条小狗早产，活着的还剩一只
她却没来得及看看孩子的容颜

瞬间的生命替代，死亡与新生
惋惜、遗恨、祈祷、诅咒、祝愿
能代表情感的词根，清明节前
已无法表达此刻心境的悲喜

一首诗成为九条狗安息的坟冢
把他们埋进诗意，埋进城市春天
让一山的杏桃花来祭奠
让一岭的鸟雀来祭奠
让穿过铁桥的黄河水来祭奠

◎ 清明雨

清明时节，雨如期而至
唐突闯入，敲打归乡者的窗棂
回旋雨刷器，刷不尽迷蒙的河流
没有预约，也没发微信

她的眼从唐朝已潮湿
只为华夏族性中渗出的怀绪
如初绽的杏花，挂满泪滴
唤醒灵魂美好的记忆

一千一百个清明的接续
一千一百年断魂的留恋

牧童指引的酒旗
飘摇成醉客无尽的思念

即使奔驰连霍高速，任谁
也跑不出那幕细细的雨帘

一袭长裙，无数次睡梦迎娶贵人
乘黄金的敞篷车，驰过绿色原野

◎ 诗与远方

◎ 白玉兰

读过木兰诗，心被俘虏千回
甘愿臣服，无力反抗，无从背叛

不是花木兰的敌手，入眼
只一朵花的白，漂洗灵魂的彩色

花香里，悟出诗题引申的含义
木枝嫁接花蕾，全是迷魂武器

白玉兰绽放的春天，银鸽飞旋
高洁、坚贞的花语，传达执念

一如浓缩的雪山，不染尘埃
一如新挂的熟宣，浸透柔韧

一如孩童的眼白，透射纯真
一如李白的白，氤氲浪漫

映衬蓝天的玉兰花啊，纯情
托举的高度，让所有的花迷痴恋

那部可以当作枕头的文字
依然沉睡平静的脑海
需要乌云和雷电点燃
需要急速的风激起云涛

星光与明月潜藏的内心
夜色中盛开牡丹，站立的文字
需要淡淡的清香熏陶萤火
需要蝴蝶的翅膀转载芬芳

一部思考人生的结晶
待薰衣草醇香的仙阁深闺
需要迷幻的配乐奉迎
需要画笔色彩的调和

峰岭与涧谷构成的脑沟回
通向故乡的长路，奔跑的文字
需要蒲公英和车前草指引
需要一只小狗的吠叫应答

正如圣地与梵音召唤
一匹白马的蹄音涉过山水

需要灵性与佛光的庇佑
需要一怀坚忍信念嫁接

是时候了，唤醒那片海洋
可枕波涛安眠，躺着的文字
醒着或者死去，都有浪花陪伴
都有鸥鸟的翅膀掠过天空

◎ 月上柳梢头

一袭香肩，婀娜如柳的腰身
飘过南河公园的廊榭
水晶鞋足印加高的鹅卵道
浮泛起温润如玉的香色

舞台空荡，上演一台大戏
春夜，白玉兰盛开的花朵间
我非张生宝玉，出入西厢红楼
追寻名叫柳月的女孩

明月的面庞，柳荫间走来
长发，晚风中柳丝样飞逸
爱情路，千万人千万年的足印
未叠出蝶翅透明的厚度

◎ 狗狗思考方式中的哲学

毛毛是并不纯种的比熊
身世与经历有些离奇
她是个爱漂亮和干净的女孩
一位受过教育的女人购养过她
度过幸福美好的童年

渐渐长大，现出本型，纯白
毛没卷曲成波浪，她无正宗血统
寄养我家，养狗者之间的信任
说好一周，经月却打不通电话
暂时寄养，沦落成失约的遗弃

灵性的毛毛，从不会高声喊叫
好像懂得，林妹妹小性子的心思
因温顺，从未加拴住自由的绳索
只是冬夜寒冷的时刻借宿阳台
白天流浪，夜晚躲避冷与黑暗

城市马路不属于狗，也不属于马
弯道一声尖叫，飞车撞破她的头
我忧心她残疾生活困难的瞬间
后轮又从她胸腹轧过，让我惊异
好像她知道，我内心那点点忧思

毛毛从没埋怨过遗弃她的女人
她被卖狗人骗去两千
只是想惩罚骗子迁怒小狗
掩闭有出气无进气大张的嘴巴

掩闭她哀望我等待死亡的眼神

双手间的缝隙，捂不住灵魂飘散
轻抚，让她感知阳世最后的温暖
有名的毛毛没墓地，棺椁是鞋盒
南河堤岸，没有碑，更无碑文
三块石头立成供桌，没有狗祭奠

◎ 诗魂，丝绸的经纬里 线性穿梭

一、西行驿站

一路向西，冬雪还未消尽的山岗
塞上杏花指着杏花村的方向
诗魂，御汉唐二千年信风
又一次从北京，走进丝绸之路

燕子早已飞来的初夏
走进左公柳，走进槐花树的花穗
走进高高的白玉兰飞翔的檐角
走进沧桑的铁桥筏子客的花儿

如黄河穿城过，把堤岸当成过客
把白塔山和白塔当成古人
把五泉山当成起伏的脊梁
把黄河上的桥梁当成通天阶梯

只为一个经卷里的驿站

滴落过大宛马毛眼上的汗血
只为一队驼铃的脆响
存储汉简浸润竹片的墨色

二、马啣即景

穿过十八里翠绿掩映的红砖道
穿过响水沟百灵鸟清脆的叫声
穿过石头人屹立千年的望乡
穿过林莽药草瞬时接骨的药性

穿过三千米之上的木杜鹃
穿过椴皮丛锐利的芒刺
穿过童话里清澈的金龙池
穿过双龙女流下的旧眼泪

穿过陨落成圆坑的石头列阵
穿过石臼窝摇曳的狼谷子
穿过石头彩色地衣呈示的图符
抵达膜拜了几十年的马啣山

只为雪峰顶举杯邀月，解读天文
见证石头风化成泥的简短过程
只为无数酒杯样的蓝色小花
贴紧大地，举起峰回路转的虔诚

三、余脉村庄

祁连余脉，穿过马牛羊籍贯姓氏
穿过斜风吹不偏公平的分水岭
穿过乡亲们的祝愿与赐福

穿过雷坛河蜿蜒不息的足迹

穿过奶奶额头磨利的针尖
穿过母亲舌尖掂直
穿过针眼去缝补生活的丝线
穿过姐姐妹妹嫁去的村庄

穿过黝黑松软的黄土地
穿过播种时，父亲的一声吆喝
甩起的鞭鞘掠过儿骡的眼影
却从未落上过绸缎般的肩胛

不能再细的生活细节啊
青石板，放牧青山的短笛
无数次还原的梦境复活
笛孔飘出的云朵，幻化羊群

四、天路行色

背负夜色或晨曦，飞燕的翅膀
穿过河西走廊驰骋的马蹄
穿过河谷的桥梁，山脉的隧洞
穿过西去列车的声声汽笛

走进执念里熟识的敦煌
走进飞天的袂袖、额头的点颊
走过匈奴领地，大月氏时空
走过小月山，走进七彩阳光

穿过联翩红嘴鸦叫声里的清明
穿过匈奴妇女们的长襟

怎么揩也揩不干的眼睑
黑黑的挂满霜花的睫毛与眼影

携李白浪漫后的淡淡忧伤
以及边塞诗无尽的豪迈苍凉
携反弹琵琶曲子词的弦歌
藻井的穹窿外，赴约天堂

五、睡佛目光

穿透归燕撞不破的城池城堡
穿透唐古拉山猎猎招魂的经幡
穿透白牦牛永恒向天的犄角
穿透行道旁写满经文的石片

穿透睡佛半睁眼睑的目光
穿透夸父手杖幻化的邓林
穿透渭城的朝雨和柳色
穿透能遇见古人和来者的阳关

穿透十二木卡姆弹拨的弦丝
穿透孩子们的笑声和眼白
穿透少女舞动的颈项
穿透时光和风沙打磨过的胡歌

只为楼兰女儿经血染红的沙漠
像一条争战与血泪的彩色长河
只为干涸丰茂的辽阔大地
永远普照三危山辽阔的金色

六、玛尼真言

干牛粪燃起的孤烟里，抵达锅庄
抵达寺院黄金浇筑的金顶
抵达纳木措神山圣水守护的雪
抵达天葬台神鹰啄开的天堂

抵达雪莲花盛开的莲台
抵达雪豹追逐猎物的敏捷足印
抵达转经筒里的六字真言
抵达叩长头匍匐拉直的虔诚

抵达绿松石和天珠装饰的浮图
抵达酥油灯点亮的光明灯阵
为石彩的唐卡九色鹿样修行
梵音超度，修遇见爱情的来生

抵达东山顶上的那轮明月
抵达心中姑娘如月的面庞
只为天堂里觐见爱人
虫草和藏红花的轮回安放灵魂

七、诗绪飞扬

从四海走过，从七大洲走过
到过南极北冰洋，到过珠穆朗玛
埃及胡夫的金字塔顶瞭望
古罗马的广场巡视

柏林墙推倒的砖缝祷告
希特勒坟墓给纳粹开和平讲座

蓝色多瑙河的谧雾泛舟
古罗马文明的长河净身

亚马孙原始丛林的清波穿越
蒙古包星夜的睡梦打马走过
红场阅兵的礼炮声中抒情
精卫衔起的石头和树枝中沉默

哦，诗绪潜藏五千米海拔的流火
为一次春风拂面的峰会
净瓶甘露的浇灌，起死回生
生命不朽支起覆盖天下的凉阴

八、宗教稻草

印度佛塔的舍利寻找启示
穆罕默德跪拜的初阳凝视光明
让灵魂飘逸不死之海
新约旧约的十字下念一声阿门

把诗当作祈祷与旧稻草的歌者
将意志和骨骼插进田野
站成手持长鞭敲打风景的风景
让飞鸟和小兽们心生敬意

守护最后一片羽毛与一滴泪水
播种诗歌，播种喂养世界的粮草
守护还不饱满的面包和肠胃
不让那些生灵惊魂或者惧怕

飞翔穿梭于无为或者无形

诗意国度，诗意栖居
感谢上帝，感谢上苍，诗的世界
躺下站着，都有震撼三界的戒律

九、春蚕作茧

阿拉伯的飞毯承载想象
载60亿人的思索与愿景
载失火的天堂与地狱的忧思
破译蒙娜丽莎微笑无解的密码

穿过拾稻穗妇女手心的稻芒
穿过米开朗基罗末日的审判
穿过前世里修来的慈悲与善良
穿过一只春蚕最美的遐想

情感太多，窄窄的诗行无法容纳全部梦境
让世界一只茧封存的空间飞翔
如自由女神发出的战斧式导弹
抽丝过程，坚硬的痛，丝线中晶莹

让诗的灵魂穿梭飞翔
每条根系，每对翅膀，每双足印
存留或者游走的远方
地球家园的册页，浮起永恒雕塑

十、诗魂向西

跟着诗魂，一路向西，飞出阳关
野羚羊迁徙的牧场，潜入粒粒黄沙
潜入一簇簇骆驼蓬呵护的干涸

潜入一溜溜比脊梁挺拔的白杨

一路向西，潜入边关的弯月
潜入夏日姗姗迟来的山桃花
潜入蝴蝶样蓝幽幽的马兰花
潜入梦约与梦幻般璀璨的星光

潜入边防线上信守的界碑
潜入异域独特的风光与习俗
潜入蓝色或琥珀色彩的眼睛
潜入民族精美绝伦的服饰

讲信修睦，五千年融合的诗句
荣誉呈示于西方文明的展厅
一个诺言，一个信守的册封
诗魂，缥缈的形象变得丰腴立体

十一、自由穿梭

穿梭，穿梭，以所有穿梭的方式
回旋每个国度的冠冕和花环
回旋每寸沸腾的土地和岩石
回旋每滴喜悦的泪水和海洋

回旋每片需要斡旋的天空
回旋每对需要飞翔的翅膀
回旋每处荣枯交替的草场
回旋每种肤色的血脉与骨骼

每粒种子都诗意地生根发芽
每块石头都诗意地开花

缥缈的思想都结出诗意的果实
每一个字母和汉字都塞满情意

穿梭，穿梭，让诗意搭成鹊桥
诗意架起风雨之后的彩色虹霓
诗意，把家国穿成精美的项链
诗意进驻每位智者宽敞的心底

十二、武酒情怀

朋友，举起夜光杯，干杯畅饮
举起丝绸样青碧的天空
举起丝绸样蔚蓝流动的海洋
举起丝绸样金黄的沙漠与胡杨

举起丝绸样洁白柔软的雪峰
举起丝绸样嫩绿的辽阔草原
举起丝绸样五彩斑斓的花朵
举起丝绸聚结皱褶吉祥的世界

诗魂纵横的血管穿梭
穿入血性，穿入骨骼，穿入经络
每一个城市的穴位都发酵快乐
让大同梦成为汉武古老的酒曲

将进酒，每个酒杯的月亮
成为友朋的故土与他乡
杯莫停，每块月光照耀的地方
都收获爱，收获不同的乡愁

十三、世纪交响

祝愿，也是凯歌，北京
真诚向爱好和平的人们邀约
世界注目的盛会，5月
是梦幻，更是世纪最强劲的脉搏

天宫二号轨道，天舟货船的空间
驶入蔚蓝航母的舵弦和甲板
机遇，不断升级的高铁轨道
十三亿目光聚焦，出落道道闪电

彩虹飞天的柔臂舞动
天鹅舞女的脚尖飞旋
不同民族不同文明集结的号角
是自然和历史共同理想的交响

让博爱存放于每一滴喜悦泪水
无根水灌溉从未失信的大地
梦想蓝图，筑成家园永恒的丰碑
自由世界，凯歌神州播放希望

◎ 紫色郁金香

五月琼花凌乱，遇见凝香的花苞
七道光谱隔绝，热烈已离你太远
美艳的词语，那些滚烫的情话
赞美者的唇齿间与你擦肩而过

这都不是你忧伤的全部
因为，你暗红的心底火色不灭

习惯那用审视妖来审视的目光
习惯四周的冷遇和遇冷的空气
习惯自己把火热的心抱紧隐藏
习惯自己把自己烧得遍体鳞伤
一切逆来顺受，一切隐忍不言
为一个知遇人敞开心灵舷窗

我知道，你白天是妖的本性
也知道你，夜晚是美人的潜质
诗的触角，触摸到你内心的芬芳
暗夜的心灯默默向星月倾诉
摄魂的香气，与火红毫无二致
绽开的形状，与金黄一模一样

◎ 五一游园

一、白牡丹

四周进出的门，都挂生锈的锁链
隔栅栏，闻见锁不住的牡丹花香
牡丹花，梦魂中芬芳的花儿
谁把你们囚禁，囚禁荒芜的园子

为摄魂的芳香，为睹美丽的容颜
转山转水，寻求一个缝隙或渡口
祈祷，围栏和高墙洞开一道水波

是牡丹花给我容身的指点引领

狗洞，是赶往国色天香的路径
幻境般闯入花儿们栖身的秘所
经年荒芜，牡丹花灿烂的园子
初夏泅渡，除我，谁留下足迹

被一丛凌乱耀眼的白牡丹包围
我听见她们猜度的巧笑和私语
异香满园，花儿们期待的目光
偷猎般的镜头下，尽露羞颜

二、红牡丹

一株千层红牡丹，守候园子中央
芳园公主，万千佳丽簇拥的花
静默不语，心事一池碧水中透明
无数蛙鸣，仿佛都是求偶的情歌

寂静的园子，聆听这奇妙的情话
不知道，我是花儿，还是青蛙
是不是花间跳跃的麻雀，抑或
草茎上寻找前程归途的蚂蚁

门与栅栏紧锁，割不断一世相思
陌生，对视的瞬间消融
那么多花儿，久违的诗心
被无数花朵收留，存储一帧照片

多美的花儿啊，都是灵魂的真爱
一首诗的宫殿，迎娶一园子美人

每一粒汉字变成花儿们的王子
月色正好，睡梦里，唢呐声细

三、假山与紫丁香

园子无风，牡丹花掩映水绣假山
柳枝水面垂钓蛙鸣和花影
紫色云霞，一树艳红的牡丹花
倒影镜面样平静的池底

庆幸，守园人没把我当成偷花者
特意打开假山的喷泉
把我当成爱风景爱花的贵客
让园子景致都有了水色灵气

一块块水汽笼罩的石头
石头边天蓝色绽放的兰花
浸润拍摄景致的镜头
滋润沉醉花香里的思绪

假山的建造者，喜爱书法
是园中园唯一的守护
是荒芜的村外村留守的工人
不会作画，不愿离开创作的景致

◎ 再悼灵均，怀石沉江

行走五月，行走汨罗江两岸

千年徘徊，我一直寻找那块石头
那是块怎样的石头啊
它怎样被屈子如炬的目光选中
怎样钻进屈子燃烧熔炉的胸怀
怎样融进民生多艰而太息的掩涕

我没穿过的鞋子，早已打湿千年
为从这清浊的河岸悄悄走过
那是一块怎样的石头啊
还有没有棱角，有什么样的纹路
有什么样的形状，什么样的色彩
到底有多沉的分量，多重的心事

太多的路，太多的游说，语言
已经浸不进石头封闭的内心
那是一块怎样的石头啊
没有窗户，或者缝隙，或者缺口
更没一扇可以开启关闭的大门
接纳诗人飞翔的思绪抑或驰骋的灵魂

那是一块怎样的石头啊
怎样压在屈子的胸口
怎样垫平上下求索的漫漫长路
怎样破碎成九歌与天问的一枚枚汉字
怎样倾诉蕙芷秋兰摄魂的芬芳
又怎样打磨成诗人遮蔽风雨的荷衣芙裳

那是块怎样的石头啊，它是如何
抱屈子的肉体走进汨罗的江心
怎样收留诗人的一腔鲜血，一怀忧思
又怎样掩埋诗人洁白的骨骼，手中的长剑

怎样，牵回屈子回望楚地的那一束目光
还有那江水样汩汩流淌的泪行

◎ 一个人是一棵移动的树

清明节，跪在娘的坟头
一双包含骨头的双膝
根在泥土中青草样伸出
接近娘青草味的母爱
接近生命本源的宫殿

纸钱与清酒的思绪
匍匐叩首，米粮酿造的泪水
浇灌意识中漫延的根性
聆听剪断脐带的声音
我知道，我将必须行走

奔跑在娘的视野
娘也是移动的树
一生行走黄土垄里的娘
脚步慢了，慢得不能再走了
我就有了定植的根须

每年归乡的路径
乡音与乡愁里绽开的杏花
都像是娘村头守望的眼睛
我知道，我从来都没有
走出过娘葳蕤的目光

◎ 雷坛河，童年路径里的乡愁

马啷山雪峰和木杜鹃花萼析淀
山岩老鸹烟覆盖的山隙间流出
无数清泉，天色样蓝盈盈的水啊
浸泡过脚丫，清洗过童真的目光

响水沟驻守的红鹩儿，枝头鸣叫
岩石跳跃的水声里，习练歌喉
七个字婉转叽啾，富含流水磁性
刻录成记忆婉转入云的乐音

截取一段河床，项链样穿成村庄
无须沉淀，打雷不打雷的日子
清晨，校门前清澈见底的溪流
小马勺舀桶，兄妹抬入缸的饮水

彩色细沙，光滑的鹅卵石，馨凉
野花与树影，流水的波光摇碎
倒映的面庞，闪烁粼粼波光
折弯，探入水中吮吸的空心草茎

雷坛河，炊烟呼唤乳名
干涸，是你新背负的真名姓吗
谁的刀，砍断你绵长的水线
断流，让村庄遗落成断线珍珠

雷坛河，我暗恋的情人
背负相思，背负河的空名声
不见一朵浪花，昔日的狗鱼

不见倒影的山鹰、野花和云霞

一首诗成为永恒祭坛，乡愁路径
长香样，点燃成行的黑色文字
祈祷祝语，惊雷或闪电的缝隙
山洪打通凝滞的血栓，奔入黄河

◎ 一样的与不一样的狗血

题记：微信视频。发生了惨绝人寰的
事件，兰州，一只流浪狗被活剥皮，
它脱逃后，皮还挂在身上。一批流浪
狗被不明人打杀，一时心绪难静，眼
球被打出来的狗狗还活着。我不知道，
它想注视什么？它看见的和我看见的
是不是一样的世情冷暖？

血性是一样的，血管是一样的
心脏是一样的，心跳是一样的
脉搏是一样的，血液是一样的
安睡是一样的，梦境是一样的

目光是一样的，眼球是一样的
泪水是一样的，视野是一样的
恋爱是一样的，生育是一样的
味觉是一样的，痛感是一样的

耳廓是一样的，雷声是一样的

花开声是一样的，洪水是一样的
隐忍是一样的，风声是一样的
星星的对话与天籁是一样的

呐喊是一样的，呼吸是一样的
哭泣是一样的，呻吟是一样的
脐带是一样的，胎生是一样的
穴位是一样的，经络是一样的

奔跑是一样的，求偶是一样的
感激是一样的，乞怜是一样的
一样骨头，不吃生铁是一样的
一样感恩，饮水思源是一样的

狗血的城市，只是它们的爪子
不会拿起石头和棍棒
它们不会思考哲学，不会暗箱
不会团结一心，不会举行座谈会

它们不会开车，不会上访诉讼
不会拿钱行贿，不会充当打手
它们只消费垃圾，不会瞒天过海
不会三十六计，不会排兵布阵

它们不会选举，不会集会
不会摄影，存留证据，不写诉状
不陷害和搞夜色遮蔽的阴谋
不对泛滥的人口进行屠杀

它们不会瞄准，不会逃亡
依然把人当作主人抑或朋友

它们不记历史，记录亡灵的文字
不会祈祷，也不会诅咒

不知这些个畜生，知不知道
狗做，天看，知不知道
狗与人的痛苦，佛祖，上帝
闭上眼睛，能装成看不见的盲者

◎ 一堵墙抑或一扇石门

梦境里，追随一个人的脚步
依稀穿青衣的导师
越过一条缝隙，闯入异境

行走过程，没有言语
也没有思想的交流
甚至没看到他的颜面

漫漫长路，荒寂与荒芜的呈示
没有人间烟火，纯正的赤黄
仿佛古老的异族部落

一堵墙，抑或门，意象虚幻
真实与虚无的形变和形迹
通关的密码恰如美妙的汉字

斑驳，经历沧桑的书法
已无年代可考证，时光侵蚀

雕刻旧迹，导师随手拾起毛笔

红色油漆开始填充一幅行书
梦醒的瞬间，实与虚的思绪
锈迹仍然指示笔锋的路径

无法界定与还原的情感
我不知道，能否推开那堵墙
抑或打开那道魏晋的石门

只有场景是真实的，血红
让我梦中醒来或者进入梦中
这天，从王羲之练习写字

◎ 仙女湖，一根洁白的羽毛
（组诗）

一、神往与神话

蜕去羽衣，仙女湖抛开隐喻
所有的美，均以裸露方式呈现
赶往武陵人无论魏晋的桃花源
小小的通道，可容越境吗

一直寻找一根飞翔过的羽毛
循羽绒找到根部一丝丝血迹
循那一丝风干千年血斑的殷红
破译七仙女灵魂的 DNA 密码

爱情场景，复制典故、神话
千年修行，修正遇见羽衣的程序
三点式，三块遮蔽娇羞的硬伤
让我沦落为俗人，远离神性

同羽毛凌乱纠缠，泪眸若即若离
疲惫的审美或者缺失，温情太多
勾引暴力，抛开泉水，抛开浪花
目光驱使爪牙，天使的羽衣扯去

惊艳你的美丽，透明的仙女湖
赤裸爱恋，被清澈的情愫收留
追寻遗落的羽毛，如守护神
平静湖波，不惜种下海伦战争

仙女湖，干涸心灵，期待真情
悸动的心，树死藤生的纠葛
真实的爱，交织水草、月光
已见初红，羽毛圡兰花样圣洁

打开夜、点亮星辰、夜读的书灯
你举轻灵的羽毛，浅笑、隐身
不见书案跳跃的形影，幽幽体香
咀嚼的文字，溢满蓝玫瑰的芬芳

二、属于自己的涟漪

一滴不能再小的水珠，足够容身
仙女湖，那些草树，钟鸣，蛙鼓
祷告，香火，溶洞，牌匾，小桥

花枝，蝴蝶，都保存仙女的袂衣

所有苇草，佩戴珍珠桂冠
所有岩石，守护决口堤岸
沉浸仙女湖宁静童眸的柔波
浮生若梦，不是烟雨即是楼台

仙女湖，一定会想起一些诗人
想起无价的诗篇、警句
普吕多姆、叶芝，还有海子
天鹅的羽翅飞翔，聆听罡风

身心的竹竿敲打湖水的波澜
触摸星星，拥抱明亮的圆月
仙女湖，还会想起五百年画师
达·芬奇、米开朗基罗、塞尚、傅抱石

留存或者遗失的画框，心灵色彩
装饰人类内心亘古荒寂的沙漠
描摹神性的粗犷与野性的温柔
灵魂的天鹅，雕塑繁茂的遐想

仙女湖，我是尾独来独往的金鲤
抑或，一艘慢慢荡漾的帆船
伸出迟钝的触角感知爱情浪漫
平静湖波，划出属于自己的涟漪

三、无法推托的梦境

清水芙蓉，盛开的莲心里检索
那么多敬畏羡慕的目光，失语

仙女湖，我不会说千年神话
学不会干宝搜神的记录方式

你逐梦而来，米黄色上衣
藏青色长裙，敞开春风的衣袖
携旅途的倦容，仆仆风尘
无数次放映笑着醒来的梦境

难以愈合的伤口，炉火
焚烧三年抒写的花语、思绪
火光，映梨花带雨的面庞
一沓手稿，炉膛内层层燃烧

拥抱过的双臂，捆锁灵魂
潮湿的吻，还张贴嘴唇
不忍回首，飞天样飘逸的曼妙
分别仪式，步履犹豫，背影决绝

留下违背内心的疼痛、遗憾
同岔路口陪伴的那棵油松
孤单矗立，只遣流泪的目光追随
清风卷起的云雾，模糊视野

灵魂冰点，凝结雪峰的耀眼
思绪临界，洁白如宣纸的冰面
按下快门的瞬间，羽毛如雪
梦幻世界的圣洁，从此定格

◎ 老屋与流浪狗

城中村，拆迁机械
瞬间，将一幢老屋
夷为平地
包括门口的狗棚

拆迁协议，主人
签上自己的名字
按上血红的指印
他没问狗，也没征求意见

狗只对庞大的机器吠叫
它没见过这阵势
目睹狗窝经历的变故
恐惧的内心让它狂吠

夜幕降临，主人不知去向
拆迁机械安静得像个雕塑
老屋的废墟之上
狗，守护一个绒布娃娃

拆迁的主人住上高层
狗仍然守候熟悉的土地
那里有它少年时撒下的热尿
经年的气味依旧那么浓郁

深秋寒凉，秋雨淅沥
狗蜷缩机械撑起的干地
它不恨这无情的铁的机器
尽管它捣毁了自己的狗窝

遗弃，并不是故意的罪过
流浪，也许是注定的宿命
作为狗，发达的嗅觉，总是
抹不去老屋生命的烟火气息

◎ 长安寄怀（组诗）

一、西安北高铁站

和谐号动车，西安北高铁站
初次感受现代化文明的炫幻
独自旅行的人，面孔生疏
人流如蚁，陌生感消失于瞬间

千里行程，交会于地铁站台
白天的夜色，灯火通明的轨道
子弹样飞翔的时速，蓦然
唐突闯入大地洞开的深层

无人售票机闪烁的窗口
提示，我把故乡越放越远
漂亮女孩帮我买好车票
刚抵达的终点又成新的征程

适应从地表到地底的转换
总有一些站台，让你赶往地宫
也会让你从大地的浅层蹿出

土拨鼠样，草纸上浮现抑或隐没

二、钟楼

竖起耸立六百年的耳朵
聆听景云钟久远的回声
天籁般回肠荡气的铜音啊
裹挟三秦大地不灭的性灵

唤醒过清晨的阳光，云岚
唤醒过秋日初歇又骤起的蝉鸣
唤醒过古都柳丝的朝雨
唤醒过女墙守望归人的面孔

钟楼，警钟失语的岁月
像思想掩藏于辽阔的脑海
把音纯掩藏民间的耳廓
让一个传说，不再祸国殃民

朝丝幕雪，中轴线十字路口
新世纪的钟，高悬古都中心
南来北往，钟声穿越过客，任谁
走不出钟渐渐漾开的涟漪

三、鼓楼

活或者死亡，思想皮层传递
一面大鼓，有一头牛完整的皮囊
一座楼逸散神不守舍的农耕气
节气，或者气节鼓身中隐藏

一座楼，富有空间轮回的层次
让心沉静，沉静鼓声厚重的节拍
时序，绝妙划分过的年轮
日出月没，南演春夏，北绎秋冬

鼓志与鼓讯，从不传递浮躁
一锤定音，承载一座幸运之城
一任高亢或锋锐的高音飘逸
让一城人幸福，享受暮鼓晨钟

鼓楼的楼梯攀缘，远客慕名
久远的回音，激荡于血脉
喜鹊唤回梦境，我只是过客
虚幻地，把灵魂当成一位归人

四、大雁塔

从西天取经的路径扑入长安
不跨白龙马，却乘飞驰的动车
珍藏佛祖凝结的骨肉舍利、浮图
保持的高度，夕阳下让我仰望

如一只坠雁，教化过的思绪
读不懂贝多罗树叶上的经文
古老的文字，神秘的讯息
它，却是灵魂飞翔的精神食粮

渐已黄昏，独自进入雁塔地宫
接大地的阴气，览胜三秦
栩栩如生，那些帝王，他们
凝视目光，让我想不起一粒汉字

梵音空荡的壁室内激荡
我不是信徒，也非僧众
甬道漫长，壁画里的极乐世界
身心融进慈恩寺超度的经诵

◎ 爱到晚秋的蝴蝶

秋深草长，夕颜寒凉
芨芨草开出第二个花期
两只美丽的蝴蝶合二为一
拥抱同一个花穗
定格成秋风中感人的景致

野菊花装饰飞翔的梦境
点缀爱情的絮语
曾经的翩翩起舞
已成浪漫的过往
抑或美妙的回忆

生命终结，没有誓言
不再有欢乐的追逐
收紧翅膀，永恒伫望
让岁月风干成执爱的标本
任秋风轻抚，保留牵手的姿势

爱过，再没有抱憾
终老的方式有多种美丽

拥有真情的蝴蝶
触摸彼此的触须
来生，又将是花间双飞的伴侣

◎ 小偷

一双眼睛，或大或小
这眼睛足够养活自己
只从衣袋的外表
能查阅行客的衣袋

一双手，足够养活自己
滚烫的开水中，两根指头
瞬间夹出一块肥皂
夹出身边过客的钱包

指缝间夹着剃须刀片
轻易地划破崭新的皮包
衣袋，轻灵得没有一点声息
时常，到手的钱不如衣包金贵

灵活的脑袋足够养活自己
通常骗人的伎俩让人防不胜防
亲自打开羞涩的钱包
表演绝对是一流功夫

练身手的意志，心态
足够练习许多项赚钱的本事

足够达到名扬天下的目标
可是，选择往往会有迷途

古老职业的手法如此娴熟
开锁，撬门，打开保险柜
这些本领，常常让我尊敬
让我惊叹，对职业的热爱

幸好，没窃女孩东拼西凑的学费
幸好，没取医院小男孩的手术费
没拿老农民购买种子的款项
没顺走下岗女工打工的工资

◎ 诗意的救赎

题记：一位写诗的朋友整天述说十
几年前的旧事，没完没了，似乎有些
抑郁。

诉说伤恨，没完没了
祥林嫂一样，絮叨
执迷不悟，重复
重复了万遍的言语
如被狼吃掉了孩子

喋喋不休，噩梦般的回忆
沉浸于臆想的苦难
到处是陷阱、投毒、中伤

行走于死胡同一样的迷宫
无助地，找不到灵魂出口

你的世界，看不到诗歌是遗憾的
这个窗口，我希望看见
那些灵动的诗句，美妙的修辞
看到唐朝王妃一样自信的女子
女扮男装，骑马，远游，赋诗

不是沉湎于岁月的伤痕
让园囿锁困住自由和思想
一次次将流血的伤口
揭开来，呈示于世界
以博取世俗者的怜悯抑或同情

这多么幼稚和可笑
又多么徒劳无益
只有诗歌，是一架天梯
一剂良药，但愿你能攀缘
拾起诗笔，走出命运之牢囿

◎ 读《乡愁》，兼悼诗人 余光中

两个字叠加的磁性
融进几代人不舍的心语
正如流泪的目光
拴不住你背影的远去

四组词凝结的情结
储满永恒缠绵的情意
一如颤抖的笔锋
留不了你魂灵的伤逝

几行语营造的时空
盈溢百年的忧郁
亦如飞鸟撑开的翅膀
捎不走你骨肉痛苦的分离

一首诗成就的殿堂
涌动小家大国的怀绪
更如江海奔腾的浪花
传递你华夏一脉的相思

◎ 最美的遇见（组诗）

一

时光留给我们邂逅的缝隙
幸好无法擦肩而过
彼此交织的目光，只一瞬
定影出一帧图册

永不褪色的照片
记录短暂瞬间，因你
闯入生命的留白

要我用一生来忘记

明月迷恋地给牵手的背影
镶嵌金色轮廓
晚风轻拂，长发飞逸
十指扣紧林荫道的温馨

漫步人生，聚散的惬意与忧伤
如雪山覆盖浪漫的青春
时光的过客梦幻般虚无
唯诗，真实刻录一段情思

二

珍藏的泪珠
还挂在长长的眼睫
铺开心的纸笺收留落珠
让一行行诗句透析

习惯了这爱的方式
掩不住思绪慌乱
喜悦或者忧伤，手足无措
吻不干你纯真的眼睛

咸咸的湖水，湮没梦幻
润泽生命的荒芜干涸
一生的泅渡，灵魂
都总找不到岸和出口

三

村口舞动的红丝巾

牵不住行程上凝重的脚步
黄河穿城而过，清澈或混浊
一如无法斫断的思绪

行走的路上，漫一首花儿
高亢融进高原的粗犷
思念把蓝天里的墨云漂白
让山塬纵横的沟壑填满相思

风吹衣袖，那绿绿的青稞地
所有的穗子都娇羞勾头
它们都把自己当成酒的新娘
恰如我把泪珠酿成情诗

四

历经风情，蝴蝶只拍了一半
还有一半诗行间寻觅
只为眼眸有如画的风景
眨眼，掉落相思一世的记忆

牡丹给予我们富贵和大美
醉过的江山，信风，秋叶
都是虫子咬出洞的红心
叶脉仍长成树根伞形

恰如女红的纤指，刺绣
充当醇厚爱恋的信使
让一些文字作灵魂的摆渡
花香里，相约抑或相知

◎ 一夕一晨，没有树木的崀梁

梭梭草闪烁茫茫金色
把一种辽远和空旷的视野装饰
夕阳西下，沿等高线蜿蜒
一条峰脊上的路伸入苍茫
红嘴鸦盘旋的高度和海拔
没有麻雀和灰喜鹊的身影

旭日初升，一棵杏树遥望另一棵
杏树，只为一场晚春的雪
闹杀所有的杏花，枝头再无青杏
那些杏枝都把初阳挂上枝头
我的镜头里，仿佛成熟的黄杏
给树们一种心灵慰藉

山村，陪伴黄昏的狗吠和鸟鸣
清晨陪伴朝阳的鸡啼和晨鸟
高远与辽阔，掩映乡村的吉祥
龙泉寺的钟声撞开的朝霞
把最美的光亮和金辉洒满群山

◎ 野鸟

精灵的鸟儿，总能躲开拍摄镜头
喜鹊大小，十几只聚于一片树林
惊异我的入侵，追随头顶和四周

幸好，它们森严的戒备那么多余

蓝色的尾羽，奇异的惊叫
仿佛守护巢穴或者家园
幸好我不带枪，没带弹弓
少年时误伤鸟雀的心早已忏悔

一片自由的丛林和自由天空
属于飞翔者，属于有翅膀的精灵
绿树，云天，高考时的阵阵夏雨
总给人无尽的爱意和惊喜

树高枝密，聪明的飞鸟
吉祥的叫声，填塞高原的空旷
正如远方和诗，灵动的身影
掠过诗人内心的荒芜抑或干涸

◎ 峰顶远眺（组诗）

一、山泉

那些有心人，总让人感动
比如一泓山泉，
有人给它搭建了流淌的龙口
有人给它献上鲜艳的花环

不停流出峰岩的山泉
莫要轻看这线型的流水

少有人迹的峰谷
滋润山中的小兽和鸟鸣

蓝天的雨云，山峦的岩隙
都存留最美的遐想与梦幻
幸运，能从一个出口涌出
呈示内心的凛冽馨凉与甘甜

二、雏鹰

几朵棉絮样的白云浮起云楼
雨洗过的蓝天蓝得纯粹
六月落雪的马喞山闪耀银辉
兴隆峰岭，翠碧中浮出墨黛

两只雏鹰，蓝天下学习飞翔
惊异于这美丽家园
离开悬崖间的平场
一声声的唳鸣洒满空谷

翅膀还没有遮蔽天空的力量
像学步的孩子，低低盘旋
天地间画着并不规则的圆圈
羽翼未丰，已让众鸟噤声

三、水库

距离产生美，南坡湾水库
没有尘埃遮蔽视野的晴空
十公里外的峰顶俯望
给你留下一帧静美照片

虽然看不到你内心的天光云影
引洮渠水输给你永恒的清纯
高原粗犷的山脉间
展示碧蓝与温柔的静波

如宝石，镶嵌于如画的江山
如明眸，闪烁青春的热情
仲夏的炎热气浪，望见你
心中就装满无尽的甜润

四、野花

城市绽放过的牡丹花
赚走了太多的诗和目光
一些美的相片以美篇方式传播
她们却早已交出花期

山中的野牡丹开了
开在寂静的峰岭的芍药
金黄的野蝴蝶陪伴
它并没有身影的孤单

盘旋的雏鹰陪伴
鹰飞过后的鸟鸣陪伴
硕大的野黄蜂陪伴
它们独独绽放，心不寂寞

◎ 古堡抒怀（组诗）

一、圆堡

龙泉山的峰脊上五六个山包
那是不知名姓的人的杰作
只为这一处圆形古堡遗址
底座由圆形山头托起

没有谁能记忆或者复制
没有铭文器物见证
只一只小小的陶碗，覆盖
几锹黄土垒高的海拔高度

坐在山包中间，便与山为伍
只是骨头长不出茂盛的草色
同云翳间熔金的夕阳相望
一身风尘行色落满金辉的光芒

如同一株矮草，陪伴细碎的野花
花的紫与黄，星星样装饰峰峦
夏日和煦的晚风吹拂清凉
观云聚云散，静待日落薄暮

二、方堡

夕阳余晖，登上方形古堡
四周苍茫，山色梯田尽收眼底
罡风扯着透薄的衣袖
盛夏并无寒凉，只是不能裸露

呼号的山风差一点扯碎外套
始知道西部的山为什么荒裸
夏雨滋润庄稼，也浇灌杂草
细碎的花，星光样绽放微笑

同那些花草一样静待峰头
只想观看四周云霞彤红的壮观
马啣与兴隆的两根墨色云柱
支起西天夕阳熔金的彩带

南航的超音速飞机碧空穿过
笔直的航道，烟云样定影消散
玉米已有过人的高度
土地的层次此刻更加丰富

三、野草

多美的野草啊，龙泉山
一刻也不停止的山风
吹动半人高的冰草，芨芨草
九头的马刺虻，紫色花

峰顶的草都整齐地伏下身子
结实的穗子，勾相同的头颅
夕阳的余晖，呈示成熟的金色
一些蝴蝶翩翩飞舞，寒鸦盘旋

坐在草丛，我就如野草一样高
面向夕阳、观暮云变幻于瞬间
远离村庄、尘嚣，犹如穿越古秦

古堡一抹草色中，不见烽烟

草丛的黄花，紫穗花开如靥
蚂蚁们找到一只小虫
听不见它们协作的号令
一条虫被搬进深深的洞穴

四、信使

脚步葳蕤的野草丛穿过
方与圆的古堡间穿行，没有翅膀
当然不是蜜蜂和蝴蝶
当不了一个忠诚合格的信使

脚印传递不了草的花事
传递不了古堡相望相守的讯息
那些野草与古堡的秘讯
古堡不言，野草不言，山峰不言

衣袖捎不走一片花叶，一缕草香
只一张张精美的照片
我的相册，以微信方式传播
把古堡传播成远方者的远方

逆风飞翔，嬉戏的红嘴鸦
劲风处，尝试短暂的静止或飘移
多美的一片厚土啊
总有诗描摹不尽的无限生机

五、朝雾

晨曦破开东方一抹胭脂的薄暮
龙泉山古堡被神秘和缥缈弥漫
突然现出的奇境，只留拍照瞬间
随即悄然消散，山色恢复如初

古堡因此显现少见的朦胧
轻纱似的薄雾梦幻般伫立
宛然一座神秘的海市蜃楼
将平凡的山包饰如幻境

这是两座古堡间的气场吗
方与圆的古堡，述说烟云精彩
像传说，又像是玄幻镜头
还原曾经的美和繁华

可以直视的红日爬出峰头
谷底鸡鸣犬吠，崭新的日子
古堡从如画的风景中回归
恢复现实真正美的本色

六、机遇是恰好的遇见

拍摄日出，一定选雨洗的清晨
晨鸟的呼唤声中醒来
步入龙泉山峰脊，同草木们一道
酡红的地平线静待日出

刻意去寻找或寻求
无法将红嘴鸦的身影拉入镜头

高空飞翔的速度瞬间而逝
恰好，红日初升，一对鸟翅掠过

太阳的鸟儿，金乌展翅
可以直视的面庞，让美存储心底
恰好遇上雨后无云的天空
寻觅六十个时日后，目睹万里

奇巧的缘遇，是追寻之路
无法刻意捕捉的美景
总是不经意间闯入心镜
成为人世间最最美好的记忆

◎ 故乡放歌（组诗）

一、马啣山

梦魂，常立在马啣山最高的峰脊
眺望，西部璀璨的明珠，思绪
轻灵像片雪花，或纯净如雪线
努力加高海拔，提升视野的宽阔

蜿蜒的河流，融雪与清泉
穿越群山，穿过兴隆峡的松风
穿越龛谷寨石堡，鲁班石石门
清澈脉动滋润干涸的土地

流过树榆为塞的遗址和村庄

宛川河，深深的烙印，如闪电
或是鞭影舞出的伤痕，水线
赤子般的赤诚，激情壮阔黄河

二、鸡冠梁

伫立苍茫中的苍茫，起伏裸露
不长草木的裸岩和山峦册页
述说打不破的神话传言
不适合人类生存的蛮荒和贫瘠

一些柠条深深地扎下老根
金色的黄花呈示贫贱的富贵
枝有多高，根有多深，风起鸟鸣
绿色蔓延大北山独特的风景

一些黄芪、当归，艾草落户
层层梯田，浮化绿色的梦想
再造秀美兴隆，中草药的种子
泥土方式，医治土地的病痛荒裸

锦鸡关关，久违的石羊奔逃而去
回首凝望，深情的没有忧郁
洮河的流水，一级级扬程
引进干涸千年的山峦皱褶

三、野蜜蜂和芨芨草

小麦灌浆，洋芋开白花花的山塬
芨芨草一场透雨中吐穗开花
这无人种植和管护的野草啊

青春撒播干涸贫瘠的沟渠峁梁

凌乱细小的垂首低眉的芨芨草
碧绿，覆盖土地的裸露和荒凉
野蜜蜂飞舞，把自己吊上花穗
小得不能再小的花粉收入蜜囊

从这山野走过，凌乱的芨芨草丛
无数的野蜜蜂盛夏的清晨
一种最卑微的草穗花期忙碌
一颗心填满闲静喧闹的乐章

悄悄驻足，拍照，聆听蜂鸣
想带却带不走的场景，野鸟声幽
旭日初升，落几点零星晨雨
作别瞬间，淡黄的花粉沾满衣袖

四、一片被刷屏的花海

马唧山麓的臂弯里，哈班岔
名不见经传的村庄，因一片黄花
网络虚拟的空间占据一席之地
这是故乡最振奋人心的消息

三百亩连片的板蓝根，耀眼金黄
翠碧深黛的山湾，白云蓝天
展示药性的葳蕤和精彩
西部静美，晒在让人欣慕的网上

蜜蜂来了，它们采酿珍贵的药蜜
蝴蝶来了，它们惊异花海的宁静

无数小轿车来了，画家和摄影师
他们的笔和镜头描摹捕捉

一片花海晒出故乡的善和完美
晒出扶贫产业挣带的梦想幸福
那是异乡人的诗和远方
是醒着也萦绕梦魂的故乡

◎ 向马克思致敬

两个世纪，不算太短也不算太长
时刻站在坟墓边缘的思想者
用他一生的时间思考未来
思考社会，资本，和人类理想

天道酬勤，上苍给勤奋者厚爱
比如，燕妮是他挚爱的伴侣
演绎世界最美最浪漫的爱情
享受浴火重生的美丽人生

义薄云天，大地总给执着者恩赐
就如，恩格斯是他最可靠的朋友
诠释人世最纯真无私的友谊
用相遇的余生注解永恒和真诚

远去的背影让千代人追随
平凡的事业让万亿人践行
只有一个词能够形容
那是宇宙间无限伸展的伟大

◎ 纪念碑前献上花圈

马御山雪峰融水喧闹穿峡而过
已入晚春，青松奉献本色的苍翠
栖云深处一山一岭的李子花
峡谷峰峦的枝头呈示素洁内心

革命烈士纪念碑前，垂手，默哀
深情鞠躬，那些身穿素衣的人
如我，如默默无声的李子树
沉浸最浅的历史切面，虔诚凭吊

一座石碑，是一个鲜活的生命
青春，自信，坚强，勇敢，无畏
一朵白花，是一颗圣洁的灵魂
纯真，阳光，无私，果断，服从

血与火的洗礼，枪林弹雨的锤炼
留给记忆神勇英武的形象
青山长眠，掩埋忠骨，没有名姓
鲜花崇敬，山河铭记，春风传颂

◎ 扶贫

绝对离不开资金和财富
绝对不是把代表资金的贝平分
是让瘦小的￥携助的大手边

变成真正站起的立夫

让一条崭新宽阔的路
伸入偏远村庄，打通隔绝的崎岖
河流样的血管滋养每一粒细胞
这却是百年的沉重和期许

叩问贫困，那些苗木被送入大口
这或许是困字的本质
让一片新林贫瘠的峰岭守望
呵护春风，呵护一群鸟的晨鸣

像幸福，精准发力，一户一策
并不是一个假设的限期，正如
两不愁，三保障绝不是口号
是对一个群体灯塔般的引领

◎ 紫轩，红尘最美的遇见
（组诗）

一

一只高脚杯，轻摇瞬间
闭眼、回味，玉津生香
发酵过的葡萄，醇香飘入鼻息
灵魂高过秋夜的月亮

透视酒杯荡漾的圆月

沸腾，如少女脸颊的红潮
热血晶莹剔透，穿过目光
融进脉管加速的心跳

离开征战的马鞍已太久了
隔世与轮回，月光下的铠甲
思绪驰骋，闪烁生锈的冷光
记忆存储的酒意融进血脉

铭刻三生相思的命运
回眸，镶嵌杯口的唇印
佩剑的锋刃，诗歌的血
一滴滴，润泽大漠干涸

二

夜光杯的口沿上行走千年
没有起点与终了的路程
谁的纤指弹拨，琵琶声细
马蹄轻叩，十面埋伏了大漠

一杯美酒，唇齿间汹涌澎湃
抵达筋骨，化作两行清泪
孤烟落日，诗句喷薄而出
是用尽平生也无法走出的场景

吟诵过的绝句充盈酒红
亦如无数将士梦中的长戈
横竖有序，整齐划一
让诗的头颅枕戈待旦

醉后方知酒浓，爱过才懂情深
最美的留恋和沉迷，紫轩
浸泡雄关的星月，琥珀色眼睛
都是遇见的湖泊，啜饮余生

三

给我一块土地，即便是戈壁
我将捡去万年定位的砾石
平整、开垦，撒入羊粪
春天，移植上一株株葡萄

引祁连山纯净的融雪，滴灌
让行行新绿覆盖亘古荒原
之后，迎来一个个收获季节
回馈那片蔚蓝色天空的深邃

一场旷世体验，并无奢华
更如一场潜心酿造的恋爱
将阳光照射的微量元素，甘醇
渗透进骨质疏松的爱情

更如种植下黑珍珠般的文字
用边塞诗最古老的工艺酝酿
做一个纯粹的酿酒师，徜徉
藤蔓上的酒窖和庄园，守约终老

◎ 狗年话狗

又逢狗岁，经历太多俗事
感悟开始颇深
却都无法写进诗里
收留一只小狗，没有功利
只是偶然机缘与陪伴

同我一样步入中年
小狗已过七岁，亲昵
喜欢枕我的大腿睡觉
毛茸茸的尾巴温暖腋窝
颠倒而眠，永不并头

小狗知道它成不了人
我也成不了一只小狗
这是彼此的自知和底线
它不咬我，即使手指在唇齿间
它离开再远，我不抢它的大骨

它能听懂我说的话
我却听不懂一句狗吠
它立在阳台朝转动的塔吊吠叫
却没得到过一次高塔回应
窗外，幢幢高楼拔地起

◎ 戊戌小年夜梦见母亲

前半夜，梦见母亲
她在乡下老家，瘦小
老家的土炕，半身瘫痪
蜷缩病态的身体

因为劳碌，脑干出血
穿行乡野的身体被病魔榨干
成为留给阳世的一枚标本
填满我痛苦的脑沟回

后半夜，梦见母亲
她在小城我家，高大
我的小客厅，满面春光
恢复当初干练的模样

我去牵她的左袖，一片虚无
心知人神不逢，随幻形撵出门庭
母亲离去，没有表情的面庞
金碧辉煌的家，瞬间暗淡失色

一夜两个梦的场景和启示
不知道，母亲要告诉我什么
给我们家和生命的母亲啊
梦中见面已是四年奢侈

雪覆大地，我知道，我将去老家
没有坟丘与荒草的墓地，长跪
续上折断的长香、纸钱和清酒
抚慰不安的灵魂，无踪无迹

◎ 二月相约的远方

江南油菜花释放金色的二月
我生活的塞上正落下一场白雪
那些春风讯息穿过河汉
以微信图片或相册方式传递
让久违的心向往诗与远方

塞上大地洁白成宣纸的二月，你
生活的江南溢满油菜花的芬芳
那些峭寒信风飘过山岗
以拍摄视频和短片方式传播
童话世界的心向往诗与远方

我向往你守候的一处处花海
你向往我无防的一处处雪域
关注一块一块的稻田和青稞
正如用心于白纸的诗句和修辞
都是生命不可或缺的食粮

动车时速，缩短相思的路程
电讯方式，拉近同赏画境的目光
春风走出春暖花开的次序层次
催开你我沉睡梦中的遐想
美和爱，或为谋面，或为分享

◎ 晨练者

伸展双臂，把每天的太阳托起
闭目，面向太阳升起的东方
均匀呼吸，柳丝与山峦的缝隙
朝霞伴随可以直视的面庞

两手间生长的球体，沉浮于胸腹
抱真守拙，早春温馨的气息
穿行于脉络，盈贯丹田
胸怀借此开阔，接纳太极两仪

虎鹿熊猿鸟，莽林与原野的游戏
吐纳天地，玉津生香芳如幽兰
灵动的身影，悠然疾风而逝
身与心的舒泰，春意涌动脉管

额际飘忽的红日渐次变幻色彩
酡红、金黄、碧绿、青紫
收功瞬间，回归天际的原位
界外思绪，随一声鸟鸣还灵于世

◎紧贴山脊，陪伴雪的小黄花

一、幸好

幸好，久违的老家享受了次醉酒
幸好，孟春的雪覆盖夜的宁静

幸好，翌晨有一个响晴的天空
幸好，能温暖的土炕上醒来

幸好，高耸的山脊上没有寒风
幸好，攀上高高的峰岭山脊前行
幸好，梯田白雪构图白描素写
幸好，手机有电，有足够内存

幸好，朝阳从山峦的隘口升起
幸好，山谷红嘴鸦脚下成群飞过
老家幸好的遇见和动情留别
记忆深处浓重笔墨，行且珍惜

二、小黄花

小黄花盛开于白雪，传说的雪莲
三千米海拔，紧贴高高的峰脊
无一点点草茎的高度，装饰瘠薄
冷暖相守陪伴，竟如此美和凄迷

贫瘠干涸的峰岭，白雪的寒冷
阳光温暖，升华渗入根部的融水
滋润出黑白世界艳丽的色彩
一抹绿，苍茫中悄然透析而出

高度温度恰好，小黄花未被冻伤
这不是想象企及的场景和机缘
不能抉择，地势决定生命的高度
一丝拔高的欲望，会被罡风摧折

三、选择卑微

小黄花选择贴紧山脊，不求高大
春天，高耸的峻岭，细小的根
深埋入岩隙，用心把汲取的色彩
释放给高远和空旷，不求赞赏

自然生存或消亡，渴求或奉献
珍存或遗忘，俯视高鸟的翅膀
平流层的花瓣，俯得再低，也有
地势海拔支起眺望灵魂的高度

恰好，让跪行的诗者遇见
心生爱怜抑或敬畏，用心拍摄
纯正的小花黄，陪伴雪纯粹冷凝
给蚂蚁般的文字镶上一缕金色

◎ 截取黄河的一段抒情

太阳初升，淡云遮不住蓝天高远
那些比人起得更早的鸟儿
黄河沙洲的红柳枝梢歌唱
一场雨壮阔得更加混浊的河流
浪潮，奏鸣清晨交响的低音部

钢丝网捆住的鹅卵石
失去昔日的棱角
它们曾泥水深处滚动

正如我们经历岁月和时光
还没有学会世俗的圆滑

只是石头不老，那些纯粹纹路
显影永恒不变的山色与风景
那是一场高温的记忆和重塑
封存骨骼中的化石
抑或是三十七亿年的年轮印记

百年的生命历程真是太短暂
如一念逝去的滴水
伫立岩岸，思绪搅动风云
让我无法预判，一首诗
同一块石头，哪个会更加长寿

◎ 江湖的悼念

题记：金庸大侠一路走好。

文星陨落，九州同悲
这江湖飞奔的消息
让华山绝顶的岩石流下眼泪
让草原泛金的草色凝霜
让东海碧蓝的潮水涌起浪花

文星陨落，四海同哀
这江湖流传的消息
让大漠的沙石迷失于风尘

让雪域的冰洞封存于虚无
让天涯的路途失去远方

文星陨落，侠心无依
爱之行程，神雕遇不到侠侣
家国情怀，将军见不到帝王
侠义壮举，志士得不到长弓佩剑

文星陨落，江湖同泣
是谁维持江湖的安定
谁给拙朴和机敏赋予侠骨柔情
谁又能制造一份江湖规则，让
一再突破的道德底线有效防守

文星陨落，天下同悼
传世的武功，绝妙的秘籍
善与恶的天平之上称量人性
灵与肉，血与火的大同世界
理想的桃源，传说中匡扶正义

◎ 黄柏山，那一声嘹亮的鸡鸣

雄鸡一唱天下白，黄柏山的梦
有一声传说中嘹亮的啼鸣
打破长夜的寂静，让三省的灯光
依次，波涛样一圈圈漾溢
这让我想起挺进大别山的红旗
想起打绑腿唱军歌的战士

想起向侵略者冲锋的号角

把鸡冠上的殷红染遍中原大地
那是赤子流动血色的位移啊
是华夏不屈的脉动骨骼和精魂
一唱雄鸡天下白，黄柏人的胸怀
总有一阵阵风送林涛的神韵
那是神奇的黄檗发出的集结号
狮子峰潇湘的竹林凤哕龙吟

想起几十年植树造林的老林工
想起石崖间挖出的一排排树窝
想起荒裸山坡第一抹新绿
想起树梢上传来的第一声鸟鸣
那是黄檗样黄柏人的绿色梦

绿的种子撒播后人纳乘的凉荫
山清水秀，一对哲学关联的词组
曾经干涸荒芜的大峡谷，飞瀑
已岩石上流泻幻境般的白练
碧潭倒影翔鸟，蓝天和白云

想起起风飞动沙尘的大地
想起面对贫瘠的一行行眼泪
想起脊背额头流落的滴滴汗珠
想起木桶浇灌小树苗的身影
思索，水与水不等价的交换

一丝乡愁氤氲画面般的容颜
扎根泥土的骨头，根生蓝天
飒飒木叶，变幻四季的风华

吹林风，喝清澈甘冽的山泉
心中跌落瀑布，血管涌动江河
这让我懂得水的三生与轮回
黄柏山，一处处人工的密林
一棵树一株草，一束花一粒果实
汗水浇育树苗，花叶装饰万壑
峰谷孕育山泉，溪流滋润田园
只为，黄柏山有一双明亮的法眼

江淮林海，千万人打磨的明珠
一个梦最好的注解和诠释
绿水青山，是金山银山
雄鸡一唱九州绿，心中荡涟漪
哦，踏遍黄柏，血染之红
不得不为战斗牺牲的精神感动

穿行林莽，百分之九十七的绿
不得不为苦干实干的奉献折服
沉浸瀑潭，凝滴翠湖浩渺的水波
不得不为汗水泪水的凝聚震撼

◎ 废墟与考古

仿佛宗庙的遗址之上
昔日之繁华和香火
成为想象中的记忆

我用双脚间的步距丈量

东西八步，南北十三步
选定祭室中心位置

挖掘，惊喜于远古的黑陶
经历时光的祭器保存完好
庆幸，没挖出前挖碎

正当暗自欣喜的时刻
许多人来了，都拿着挖掘工具
我看不见他们的面孔

几千年的经历和埋藏
留在风中的均已风化
埋于泥土的均已腐朽

唯烈火烧制的陶瓷和铜鼎
保存烧制前的形状
只因高温历练脆弱的永恒

同我一样有私心的人
都想把一只陶器据为己有
翻遍土地，遗址从此消亡

怀中无陶，没有黑陶的遗址
与土地享有平等待遇
此刻，许多人都有了陶器

我却感觉到拥有陶器的失落
心中出现莫名的空虚和恐惧
触动灵魂的歉意与忏悔

我把陶器还给遗址时

许多人都把黑陶归还遗址
黑陶中凭空长出绿叶和花朵

怀有陶器，死亡的遗址复活了
正当我暗自释怀，心没变成遗址
一声鸡鸣，梦，突然醒了

◎ 兰州，不敢轻触的情愫
（组诗）

一、身世记忆

有时，真的，瞳眸初心的意识
让我见到世界光亮，出生
似蚕豆，煤油灯灵芝样的灯芯
照亮婴儿，第一次裸哭的声音
木叶切割过的阳光洒向窑顶

披蓝锦的喜鹊，杨柳树梢嘻鸣
寒山苔斑的纹石乡音乳名打磨
经历山道，经过铁桥，惊叹黄河
人生，叫羊寨的村庄延伸
圆心，有了笔直或弯曲的半径

少年青涩，已成久违的追思
走过路，行过桥，回望家门
太多悸动，还有白雪伏身的青稞
多像劳碌一生的父老和娘亲

被岁月的风霜和星光压弯背影

六月马啣耀雪，雷坛河析淀鸟鸣
响水沟的溪流，血脉的老根
一路向北，奔赴黄河的烙印
冲刷额际的纹路，熟悉的呼唤
敦厚的面孔，无数次记忆中定影

二、珍贵名片

没有虚情，石头溶不得水分彩纹
梦魂，萦绕城市与村庄的幻境
兰州啊，华夏陆域几何中心
激荡黄河般涌向四海的脉动

是什么让异乡常有思念的回音
黄河清凌或混浊地从内心穿过
一清二白三绿四红的牛肉面
三台阁《四库全书》喂养灵魂

苦水滋润过芬芳艳丽的玫瑰花
什川梨园与白雪争春的梨花
和平人工培育的紫斑牡丹
安宁盛开粉红色人面桃花

品味真性情的邂逅或宿命情缘
一听流口水的安宁白粉桃
高原瓷白瓷实的冷凉性石菜花
青白石沙地里长出的白兰瓜

经历冰冻，凉水盆里结出冰晶

由绿而黑性凉实温的软儿梨
干润贫瘠山塬的层层梯田
百合花结出白玉般的甜百合

三、洪流驿路

五眼从秦汉喷涌至今的清泉
润湿征战将士战马嘴唇的干裂
一座守望五百多年的白塔
述说民族不息的迁徙和融合

一位唐朝走来向西取经的僧人
一条铺满丝绸碎瓷的丝绸之路
一串至今犹耳鼓间响着的驼铃
长安夜烛，犹照思念征人的背影

一架吱呀四百多年的老水车
一渠渠黄河水润泽的纵横阡陌
一座耸立百多年的中山铁桥
渡接多少南来北往的过客

黄河石凝练的文字，述不尽衷肠
固若金汤，城池开马兰花的土地
左公柳驿路，槐花开两季的故乡
爱过，道不明念想，说不清记忆

四、筏子客与花儿

太沉，太沉，太多，太多
滔滔岸边黄河母亲的雕塑
慈祥的目光凝视海的远方

掠过天际的大雁
雁儿湾的红柳丛栖落

一头耕耘过田野的老黄牛
用一把锤擂响天下太平的大鼓
山崖上跃来的野石羊
丢失血肉和骨骼的皮囊
凭一口气征服黄河不羁的浪波

荒蛮和干涸喂养的西部汉子
白马浪浪花漫生爱死恋的花儿
生活糅进尕妹红纱巾的轻风
无尽的柔情化作粗犷相思

园子里长的尕韭菜
你不要割呀,你叫它绿绿地长着
梦魂里淌的老黄河啊
你不要戳,你叫它慢慢地淌着

五、谨慎触碰

太美,太美,太靓,太靓
绿化树的一株侧柏或山杏
一水中流的南北两山,墨绿
站成裸露山坡四季永恒的新装

初升或将落的太阳和月亮
挺拔林立高楼的缝隙
露出窥视你梦境的娇羞面庞
倾慕的真情偷偷隐藏

百里风情线的一株株苇草
站成在水一方娇媚的伊人
马拉松跑道婀娜的杨柳
新时代的征程呐喊加油

张开臂膀,给你最深情的拥抱
你是我扎根的大地
铺开诗笺,给你最纯真的诗行
我是你发际间绚丽的花饰

哦,黄河,常不敢轻触的琴弦
哦,兰州,常不敢凝视的音符
用不旧的乡愁,太多的眷恋
太多的爱,蓄满言犹未尽的情愫

◎ 走在乡村的路上 (组诗)

一、雪梦

挥舞盐的砂性,柳絮的轻灵
小寒与大寒最冷的节气间
随西北风狂野,一场雪
欲把龙泉深度贫困的沟壑填平

村头挺立多年的老杏树
学双手揣进袖筒的老村长
伫望,打成水泥新路
银白的远山,皓首的衬景

阳坡阴山的树木全披上雪挂
进出的山路，闪烁七彩光芒
层层梯田，蓝天的底色
随手拍出童话中的美景

喜鹊初阳染金的巢顶叫鸣
穿红棉衣的女人把门前扫净
千家万户纯洁的梦啊
遮掩晨曦封冻不住的宁静

二、雪路

冰雪世界，冬并不是寒冷的真味
宣纸样柔软和洁白的村道
一行行深深浅浅的脚印
一串串银铃般的笑声
一张嵌印风景与风情的倩影

山村古老的角门，没有化装上演
一样的警徽，一样的马尾辫
精干的制服，一样的大包小包
一样高挑和漂亮的身影

雪不封归人，并不纯正的普通话
嘻嘻哈哈，不讲村庄的土话
总带异乡无法更改的浓浓乡音
没戴口罩，不裹围巾
只怕容颜融不进乡亲的心中

熟悉的弯道，熟悉的田埂
熟悉的山楂树，熟悉的小狗
远远地吠，惊喜地摇着尾巴
跳前蹿后，仿佛迎远别的至亲

三、春联

喝碗腊八粥，年近了
春联是必备，最讨喜庆的年货
一张大红纸，裁成春联
裁成写福字的门贴

饱蘸浓墨，撒上金粉
农家的门厅溢满墨的香味
或隶，或篆，或流畅的行草
不忘初心，决胜贫困的战场

倒或正张贴的福字
像一朵微笑的花
让贫困的面庞洒满阳光
映照一颗纯净的心

光阴有火红的喜气
正如那个提笔挥毫的人
把最真诚的祝愿
书写得那样艺术和具体

◎ 诗仙与诗圣相遇的剑门关 感悟一个修辞（组诗）

七十二座山峰的雪等待
大寒已过，春将莅临
剑溪已开，万泉聚集千年叮咚

一

二

如梦境，一悟浪漫，一感现实
两个伟大诗人的相见
的确是华夏精魂们的幸运
聚焦诗之国度的一个修辞

动车时速的梦幻
蠕动的血脉，黄河
慢生活的节奏，感恩
游子是你的一个细胞

一字一境，一境一生，一生一世
一世一花，一花一园，一园一情
一情一石，一石一草，一草一蚁
一蚁一穴，一穴一虎，一虎一虫
一虫一露，一露一叶，一叶一树
一树一鸟，一鸟一巢，一巢一枝
一枝一云，一云一天，一天一日
一日一月，一月一念，想或思索

一个把梦放大了
呓语的马牛羊的皮囊
混沌与清澈的母亲的眼白
跋涉转山与转水的征程

没有尽头的路与远方
一个黎明，云桥和甘甜的水
指给你方向，指给你雁翅的碧空
照耀海拔三千米之上的杜鹃花

谁是诗人一知一己，一涯一角
一河一池，一江一桥的恋人
谁是银河，鹊桥放假后
归来的雪人？谁想一话与一语

楼兰，大月氏，匈奴
一块比老虎还真的彩纹石
让平明寻白羽的兵士
感悟臂力和清酒的魅力

剑门关情砖，情约，情结，情绪
让心字旁的青春青年，春雨留下
最美最靓丽的，比垂柳更婀娜
比妖精更曼妙清纯的倩影

顶针的修辞，不是诗的技巧
隐喻，联想不到本真
假设，逢不见三生石打坐的莲花
把血字供上祭坛，联想顶剑

一条蜀道穿越的剑门关

揖让与驿站的芳香与草色
最软绵柔滑的粮食和骨骼
放成膝下虔诚的爱，或许是致敬
神灵打开一道放映善良的窗口

三

放下梦和理想，多年了
诗仙或诗圣假设前生鸿愿消隐
终把自身当成自己或自我
云路的危岩不再恐惧或迷失

千年盛世的轮回，顶针的诗人
骑白鹿访名山，骑毛驴过剑门
新时代，千年历史自信
千年文化自信，因诗格派生

喜马拉雅，八千米三极高峰
开通一条路的自由，或者诗绪
迎接五金牛与五美人的幼稚
是让世界或进或出的通途

一夫早已无关可守
如诗意打开的花朵
充满魔性的芳香，我将驱车
天空闻天鸡的云路驰过

天水的灵草，把文字当成石头
诠释运命的坚硬，只为后来
又有草堂，又有参悟的后者
修辞格，永久的顶针或者顶剑

四

剑门关，剑绝对是诗适合的意象
落雪的七十二峰剑阵，安然而眠
离天三尺三的高度，苇席或蒲团
半睡半醒之间，均匀呼吸

侍者奉上莹绿的豆青
貌似不沾染一丝尘土的味道
却是，植根大地的豆苗
结出的可以嚼出绿汁的豆荚

谁弹拨剑铗，谁将驭剑而行
把耳鼓换成弯刀
险途定会为剑锋所开
左右位移，霜落刃口，吹气断发

无须咨嗟，一路向西
登临剑阁，涉过剑溪
通途已在历史的缝隙析淀
无数的旅人西入剑门

没有高鸟的翅膀
乘银镀的飞机降落
没有猿猱的臂膀
驾驶日行千里的小车光临

岩石中奔出的清泉
如诗人眼角的泪水，突围而来
每一滴都透视喜悦或者剑影
剑道，自此开阔

五

一杯美酒，一份祝愿
一颗等待的心，一种缘遇
一次邂逅，迎春花的消息
一对归来的燕子，门楣
遮挡风雨的屋檐，热泪
打不湿春的翅膀，只为
从东来，定然向西而去

剑阵光寒，一个汉语的修辞
顶针，心中的剑锋，顶住
剑柄，顶住剑道，顶住剑溪
顶住剑门，顶住剑门关
以及入云的剑阁安眠的诗人
给诗人一个启示，闻鸡而起

起舞弄清影，西灵遁土入剑门
青莲酒劝意，紫气烈长空
安可泰否？仰望先贤，后盼来人
噫嘘，青天之下隐仙境
剑门之上忆雪峰，云隙立古松
霜洁皎月，斑驳留情
或可头顶白发生，气运诗味成

◎ 挖辣辣

题记：小时记忆，辣辣的味道，塞给

味蕾独特的感知。长辈嘱咐，春天响
过第一声惊雷，它再不能入口。它可
能含有毒素！驻村点又见到这久违的
草根，百度搜索，它全身是中药，根
叶籽，都有清热解毒，利胆利尿的功
效，浑身是宝。

小时，轻抚或轻吹一片土地
一层如窗纸的黄土
露出鹅黄的草叶，闪烁如星
引出洁白如参的根
或独立，或分叉似人形

春天，向阳最暖的山坡
辣辣最先露出面容
这存活花儿中的草根
这隐身于黄土地的草根
寻找，却需要看穿大地
需要经验和独特的眼力

细嫩如藕臂的辣辣
黑土地长出洁白身子的辣辣
需要用牙齿细细咀嚼的辣辣
需要用舌尖慢慢品味的辣辣
这也是泥土的味道吗
如回乡时遇到目光的陌生

踏遍九州大地的辣辣
随一阵风可以安家的辣辣
辣得人满口生香的辣辣
辣得人眼角落泪的辣辣

辣得人心生悸动的辣辣
辣得人回味感悟人生的辣辣

我考证不出，一声春雷
辣辣有魔性的科学与禁忌
只是记得一些老家歌谣，一些
延续千年的叮嘱，一些智慧格言
我带向远方的一抔乡土
是不是含粒辣辣野生的种子

◎ 读你，在雨巷

雨巷，打油纸伞的姑娘
结满幽怨的姑娘
只留给我一个模糊梦境
一个渐渐远去的背影
带走一袭紫丁香的芬芳

我知道，她已同太息埋进泥土
虽然，石板路还在
青冢花开，柏树已经成荫
虽然，描摹过的文字还在
而她已成不了诗意的衷爱

深深的雨巷，希望遇见
一个快乐女孩，那片水洼
踏耳塞流动的音乐
跳奇异的鬼步舞，打响指

愉快地从我身边飘移

浅浅的红尘，希望遇见
一个心有爱的女孩，泪眸
跳浪漫的蝴蝶步，让所有弹性
展示跳跃与奔跑的律动
让我感受青春的美和阳光

诗人的心已潮湿许久
正如这窄窄的诗行
也正如那落雨的小巷
知道吗女孩，读氤氲爱恋的文字
这带泪的诗句，也会悄悄读你

◎ 放风筝

仲春，所有虚无都收入天空
金鱼，蝴蝶，鸽子，鹞鹰
让它们迎着春风飞翔
凭借东来的瑞气蓝天逐梦

目光追随竹与纸的幻影起落
手指攥住的线适度拉紧，放松
野草，野火烧黑的土地吐出新绿
田野，展示冬小麦经历冬的碧嫩

夕阳西下，薄暮如梦
垂柳奉出最早的鹅黄

融雪的南河，断桥路彳亍
晚饭后散步踏青的游人

聆听建筑工地机器隆隆的轰鸣
被小狗牵着，遛一弯黄昏
亦如被一双小手牵着
松与紧的牵挂缀满春情的笑声

◎ 扶贫点的雪夜

星光浓墨点不亮小村的宁静
异乡如梦如幻如玄女般的幽谧
瞳眸留下的意象和场景
包括山头，路口，一行槐树

山弯灯光洁白，照耀撒落的雪花
一片白，又一片白，仿佛眼球内
镶嵌黑眼珠的眼白，比诗纯净
静静伫立，肩头落满轻灵的沉重

驻村点，没有泉水的龙泉山
九条龙脉和十万山脊挂满鳞片
梯田背阴凝聚来春的融水
滋润来年玉米叶的刃尖

如一种慈祥呵护，守在脱贫边缘
不唤儿时雕刻进乡音的乳名
不唱歌谣，不哼安眠小曲

三声鸡啼，初阳升上雪挂的林梢

◎ 她轻轻向我走来

带着芳香，带着微笑
她轻轻地向我走来
我打开关闭已久的柴扉
打开一个种植诗歌的园子
挚意接纳所有的鸟鸣和鸿影

是的，今生岑寂太久
需要碗莲花的种子
点亮一盏盏明灯
需要一池水和带水性的女子
如明月照映夜色窗棂

我忧伤的琴声将会激越
从商羽调转向宫角徵
由散漫抒情转为如歌的行板
灵魂存储的欢快节奏
伴随轻盈的舞步，旋律优美

轻轻地，她向我走来
带着芳香，带着妩媚
带着世界上最浪漫的诗意
带着平生的热情和欢乐
带给我一个王国的春暖花开

◎ 樱花梦

没见过樱花如没见过情人
三月浅草没不住马蹄
春寒料峭，我将驱车远行
北京的玉渊潭公园与你邂逅

热烈如火的大山樱
如你穿玫红的盛装，粉嫩如霞
洁白如雪的染井吉野
如你披纯洁的婚纱，庄重飘逸

把一朵花当作一个唇印
抑或把一棵树当成一个爱人
花期如此美艳，人生绚丽
梦醒时分，一首诗收留所有落瓣

包括芳香，包括墓碑刻进的铭文
包括泪花，包括绵绵无期的忧恨

化作新岁经年守候
经历风花雪月宿命的追求

随风而舞，小手儿一招
所有的花儿都开了
铺开平原与高山的锦簇

心如花萼，只为一次打开
释放青春甜蜜的芬芳
期待野蜂酿出生活的蜜意

晶莹剔透，小手儿一招
所有的候鸟都来了
痴恋古旧或新筑的爱巢

心如诗笺，只为一次接纳
所有的文字都活了
若鸟鸣，挂满柳的腰肢

习惯了渡口上举起的红丝巾
恰是一条微信，再遥远
也阻不断隔岸回首的目光

◎ 嫩叶，小手儿一招

柔滑鲜亮，小手儿一招
所有的春风都来了
带来离别一季的相思

心如空枝，只为一次招手

◎ 云朵上的村庄

相对于云朵上的村庄
山显得矮了
空中的天鸡狗吠

都是天籁

云朵上的村庄没有井
便没有井绳
因此，不存在背井离乡
不存在幽幽乡愁

只有溪流和清泉
滋润青稞和野花
云涛是腰中的丝带
星辰是明亮的灯盏

云朵上的村庄没有外语
只有千百年传唱的民谣
只有古老的方言
只有粗犷舒展的舞蹈

这个传说的天堂
我向往好久
充满诗意的乐园
行走驻足都会风满衣袖

◎ 阵雨

三月，矜持的雨
带着杏花的迷惘
清明节，雨的哀伤
带着清酒的醇香

离家的游子，回故乡
阵雨陪伴泪飞的孤单
老屋还在，白发老娘
却不在门口挂杖凝望

阵雨打不湿心绪
来不及悲伤，再回乡
老屋不在了，青草
已漫过昔日的高墙

风吹过岁月的悠长
伴随阵雨的足迹
孩子，已经把曾经的他乡
当作是崭新的故乡

◎ 天空飘着无瑕的云

山野碧绿，迎春花黄
喜鹊的翅膀承载春之讯息

三台阁仰望或俯视
眼界便抵达浮云的高度

夕阳把金色洒满城池
摩天大楼尽藏眼底

不再封冻的河流穿城而过

却看不出它混浊的蠕动

置身五泉山透明的玻璃栈桥
身如白云轻，思比黄河长

包括娴静悬停的白云
所有事物沉静于盎然的意绪

洁白的云絮，此刻
染上一抹胭脂的红晕

没有依托的虚无和缥缈
比铭刻梦境的相思真实

◎ 背包

一个梦境，荒山野岭
依稀少年时到过的场境
卸下背包，自由了臂膀
身体不再负重

一个转身，却再也找不到
那个存储证件的包袱
原始密林，活着已无证据
仿佛不知来路与归途

烈火只能烧毁现场和罪证
正如圆明园三昼夜的火焰

却烧不毁强盗的行径
烧不掉针对文明的原罪

虽然文物正炒作天价
以另一种方式回流
巴黎圣母院的火焰
让我感到，没有背包的沉重

放下背负，只能意味失去
却不会让人感觉轻松
正如诗人，必须用孤独
背负良知，书写史诗

◎ 情诗四首

一、相逢

遇见程序不知有多浪漫
相逢是宿命约定
离别格式不知有多忧伤
有缘碰到前世恋人

守在命运的驿站或渡口
随一声悠长的汽笛
所有诗句列队而行
我只检索最美的一句

一首诗打开的路径

如三月的桃花或者红杏
绽放时刻，香远益清
你如约至，风摇竹影

栖居于内心的花朵
必须用诗笺来描摹
照亮过长夜的明月
或可用一生去遗忘

二、梨花入月

不应错迕的花期相逢
不应错迕的岁月遇见
一首诗刻录一个场景
无数次轮回的记忆重现

面对梨花，就会想起
一个凄美古老的神话传说
不知道千万年来，嫦娥
如何排遣内心的孤独寂寞

面对明月，就会想起
一位伫于梨花下的少女
不知她拍摄的风景或视频
有没有诗人落寞的影子

春将尽，梨花如雨般零落
带着淡淡如故的芳香
明月将光亮铺满大地
生怕将片片落英摔伤

三、锈迹斑斑的往事

隐身博物馆的密码柜
有些年轮了
无论如何回忆，均记不起
刀口上舔血的日子

离开刀光剑影的年代
剑柄上，明珠依然闪亮
只是斑驳青绿的锈迹
遮掩了吹毛断发的锋芒

战马嘶鸣，杀声震天
轮回混乱了记忆的编程
岁月千年的包浆
浸透将军的泪水和汗血

穿丝绸带粉色面纱的少女
立于柜外，阳光正好
照耀姣丽的面容
依稀是曾经曼妙的形影

相对无言，似曾相识
含情脉脉地注视
唤醒沙场征战的烽烟
一骑腾云，绝尘而去

四、离家的少年

背负村口的老井
背负老井深处

猴子捞过的月亮
背负父亲送到村口的目光

背负母亲盈满叮嘱的背包
背负姥姥塞进手中的
几张揉皱的钞票
背负小妹清澈的仁望

背负村口招手的杏花
顺着前程，挥手兹去
泪水浸透无奈和不舍
只一声，放心，没事

象牙塔或者都市工地
都是昔日少年的影子
远方低头想家，抬头
望见或弯或圆的月亮

◎ 风中的白杨

有了足够的年轮
不会轻易被风撼动
西部的行道树
百年守望，荒原
定格为一道道风景

有了足够的高度
有喜鹊选择的高枝

拣枝筑巢，凤凰的习性
也是白杨树的习性吗
收留翔鸟的翅膀与歌声

有了足够的木叶
做一个优雅的欠身
可以替风说话
春之细语秋之呐喊
以及萧索冬日装聋作哑

有了足够的深根
可以抵挡风暴与尘沙
如一位哲人或智者
挺立道路或驿口
提供凉荫，阻止风的肆意

有了浑身的眼睛
可以替诗人观察
昼夜从不闭合的明眸
审识每一具阳光与夜幕下
穿行的肉体或者灵魂

◎ 麦苗儿青，菜花黄

立夏，节令里难遇的透雨
浸润了西部土地的干涸
云雾遮蔽远山的峰峦
雨幕高处，雪花纷纷而下

麦苗青碧，油菜吐露金黄
田野都被叫油亮的词修饰
恰似一幅宏大的油画，春天
最后一刻交出贵如油的珍酿

站在庄稼边缘，我不打伞
我将和这些兄妹痛饮
我知道，我不动
急雨打不湿立脚的土地

脚下生根，头顶云蒸霞蔚
聆听雨丝和庄稼的甜言蜜语
我静立着，与庄稼最短的距离
接受上苍恩露如甘霖的洗礼

虽然，骨头不会再拔节
以金黄和碧绿为背景
大地如铺开的袈裟
让我春夏的细雨里修行

◎ 高山流水遇知音

陪伴一生的古琴
碎裂的声响
甩出最绝的声韵
音箱碎裂，琴弦凌乱
琴码站不住自己的位置

流水戛然而止
山风悠然凝滞
不知道如何选择归宿
鸟鸣从此遗落
世界从此静止

新时代，我不想
这凄美故事重演
我知道那把漆黑的老琴
还在等待，等一个匠人
修复它曾经的不幸

失落的灵魂千年归聚
受伤的身心一刻如初
一把琴活了，柔指轻捻
让一声憋得太久的思念
冲开世俗的幽暗

弦声已动，痴情依旧
用耳朵聆听花香
用眼睛咀嚼甜蜜
用嘴唇亲吻夜莺的歌声
嗅出知音的气息振颤共鸣

琴手啊，你走远，我会不会
再一次无由地破碎
有谁将破碎的琴修复
凌乱的弦有谁捋顺
无声的世界再等多少个世纪

◎ 五月，叩响沉睡的天空

忧郁的天空一再降低高度
随风而斜的雨脚诉说离绪
水的幕帘隐藏了所有峰峦
云雾弥漫，谁在天庭饮泣

五月，叩响沉睡的天空
只为相思太久的爱情
牡丹花盛开的原野
清洗沾惹粉尘的芳容

一道洪流从南河穿过
把大地切割成两岸的风景
河中的石头撒出欢歌
我听见禾苗拔节的呻吟

雨燕，叫醒梦呓的天空
穿梭细密的情网
像是编织，又像裁剪
抒写初夏痴恋的诗章

滋润经年的干涸
心绪潮湿，好透的一场雨啊
泼满油彩的田野，一夜间
显影碧绿幽深的层次

◎ 石刻（组诗）

一、寻找

习惯于一种生活方式
行走于河滩，堤岸
寻找一块适合雕刻的石头

那么多的砾石，不需翻拣
只看露出潜藏于水的容貌
一刻，闪入如炬的目光

等待或者被等
只是岸上相见
一个回身，或回眸的微笑

这多像红尘中的缘遇
只是恰好的对视
便是彼此一生的守候

时空轮回，涉过漫长
或者是露出的石色
如开窗，打开新的世界

二、清洗

流落于河流，沉睡或滚动
泥垢裹满全身，需要透视
清洗一块能雕刻的石头
清洗流落浊流的污浊

被水垢蒙蔽容貌
多像是一块丑石啊
混迹于尘世，怀才不遇
只是个虚假命题

无论邂逅还是刻意
一块石头必须于手中
感受彼此的心跳和脉动
感受一声赏识的赞叹

清洗石垢，清洗出本真
清洗出纹路，还原容貌
清除岁月的留痕
惊异于大自然的鬼斧神工

三、打磨

外衣，除了保暖掩藏形体
石头也会掩饰内心
包括纯粹的一次熔炼
亿万年冷却，掩藏热情

所有粗糙的部分都被磨平
所有流动的形态都将显影
正如上苍造一颗星宿造一个人
造一个人，造一块石头

经历磨砺，经历切割
显影光洁，多彩的思绪
一定流水中打磨
才露出柔软光洁以及体香

石头也喜爱水性
尽管水滴穿，一块石头
只要爱的灵魂存在
就有独特的方式表达

四、刻石

方与圆，草虫或者花鸟
或者立石狮子的印章
都是冥冥中的约定

刻刀依天然的石纹游走
聆听石头欢乐或痛苦的呻吟
多余的剔除，完美的留存

刻一片树叶，或者美人
我从不刻佛像
只怕不小心把它刻成自己

刻一个名章，一个闲章
就足够了，洁白的宣纸
可以留下朱红的文印

一张白纸，可被私有
写上自己得意的诗句
不论朱文或者白文

只为留白太美
那都是瞬间存在的证据
或者有自画像的印石

我知道我必然比一块石头
提前老去，将来
它们会不会替我活着

◎ 母爱，永远的乡愁（组诗）

一、嫩豌豆

青黄不接的七月
《诗经》里的流火，点燃了
马坡乡羊寨村牛家庄子
烧断了村中清澈的小河

豌豆花开，蝴蝶兰样的花儿
娘望一眼就数清的花儿啊
从最低层结出豆青
结出带草味的豆香

我多想品尝那水灵的豆角
承包地的边缘采摘
娘不忍心咀嚼的鲜嫩
都走进城市一声尝鲜的吆喝

一篮子嫩碧的豆青
娘咽口水也知道的香甜
都拿去换成金色的玉米面
糊糊填饱肚肠中的饥饿
如同我换亲换出去的妹妹

二、青青稞

长不成麦子的南山
二阴是一个特殊冠词
青稞，安身立命的大山
娘一直嫌弃它的贫瘠

掐几株刚满浆的青稞
风箱鼓动旺旺的灶火
蒸笼的热气飘出独特清香
娘蒸汽中一株株地搓

娘最知道青青稞的脾性
刚刚学会勾头的青青稞啊
稍慢或微凉，都脱不去
她还未丰满成熟的外衣

簸箕簸去胞衣和麦芒
蒸笼上煨熟的青稞
每一粒都像油绿的珠玉
撒上点盐就有独特的乳香

三、土土豆

娘得意变口音，把"水"说成"飞"
说几句川里 n、l 不分的家乡话
爷爷两口袋洋芋换来的媳妇儿
十九岁从贫困走进贫瘠

她多想挣脱苦难，挣脱命运
她有过抛家去的出逃

三岁那年，娘心软啊
父亲掐我屁股的哭喊声里

娘提衣襟擦干净满脸的泪水
一把将我揽进怀抱
回家，点亮了土窑的油灯

泥土中滚着的土土豆
"最接近泥土的味道"
这是位联合国世界银行的博士
扶贫贷款时的一句随口话

让我看见土豆像看见娘的眼泪
看见彩礼救活姥姥一家的母亲
给家族点亮一盏油灯的母亲

写这土土豆掉土渣渣的文字
泪水不由滴落，心如炉火烧烤
想娘，想开口笑着的土土豆
娘知道，痛哭过的文字也会微笑

四、长头发

娘的长头发，结成辫子，发梢
最想接近大地，接一接地气
货郎，摇脆响的拨浪鼓，吆喝
"收头发，换剪刀，换丝线"

娘多年没舍得剪，唯一的长辫
油亮的长辫子，终于一声咔嚓
离开维系生命的头颅，仿佛

永久叛离，根从娘的血脉断开

那一刻，娘的不舍，娘的长辫
和千万条青丝都不觉得疼痛
娘的比丝线更长的长发
娘的比棉绒更温暖的长发啊

那冬，我有了件崭新宽大的棉衣
手工做的，六尺蓝布票二斤棉花
碎花棉布，娘缝进太阳的温暖
连同娘的思维，都放进游子吟的诗里

娘不识字，读不懂《诗经》，却知道
九月授衣，这个节令的诗意
娘不在了，如同娘剪断脐带长辫
日夜缠绕关于母爱所有的思绪

五、族谱

破四旧一场灾难，族谱
也经历一场浴火重生
四本古老宣纸装订的蓝皮古籍
被火舌翻开封面

先人的灵魂，连同
那些墨汁的名号，逸事
连同庄稼人中指上扎出的血
崭新毛笔点出头的神字
差一点都灰飞烟灭，不留痕迹

感谢，叫贵书的本家太爷

没识过字，族人的骨头的血性
一脚将厚厚的家谱揣进火灰
夜深时，偷偷潜入焚烧过的灰烬
把它揣进怀，存放自家房梁

没享过一天清福和儿孙的孝心
好日子来临，母亲却离开了
病魔定格了六十七岁的年轮
习惯叫妈的日子从此消失

第一次用文学方式表达
娘啊，我还没有把您的名字
写进族谱，让儿孙们祭拜时
点三根长香，跪下叩三个响头

写您，诗算作有字的墓碑
让您同先人归入自己的神位

六、老宅院

从窑洞搬出的老堂屋
依然端坐阳光下
它与我有相同的年轮

如今守着它的，只是
奶奶和母亲单薄的遗像
以及屋檐下栖身的鸦雀

古老的木格子松木窗户
每年除夕都糊上新宣白纸
贴上或红或绿的窗花

喜鹊登梅，耕牛走春
曾经绿色石矸的屋顶换成红瓦

松木裂开的柱缝，插着镰刀
挂着麦秸编成的草帽，塞满
奶奶和母亲梳篦间的落发

奶和娘身上掉下的青丝
却不让他们沾染俗尘的气息
好让我每年写的春联

不经意遮住笑着的伤口
曾经喜鹊筑过巢的白杨树，连同
奶奶和母亲一道踅进岁月缝隙

娘栽下的一棵杏树还在
两株樱桃还在，一畦草莓还在
几株牡丹还在，几株大梨花还在

连同我种下的萝卜和青菜
这个夏天遮住一园子荒寂

◎听泉

初夏绽放的野芍药
碧绿的山野与林莽
如夜晚点亮的盏盏明灯
吸引访客的目光

瓦蓝的天空因一朵朵白云
显示出更高的苍茫
山风吹过，偶然碰触的野山参
散发出特有清香

春天因恋爱鸣叫的鸟儿
忙碌着孵化几只鸟蛋
野蕨菜，举着宣誓的拳头
野白杨耸立的山岩更加嶙峋

泉水从一块巨石的缝隙渗出
芨芨草茎做成吸管吸吮
犹如冰镇的清凉，细流逶迤
清澈流动，撞击各色碎石

同山中所有事物一样
我们站入同一张唯美相片
聆听一眼泉翠鸟般的声音
一条大河心中穿过

◎ 脸谱

从雪峰走来
走过雪域
走过黄黄的黄土高原
打马走不出去的草地
谁说，前世没有想你

乘着羊皮筏子
乘着黄河的波涛
想牵住一匹马的长尾
或者马鬃
穿过那片金色花海

爱像一枚飞鸿的羽毛
不是在麦田间的投影
不让画皮遁入星光
遁入暮色那片柔软的月晕
更不能遁入故乡的老井

黑白，与赤橙黄绿青蓝紫
抹在颜面上的胭脂
染一丝淡淡的油彩
只为遮住羞涩
遮住从白云剪入海的苍茫

抹一把清泪，别让
色彩蒙蔽额头的底色
一杯酒的倒影
迷幻湖泊的波纹
还有心中漾起的涟漪

麻辣和川剧的水袖中穿越
忠臣与奸佞的色变
一把火，将是最好的见证
变脸瞬间，已涉过前世
今生，抑或白云石结晶的来世

◎ 夕阳

龙泉山，有座能避土匪的古堡
四位戴麦草编成帽子的人
握住鞭杆，叼着烟斗
安静坐于黄昏，凝视村庄

夕阳是这画面最忠实的背景
东方的一朵朵白云，披上
霞光，如同梯田间吃草的绵羊
披上袈裟，亲吻大地

种麦子、大豆、胡麻的坡地
总比长满蒿草的田园更有景深
柠条花黄，国槐纯洁的花穗
吐露芳香，混合青草羊类气息

炊烟呼唤，一缕饭香
勾引凝望家门的目光
一张照片见证，我从峰头跃起
却没有逃出乡愁的引力

转过身，聆听一声悠长的吆喝
听话的羊，整齐地掉个头
我又听见一声长长的叹息
比多一半荒芜的田野沉重

雀落林梢，灰喜鹊的叫声
漫过莽原，晚霞正艳
峰头不知名的小草花

初夏的晚风中尽情摇曳

一声鸡啼，一声狗吠
龙泉寺钟声的辽远里
一条蜿蜒的羊肠小道
引领我和羊们一起走进梦乡

◎ 初夏

带着春风和如花的笑靥
那些盐，给思绪一些浮力
如扎身海水一样
一头扎进温暖的夏天

月光令人浮想联翩
积攒一生的热情
投入你的怀抱，这方式
算不算一场莽撞痴恋

难以料想的冷或寒
雪花还揪雨的尾巴
变换梦想与认知
一场透雨，又将炉火点燃

这样感受一份温暖
牡丹花飘香的五月
所有的色彩都赶来
追求火热的执着并未改变

◎ 古堡

乡村六月，龙泉山塬
干旱养育的植物
都开出了花絮

杨花如棉，大豆结过七层
柠条崖畔展示金黄
空气，收留又释放花香

山楂树的花粉
夹杂青草的味道
还有蒜苗羊粪的膻味

摘一串槐树洁净的花穗
咀嚼一丝丝的香甜
如槐花蜜纯纯的味道

映衬夕阳下的山脉
四个头戴草帽的牧羊人
静坐峰头，抽口吐白雾的旱烟

梯田荒芜，羊群吃草
峰顶的古堡，已失去
昔日民众躲土匪时的雄伟

夯筑的三层楼台，青草黄花
岁月缝隙风化成三台土墩
不见高墙和进出的门洞

圆圆的烽燧，圆球样耸立
我在这峰顶跃起，留下见证照片
假装一位天外降临的客人

◎ 老井

汲过水捋过槐花的人走远了
好久不闻辘轳欢快的歌声
井绳再没垂进幽深的井底

村口的老槐树，六月
仍然能结出蜜香的花穗
陪伴它的只是一口青石老井

如两个相濡以沫的恋人
他们相守活过千年的岁月
从不说一句相恋情话

老井的倒影里，有云天
有高鸟，有雨滴和雪花
还有繁星明月与槐穗

槐树的枝叶间，有阳光
有秋风，有巢穴，有鸟鸣
根脉里井水默默地滋润

它们从不过问彼此的心事
包括彼此怀里揣着的梦中情人

包括对路过良人的思念

从未表白，也从未怨恨
老井享受槐树支起的凉阴
老树最懂得井水的甘醇

喂养油菜花的花黄
一如我用歌声
点亮一盏爱情的星灯

而我，只是榨尽的油渣
守着你不知道的冬季

◎ 平野菜花香

刚过小满，行走的油菜
提着短小的裙裾
从南向北，由东向西
跟从春的脚步
金色的黄，款款走来

招蜂惹蝶的花儿啊
青春的脚步
涉足过的青山绿水
都散出或浓或淡的清香
包括小路与小路边的石子

我在贫瘠的西部等你
碧绿的山野，期待
一片耀眼的金色装饰孤寂
内心贫寒，养育的花朵
最适合比喻前世情人

弹古老的四弦琴
让流动的音符

◎ 一池雪

一座雪山有一系湖泊
祁连山向西南的余脉
孕育纯洁如云絮的石头
千万年的埋藏与守候
只为复述一个凄美传说

我无法考证马啣山的命名
是金马驹驰骋的寒凉吗
是金香炉幻化的峰峦吗
还是天生井与东海的甬道
给予金马永生石的雕塑

美丽的龙女姐妹，最终被封
金龙池，成了冰雪世界
再也见不到如花的容颜
见不到倒映杜鹃花的清波
只是曾经荒芜的山有了灵性

穷尽一生时光守候龙女的湖泊

只为再看一眼仙女的俏影
化作雪峰高处的凝望和遐想
覆盖封冻金龙池的白雪
是不是凝成胸中纯洁的石头

◎ 六月，如仙境

六月，第一缕阳光
照耀，孩子们的笑脸
最适合，比喻花朵

诗人，追逐的目光
总想，文字中采蜜
赞美牡丹和月季的香艳

蔷薇，爬满栅栏
蝴蝶，团团粉艳锦簇
穿梭于花瓣飞翔

歌声，飘过操场
回忆，昨日的蓝天白云
绿水从青山中走远

◎ 季节和远方

四季有四季的梦幻
远方有远方的遐想
寒冬的冰雪里
向往玫瑰花暗送芳香

夏雨浇透的山川
开过九层的大豆花
谈论丰收年景的消息
胡麻花的蓝陪伴麦穗灌浆

守着硕果累累的岁月
秋风起处，仰望鸿雁的翅膀
南与北的飞翔，是逃离
或者走近情更怯的故乡

我等你，在你月光的远方
正如明月照亮窗棂
无邪的拥抱，温暖身心
收割诗意里明亮的星光

◎ 情劫

把所有光亮的事物
收集在一盏灯里
星辰、明月、太阳

萤火虫、夜明珠
岩浆、火烛、电闪
以及磷石
打着，用以填充或照亮
我爱你，诺言
运命之间的暗或黑洞

把所有鲜艳的花朵
聚集在一只花篮
牡丹、玫瑰、月季
郁金香、蝴蝶兰、昙花
桂花、木杜鹃、雏菊
以及红梅和桃花
挎着，用以装饰或遮蔽
你爱我，祈祷
宿命里的荒芜与贫瘠

把所有表达爱的词
汇聚成一首短诗
贼，偷心的那种
青梅竹马，爹地妈咪
哥和妹，非血缘的
木头，石像
念着，用以称呼或提示
我与你，相知
句式中的虚情与假意

你之心在我心头发芽
我之心于你心底生根
一颗心种进一颗心
彼此的植入，再浅

也注定是一场劫难
不能合二为一的剥离
分手扯心，成为一生之泪水
洗不去的恩怨，须用
一味叫相思的药丸定心疗伤

◎ 休息的日子

平躺或静坐于一隅
消磨时光的恬静与慵懒
一壶新茗，一本诗集

或者面对两朵才开的昙花
联想一下韦陀
泣美与执着的爱情故事

或者仲夏夜窗前
静望明月与星空
追随一颗飞逝的流星

或者，俯身于荷池
聆听雨打绿叶的声音
心随换气的鱼儿沉浮游动

或者沿林中的小溪
溯洄而上，尽头
听泉水叮咚流出岩隙

或者揉一揉大滑的琴弦
陶醉于空山鸟语
用一把胡琴与知音诉说

或者打开素色诗笺
把红尘绝色的恋人
从尘世拉入透明的诗句

打磨每一粒表达爱的汉字
灵魂与灵感的碰触
共鸣振波倾诉心弦的相知

◎ 鸽子

曾经拥有钢砂枪的村医
结束了八十三岁的生命
他用一双手和仁厚宅心
把脉，听诊，治病救人

周边村庄的几代婆姨后生
都感念他，喝过他的中药方
苦苦的良药，被他按过脉动
治疗过许多疑难杂症

一次长谈，他一直忏悔
他说着细节，在分水岭
两枪打伤了四十九只鸽子
擦血，他感受到了从未有过的恐惧

一枪惊起麦田的鸽群
一枪对准折起的鸽旋
面对一地死伤灰鸽的哀鸣
面对带血的羽毛和伤口

他的血液仿佛凝滞
他说他凝视过九十八只眼睛
无助，怨恨，痛苦，忧伤
之后，他砸坏了双管猎枪

七只鸽子的命折一年阳寿
他说，他经常梦见鸽群
梦见蓝色的天空被血染红
像黄昏后血色的夕阳

已摸不到他的脉动
他告诉我心中隐藏的秘密
好像放下了一生的忏悔和沉重
这算不算一次灵魂的听诊

◎ 给自己写首诗

蓝天即是碧池
月亮似是白裙姑娘
星星象征蟾蜍
蟒蛇象征银河

意象跳跃生出幻觉
不是天庭的帝王将相
扯天地间的黑白
排兵布阵，经纬天下

拿米酿酒，煮一锅焖饭
汉字存放字典
撷取或放下，听命调遣
却总摆不出一首绝句

一条河因流水灵动
因那些石头欢歌
棱角消失，时光之圆滑
磨出命运的纹饰

◎ 山中月色

远离尘嚣
牛头山石砌的小屋
草泥已抹平透风的缝隙
电还没抵达的深山
月色洒下宁静
我像唯一的猎人

醉酒的快乐
翌晨还能醒来
山腹没有车辙
梦魂里的高天白云

还保存清纯
青石爬满彩色苔石

山色依旧
溪水忘不掉欢歌
被鸟鸣唤醒
梦中的油灯
还亮在夜地深处
把原始的心和世界照亮

◎ 一山秋梦

蒹葭苍苍，白露为霜
锦句穿透时空
雨雾于冰点结晶
露从今夜白，千秋万代

该交出的都应交出
铅华锦衣，累累硕果
秋风掠过欲染的层林
鸦雀们收紧寒翅

碧水之湄，伊人还在
山峦彩色的倒影
是否让波光摇出婀娜
一行大雁振翅南飞

江山如画，诗意斑斓

心平静如止水
好看清前世今生的影子
此夜，梦境不再空白

◎ 请给我一点时间

请给我一点时间
用来读你
像一部古典书籍
或者铭刻于心的诗行

闪光的章节
总可以解开心中情结
让懂你，拉近遥远的距离
让岁月盈满遐想

请给我一点时间
用来想你
像一根香烟夜色中
点亮夜的迷惘

这一点星光的明灭
足可以照亮
四周的黑暗
照亮思想者冷峻的面庞

◎ 稻草人

一个人形可省略许多
包括血肉筋脉
包括心跳，思绪
甚至可以省略许多骨头

可以简洁，成为
两根木棍的十字架
只要能田野站稳
无论有没有风

颜面也可以省略
却不能省略一顶草帽
一件人穿过的敝衣
让鸦雀们内心生出敬畏

长鞭是不能省略的
不能省略某些精神
正如瘦成骨架的堂吉诃德
手中不能缺少长矛

◎ 麻雀进城

奇异的早晨，日照窗棂
阳台十厘米宽的窗沿
落只才出窝的小麻雀

我与它只隔层透明玻璃

几十米高空这样近距对视
不知道它小小的目光
能否看透我内心的愧疚
能否看出我多余的担心

相同的羽衣和翅膀
我不知道这小小生灵
是否是老家屋檐下的那窝
或者是同根同脉的家雀

也许它们几代传唱的故事里
有一位无知少年的身影
冷漠地用弹弓瞄准，却被
一只麻雀的血，唤醒良知

已知天命的年轮，麻雀
已轮回了六轮，我却从未见过
自然死亡的麻雀的尸首
如同没见过鹰的尸首一样

◎ 蚊子

加重一点鼻音
我总把蚊子读成文字
这绝对是两种不同事物

历史上许多被蚊子行刑的人
有些一夜死了
有些七天仍未死，像被特赦

一夜死了的，忍耐不住瘙痒
不停活动，一层吸血鬼离开
却有更饥饿的一层附身

七天未死的，一动也不动
蚊子是贪婪的，它们很享受
带刺的口器探入有血的细胞

你不拍，它绝不会自己飞走
正如苍蝇和老虎一样
占据位置，不容他人挤进

门卫老杨，大白天撬开井盖
揉团旧报纸，点燃塞入下水井
那些蚊子同文字一起焚烧

他说，烧过一把火的夜晚
会少许多剑客
正如少了鲁迅的匕首和投枪

◎ 步入幽林

古老的蛇一样的藤条
缠绕几百年的古木

有些藤条死了，可它们
仍保持拥抱的姿势

有些古木已无存活的枝叶
可那些常青藤，却执着地
紧紧缠绕干枯的枝干
给它以绿色和活的希望

有些枯藤连同拥抱的树
一起死了，它们在山野
依然默默相守至终老，也许
一阵风会将相恋的形影吹散

新生的青藤，才用它的柔臂
拥抱一棵年轻的树
这没有缝隙的缠绕
只为能照见高处的阳光

树生藤死缠到死
树死藤生死亦缠
从我这幽林的民谣轻轻走过
藤与树的形象中禅悟真爱

越过雪山耀眼的峰脊

猜不出你来的方向
也猜不出你走大路还是山道
猜不准你是否乘坐宝马
是否披一件洁白透风的纱衣

只知道，大通日月山
青海南山呵护的怀抱
那荡漾涟漪的碧蓝清波
有你月光下明眸的柔和

已不能，不能为你
戴上王后镶嵌蓝宝石的花冠
只要你足迹游过的原野
铺满油菜花的花黄和芬芳

我还能沙哑地歌唱
让四弦琴陪伴邂逅的忧伤
漫一首青海花儿的长调
泪水，填补咸湖的盐度与容量

◎ **相约青海湖**

从祁连的余脉驰来
以云为骑，乘雪白的骏马
穿过木杜鹃花开的山岗

◎ **拾韵盛夏**

几天炎热紧接几场透雨
每一处相对的低洼
都会积起一摊水泽
多浅，都能反射天光云影

没有比一处水洼更平的平面
没有比蹄印更浅的水塘
南风平静，闲云轻浮
一池水即有无限深度

都知道，那些高鸟和云朵
也会在一个视角
看见踟蹰寻觅者的倒影
正如我能看见它们的倒影一样

心如止水，思绪归于平静
物象均以虚幻方式存在
正如梦或者遐想
真爱平面投影真情抑或真心

◎ 忧伤的桃子

大山深处的那片桃林
挂满粉嫩的鲜桃
熟透的鲜桃
散发诱人的清香
只是岁岁年年
遇不上一只摘桃的猴子

桃树幽秘的梦境
无数桃花开出风景
硕大的野蜜蜂采蜜

各色的花蝴蝶翩跹
只是不见传说中
相互映照的人面和裙裾

一些桃枝枯萎了
甚至，有生的年轮
没被香艳的红唇亲吻面庞
没被洁白的牙齿咬破
没遇见一个武陵人
没一个桃走过一回人间

◎ 祁连山草原

秋日无云的蓝天
向西北更西处凝望
祁连东南的余脉
平流层遮住透视目光

亿万年裸露屹立的石头
于马啣山峰顶的积雪
穿紫红色绒衣，伫立
罡风也吹不起一丝摇曳

千里绵延的龙脊
闪烁粼粼耀眼的光芒
风吹草低，看不见
枯草中静卧的马群牛羊

纯洁延伸，只看见雪
期望消融的透明
无奈，却被泥沙混浊
这不是仰视的本意

一行泪流下
世界装不下的咸涩
一滴，可把天下放大
却澄不清长河的混浊

一朵小花装饰岑寂
一座山系就有色彩与芬芳
白天夜晚，黑暗与光明
不回避远归的诗人

◎ 山中柠条

切开大地断层
找到自己的倒影
山中柠条的根，抛开泥土
多像时光不朽的沙漏

山塬耀眼的枝叶黄花
延续生命的长度
给荒原绿意和生机
强韧的生命黑暗中沉默

覆盖西部的苍凉贫瘠

抓一把泥土，攥出泪水
根在地下掘进
探寻滋养生命的琼浆

地平只是一个镜面
剖开内心，每一寸凉阴
每一枝插入罡风的绿叶
都有老根反向地延伸

◎ 七月，与诗擦肩而过

诵读一首诗，心弦
随流动的思绪跳跃
一些生生切断的句式
需要彩虹嫁接

满含真情的僻词
需要精心磨去外衣
现出祖母绿的内核
或者水晶似的晶莹

或者一朵花的花蕊
探寻进入异境的路径
正如雷声中倾听蝉鸣
接收外星系生命的讯号

懂一首真诗仿佛读懂世界
流水高山，所有的美

会不会与我擦肩而过
我是否是第一位读者

◎ 七夕，桂花树下听夜

挂于桂花梢头的上弦月
偷渡于木格子窗棂
透过枝叶间的缝隙
我隔洁白的窗纸暗听
敛心静气，窃聆私声

光影潜伏孕育芬芳的花萼
千万只耳朵样的花柄
接收来自银河两岸的消息
遇见真的这样凄美吗
一双伸入天际的长臂迎你

然后长长地揽入怀抱
沾满风霜的手指揩干热泪
也不去吹发际的埃尘
只给一个无间隙的拥抱
吮平眼角皱纹和风割的伤痛

织女与牛郎，一年一次相会
玉露金风，相逢即是前缘
裹紧自己的心跳
多怕你从心中消失
只留给我泪流满面的背影

◎ 爱情等高线

海拔相同的高度点
连起来，就是等高线
有些实，也有些虚
这才有了高山与河谷
有了层次和景深

是的，置身深山
无法判定一条线
或者一个圆
正如无法感知爱情一样
确定心跳的频道

有一双明眸就足够了
仰望或俯视都会牵动心弦
不敢直视的狡黠
怕目光交织出彩虹
引发一场狂风暴雨

有灵动的文字也足够了
咀嚼品味都会口舌生香
顺着直平与曲折
等高线确立的平面
思想的殿堂，慰藉灵魂

有一份爱更足够了
一生的寻寻觅觅
只能相同的高度遇见
错迕或回望，短暂凝视

期待高山流水的知音

◎ 秋思

四季轮回，把立秋
设定为新的起始
如海子，给每一个事物
起一个美好的名字

秋风吹动，木叶凋零
所有果实闪熠熟透的光亮
期待一双采摘的手
像收获爱情与诗章

无数次拆开欲寄的信封
吉士思秋，如张籍
我只需打开微信
浏览你所处城市的消息

梦幻般的秋红里约见
思念有电波频率
我会穷余生的时光
寻找你存的方位与方式

浅秋，那一抹乡愁
如撤回一条微信
拆开要寄给故乡的信封
生怕遗漏不经意遗忘的细节

◎ 立秋

时光几千年设定的节令
秋与夏的分界
常为夏季伸入秋的酷热
让愚钝的诗人无法分辨感知

草色微黄，秋虫向村庄靠近
龙泉山深处
白杨和丝柳的叶子离开繁华
一叶知秋，思如叶脉

机器声鸣，麦田收割殆尽
玉米仍保持田野的墨绿
只是红缨已绽出花穗
风起处，无数刀片呐喊

夜雨敲打不锈钢的雨篷
水泥地被钻出一溜小窝
立起来的秋天，竖起秋雨
红杏将尽，山楂依然泛青

农谚说：立秋日晨开的豆花
能结出豆子，傍晚开的豆花
结不出豆子，让我感觉到
我与植物知觉间巨大的差距

◎ 一壶酒，雾里云里逍遥

立于壶口的岩岸之上
奔腾或咆哮的黄河
浊浊地，从心中穿过
如泪水，溢出一股暖流

习惯嘴对嘴的啜饮方式
放弃浅尝辄止的矜持
醉醉吧，如吟诗
沉沉的醉意，找到出口

琼浆灌满肉体
斗酒百篇的李白
谁是他过命的兄弟
或者轮回转世的童子

内心生出天使的翅膀
彩虹的拱门飞跃
河道静止，云蒸霞蔚
此刻，多么壮阔抑或壮观

◎ 中秋浸满相思

那轮明月
从远古的远古走来
一年一度的中秋

连同秋麦蒸成月饼

融进玫瑰花瓣的紫色
撒一些青苦豆的碧绿
揉入金黄花蕊的芬香
抹上蜂蜜百花的香甜

记忆深处铭刻的名字
总会暗夜里明亮
恋过的风景依旧旖旎
爱过的明月挂在天上

回味青春抹不去的记忆
只为心存一张笑脸
见证存放彼此的位置
如雪域印上八瓣的梅花

◎ 夜阑听风

是谁，吹落心中那枚红叶
期待夜空长满星辰
是谁，把阵阵秋风豢养
只为聆听夜的宁静

是谁，洒下绵绵秋雨
凌乱木叶离别的心扉
是谁，打开封闭的窗棂
迎进月光与蝉的歌声

是谁，剖开时光断层
低垂枝头挂满秋红
是谁，赋予透视灵感
读懂诗章柔弱的内心

听夜风于心头肆虐
夜的深处不眠
它是否撩起过你的长发
吹干过你的泪眼

◎ 爱的追踪（组诗）

一

好久没尝过新鲜蜂蜜
那是爷爷草帽收留的野蜂
上苍赐予的一份飞财
给农家带来最珍贵的记忆

原始榨蜜方式，分过蜂后
连同蜜蜂一道，将尖尖的蜂房
扣上铁锅，蒸汽缭绕
我听见野蜂在蜂箱内挣扎

我想象野蜂蜂房掉落的悲惨
看见浮蜜上的野蜂尸体
被爷爷从铁锅的蜂蜜中捞出

它们金黄的绒毛紧贴身体

那时没有糖，蘸馒头吃蜂屎
我知道蜜有多真，蜜有多香甜
构成味蕾抹不去的记忆
给童年舌尖难以颠覆的回味

二

无法用命继承，随大伯离世
那些飞财也跟他散去，野蜂蜜
成为灵魂隔世的相思
只剩黄泥巴抹穹顶的空巢

龙泉山的峰岭间，山上人家
我又见到古老的养蜂方式
只是榨蜜已不再原始
蜜蜂身边乱飞，审查我的身份

被收留的流浪小狗不住吠叫
解开锁链，舔着我陌生的手臂
我知道，它不再认生
仿佛，把我当成久别的归人

临崖畔的一溜蜂巢
整齐地排在清扫干净的土台上
初秋的野花开始凋落
正是割蜜的好时节，蜂知寒凉

三

穿过蜿蜒的羊肠小道

这是水泥路之外的捷路
上山已是最美的黄昏
路上有无人采摘掉落的山杏

我加了养蜂人的微信
他姓金，女儿出嫁平凉
儿子在外工作，经常出国
山上人家，是他的网名

每窝蜂只产七八斤蜜
不掺糖或糖精的蜂蜜
每斤七十，老金有他的自信
是我欣然接受的信任

他问我，搬进安置点新屋
他的老屋是否要被推平
我知道，扶贫安置政策
他是担心，所养蜜蜂的归宿

我无法回答他的问题
但我，真不想那些蜂窝成为空巢
山坡下回首，山上人家和他爱人
还有可爱的小狗夕阳中伫立

四

不是所有的花儿都可采蜜
如寒冬的蜡梅，金黄的秋菊
秋风吹过山野，荞麦花正旺
是老金专门为蜜蜂种植的花海

山上人家庄院的四周
蜜蜂们不用飞很远
就可以采到荞麦的花蜜
那是老金给蜜蜂过冬的食粮

一些蜜蜂老去，一些蜜蜂新生
只有蜂王能感知四季
老金说，勤劳的工蜂
短暂的生命只有四五十天

许是西部，地域决定蜂的寿命
尝一杯真正的蜂蜜，感恩生活
我从不会怀疑蜂儿的真心
尽管商场有许多掺假的蜂蜜

五

一场接二连三的秋雨
小蚂蚁打开洞穴
清理掉入洞中的垃圾

蜜蜂们也开始爬出洞口
用它们的触角感知
空气湿度会不会沉重翅膀

阳光下采蜜，蜂儿们懂得
一点清露，也是不容许
掺入蜂蜜的水分

一个个六边形的房孔
孕育一个个灵动的生命

这是族种延续的底线

短暂的生命历程
唯寻找盛开的花朵
用勤劳注解活着的意义

六

山中，我终于明白
野蜜蜂有它生存的抉择
适合生存的环境
静谧，不被人打搅

舒适，不在意豪华的蜂窝
蜜蜂，最高超的建筑师
对自然要求苛刻
却不追求奢侈与繁华

不需督促，将懒惰的雄蜂
赶出巢外，只在阴天
修整绒装，擦亮飞翔的翅膀
"8"字舞，传递花的位置与方向

◎ 九月，金风在心中吹动（组诗）

一、一根烟

同火柴一样

囚禁长方形盒子
习惯黑暗中缩聚
渴望光明

窗口打开
同样笔挺的身姿
红红的柱头
与磷皮擦出火花

轻吐烟圈
缥缈烟草的香味
袅袅娜娜的曲线
渐渐圈住世界

化作轻烟散去
毕竟燃烧过
思想神秘的幻形
二指间缭乱

二、如河流穿过小村

从身体里穿过
依然保持透亮和澄明
该留下的都不能带走
岩岸，草石，笑声
还有仁于崖畔张望的菊花
还有门口拴小狗的链绳

从心中穿过
依然保存当初的清纯
该带走的都不能留下

戏过水的脚丫，云的倒影
还有玉兰花的芳香
还有异乡无人呼唤的乳名

穿过如画如诗的上河村
穿过石板路的街巷
穿过半月样的桥拱
拱顶撕下瓣瓣落花
是否是捎给远方的相思
洇着你脸颊月色似的羞红

三、南雁飞

天高云淡，我的心波静水碧
秋风渐起，随一枚落叶
你将远去，只留下背影
留下水泽云天澄明的倒影

你陪我度过的夏季
温暖还包裹回忆
你翅膀携来的春风
依然灵魂中和煦

我知道你飞远的翅膀
还有回首的留恋
你起飞时缓缓地回旋
还有许多不舍的嘱托与铭记

苇草吐露黄过的心事
随你泛绿，随你枯萎
我冬眠的梦魂，雪域

期待来春北归的雁唳

世界会充满冷与寒凉
从此，我火热的心
将会随一场初雪封闭
冰面，融不进半点涟漪

◎ 童年的小河

让山野比眼白纯净
门前的小河开始结冰
童年辞典里最冷的冬季
初雪覆盖最暖的记忆

冰像蝴蝶透明的翅膀
扇动清澈的流水
初冰羞涩，见不得阳光
只在星光下结出冰晶

一场大雪，下过决心的冰
终于愈合小河的伤口
小河蜿蜒，水在镜子里流淌
像呈示流动的光阴

冰面还很薄，载不动童心
冰也在成长，寒冷中坚强
好让涉冰过河的脚印
不被打湿，不被淹没

冰能承载冰车的严冬
冰车载满欢乐的笑声
飞翔的感觉，飘过小河
飘过炊烟袅袅的山村

◎ 此夜，风来

秋风来，白露将过
那些精心选择的石头
此夜，与我离别

手掌间把玩
胸口上焐热的石头
冷血与冰凉的石头

离开，不说一句
能暖心窝的话
不给一个道别的手势

一块矿山软玉
学生送我教师节的礼物
把它切开，刻上艺名

另外切割了两枚
朱文：书山探幽
白文：墨海拾趣

几块唧山洁白的石头
算不上玉
只是打磨太过艰苦

情韵，情逸，墨石缘
那些石头都活了
像我面对一面镜子

是我粗心大意
将那些身外的石头
没有上心保存

一块石头切磨六个平面
一个平面刻上印信
时光不会将它磨平

用心雕刻的石头消失了
却从身外走入心底
成为我对时光的念想回忆

八枚印石仍遗落在人世间
在一些人的手中存活
在一些人的身外搁置

我只保存
白纸上留下的印迹
作为拥有与相思过的证据

◎ 把目光沉入你的眼底

兰州中心的地铁站口
滚滚洪流，长发落瀑
瞬间擦肩而过
我不由回首
惊艳于你气质脱俗

惊异，你纯真的目光
也在这瞬间回眸
目光相撞的短暂片刻
却有世纪之漫长
此时，已不知身居何处

娇羞低眉，浅浅微笑
把目光沉入你的眼底
如圆月沉入宁静湖泊
你没有哀怨的双眸
检索我失去心跳的呼吸

渐行渐远，人生彩色站台
我把自己雕塑成山峰
收藏你曼妙的身影
而你秋水样沉静的窗户
却将我未定的惊魂掠掳

◎ 我在这边，你在那边

铺开素笺，写简书
蹙眉凝思的模样
擦拭每一个词
写作，告白
仿佛要把世界点亮

宁静之夜，此刻
我在辞书，你在笔端
翻云覆雨的情愫里
我们隔着夜
隔着一张白纸

晨曦，打开窗棂
迷醉纸页的芬芳
我被热泪湿透
徘徊于娟秀的诗行
仿佛要把远方走远

金秋十月，江山如画
此刻，我在纸上
你在梦里，我走不出
一张纸的疆界
我们隔着梦，隔着秋天

◎ 凝

渴望遇见的美人
肤若凝脂，手如皂荑
美目倩盼，巧笑如花

经历火热，滚烫的情绪
会随时光节令
在一个临界点渐渐冷却

流动无形状态的宿命
终于得到有形固定
享受难得的片刻静止

露结为霜，所有秋叶
交出胸藏的色彩
滴水成冰，钢水模具中成器

肉眼无法辨别的气体
浓缩压力瓶狭小的空间
这也算一种生存状态

◎ 时光皱纹

如脑沟回一样，平面
是最小的面积
眼角曾经的光洁

是张没有字迹的白纸

经历岁月侵蚀
风霜雕刻，叶脉
有了树形，叶片与虫洞
打开新的世界

只是，一生的泪水
冲刷不了横断山脉
打不穿一条鱼的尾巴
却让一对鱼自由存活

接纳了时光的皱纹
就像接纳了爱意
接纳了内心牵挂
仿佛彼此雕刻的刀迹

◎ 真的会

真的会有桃花源吗
可以避三世之乱
有桃花，有小溪
有纯朴好客的武陵人

真的会有三生石吗
能看见前生与来世
今生的青春已成过往
岁月之风吹去遮月的浮云

真的会有刻骨铭心的爱恋吗
会有一次偶然邂逅
一束回首的目光中
找到因追求而失散的灵魂

把所有幻想都写成诗句
存放于诗歌的殿堂
暗夜来临，诗意的光芒
如星辰，将相隔的黑洞照亮

叶子静默，呵护金黄的棒子

或绿或黄的木叶
最后留恋的枝头悬挂
这是它们最后的坚守

天晴，秋叶落成堆
树将卸去所有彩色的背负
只剩下风中摇曳过的回忆

◎ 视线渐渐模糊，记忆慢慢远去

深秋，夹在雨中的雪花
悄然飘下，远行的路
被雨水洒湿，迷雾遮掩视线

挡风玻璃的雨刮器
来回清扫迷蒙的瞬间
打开短暂明亮的窗口

刚行至高架桥下
一列飞驰的列车头顶飘过
疑似龙影中穿越

立于道旁田野的玉米地
枯黄的刃口落上初雪

◎ 来，走进我的春天

山野，一场初雪降临
催动木叶绿的本真
寒凉些微，封不住心绪
秋将尽，林山欲燃

雨雪霏霏，打不湿鸟鸣
溪流如歌，留守的野鸟
编织枯枝，修葺老巢
衔根落羽，增补巢穴的绵软

让一层玻璃的透明
隔开内外世界的温差
曲水绕环，高山流水的筝曲
重复着青春永驻的情谊

封闭的植物园没有四季

小油松陪伴滴水观音
凤尾竹正在开花
巴西木，椰树泛着旧绿

立在入冬的枝头
我不能蹭进你的春天
我必须守着寒枝
守着雪，守着孤寂的岁月

◎ 当我遇见你

所有可采的花朵
已于昨日的岁月采过
美丽的花园
已成甜蜜梦境

十月末落下一场秋雪
我又遇见一群蜜蜂
勤劳一生的蜜蜂
穿金色花饰的彩衣

寒凉降临的季节
矮松和侧柏间飞舞
松针与松针的交接处
吸食松胶和秋露

我知道，人间没有果蜜
也没有松柏的香蜜

不知道松柏的清香秋露
可否将你短暂的生命延续

我崇敬这自然造化的神奇
让寒凉的心填满春意
我怜爱这飞翔的精灵
让常青的秋树充满喧闹生机

热爱生活的蜜蜂
飞翔的方式，永不停止
四十多天的寿命
也在书写生命的史诗

◎ 晨曦（组诗）

一

一夜三个时辰的登临
路灯星光，汗滴滴穿石阶
华山东峰顶依一棵古松
抬头，残缺的月亮移向西山

我忘却外套，裹紧衬衣
与那些穿棉大衣的人
同守在一个倾斜平台
殷切等待旭日东升

一抹胭脂色的曙光

像极少女脸颊的潮红
映红天边
太阳红橘般冲出雾霭

可以直视的面庞
那么小，那么让人怜爱
人们都屏住呼吸
不停按着快门

我将它挂在松枝间
留下一张珍贵照片
光芒洒满大地
山川万物披上金辉

因这一份永恒记忆
我直视过太阳的目光
再也不曾弯曲
欲把所有事物的背影看穿

二

同黄山莲花峰看日出一样
祁连山东南的余脉也可遇见
三千六百米的海拔
马啣山积雪中的岩石
身上长满艳红苔衣

石头是温暖的，峰顶
白雪中沉陷的石头
亿万年仡立
或是天外燃烧过的陨石
阳光下闪耀焰火的金辉

开花的石头
如竹子开花一样
如草原花开一样
是衰败与退化的前兆
风化，却要亿万年时光

晨曦，消融不了白雪
只是雪落下的高度
雪线封不住生命
鹰的平场，一朵雪莲
开在岩石缝隙

三

晚秋，平流层透出阳光
照耀马啣山峰顶的白雪
兴隆秋叶，或红或黄
苍黛的松柏间，晞层秋霜

草色枯白，黑土地
泛出冬小麦的墨绿
南河瘦小了许多
却透出蜿蜒的清澈

空气清新，江山如画
清晨，行走于城郊
享受阳光的沐浴
一张照片，富有许多层次

晨曦，传递自然色彩

我知道，没有阳光照耀
曝光的风景
审美，只是一片黑暗抑或苍白

北方用粗犷的怀抱或方式
敞开去留自由的天空

◎ 北方

燃烧过的秋山
归于热烈后的平静
草原海子澄明
它会在几场雪后封冻

秋意渐浓
寒凉从树梢挂下
大雁排成人字
向南方飞行

寒鸦还守着北方
选择崖畔的洞窟守夜过冬
喜鹊在高高的杨树杈
用枯枝封住西北的风洞

燕子选择南去
麻雀选择留下
北方无言
这都是可爱的生灵

不为远去哀伤
不为留守感动

◎ 冬天的铁疙瘩

乡下住了十五年
城里住了三十年
我不知道，自己
是城里人还是乡下人

西部小小的县城
干净的街道不容许停车
小区门口不容许农民
销售西瓜大枣，蔬菜苹果

初冬，我驱车从乡下路过
平展的柏油路
却运不出路边的紫菜花

菜贩子给的价格低
根本够不上种植成本
不如让它们烂在地里

我走进农民遗弃的菜地
偷了三棵紫菜花

连根冻成的铁疙瘩
泛出诡异的一层霜雾

我掂量不出它们的重量

我这贪便宜的手
终于有了做过贼的颤抖
我这做过贼的心
却比铁的秤砣瓷实

那些长满杂草的梯田
是否会有更多的荒芜
只是一场雪
覆盖它们的悲伤和希望

◎ 赶早的雪

想着你洁白的身影
昨晚掌灯，你没来
我想，你会不会
用那份冰寒
封存我内心的温暖

想着你飞舞的轻盈
半夜闭灯，你仍没来
我想，你会不会
用舞步的细碎
覆盖我萎枯的伤悲

想着你善变的面孔
梦境边缘，你没来

我想，你会不会
用水做的真情
装饰暗夜的孤独与宁静

一夜没梦见，你脚步轻灵
无法预测的缘分
我想你不来的时刻
你来了，悄悄地
为我铺开柔情素笺

打开窗棂，山野迷蒙
我惊异迟来的幸福
一行野狐的踪迹
藏不住巢穴
伸向幽林深处或者远方

◎ 柿子红了

秋风，撕下每一片柿叶
使命的铅华交还大地
百年并不老的柿树
枝头空荡，山塬静立
最细的一枝，也挂颗牛心柿
灯笼的红，点亮空山

不拣软柿子捏
我的爱人，灵巧的手
削皮，像剥去外衣

留下梅花般的柄托

白线绳，挂出一吊吊幽思

比我的诗行整齐

风干，除去多余水分

霜降来临的节气

出霜，逼出内心的寒与纯洁

压出柿饼紫红的纯粹

似情人的唇，糯软，香甜

恰如时光锤炼过的词和诗句

◎ 冬的韵律

一场雪向谁宣言

晚秋的红，于洁白中

告别，真有这么痛苦

或者不能自已

望尽天涯，鸿雁梳好翅膀

松林，野白杨驻守峦峰

北方的海子，拉一拉衣襟

擦干泪，祝福迁徙者的前程

雾或者网，关不住灯光

诱惑，一定是盲区的守望

背上有故乡的明月

家是明春回归的方向

抛开生活，以诗的名义恋爱

驻足，抑或离开后相思

◎ 藏不住对你的喜欢

双手紧紧抱住

亲住你的小口

闭上双眼

真的就拥有了你

甜蜜的气息

腹腔内涌起波澜

爱或者忧伤

便于唇齿间流动

抚紧每个毛孔

起落轻抚

聆听轻吟低唱

幽怨或者欢畅

彩色灯饰照亮的长安

弯月挂宫殿的檐角

不夜城，一个吹埙人

同我擦肩而过

心存虚空，却不知道

去爱做黑陶埙的工匠

还是去怜吹埙的少年

或是寻觅也懂坝音的知音

离乡或者回乡
我都来碗牛大，加个茶蛋
当成离别或回归仪式
用以感知这浓浓的乡土味道

◎ 牛肉面

同样田野清香的麦穗
磨成同样劲道的雪花粉
只有兰州，才可做出
一碗正宗的牛肉拉面

这并不是玄秘故事
只为兰州黄河穿城而过
只为兰州沙海中的蓬蒿
烧出的灰碱润滑麦粒的柔韧

一碗毛细，捞起来
仿佛有长发的绵密
一碗大宽，拉直了
仿佛有黄河的长度

油泼的红辣椒，白萝卜
紫红色的牛肉片，陈醋
绿白相间的香菜和蒜苗
构成一碗面诗意的色彩

胡萝卜，粉皮，海带
一碟小菜，凉拌三丝
或者黄瓜，腌白菜
都是生活惬意的陪衬

◎ 小心翼翼地活着
——写给丑蛋

你清澈或混浊的眼底
看不到你经历的磨难
也读不出你曾经的故事

只是一把皮包骨头，仿佛
头上只长一对硕大的眼睛
仿佛身子只有长腿的纤细

心跳那样微弱
浑身没有一丝丝温度
之后，匍匐于脚下

一条被剪短的小尾巴
说明你被人收养过
不知又为何被遗弃

许是宿命地遇见，从此
你拿命相依，不说话的眼神
明了我每一个神情和心思

你在我身边，不离不弃

总在我视野的空白或盲区
默默不语，悄无声息

你多么黏人，总想钻入怀抱
我懂得，你多么珍惜相处时光
小心翼翼地活在人世

偶然也会向高大的金毛狂吠
不再夹尾巴活狗，自信来临
小尾巴终于扬起，不再卑微

◎ 你打这里经过

幽静的山野
白雪覆盖了一切
松柏绿出墨黛
油灯照亮牧人的小屋

你骑白马来吗
穿红风衣的女孩
月出山坳，寒风清扬
你年轻的马可认识旧路

我已准备好一膛炉火
为你烧开冰泉梅茶
为你扎好照亮的松明
我的木屋洒满星光

烧烤的野味，雪野
散出纯真的清香
我知道黑熊徘徊在屋外
而我已擦好猎枪

◎ 独享音乐

失明前，我五音不全
只是山野放牧时
聆听过山泉小溪的叮咚
聆听过百灵求偶的叫声
它们用婉转传递爱慕和心声

之后，老师教我们识唱
简谱，五线谱，音调
以及节拍节奏和旋律
以及一首首经典乐曲
之后，我才能听懂风声雨声

是的，我是因为爱诗歌
爱上了音乐
如爱屋及乌，其实乌鸦也会飞
它们乌黑的翅羽也能保暖
像我在水面抚摩云影和自己

至今，我还是没弄清
诗与音乐微妙复杂的关系
尽管诗歌也有节奏和韵律

可我不会唱诵一首绝句
更不会吟唱自己的自由体诗

然后我失聪了，命运的绳索
却给予我查找光明的路径
一并也给予我检索混响的渠道
像贝多芬，会用脊背感知
温暖和空气振动的频率

两根丝弦，拿胡琴和你说话
空山，演奏琵琶语
轻抚流水与高山的古琴
没有遇见知音的春天
吹着黑陶土烧成的埙穿过田野

◎ 今夜

古人智慧，今天是大雪节气
给日子起了个纯洁的名字

一场大雪，宿命注定的寒冷
将从今夜开始，天地纯白

大雪之夜，一片一片的雪花
犹如落在诗人肩头的轻或沉重

把野性的驯鹿圈于林囿
把对你的念想圈入每片雪花

牧人小屋，将被冰封
封存于银装素裹的一张白纸

连同诗行，和你马蹄的印迹
都被今夜的风雪封于谷外

雪花如席装不满夜，封不住思念
封不住小屋的灯光，一膛炉火
今夜，小木屋的孤独
因一场雪温暖，充盈柔美的光亮

◎ 你驻足黄河之滨

你驻足黄河之滨
是否也有圣人的感叹
逝者如斯夫，不舍昼夜
目光可曾把混浊看穿

你沐浴万年吹来的河风
是否也运筹儒者风范
黄河这流动的彩绢
文明与雄宏凝上笔端

天上飞来的黄河奔流到海
流动的时光，走进民心
你是否第二次踏入一条河流
留下一行深深的足印

如血脉纵横万里江山
怀揣一条河，由衷地赞叹
定位了一条河心中的位置
其实那些山川你都扛在双肩

包括河面漂过的舰船，水鸭
倒映的云鸟和秋山中的白塔
逆流而上跳龙门的鲤鱼
还有河底滚动的石头与沉沙

◎ 今夜，星光灿烂

白塔尖顶挂起夜的幕帘
伫立兰山最高的三台阁
俯瞰兰州，俯瞰一条河的蠕动
把南北两岸的万家灯火分割

俯瞰一座座身披彩饰的桥梁
搭成向天边蜿蜒而去
又从天际蜿蜒而来的云梯
俯瞰一列列高铁动车飞逝

秋夜晴明，仰望星空灿烂
闪烁万古明灭的群星
你是对铁桥上徜徉的情人眨眼
还是给千年咿呀的水车传情

满城亮起霓虹灯火的明媚
我知道，一条河的镜面
一定也倒映楼窗饮月的佳人
倒映星河里每一颗星星的位置

◎ 在雁儿湾

石头以石头的方式存在
沙子以沙子的方式存在
流水以流水的方式存在
水鸟以水鸟的方式存在

苇草以苇草的方式存在
红柳以红柳的方式存在
鱼儿以鱼儿的方式存在
雁儿以雁儿的方式存在

白云以白云的方式存在
岩岸以岩岸的方式存在
诗人以诗人的方式存在
诗以诗的方式存在

而我，却时常找不到你
找不到你存在的位置与方式
只是偶然闯入梦境
留下灵魂的倒影抑或追思

◎ 你呼啸着，从我心中穿过

如放飞的丘比特神箭
超过每秒百米的时速
这不是神话中的传奇和传说

我守候内心亘古的荒寂
秦岭，大别山，长白山
喀喇昆仑，天山和喜马拉雅

你呼啸着，从我心中穿过
带着芳香的风，带着诗和远方
携江南的烟雨觐见漠北的雪

用东海的一朵浪花
清洗霍尔木斯口岸的葡萄
这都是隔不了夜的浪漫

是的，敞开怀抱
所有的峻岭都将为你洞开
河流都为你架起虹桥

草原、沙漠和戈壁滩
花朵与石头都为你敞开轨道
只是因为不朽的爱情

当我老去，再无过多奢求
虽猜不出你乘坐哪趟高铁列车
却能感觉到你来或去时的呼吸

◎ 向往

无所谓爱，或者不爱
无所谓思，或者不思
存储于内心的春风
寄托灿烂与明媚
打开童真纯洁的舷窗

一颗心，泥土下沉默
结出的花盘，总想
随你的位置飘移
一张笑脸，接受
云空中洒落的泪滴与光芒

一抹草色装饰家山
而诗在，天涯也非远方
红叶点缀出油亮之画
接纳随韵律飘摇的心跳
开花的石头述说欢畅

如日月，你沉没时低眉
你升起时仰望
无论白天或黑夜
无论清醒或者入梦
你总是我用一生找寻的方向

◎ 无题

时常被网络标题
忽悠得晕头转向
明明是十首绝美古诗
点开，却是整篇治疗不举的文字
传递性福广告

明明是红楼梦经典名句
打开，第一眼
首先看见整页春药
明明是绝品宋词
却总充斥晃动的春画

是什么利益，让网络
挂羊头卖狗肉
什么人，以诗词做遮羞的门帘
达到获取名利的祸心

还有什么不可以被玷污
让诗词做广告的门面和招牌
污染空气，毁坏美的心灵
糟蹋诗词意境之高雅
坏了诗人们纯真的心境

文明与罪恶
一张透明白纸，用一首诗
诱导人去看春画，或者
用一张春画引导人记住一首诗
这就是其中正反的差异

◎ 燃烧过的田野

清晨，漫步冬日的田野
我穿件黑色羽绒大衣
走过经年荒芜的田地
初阳，没扯断我的影子

小狗跃前跳后，它也有
一只跳跃的影子
同我一样，背负阳光
行进，踩着彼此的形影

跌落煤炭中的乌鸦
并不会被黑色淹没
野火烧过的一片黑色灰烬
隐不去我们黑色的影子

一种有燃烧的焰火
一种有灵动的飞翔
我想，是谁在午夜
将大片荒芜的耕地点燃

血肉不能透明的形体
因为阳光照耀
没有一根杂色，小比熊洁白
却也有阳光下黑色的影子

走过一片枯黄草丛
影子并未产生色变
一片白雪，也衬不白

印在大地上的黑色投影

◎ 蓝色伤感

错过你，我的情人
所有生命的色彩
都会由暖色产生色变
成为冷色调的天蓝

尽管，天上镶嵌日月星宿
尽管，天上变幻风雷雨电
尽管，天上呈现雨后的彩虹
还有飞翔的天鹅和大雁

夕阳燃烧出的晚云
那是爱过的火焰
让一枚入心的种子
出落成思念已久的玄幻

失去你，我的情人
所有生命的彩色
都会由暖色产生色变
成为冷色光谱中的海蓝

尽管，海面有不平静的波涛
尽管，海边有靠谱的堤岸
尽管，海底有游动的鲸鲨
还有伫立的岛礁游弋的航船

涌起和消散的浪花
吟诵海沟深处洋流的温暖
让一尾鱼五秒的记忆
把似海的痛苦龙虾样遣散

梦不见你，我的情人
所有生命的色彩
都会由红黄绿的暖颜
色变成蓝花花般的冷艳

尽管，大地有蓝色马兰花
尽管，大地有胡麻花的纯蓝
尽管，干旱不知名的蓝花花
还开在三千米海拔的岩隙间

野蜜蜂传递爱过的蜜香
花蝴蝶曾当过悲剧的导演
埋葬一座坟冢的诗句
可化作翩翩起舞的蓝色花瓣

◎ 梦里赶路人

如跨入屠格涅夫的门槛
接受来自遥远的拷问
受戒时的清规戒律
如北斗星烙上绝顶

来自黑夜的梦，其实
是另一个自我修行时空
正如晨夕斜阳
留下事物身形的投影

生命旅程，赶路人
不为超越，只为缩短
与一个美人相逢的距离
携手，共同的目标前行

风雪夜，第十八层楼的窗棂
闪烁明亮的灯光
伏案凝视诗笺的良人
可听见我踏雪而归的足音

甩出晕眩
玻璃珠的眼球
透出虹彩

最后画一对蛾眉
或者贴两枚柳叶
或者撕下初上的弦月
雪就有了娇羞与妩媚

银装素裹，一次冰封
留存为永久的思念
只因那弯月眉
像挂于星空，挂在心上

◎ 月眉

寒冬一场大雪
这时节，最适合堆雪人
堆成记忆，堆成
纯情无猜的模样

心存童真
手捧晶莹的雪花
棉手套
能感觉到纯净的心跳

黝黑的麻花辫

◎ 牵挂

我一直牵挂
那只穿黑风衣的壮士
那只长小鼠脸的侠客
它如何走上餐桌

如何被涂红指甲的美人
一点点撕裂
一点点塞进皓齿深渊
塞进充满垃圾的沟壑

我想这个鼠年
你已准备好檄稿

让失去爱和良知的贪婪者
嚼碎骨头发烧

我知道，你替果子狸说话
替挨过弹弓铅弹的羽毛说话
替穿在人身上的貂裘说话
替深山和远海的生灵说话

剑只指向敌手
那先指向我的心或面颊
指向一个痴迷诗人
让他黎明前辨出真假

只因他知道，你们黑暗中
隐身太久，冲出朝霞
透明的翅膀，一样的血色
将罪者的灵魂，安送回家

◎ 一朵花的心事

整个冬天
我必须等待一场雪
等待天降的纯洁
如口罩封住泥土的窗口
封住西来肆虐的寒风

整个冬天
我必须捂紧易开的芽床

裹紧每一粒种子
潜藏泥土深处
不被严寒冻伤

整个冬天
我必须听从命运安排
安静地蛰伏港湾
蜷缩温暖的蛹里
做一个美妙的梦

大寒已过，春风吹过山岗
冰池荡起涟漪
绿色舞台，芬芳呈示
红梅，迎春，桃杏，玫瑰
牡丹，蔷薇，月季，菡萏

是的，我必须戴好雪白的口罩
想我将遇到蜜蜂蝴蝶
想我旋转的花裙
想归来的燕子
带给我上场表演的消息

◎ 写给春天的信

还有四天，春天
你就要来临
驾着装满和煦的花车
驶过封冻的大地

结冰的湖泊

吹开封住的村庄城池
吹开天空的雾霾
空中客车自由飞翔
吹开隔离的轨道
和谐幸福的动车驰骋

还有四个白昼和夜晚
春天，你就要来临
凋敝的青枝绽放新绿
凝滞的河流春水荡漾
披霜的花朵露出笑容

隔离室窗外等你
逆行背影里等你
没有硝烟的战场等你
生与死的驰援中等你
等你轻盈的步履涉过山川

还有四个期盼的日子，春天
你就要来临，其实你知道
面对寒冬，我们不会无谓守候
你不见那些迎灾难逆行的亲人
向你出发，目光充满坚定

◎ 那一刻

那一刻，一个哨兵
倒下了，不是被敌寇
抹掉脖子，只是被子弹
封住发言的口舌

琼瑶六岁记忆的《山沟里》
戴眼镜的日本军官追杀反抗者
又阻止母亲被强奸的血腥
她感激戴眼镜者的文明吗

视频诡异的抗日神剧
白纸上的黑字
压不住红红的印章
雪白雪白的一张纸啊

沧浪之水清兮濯缨
沧浪之水浊兮濯足
那一刻没能阻止
一场蔓延世间的战争

◎ 风雅陶埙（组诗）

一

西部的春天
总是来得晚一些

一场雪落下来
覆盖大河湾的田埂

纯白的小狗牵我
从摇晃的吊索桥走过
衣袋里装黑色陶埙
张着九个黑色洞孔

河流开始解冻
曲折蜿蜒
清澈的溪流
划开大地洁白的胸膛

二

一抔黑陶土烧制的响器
耐不住胸中的幽寂
这几千年传承的工艺
这几千年从未岑寂的泥土

捧着这古老的乐器
用八个指头按住洞孔
埙的内心失去光明
只剩一个小口等待吹奏

低音少开一个指孔
高音多开几个指孔
送一口气给陶埙
沉睡的埙空灵地醒了

三

《诗经》的蒹葭走来
往《离骚》的芳草穿过
公孙大娘的剑锋跳跃
唐诗宋词的韵脚走过

元杂剧的水袖隐藏
从明清的小说中慨叹
一直到白话分行的文字
都藏在这黑陶埙中

刚刚盈握的黑陶埙
一眼能看穿的黑陶埙
不知能装下几首忧伤乐曲
多少喜悦的歌声

四

吹着黑陶埙
引着洁白的小狗
落雪的田野走过
丹田，气流涌动

河流已撕开封冻的大地
一曲《追梦》
仰望天空，等待
迁徙的鸟儿北归

天空仍在，大地仍在
禾苗将会发芽

飞出的埙音飘向那里
会被那一山杏花收藏

◎ 诗意里的钢轨
　　——悼念诗人洪烛

你走了，洪烛老师
突然的消息
你走后，留下孤独
和还燃烧的文字

不知道，洪烛老师
我走时会不会
同你一样
留下孤单的诗集

我们没有交集
恰是宿命
一条铁路的双轨
注定走不到一起

这已不很重要，只是
我知道，列车已远离
你远去的方向有火烛
诗就不会迷失

◎ 村庄把白云擦亮

换一种爱的方式
枝叶种入蓝天
那一颗颗结实的花生土豆
需要泥土下采摘

覆身池塘，无风的瞬间
云朵和翔鸟的倒影
眼底的天空，并不比
荷池的天空高远

跃起的鱼儿咬住柳梢
不知谁对谁的爱更执着些
仿佛垂入心中的钓竿
把所爱拉入彼此的空间

亲近或者灵魂抚慰
戏水的野鸭，划碎镜面
思念的镜子却总分不清
你我之间的真实与虚幻

开满桃花与丁香的山岗
小村柔洁的丝帕风中呼唤
牛羊晚归，炊烟升起
宁静的夜，星光更加灿烂

◎ 爱的纠缠

没有叶芽的枝头
紫丁香开了
白玉兰也开了
仿佛瓷白的酒杯

一朵朵开口向上的花儿
她们想盛些什么
或许是星星或许是月光
她们会邀谁对饮

幽谧的花香送出多远
野蜜蜂已花丛攒动
是谁透给它们消息
它们的巢还温暖吗

哦，纯洁与纯洁的倾慕
一场春寒中的雨雪
落入花心，洁白的花瓣
会不会揩干雪的泪眼

◎ 春天的主人

曲谱挂的杏林
干枯还未含苞的枝丫
面对空旷的田野

我学吹一首埙曲

经年荒芜的田地
重新被犁开
黝黑肥沃的土地
成群的红嘴鸦飞过

有人唱歌吊嗓遛狗
有人跳舞健身打拳
田地间劳作的播种者
他们是田地的拥有者

耐不住寂寞的春风
方按住泥土烧成的埙的音孔
迎风，听见埙的心声
呜呜地，像远魂的哭泣

金乌东山口注视
没有嘴唇的春风替我吹埙
呜呜地，像询问
谁是春天真正的主人

◎ 播种

翻遍菜园
翻出带绿泛黄的冰草芽
翻出隔年的蒿子

翻出肉肉的蚯蚓
却被铁锹斩断
我知道它的痛苦

幸好它能够自我疗伤
没有骨骼的肉体
又分裂为一个新的生命

被铁器犁开的黑土地
仿佛一道道伤口
点上胡萝卜，土豆

撒上白菜，香菜，韭菜
水萝卜，青笋，葱籽
菜园的怀抱不再空寂

寒山响起的第一声春雷
我也把它埋进菜园
连同一粒粒轻扬的雪花

连同云彩遮住的
可以直视的太阳
我都把它们当成种子

是的，土地能够用伤口
接纳每一粒种子
抚平瞬间完好如初

◎ 喜鹊

如梧桐引落凤凰
老家门前的白杨
二十多年的风花雪月
才引来一窝喜鹊

每天清晨的啼鸣
披蓝锦的喜鹊
把分水岭的黎明唤醒
还有老屋童年的梦境

小城，林立的高楼
树还没有电信塔的高度
花喜鹊选择铁架平台
又站窗外歌唱

没有树叶的冰冷的铁塔
是花喜鹊选择的安全高度
我看不到铁塔的树叶
也如喜鹊看不见电讯

梦中的花喜鹊
你双脚抓住的铁并不冰冷
同那些树木的高枝一样
传递春与远方的讯息

◎ 秘密

还没被撑爆之前
我必须抱紧自己
守住只有你与我之间
不能解开的密码

它在心中繁殖
于残存的梦中表白
如西岳华山峰顶的铁链
挂满的一把把黄铜锁

钥匙早已抛入深渊
承诺仍在风中
陪伴云霞和鸟翅
还有你手上飘动过的红丝巾

锁背上刻下的名字
经历了太多的风霜雨雪
锈蚀或者风化
锁芯还存留多少时空

每当黑夜来临
我半埋入泥土的头骨
被思念噬空的颅腔
会有多少讯息被考古

◎ 梨花飘雪

庚子春的最后一场大雪
凋零的最后一片雪花落下
携带它的轻和舞姿

隐身荒原的一棵松
伸出最长的一枝
被硬生生压折

枝上的雪花们，再不能
站在青黛的松枝头
向鸦雀炫耀晶莹素洁

跌落地上的雪花们
开始追责和声讨
谁是零号雪花

谁是最重的雪花
谁的重将青松的长枝压断
它将会得到春风的审判

一朵朵梨花盛开
蜜蜂和蝴蝶钻进花心
向花们耳语松雪的故事

感动或惊讶。梨花带雨落
一瓣瓣沾满泪水的梨花
轻轻离开天空和枝头

它们的模样最像雪花了
梨花落空的枝头有些岑寂
仿佛有离别的黯然

如冬雪给春雨的让位
也如秋叶给西风的让位
小小的果柄挂满枝头

◎ 活法

虾米畅游长长的浅溪
鲸鲨遨游深蓝的海洋

麻雀巢在农家屋檐
雄鹰做穴峰岩的平场

蚂蚁建筑地下宫殿
蜜蜂采百花酿出甜蜜

野兔跳跃繁茂草丛
狮虎穿梭幽暗丛林

毛竹掩藏背阴涧谷
岩松扎根石崖缝隙

明月陪伴夜空繁星
骄阳照耀多彩大地

麦苗长成养人的粮食

野草铺绿天涯的路道

心中的渴望
永不满足于现实

羡慕和妒恨的灵魂
只会充满失意和忧伤

有翅膀，你就展翅飞翔
有腿脚，你就踏遍四方

是种子，你就开花结果
是河流，你就奔赴海洋

存活有精彩和漫长的过程
为了死亡，我们活着

活着有活着的千万种方式
活着，不只是为了死亡

◎ 暮春之晨

啷山的雪峰还未融尽
油菜花绽出稀疏的金黄
郊野的麦苗已经起身

木槿还没有发芽
薅草的庄稼人躬身田野

杏花将要落尽

公园紫丁香的紫色
陪伴迎春花的艳丽
牡丹含苞，蔷薇已乱

南河的吊索桥走过
涛声摇晃，平静的部分
倒映榆叶梅粉嫩的身姿

流水的波纹扭曲初阳
一只流浪狗匍匐草坪
前爪紧抱，啃一块大骨

与花木们保持安全距离
多么馨香的原野
我不禁摘下口罩，尽情呼吸

迷散清晨混杂的香
柳林梢跌落的鸟啼
也含一份芳气

◎ 夏夜静悄悄

人行道边的绿化带
一株株银杏整齐列队
多像被检阅的士兵
它们被修剪得那么平整

公园内铺开的郁金香
多像寺庙点燃的酥油灯
一盏盏参差的灯阵
如照亮佛堂昼夜的光明

大街小巷开放的花裙子
仿佛一夜间盛开的花朵
它们那么美，那么漂亮
亮丽的小城

我不知道爱哪一朵花儿
也不知道爱哪一株银杏
可我知道，我最爱的女人
如走马灯，把夏夜照亮

◎ 献给退役老兵的组歌（组诗）

一、子母河畔的巡诊

沿张骞出使西域的路径
你来了，以屯兵戍边的名义
走进西陲广袤的原野
走过子母河干裂的大地

沿玄奘西天取经的足迹
你来了，以一位军医的名义
为那些草木和牛羊把脉听诊

穿梭两岸纯朴的村庄

一方夜风吹净的岩石
是你累时休憩的座椅
一把草绿色军用水壶
装着你冰凉解渴的琼浆

一个印红十字的草绿色背包
是你行走天涯的行囊
一块老百姓馈赠的夹肉馕
是你正午充饥的干粮

高原碧蓝高远的天空
粗犷苍茫辽阔的大地
一片洁白的丝巾
擦去你额头渗出的汗水

帽顶艳红的五角星和丝带
同那草绿色军装
幻示瘠薄大地最艳的春色
把一份大爱种植到边疆

二、战火洗礼

炮弹呼啸炸开的战场
茅草燃烧成一片火海
你脱下军衣裹住受伤战士
用怀抱架出安全空间
带着他匍匐前进

火舌烧烤血肉脊梁

没时间喊疼，没机会退缩
只用信念与骨骼血脉的力量
救援，一次次冲入火海
为战士辟开平安通途

前路是竖立的岩壁
后边有跟进的火墙
没有思索意识和余地
你伏下高大的身躯
让战士们踩着肩膀撤离

无情的火焰席卷而至
你已无机会撤出，只是
本能地把身体紧贴岩壁
十指扣住岩石的缝隙
仿佛，要掘开地狱的门扉

醒时，全身百分之七十八的烧伤
你没问自己，只问最后一位战士
是否安全撤离，只因
"别管我，快撤，快……的命令"
至今让战场的石头和草木饮泣

三、军功章

十三枚形态各异的军功章
足以挂满你的前胸
是的，你是飞机失事后
唯一轻伤的幸存者

拖着伤腿，一次次

把战友拖离可能爆炸的飞机
忍伤口剧痛爬向高处
想方设法发出救援信号

你是千里陇原的拍摄者
三年行程超越十万公里
踏雪山走戈壁穿湖过河
把汗水洒满西部大地

父亲病危离世，你不陪母亲
孩子出生，你不陪妻儿
姐姐病故，你也没陪诀别的亲人
这都是让人泪落如雨的故事

是啊，自古忠孝两难全
你用镜头记录西部山川
拍摄荒山绿化的《绿色丰碑》
拍摄《庄严检阅》的答卷

流在心底的爱和眼泪
化作对这土地深沉的情愫
只为你用军人的担当
记录过西部壮美的山河

四、新的战场

脱下军装，成为退役老兵
这却不是脱离，是战场转移
多少年了，孝敬没孝敬过的父母
陪伴没陪伴过的爱人和孩子

讲好邱少云，讲好黄继光
讲好每场战役中牺牲的英雄
讲好他们流血流汗的战斗
讲好每位军人可歌可泣的故事

讲好落入壮行酒碗的清泪
讲好老首长殷殷的期盼嘱语
自然灾害现场有你弓下的身影
贫困户庭院有你坚定的军姿

国旗飘扬的地方那是家
军号响起时有铁的纪律
奉献和付出不计荣誉和得失
只因承载灵魂的骨骼披过戎衣

金秋硕果与枫叶的艳红
燃烧夕阳无限的色彩
生命的谱写和抒情
呈示一颗颗闪亮红星的斗志

五、难忘的记忆

难忘记，血染的军旗
飘过二万五千里长征
飘过圣洁的雪山草地
难忘的番号，三五九旅
那是红三十二军的种子
硝烟中凝筑成钢铁的意志

难忘记，五台山根据地
桑干河边打过的游击

难忘邵家庄对日伪的伏击
难忘细腰涧战斗的胜利
难忘南泥湾屯垦的生产运动
撂下枪，向土地要来粮食

难忘记，挺进新疆的步履
艰难地跋山涉水
用脚板丈量广袤的大地
难忘风吹石走的戈壁滩
瞬间出现的葱郁绿洲
绿洲之上有年轻的城市

难忘记，天山的峰岭
接纳将军的骨灰与忠魂
难忘六〇年进藏平叛的战斗
阿里高寒缺氧的山区
消灭有组织的叛匪
维护祖国和平统一

纵横沙场，倾洒热血
拿起枪是英勇的战士
端起"坎土曼"
是防风治沙的勇士
忠勇传承，热血竖起
是的，那是面融进血脉的旗帜

◎ 清脆鸣叫

穿过铺满松针的幽径
穿越一道道石门槛
独自闯入灵山腹地
真正做一回群山的心腹

踩过一块又一块青石
行走两米多厚的冰川之上
聆听冰下的泉流
撞击冰块和石头

蓝天碧蓝，白云如絮
没有琴弦的流水
偶尔有几声求偶的鸟鸣
点缀出和美的高音

原始丛林深处，初夏
难留下一个足印
声声鸟鸣划不破天空
却划开心头孤独的爱情

我恰似会行走的枇杷
仿佛会移动的砾石
融进自然，失语多好啊
可以倾听野山激荡的内心

◎ 伤心往事

不见曦月的山谷
晚云封住了天空的蓝
初夏，雷声滚过
斜风带大朵雨点落下

你举起伞背影在我的双眸
一步步缩小，渐行渐远
消失于丛林之外的虚无
此刻，我泪落如雨

雨洗尘空，悬浮的思绪
随一滴水坠落红尘
山石湿润，所有的草木
都挂满晶透的垂珠

我知道，泪雨打不湿
忧郁或忧伤的面庞
却泥泞了你走过的
每一寸土地和留香的足印

◎ 黄河边上柳絮飞

初夏，正是垂柳放花时节
我不能学古人告别的方式
不忍心折断垂进河畔的柳枝

来告诉你，我将远去

沈园的老柳吹完絮棉
河岸的苇草蓄满新绿
你那么年轻，风华正茂
暖风吹动，长发轻逸

告别，选择一条路径离开
是随雄浑的河水随波逐流
是随东来的信风漫天飞舞
或者踅进拐角短暂奄留

太不爱眼角的泪水了
怕它沾湿飞翔的翅膀
我将携纯洁和轻浮走远
飘零，飘零思念的悠长

浪迹天涯，鸽子的身影
轻巧，河心的水面掠过
此刻，耸立百年的中山桥
飘着云，飘着万千朵雪花

◎ 午后的村庄

看着手机上的天气预报
两小时后，会有阵雨
我抬头望响晴的天空
心中疑惑，这科技是否真实

易地搬迁后的村庄
只剩下几家养殖户
守着还安全的几间瓦房
洁白的羊群草场散开

领头的牧羊犬对我吠叫
牧羊女甩出鞭子
她说这是扶贫贷款买的
贷款还清，却赚来百只羊

田野的麦苗油油的亮
衬托烽火台耸入云天
这千年岑寂的岗哨
见证土地与历史的变迁

雨真是及时，刚过中午
天空布满墨云
草色遥看，若隐若现的绿
还没覆住秋枯黄的草色

◎ 母亲

边远高寒的二阴山区
住着一位七十岁的母亲
和他有些痴傻的儿子

她与山野为伴
从三十二岁开始守寡

守了三十八个岁月

政府新建的几间平房
是她栖身的家
门前的两亩山地种上洋芋

脸上堆满岁月的雕痕
所有的泪和哀怨
都变成一份感恩的平静

我说，您当初为何不改嫁
她说，为三个幼小的孩子
为了他们能活命

一份五万元货款入股合作社
每年领四千元利息
一直领了三年

她还享受一份低保和养老金
傻儿干着村上的保洁员
艰难地维持生计

大女儿十六岁顶了男人的班
二女儿也已出嫁
党的政策好啊，照顾我们全家

◎ 刻骨的相思

人生漫长的旅程

我们只是偶然相遇
用彼此的回眸
确定相思一生

正如面对同一条路道
时常路口眺望
不过十几丈的距离
随时接近或者离开

车轮过往目睹过你的容颜
也目测过我满脸的沧桑
机缘，随一声鸣笛走远
我在东头，你却在西边

黑夜来临，我的琴声
充满无尽的忧伤
挂在东山之上的明月
照不见你不眠的西窗

◎ 烽火台抒怀

千年的黄土堆成历史
一抔掩埋骨肉的泥丘
站成我用一生来仰望的风景
立起的骨头和乡情
绝对让田地的春色染绿

我站在烽顶

把自己当成一束烟火
穿过云天俯瞰
那些平野的泥巴和岩石
都是我曾经的兄弟

所有故事已变成神话传说
飞鸟，白云，阵雨，闪电
还有旭日和明月
伴随星辰和明灭的鲜花
经历岁月公平的洗礼

河流和村庄的炊烟
呼唤爱与文明
牛羊走过春与秋的牧场
咀嚼草尖和露珠
将乳香和皮草的温暖归还民间

◎ 夏夜的风

携带野草莓染过的艳红
在烟花柳巷穿梭
闪烁的霓虹传出眩晕
携带溢盈情欲的歌声

举起酒杯，杯中的明月
以及无法摇碎的灯光
所有暧昧都躲进裙裾
酒香，告诉我巷子的深浅

行走于尘世的魅影

粉色的窗帘遮不住媚惑

我的徘徊和蹒跚

让一扇微开的窗棂邀约

沉醉于红尘的声色犬马

被门扉和一堵墙撞散身形

一朵夜来香收留的灵魂

可否在一滴滴珠泪中惊醒

◎ 汨罗江

你清凌凌的河流一样能倒影

倒影日月星辰

倒影风云鸟翅

倒影划开雨夜的电闪

倒影历史可以重现的典故

你蓄满清泪的流波

同样让世人铭记

铭记至死不渝的忠诚

铭记民生多艰的忧思

铭记上下求索者的偏执

你沉沉的淤沙

淹没过顶天立地的诗人

淹没屈子抱怀沉江的石头

淹没半个会思想的头颅①

淹没端午节艾草缭乱的香

你收留了一个忠魂的肉体

你在人民的心中站立

让吟诵者立岸凭吊

让无数棕子击出水花

让所有的后生龙舟竞渡

◎ 一叶扁舟

一叶出没风波里的扁舟

可否载动无尽的闲愁

菡萏将开，采莲的女子

是否还唱古老的采莲曲

鱼戏莲叶东，鱼戏莲叶西

鱼戏莲叶北，鱼戏莲叶南

一根竹篙拨动的声响

让那些娴静的鱼儿潜入深处

高处俯瞰，西部绵延的山峦

多像云雾中的浪峰波谷

我一直寻找飘浮峰峦的扁舟

把它当作一片海或一条河流

---

① 传言当年屈原的姐姐，找到他时，只剩下半个头颅，我想那另半个头颅一定还在汨罗江里！

我豢养一峰洁白的骆驼
给它盐和素食，给它自由
风暴来临之前，以梦为驼
只为浩瀚的沙漠不会过于宁静

◎ 蒲公英

借风势飞翔
注定漂泊的命运
只要落地的缝隙
有一丝水分和一缕阳光

学习做一棵蒲公英
扎下根的地方
家是天涯，会把
泥土消炎的元素提纯

洁白的乳汁
会在伤口渗出
这其实也是自我疗伤
如同狐狸舔血抚痕

当生活给予野生的习性
习惯便是自然遵从的法则
不再心怀对故乡的依恋
却有对根土的纯情呵护

◎ 热浪扑面而来

从春天走来，夏日的风
撩短小裙裾
一万朵花的芳香
早已潜入轻盈的步履

荒原守着你来的消息
山岗上一棵树的绿
还有枝头笑的槐花
仿佛蓝天下的旗帜

年少的轻狂飘过额头
我拿出黄土高原的纯真
峰谷干涸千年的褶皱
刻下一行行叫诗的文字

不问前生，亦不想来世
浪漫缘遇的夏日
只为一次虚拟拥抱
感受酥软入骨的相知

◎ 崇拜

崇拜生活，崇拜一缕月光
抑或一片星空
抛却所有虚情假意

只在心头种下一刻宁静

北疆雪纷纷而下
江南雨迷茫渡津
一次次逃离与躲避
都走不出命运拉长的半径

动车时速迈不出轨迹
远航汽笛甩不开堤岸
不问世间，生死早已相许
心生的翅膀可否经历寒暑

俯视或者仰望
少女纯真的面庞
花冠里的圆月
心头，撒播明媚和光亮

◎ 月光下的蟋蟀

月光下唱歌
如同雪地上吟诗
两种场景下的境遇
或许有某种相似

是的，仲夏夜的月光
和煦与温暖孕育浪漫
寻找爱的方向或位置
歌声，是振翅的探秘

秋深了，秋月透着寒凉
踅进窗口的光影，照耀
我的床下，可是你
最后的藏声与藏身之地

落下第一场雪的世界
月色如银，我披件长衫
吟诵经典诗句
七月在野，八月在宇

只是因为爱过
因为歌唱过美好的生活
今生足够幸福，即使
不能走过轮回四季麦田寸心

◎ 油菜花释放了所有金黄

胡麻花的蓝枝头孕育
下了一天细雨
负重的墨云终于洒完甘霖
飘出层层云絮

天空的蓝衬托云海
云孔释放的太阳
黄昏的西天露出
清洗发白的面孔
将银白的余晖洒满大地

照耀田野的景深和层次
洋芋大豆开满黑与白的小花
麦穗还没低下娇羞的头颅
亭亭玉立地灌浆
远山还在氤氲缭绕的云雾

我的埙声飘过田野
庄稼们都认真聆听
并没有给出掌声和喝彩
但它们知道烧过的陶土
也曾经长出过粮食

◎ 夕阳

火烧云遮不住夕阳的热情
透过楼群间的缝隙
一张留恋绛紫的面庞
张望墨绿的原野

油菜已结满菜籽
仲夏刚开的第一镰
丰收的田野
堆出第一个希望小垛

大豆开黑白小花
洋芋学白牡丹的审美
灌满浆的麦穗被麻雀搬倒
啄食绿珍珠般的麦粒

玉米将要起身
陪伴过夏田的秋田
聆听青杏枝头的鸟鸣
仲夏夜多美

◎ 蝈蝈声唱

不用口器发声
不用胸膛里的气息
呼号或者呐喊

像我们弹拨竖琴
用双手鼓掌
用脚掌暗踏节拍

你用透明的翅羽
振翅，不为飞翔
悦耳之声赢得爱情

夏夜，求偶的方式
原来这样美妙
打动的却是世界

我知道，你的生命
没有雪花的晶莹
纯洁的爱，永无幻真

把诗人的心雕成玲珑

雕成草编的橘笼

伴你碧玉的模样穿越寒冬

◎ 晚霞里的红蜻蜓

夕阳燃烬余晖

荷池涂上一层胭脂

小荷尖尖角

才要吐露关于爱的心事

穿红衣的天使

飞来，像你穿嫁衣

将一池红心占据

晚风将倒影摇碎

我知道，你的驻留

只是为下一次振翅

彩色天空飞翔，寻觅爱

追寻一世相思

当星光满天

月辉垂进荷池

小荷绽开的花心

可是你今夜首选的憩所

◎ 在树下

已近初伏，所有的树

都伸展所有绿叶

撑起一片片绿荫

树下的蚂蚁躲进阴凉

躲避正午箭直的阳光

它们都拥有保护伞

远行的鸟儿选择枝头

栖落，乘轻风梳理翅膀

啼鸣，讨论爱和前程

云孔里遗落两三点雨

轻风起时，所有叶子

都倒向一个方向

我出租的耳朵和眼睛

仿佛知道，它们研究正义善良

沐浴真理与智慧

爱屋及乌，恰是哲学命题

爱一棵树，会爱那些鸟鹊

爱一片铺满阴凉的土地

◎ 玫瑰小镇

西部，苦水
已演变成
现代小镇名称

我曾猜测
这荒凉贫瘠的土地
一定无甘甜清泉

也许盐碱地
渗出的一泓咸池
是解渴唯一的饮水点

虽然这水一味苦咸
却是千百里的鸦雀们
干涸生命生存的希望

何时起，苦水
变成玫瑰花的故乡
一提苦水就能想到玫瑰

一院子一园子的玫瑰
装饰和改变生活
只为绿枝上艳红的芬芳

正如提到玫瑰想到爱情

一想爱情就联系到苦水①
想到这充满诗意的小镇

苦水养育的玫瑰
糊涂香，让爱花人明白，爱花
必须爱那些锋锐扎人的尖刺

◎ 太阳挂在正空

正午，无云也无风
旷野无人，我站着
些许惬意和孤独

喜鹊的叫声里
一群银鸽飞过
盘旋的哨音敲打耳鼓

短暂失落，突然觉得
自己的影子丢了
这跟随多年的影子啊

我向前后左右寻找．
向东南西北叩问

---

① 苦水是西部小镇的名称，今年五月，我有幸
去过，看到一园一园含苞的玫瑰，真无法把
鲜花与苦水联系一起，农人采摘，是把将放
未放的花骨朵纯手工摘下，采早了花香还未
孕育，采迟了，花香会散去。将采摘的花骨
朵晒干，可用于制香水，也可直接泡茶喝。

可是看不到自己的影子

如影随行，一个无影人
形体还在吗，它是否透明
像写这诗的人，有些神经

◎ 飞蛾

翅膀携着本性地飞翔
命运注定的夜行客
好在黎明前隐身
不做鸟雀尖喙的猎物

向往柏拉图的《理想国》
向往智慧的指引
没有星光与月辉的夜晚
把一堆火当作灯塔

为了爱奔向温暖
却总被焰火烧掉翅羽
灵魂痛苦地呐喊太轻了
惊不醒追随者的浮狂

总是长夜失眠
向光亮的方向行进
前赴后继的勇敢
让草木恐惧怕被星火点燃

◎ 遇见你

春风又绿江南岸
告别洞庭湖波
迁徙，平流层的天空
向北方飞翔

宿命注定的飞禽
千万里征程
你不只是一位伴侣
是用命追随的爱人

幸福农家的屋檐
足以抵挡外边的风雨
筑巢，一口口春泥
一根根草茎，搭成燕窝

细雨鱼儿跳，微风燕子斜
你是屋檐下栖落的燕儿吗
在我的心上做巢
告诉我春天到来的消息

◎ 沐浴

平躺于原始密林
肉体同灵魂一样轻盈
长在身体上的丘陵

山川与河谷
都是延伸向自然的感官

沐浴阳光，月辉
沐浴春风，鸟鸣
沐浴花香，草虫的欢唱
沐浴青池中的清澈
享受流云与鸟翅的轻抚

莽林涛声穿过脑沟回的空旷
流入心间的清泉
滋润麦苗放花的田野
穿肠而过的清酒
洗涤沾染尘俗的欲念

山猫躲在岩石背后窥探
精灵们举行盛大宴会
此刻，最不适合思考人生
只想梦幻般的情人款款走来
待至黄昏，数上一夜星星

◎ 荷花，羞花闭月的少女

引一渠黄河的洪流
引入精心呵护的荷塘
七月，菡萏的青城古镇
留给我太多遐想

奔向海和远方的河流
脚步止于荷塘的宁静
荷叶的绿和荷花的红
装饰行程的土色

只为记忆过河岸少女的倒影
杨柳样婀娜的腰肢
明月样柔美的面庞
只因你曾在黄河边立过

河风吹动洁白的长裙
亭亭静植，荷花开月光下
每一株都是河流记忆的少女
都是你幻化的身形

◎ 爬山虎

我是裸露的岩壁
我多么希望，你
我的爱人，幻化成青藤
用你柔软柔长的手臂
顺我骨骼的坚硬攀缘
给我经历风吹雨打的剖面
覆上一层遮颜的绿和生机

你是柔软的青藤
我多么希望，你
我的爱人，选择一块岩壁吧

把一面石墙当作你的靠山
当成见证青春与秋红的诗笺
所有的缝隙都是你攀缘的足点
都是你登临最忠实的支撑

也许树死藤生死亦缠的誓言
能改变树生藤死缠到死的悲欢
一面展开的石壁可以印上
你因秋风而红的心叶
印上你蔓延思绪里飘红的诗句
只为这冷暖有风花雪月的世界
有一份真爱可以留存人间

◎ 江南古镇

浸透脚印的青石阶
你的花鞋（hai）
独留下一丝绝世芳香
金色油纸伞
隐喻了青花瓷的流线

岁月剥蚀尽木格窗的油彩
月圆之夜，箫声幽幽
水巷的清流永远隽新
乌篷船穿巷而来
摇碎明月同你伫立的倒影

一首诗打开思念的路径

回味你回眸时的幽怨
也许再过千年
我包过浆的灵魂可否被考古
考古出江南烟雨般的梦境

◎ 渡口

一条橡木做的古老木船
漂浮月迷的津渡
我在这木船吹着陶埙

南来北往的行客
都曾乘这木船回归出行

一条高架虹桥架起
很少有人光顾木船了
古渡的石阶布满青苔
木桨拍打涛声
击出心中的节拍

谁在岸上踏歌声
谁的身影摆动丝柳
谁将为我解开木船的缆绳

◎ 独自麦田埂守了一天

希望的田野飘着《渴望》
仲夏，油绿的麦田呈现金黄
屋檐悬挂经年的镰刀
被砺石磨去岁月的锈迹

麦茬支起田地的空荡
麦简在我的臂弯躺倒
坝音喂养丰满的麦子
多像娇羞的新娘

粮食养育骨骼和肉体
头戴麦秸编织的草帽
想象把自己
当作麦穗中成熟的麦粒

同一声声雷鸣一样
陶坝中飘出乐音
随晚风吹过，麦子的根管
也发出绝妙的声响

◎ 这辈子

用微秒计算
这辈子很长
不过一眨眼瞬间
能完成怎样的壮举

用季节来计算
这辈子不短不长
春华秋实，月圆月缺
经历爱和被爱的四季

用一生来计算
这辈子很短
八九十个年轮
铭刻了生活的痕迹

可是，有些人
把有限的生命
活出无限的精彩
让后人景仰怀念

有些人却让人唾弃
许多人，如我
像飞鸟从天空飞过
留不下一丝活过的证据

◎ 马莲花，你是我乡愁的理由

编织童年的小马
奔腾的四蹄
载你的羊角辫飞翔

编织出绿绿的小蛇

给怕蛇的你
一种游戏惊吓

编织小溪的磨轮
小石头夹住的草茎上
没有声息地转动

还嗅过马莲花的清香吗
蓝莹莹的马莲花
还别在你长辫的发根

哦，乡愁里播放的故事
蒙住眼睛，也能猜出你
女孩儿独有的馨香

多少年再没拔过马莲
只怕颤抖的手
忽然编出一个熟悉的长辫

多少年再没摘过马莲花
只怕闭眼嗅着的瞬间
看见一张纯真的笑脸

用纸样薄的厚度
如铜钱覆盖石头的纹路

圆的不规则的苔藓
大拇指指甲盖一样的石苔
因岁月或年轮不同
呈现五颜六色的色彩
浅灰，紫红，墨绿

石苔用最短的根
和最矮的身高贴附石面
暴雨冲刷不去
骄阳暴晒不死
罡风撕揭不掉

像我们热爱和贴紧生活
体味正午的滚烫
体味中夜的冰凉
不朽的拥抱
最终将一块石头风化为尘

◎ 追梦

麦子熟了，搭成麦垄与麦垛
埙声喂养的田野与麦粒
与麦粒喂养的江山
走进黄河石虹彩的纹路

◎ 不屈

三千米海拔之上
草甸遮不住裸露的石头
只有石苔

西部的美在于峰峦
在于六月雪山流动的白云
在于传说中的金马驹
找到貂蝉临北的故乡

麦子喂养的文字和书画
或者文字喂养的麦粒
或者笔墨晕染的册页
都是文明社会的良知

石头上的竹叶，野玫瑰
还有腊月的雏菊石竹花
松茸松针下的野蘑菇
捎给我们野味的流韵和晚霞

◎ 家乡的河流

百度地图翻转地球
两座峰峦，兴隆与马啣
如西部荒漠的翡翠
是仙人留下的两只绿色脚印

连接两条山脉的峰岭
如哑铃的手柄
分水岭，把家乡的流水分开
一路向东，一路向西

清澈的小溪石上喧闹

一步可跨越的河流
因奔流和接纳而壮大
孕育雷坛河和宛川河的涛声

多么古老的两条河流啊
流入黄河的崭新姿势
多像情人张开的臂膀
深情拥抱这一处贫瘠的土地

◎ 夜晚的灯光

行走暗夜，再不需要
提诗意里的灯盏
给脚下的土地和河流照亮

奔腾的黄河反射灯火
暗夜，你绝分不清
流水的混浊与清澈

兰山的三台阁仰望和俯瞰
天上的星与万家灯火
交相辉映出穿城而过的迷离

彩色灯光晕染的河风吹过
霓虹装饰的中山桥
走过一对对牵手情侣

灯光点亮兰州城的媚惑

如心中有光亮的灵魂
再不为夜的暗和阴影恐惧

◎ 抱紧你

明月之夜的桂花树下
抱紧你，用独特的方式
用十个手指盖上纹印
封闭你所有气息的洞孔
将精气神封存腔内

抱紧你石头般的冰凉
抱紧你泥土的芬芳
抱紧你水做的骨肉
抱紧你经历烈火的温暖
抱紧你内心的所有虚空

用你的口吻住我的口
气息于丹田涌动
当坝音飘过辽阔的田野
月色样穿透夜的幽静
此刻，就拥有你怀揣的空灵

◎ 谁撩拨了谁的心事

打开木格窗，迎进月光

打开一朵昙花，迎接芳香
打开一扇门，走向远方
打开手机屏，写下诗句几行

温馨与柔媚的月光
可照见一朵花的花心
远方有没有思念已久的情人
一首诗的抒情有几人读懂

究竟是月光撞开了窗户
还是香艳撞开了花朵
究竟是路敲开了门
还是诗行警醒了诗人

当疑问坠落泥土，一颗菠菜
发芽，诗人的心
不再贫瘠，情结
将会有无数个灵妙注解

◎ 生态扶贫

题记：为打造生态创新城，榆中县利
用三电黄河提灌，向宛川河流域进行
生态补水，每年注入2千万至6千万
吨水，从而恢复了常年断流的宛川河，
生态效益十分明显！

穿城过的黄河水
引向贫瘠山川

断流和瘦弱的宛川河
就有丰腴和生机

向一条河补水，像输血
让流淌恢复蛙鸣
河中的石头交响合唱
阔别的蒹葭泛出新绿

是的，该归还一些欠账
白云有了倒影
星辰得到沐浴
徙鸟洗去翅膀的微尘

南河的涛声装饰岑寂
两岸的庄稼能照一照镜子
河水欢笑心中流过
从黄河而来，又向黄河流去

让一条河流动，滋润大地
兴隆和马啣山原始的烟雨
氤氲出塞外江南的气息
氤氲出生态创新城的全部生机

一条被扶过贫的河流
像历史，铭记扶贫日记
一条复活的河流
复活的，可是生命的史诗

◎ 一棵桃子

三月，面对一树桃花
无法选择你的绚丽与芬芳
只因你曾桃树下立过
让一朵花有了记忆

我知道，那么多桃花
都仰慕你绝色的容颜
只有一朵是你闭眼嗅过的
樱桃似的唇亲过花心

一朵花因这旷世一吻
有了两季相思
努力把自己长成绝世仙桃
长成你桃形似的面庞

风雨催出成熟的爱恋
我拍下这一年的桃王
赠给你，桃树下的少女
作为我今生恋爱过的信物

◎ 你轻盈地向我走来

向我走来，你轻盈的脚步
带着初秋的红和绚丽
带着风霜，带着梦
带着雷阵雨后的彩虹

带着两岸的红柳
带着二季绽放的槐花
和那些轻扬的春景
还有月光和星辰

带着明年的桃花和心事
带着憧憬，带着白石头上的苔藓
带着脚步的泥泞
还有云朵上的春色和鸟鸣

你真的向我走来吗
我其实已守望你的方向
像金蝴蝶一样招摇
穿超短裙，闯入我窄窄的涧谷

已经足够了，诗还在
诗行的路径还在
别说相思，也别说梦
当你是我的影子叙怀

韵脚潜藏你的呓语
墨字隐匿我的思绪
诗意的小巷相逢
不讲真爱缘分和银河

◎ 吹奏一曲乡韵

一枚马莲嫩嫩的叶根

你能吹出鸟儿的叫声
一棵青稞带节的秆
你能吹出庄稼的歌唱

一枝柳条剥出的管
能吹出柳笛的天籁
一叶柳头的叶子
能吹出家山的情怀

一朵杏花的春雨里
能听见母系呼唤
一瓣桃花的风韵里
能看见故乡的丝巾

当所有的念想
化成一张洁白的素笺
琴弦上的音符流泪时刻
让我把泥土的陶吹成恋人

喜鹊叫响的天空
红嘴鸦像我一样呼叫
土拨鼠的世界
酒醉时刻，想着你的初梦

◎ 彼此思念不要忘怀

攀一只大鸟的翅膀
飞上灵霄

追寻你飘远的歌声
只为曾经的恋歌
沉醉过灵魂

乘一只避水神兽
踏入波涛
追寻你忧伤过的泪痕
掉落过无数泪珠
只为曾经的飓风

附一只土行者的足印
遁进大地
追寻你欢颜的笑容
只为曾经的回眸
触动过弦音

多少个胡琴拉亮的月夜
你窗下透出光亮
一次次翻阅昔日的旧梦
泪水湿透装订成册的情书
你还保持阅读的身影

◎ 老榆树

老榆树，是山岗的候鸟们
荒漠中唯一的栖息之树
春天来时，老榆树的根
刚从解冻的地下醒来

伸展每一条根须
梳理每一根枝条
为每一个叶芽和花苞
准备打开世界的力量

那些迁徙的鸟儿回来时
老榆树以全新的绿打扮好自己
老榆树，是山岗上候鸟们
荒漠中唯一的栖息之树

它极像一座绿色灯塔
立在高高的山岗
榆钱儿开了，迎接游子
让归来者梳理翅膀的微尘

秋天，老榆树画好每一片叶子
装饰好自己，送那些鸟儿远行
老榆树努力地给鸟儿留下
美丽慈祥的形象，像一位母亲

老榆树，是山岗的候鸟们
荒漠中唯一的栖息之树
一对喜鹊飞来，树顶筑巢
老榆树细心叮嘱留守的鹊儿

◎ 秋，最美的忧伤

西风吹过，抵达秋的忧伤

吹过沉默的歌声
吹漾那明眸样绿绿的海子
吹红一山山的红叶
吹黄路旁的秋草
吹熟每一枚金黄的硕果

却吹不动方格内摇曳的麦草
吹不动钢轨下的沙砾
吹不走阿拉山口的地衣
吹不尽青海湖畔的油菜花
吹不去青松永恒的青春

穿过雪豹守望的家院
穿过喀喇昆仑山的一朵朵雪莲
穿入三江源细小的清流
穿入高原辽阔大地的守望

一字悲秋伴月明
金菊万盏待闺人
羊八井温泉迷雾缭绕
当江山的烟雨轮回塞上
谁不悲秋，谁不叹秋

犹如刻骨铭心的相思
吹吧，长江太长，黄河太深
这一定是三生修来的福分
江南的距离真的不会太远
一朵雪花，已占领峰顶

◎ 一片红叶

未经秋风吹落
那是你北京香山
用心摘下的枫叶
时间恰是秋天

未经秋风飘送
那是你夹在信笺
通过 8 分钱的邮票
寄给塞上的幽思

隐身于一本诗集
像一枚书签
三十多年的囚闭
仍保存叶脉的红
和心形的模样

可是，你却
消逝于一场车祸
生命比一片树叶还轻
我保存这片红叶
而你有谁纪念保存
虽然，至今没去过北京

香山还在，不知道那棵
你采摘过的枫树，是否还在
不知道你的骨头
掩埋在那块土地
一首诗是否也像一本诗集

能接纳一片心红的叶子

◎ 我和这个世界

一种和动物的联系
只因十二生肖
骏马驰骋的蹄音
一种和星辰的联系
只因十二星座
天秤座的公心

一种和植物的联系
只因嘴巴和胃
需要养人的蔬菜和粮食
一种和土地的联系
只因生存空间
超不出泥土水和种子

当年轮记住树木
四季记住鲜花和果实
不过百年历史
谁纪念爱和善良
记录真和执
传承诗和思想

如鸟儿天空飞翔
如鱼儿水中游过
不留下一丝痕迹

酒曾经血管流过
梦在记忆留存
琴声于时空飘远

只是，再平凡的生命
骨头也会留下，不会消逝

◎ 清秋烟雨中漫步

听不见鸟鸣
却听见鸟鸣样叮咚的泉流
看不到青山涧谷
却看到烟雨蒙蒙的层楼

迷雾瞬间遮蔽的幽林
油纸伞如花朵般美艳
旗袍裹着高跟鞋的清脆
敲响石板路恒久的岑寂

这样穿行清秋
轻扶曼妙的腰身
雨珠从竹叶尖滑落
言语，仿佛已那么多余

无数个如同复制的梦境
惊醒于秋雨敲打的窗棂
长夜不眠，思绪云动
期待年轮里再晤的邀约

◎ 九月的葡萄

被去岁丰硕压断的木架
已经修葺一新
传说的伊甸园
绿珍珠挂满血脉的虬藤

第一缕金风吹过
绿叶经霜，一抹红和黄
向过往的鸟儿宣告
架下葡萄熟了

收获，如剪断脐带
一粒粒黑紫的葡萄
经过樱桃似的小口
闯入绝美少女的心底

却将紫黑的葡萄捣碎
像拙劣的酿酒师
把它们藏进透明的酒缸
我想用它酿出美酒

美酒醉了美人的明眸
我将用一杯装明月的酒
加点泪，酝酿成拙劣的诗篇
它会由谁真情诵读

一粒粒饱满的黑葡萄
多像你充满深情的眼眸
它会读懂诗行里

储满的爱和唇齿间的酸甜么

◎ 成双的雁儿飞进雁荡山

亿万年冷却，只因
一个不能诉说的理由
岩浆海水与泪珠一同滴落
重塑爱人的模样

三叠瀑似是漫漫心路
云峰怀抱月谷的风
还有面颊绿绿的泪痕
同大龙湫的龙须一样垂直

当我携着你的梦魂来过
当我叠不厚的足印来过
信封上一枚小小的邮票
隐藏一只鸿雁的腋窝

捋直头顶的每一根头发
像捋直雁荡峰的芦苇
把羽毛的根插进思念的湖泊
插进海子样深蓝的思绪

当沉醉于深深的爱恋
雁荡峰，你还记得吗
记得一个痴情的诗魂
心中描画你最靓的魅影

请给予我倾诉的机会
再次把内心的岩浆喷发
述说亿万年积淀的相思
述说一对雁儿遗落的情话

传说中的骏马退守江山
封印的寺庙香火如云
可有谁能擦净我的泪眼
审视我瞳眸里精灵般的爱人

群峰已恋过，江河亦恋过
云霞和落日更恋过
只为爱情古老的歌谣
雁儿的羽翎间暖和

高铁飞不过我的思绪
思念飘不出爱的疆界
美丽的雁荡山，做只雁儿
可否能在你的心中筑窝

告别人工种植的松柏
告别蜿蜒山道旁的野菊花
还有迎春和紫丁香
以及那些太阳能点亮的路灯

作别庙宇里敲响的钟声
作别杨树顶还家的喜鹊
作别檐铃上栖落的寒鸦
盘旋的鸽哨里踏上归程

一只酒杯里饮尽的明月
犹如藏于心间的情人
沉醉如梦幻的临界
却又挂上澄明的夜空

此刻，穿城而过的黄河
闪耀彩色的霓虹
也从我心中混浊地穿过
波涛里缀满星光和月辉

◎ 下落不明

◎ 背着月亮回家

仙境般的游历，五泉山
挥一挥手，告别西天的彩霞
告别三台阁支起的星辰
告别索道拉紧的海拔

飞鸟的翅膀滑过天空
闭眼瞬间，不见踪影
它们存在过吗
此刻，它奔向哪里

点亮的灯盏消失于长夜
明灭瞬间，找不到痕迹

它们明亮过吗
此刻，它藏哪里

昙花的花香消失于晚风
艳丽瞬间，却嗅不到香气
它绽放过吗
此刻，它飘向哪里

吹红霜叶的秋风
随叶飘零，却看不到身形
它刮过吗
此刻，它游荡到哪里

深深爱过的人
颤动心弦，却听不到琴音
她曾来弹过吗
此刻，她隐身哪里

时光沉淀了无数碎片
真实和虚幻
记忆梦境般迷离
这是否是暂时下落不明

◎ 一枚凄美的落叶

秋霜摄去叶子绿的灵魂
秋风扯断叶柄
一枚青枫火红的叶片

偶然飘落我的肩头

多么干净的叶子啊
它不愿跌落红尘
不愿意沾染泥污
不愿意被谁去践踏

我把她捧在手心
刚好像我的手掌
只是少了活动的指
和指头间张开的缝隙

捻叶柄对太阳
叶柄和叶脉那么清晰
透出阳光般的红
如同我手背上的血管

把她夹进一本诗集
许是她落于肩头的初衷
我知道这不是最好的归宿
虽然它比我的心更安静

她也算得上残缺的标本
一个虫洞，打开内心
几粒手写的汉字那么醒目
镶嵌叶子的中间

陪伴文字或者让文字陪伴
千年之后，黑色的字迹
会不会浸染进叶子的血脉
或者叶脉的红染红墨字

◎ 塞北的冬季

没有你陪伴的这个冬季
好孤独，好冷啊
一句草根唱红的歌
仿佛天籁般传来

敲打耳鼓的声息
激起内心深处的涟漪
我在等待花开的时节
与你相见，与你相见

一场又一场落雪
覆盖曾经碧绿的草原
一朵又一朵雪花
增加峰峦的海拔

群星照亮过的空旷
无眠的夜，点亮灯盏
风雪中屹立的小木屋
散出梦幻般的光亮

白牦牛的尖角
还挂你艳红的丝巾
冷冷的漠风里
飘成等你归来的旗帜

◎ 向往温暖

蒙古高原，所有向日葵
都面向太阳，这植物
与生俱来的趋光
是它们向往温暖的属性
高原，控制它们的边界

我知道，每一个花盘
开的不是一朵花
无数的小黄花，整齐排列
葵花子们挤在一起
小菱形组成圆特有的图案

如我梦里指挥的乐队
无数人演奏协和的交响
天籁般的乐音穿透时空
传递人们共同的心声
它包含爱和真情

彼此取暖，用一份热烈
把那些文字组合
诗，散文，或者小说
它们都汲取雨水和阳光
最低层发出讯息

鱼翔或者鸟飞
翅膀，留不下蓝色痕迹
正如我们寻找怀抱
把一份执着演化

好产生琴弦和心灵共鸣

空或虚无中的存在
幻化人间真实的爱恋
你真的没有走远
让我的目光和触觉感触
一份日光般醉人的相知

◎ 假如

假如，我把自己隐身
隐身三叶草的后边
我的太阳，你的温暖
仍然会把我的灵魂照亮

假如，我把灵魂隐身
隐身三色堇的后边
我的月亮，你的光芒
仍然会把我的渴望点燃

假如，我把渴望隐身
隐身三生石的后边
我的星辰，你的明媚
仍然会把我的思念擦明

可是，我这样卑微活过
没能走近你，把爱恋表白
只是让一些含泪的文字
留在寒冷或温暖的人间

◎ 风中辗转的一片树叶

站在高枝，一片青枫叶
透出铁锈般的艳红
它已交出叶脉里的绿
交出叶肉中的所有水分

随风旋舞，如一只蝴蝶
仿佛悬挂的旗帜
招摇过春夏的晚风和星月
招摇过一对山中的百灵

黯然销魂，只为别离
它感觉到枝的留恋
感觉到灵魂的轻
感觉到呼吸的凝重

脱落的轻与无依的飘浮
它突然落入崖峰
却无法融进苔石的冷
无法再扎下根须

随风而动的飘零
它注视那些树枝
它们都无意将它收留
尽管它储满艳红的装饰

飘落，没有依托的虚空
它不知道去向和归宿
轻轻地滑翔
跳梦幻般的舞蹈

实然，它停止了飞翔
落于深涧的松树顶
一枚针叶穿住了它
穿过了它内心痛苦过的虫洞

是的，因这变故
它又可以悬挂枝头了
像一面鲜艳的旗帜
是唯一经历过冬季的青枫叶

◎ 小草的悲哀

立身深涧坎沿
春绿秋黄
根始终抓住一片土地
未曾被狂风和暴雨
连根扯去

千百年轮回
依旧是细小的茎
细小的草花
经不住蝴蝶的轻
经不住蜜蜂的重

涧底的松杉
已有百年年轮
它们渴望高过涧谷

高过一吹倒伏的寸草
高过草尖上的蚂蚁

小草真的知道
它其实比每根松针都短
比每根松针都弱
可是，它却是松杉心中的高标
是松杉想达到的高度

只是小草也明白啊
它们长在相同的涧底
那会有阳光
那会有风雨
那会有泛青和枯黄的四季

◎ 我的爱人

我的爱人
一定在水之湄
她有苇草的柔弱
有清波的透彻

我的爱人
一定在山之巅
她有野芍药的艳丽
有小鹿的矫捷

我的爱人

一定在河流的源头

她有百灵的歌声

有水底彩石的纹路

我的爱人

一定在一首诗里

她有花木兰的刚毅

有唐琬儿的低眉

我的爱人

一定在一幅画里

千百年描摹的册帛

隐不去她淡淡的忧愁

我的爱人

一定在一部书里

我将用三生时光

把她描画得更加明媚

我的爱人

一定在一个重复的梦里

一次次让我

在沉沉的午夜哭醒

◎ 渔市

把我的网打开

用网中的虾米

交换你网中的鱼儿

进行公平交易

把我的钓竿收起

摘下鱼钩上的海龟

交换你鱼笼中的泥鳅

进行等价贸易

天南海北的方言

都沾染了丝丝鱼腥

仿佛授人以渔

也会手留余香

只有航程是无法兑换的

包括星空和月光

包括一片深蓝的湖泊和海

还有时光和河流

◎ 冬天的银杏

向秋风，交出所有金叶

交出最后一张名片

交出密叶间隐藏过的爱情

交出鸟儿们的最后一个故事

银杏的枝丫

再无岁月承载的轻重

除非夕晖与晚霞

除非星辰和月亮

西北风吹过大地
如席的雪花一片片落下
银装素裹的世界
苍劲的虬枝宛如水墨画

这样守候在季节深处
守候天空和脚下的泥土
期待春暖花开的时刻
年轮又漾出一圈涟漪

◎ 赶羊汉子

爬过一面面山坡
翻越一道道山岗
鞭鞘上的石子飞出去
给羊们掉头的方向

多么辽阔的草原
枣红的骏马打一个响鼻
那是谁的思念
穿过一朵朵花茎

哦，夕阳西下
牧羊犬箭一般射去
二指嘬进双唇的口哨声
毡房的炊烟随之升起

珍珠样撒开的羊群
归拢于古老苍凉的牧歌
秋凉了，雁南飞
传递即将转场的消息

◎ 向往西藏

只因一次偶然的思念或涉足
西藏，留给我太多遐想
不必说，冻土层修建的铁路
不必说，羊八井暖暖的温泉

不必说，纳木措的湛蓝里
倒映圣洁的白毛牛
不必说，米拉山口耀眼的纯洁
不必说，羊卓雍措丝绸的轻柔

一座座神山陪伴一只只湖泊
一条条圣水缠绵一座座雪峰
不必说，刻在石头不朽的经文
不必说，玛尼堆随风舞的经幡

不必说，老阿妈布满皱纹的慈祥
手中的转经筒转动祈祷和虔诚
不必说，天路匍匐叩长头的信徒
用身体的高度丈量天堂的路径

不必说，云淡天高的牧场
珍珠样撒开的牛羊驰骋的马群

不必说，红山布达拉耀眼的金顶
不必说，八廓街拍照留影的游人
不必说，雅鲁藏布江奔腾的波涛
千百年来，砥柱于中流不朽

不必说，新修的一幢幢高楼
不必说，新建的一条条公路
不必说，内地城市援修的红顶
和那些与山水融合的蓝顶

不必说，高天上的云彩和霞霜
不必说，雪豹岩石间窥望
不必说，云空中展翅的神鹰
不必说，雪莲石缝间开放

不必说，秋后遥远的转场
不必说，格桑花盛开的家乡
不必说，游牧的脚步停在山野
停在扶贫点新建的住房

哦，西藏，其实灵魂来过
只是不想你把我遗忘
只为头顶的祥云
把身骨留于最美，最圣洁的地方

让我守望家山
守护海拔最高的峰顶
守住寂寞的河流

和那最后落于珠穆朗玛的雪花

◎ 寂寞的河

融合没有缝隙
一条河收留了无数小溪
穿越亘古荒原
她的干涸不再孤独

只为一生拥有
鱼虾和水蛇游走
岩石磨平棱角
水鸟和木船划破宁静

至少倒影是存在的虚无
像河流的寂寞一样
如星辰，云影，鸟翅，灯光
一样灵动真实

雨滴和雪花可以入怀
落英与飞尘可以入心
风激起涟漪和波涛
谦下，奔向入海的方向

没有谁不会被寂寞打湿
爱之忠贞，灵魂的摆渡
必将一份刻骨的思念流走
我已伫立成古老的渡口

◎ 故乡景物

庚子岁末，一场初雪落下
分水岭正式告别秋天
还没有打磨完整的梯田
极像是杂乱摊开的书本

高寒二阴，蔬菜收割殆尽
田埂的秋草依旧茂盛
白杨树呈示叶子的金黄
一丛丛沙棘，挂满累累艳红

啷山常年不化的积雪
掩映于油彩的峰峦
云雾缭绕仙境般的迷幻
几只喜鹊鸣叫着飞向村庄

黄昏来临，鸡鸣狗吠
我将驱车离开
一声鸣笛，可算作
又一次黯然神伤的离别

◎ 小站

一年只有一场的大风
从一年的春天向冬天刮过
我驻守的戈壁小站

只有无尽的寂寞

黄沙漫漫，古老的大地
滚动圆刺蓬的绿色
我也会无聊时
用沙哑嗓子唱着思念的情歌

一列列动车驰来又驰去
没有狼嚎的长夜
除了风吹动的沙子
陪伴的还有一峰骆驼

我驻守戈壁深处的小站
忍受内心深处的纠结
哦，只要你，我的爱人
乘列车平安地穿越

习惯摁响汽笛的按钮
习惯照亮苍茫的灯光
习惯小站的驻守
其实，人生真不怎么漫长

◎ 痴念里的稻草人

所有的麦穗和玉米
都回家了
包括蔬菜和土豆
你们仍然坚守

这一片丰收过的田野

一场雪洁白地落下
你们的头上落满雪花
远景里，多像是
父亲和母亲的身影
静静地立于田野

寒风撕扯那顶草帽
撕扯那件艳红的衣袖
鸟儿们都已迁徙
你们手中仍握着鞭子
仿佛吆喝耕牛

我的没有坟丘的亲人
梦中遇见，仍是昔日模样
而今却像两株蒿草
立于仲冬的田野，终于你们
把自己种成神一样的两棵庄稼

◎ 啊，我的月亮

黄昏来临，我站在山岗
调好焦聚，算好时机
我等待你升起的瞬间
给我留一张美妙的合影

可是面对你的明媚

我已没有了五官
只是一个黑色形影
但却用双臂将你托起

午夜来临，我徘徊河岸
撩拨清澈的河水
我想这面明镜
近距离看清你的面庞

可是一阵初夏的晚风
吹皱你娇美的容颜
颤动河柳的倒影，也扭曲了
我想抚摸你面颊的手臂

黎明将至，我蜷伏书案
整理一页页诗笺
想把一波波的恨叠起
把深深爱过的心绪抚平

可是，你斜斜地照进西窗
投影下翠竹的婆娑
把那一粒粒带泪的文字
轻轻地风干后擦亮

哦，天空走过的月亮
我心中皎洁耀辉的姑娘
你这样陪伴我
度过每一个阴晴圆缺的长夜

◎ 寒雪

整个冬天，或冬至
见不到一场雪是遗憾的
那么小的洁白的雪花
给大地披上素洁的婚纱

这仿佛一项浩大工程
一片片晶莹的雪花
俯下身，半透明的六角形
遮盖失去色彩的山川

随风飘落，从不选择
落下，补住缝隙或空白
不惜用细碎营造苍茫
营造纯洁的童话世界

也许，太喜欢寒冷了
或者喜欢一次消融
经历生命梦幻般的嬗变
悟透冷凝与升华

正如我们拥抱孤独
才有时间去做思索和思考
一滴滴水做的泪珠
没有喜悦和悲伤投影

◎ 年末岁尾

庚子 12 月地球灾难的预言
破灭于最后一场小雪
六十年不遇的严寒
并未冻掉太阳的耳朵

世界仍蔓延的疫情
考验民族的本真自信
岁月静好，我们还好好活着
只为大爱存于初心

收拾好心情，整理出
一年中写下的百首短诗
年轮这样折叠起来
却不同于撕去的一页页日历

翻出温情崭新的册页
春归大地，燕子衔来新绿
冰河解封，静待春暖花开
爱和恨又有新的期许

◎ 舞蹈

铙钹铜管，弦索丝竹
从敦煌壁画中走来
抛弃骨骼，释放身体里

所有的柔媚和柔韧

旋转跳跃飞翔奔跑
月夜下的哀怨或回眸
天鹅湖畔的振翅召唤
总让场外的我身临其境

水袖轻送携着隔世体香
媚眼暗抛绝恋的相思
肢体传递出曼妙
所有语言都无力噤声

当灵魂融进手臂
故事融进腰肢
我平静的心如湖泊
任你划出一圈圈涟漪

◎ 回家的路

从未觉得一段路有多短
也从未觉得一段路有多长
小时，娘熄了炊烟，家门口
喊一声：娃，回家吃饭来
伙伴们就都散了
那是闭眼也能摸回的路

从未觉得一段路有多长
也从未觉得一段路有多短

长大后，再听不见娘的呼唤
只是娘托乡亲捎来的话
或后来安装的电话
所有的活都撂下
那是多远都能赶回的路

没有爹娘的家
老屋述说悲伤和斑驳
我泪流满面，终于明白
回家和回乡这两个词的差别
这长长短短的路啊，而今
总让我计算它的宽宽窄窄

◎ 深冬

庚子深冬，阴坡的雪
全没有消融讯息
寒风也受不住刺骨的冷
呐喊挤进窗缝

好在还有暖气
抵御百年不遇的寒彻
一盆墨兰抽穗开花
凤尾竹依旧碧绿如春

小妹发来视频和照片
大棚内的草莓红了
真是稀罕消息

仿佛，春天与深冬里存在

是的，悲壮的战斗
漫长艰苦的岁月
春天，何曾离开过人们
离开过渴望美好的心灵

◎ 太阳，我的爱人

太阳，我的爱人，你是
我前世种入山阴的吗
每个清晨从东山头
露出明媚喜悦的笑脸

照耀白墙红瓦的小屋
照耀围墙外的白杨树
照耀白杨树杈的喜鹊窝
还有门前拴着的小狗

太阳，我的爱人，你是
我睡梦里种下的红豆吗
睁开眼，就看到
窗缝里挤进的光亮和温暖

摆动的挂钟露出光芒
床铺的牡丹开得更艳
炉火上茶沸时的蒸汽
显现出迷雾似的清香

太阳，我的爱人，也许
这是一个倒装的语句
让我有了相思冲动
有了生活的美好和惬意

其实，你知道吗
我的爱人，心中有了相思
我的世界，你如太阳
给予爱和思绪的无限精彩

◎ 沐浴着阳光下的草原

清澈的河流蜿蜒而去
倒映蓝天上飘浮的云絮
一望无际的碧绿
托起无数根小草的摇曳

黑色的野牦牛围成一个圈
一只白牦牛正在生产
雄鹰云空中盘旋
土拨鼠站出惊觉的直立

羊群牧羊犬的吠声中掉头
草茎上的蚂蚁做一个倒立
星星般的花朵，蜜蜂采蜜
花蝴蝶舞成花的模样

云雀渐渐蹿向高空
像一个小小的标点
心爱的姑娘唱着牧歌
马头琴声飘过，更加悠扬

◎ 夕阳落下

漫天的火烧云
多像是一次谢幕
黑暗降临
天空布满繁星

弯月初上
相约的人们
避开透视
拥有相爱的时空

这简短轮回
时光的马车
告知我们四季
告知我们年轮

正当人们珍惜记忆
珍惜记忆中的温存
茫然和恍惚间
已是一个新的黎明

◎ 春天站在门口

你乘东海的波涛飞来
凌波微步，轻舒广袖
带着洋流的体温
带着信风的消息

你乘水巷的乌篷船划来
掠一丝江南女子的温婉
并一些鸟音侬语的芳香
捎一丝丝和煦和明媚

你携冰河的凌讯驰来
撷取冰面脆生生的碎裂
吼一声开江号子
凝滞的血脉涌动春潮

轻轻敲打高原的窗棂
让我看清你也戴绿色口罩
哦，春天，我已敞开心扉
来，给我一个热情拥抱

◎ 一颗核桃被你砸开

一直谨小慎微地保护内心
怕风将连接树枝的花萼吹散
那是一群野蜂递来的花粉

它们也将心中的粉事传递
其实，真不知道接纳了哪朵花
花粉又被哪朵花接纳

一直小心翼翼地隐藏在叶底
怕群鸟将连接树枝的果柄啄断
保持树叶一样的绿色
只是还记忆模样相同的野蜂
辛劳没让我变成一朵谎花
也许爱过，一定有真实的记忆

曾经的故事照耀过星月和阳光
曾经的成长经历过狂风和暴雨
只为那一丝丝的爱恋
让我用一生来孕育和感念
青皮的苦涩保护核桃的硬壳
硬壳保护桃仁的贞洁和纯香

砸开一颗核桃，脑沟回样的树凸
瞬间的爆裂和光明中的呈示
看不出树凸留存头颅的记忆
正如诗人还没有写出一首诗
你不能查看诗蕴藏的真意
诗保存的爱心却能如此真实

◎ 你做的风筝

一张黄色油光纸

批作业的红墨水
加上黑色墨汁
画出一只彩色金鱼

两根打扫庭院的老扫竹
麻线线扎成骨架
两条长长的飘带
多像一对长长的麻花瓣

伴随微微和煦的春风
一根丝线上跃起
比海湛蓝的天空
最适宜思念翱翔

把天空当成海面的辽阔
云朵多洁白啊
犹如波浪撞出的浪花
麦苗泛青，油菜花绽出金黄

◎ 爱你是错

君生我未生，我生君已老
君嫌我生迟，我嫌君生早
我明白，这是道错题
有无数个不能修改的正解

却是命运不能摆脱的缘遇
注定红尘一场痴情和暗恋

只把内心的痛隐藏
像只蚕包裹那份相思

或者，我站在春天
你站在秋天
我快一步，或者你慢一步
我们都将进入火热的夏季

这只是一个猜想
莫名的纯真和感动
给爱以朦胧美妙的面纱
灵魂就有三观相同的伴侣

然而，守望所能预料的
蚕终会吐出长长的丝
长长的丝会织成彩色丝巾
丝巾会围住你香香的颈项

◎ 家和母亲

母亲不在，家也就不在了
只是母亲的菜园还在
她种下的樱桃还在
同草莓结成玛瑙与珍珠
荷包牡丹会照耀春夏
层叠的大丽花开过秋冬

她开垦出的荒地
依然有人耕种

年年都能种出庄稼
种过几年洋芋
种出高原洁白的菜花

她走过的小河还能结冰
她用过的铲子还能锄草
她穿过的山岗
年年开满杏花
留下眺望游子归来的目光

她走进自己耕耘过的土地
没有堆起高高的坟丘
只在地坎的小洞
留下刻着她名字的石桌
见证她这个世界留存的痕迹

她望着白雪消融
望着春暖花开
望着一茬茬庄稼拔节抽穗
望着飞鸟，和远山的雪峰
望着曾留下她身影的山野

没有人担水的水缸
静立屋檐下
也会接满春雨和融雪
暗夜里倒映星辰和月亮
白天为无人牧放的鸦鹊解渴

堂屋的门总是锁着
打开透风通气的缝隙
她却单薄成一张黑白照片

紧贴墙上，依旧的容貌
却一声也喊不出，儿孙们的乳名

那昔日干净的小院
水泥的缝隙
早已长满杂草
开满蒲公英的黄花
再没人给我捎来家乡的苦苦菜

◎ 蜗牛

伴随春的脚步，惊蛰一过
外面草虫的鸣叫声声呼唤
我必须突破，一冬的梦
突破自己对自己的幽闭

我确实需要伸出长长的触角
去感知春风的和煦
感知一场春雨抛来的湿润
寻找另一只伸出对角的伴侣

背负不能放弃的螺塔
潮湿泥土间留下蜿蜒痕迹
是啊，那是腹足追寻爱的平履
用一生的慢来书写

亲吻世界，消化嫩叶和花瓣
我将用两万多颗牙齿

述说生存需要的温暖和爱意
也包括对原野无心的伤害

◎ 沙尘暴

是谁过滤了七彩光谱
太阳只剩下残白和蓝冷
是谁，驱赶魔兽
将城池攻破，占领每一个缝隙

白日入梦，驼铃声声
澄明的天空回归灰暗
述说防护林砍伐殆尽的悲伤
此刻，春天也幽泣

视线穿不透迷雾
看不见楼距间打开的窗口
看不清情人热烈的面庞
将开的花又将花萼封闭

可是，小草何曾惧怕过
多厚的泥土都能顶穿
包括举起压在头顶的磐石
何况一层让世界蒙羞的浮尘

◎ 绿色消息

春天来了，一场野火烧过
潜伏地下的草根们
再也得不到先草的庇佑
破冰，钻透厚重的大地

紫丁香举着红红的火柴头
一簇簇异香，将芬芳传递
蜜蜂已准确探寻出
迎春花开放的方位与时机

似有却无的绿，黝黑的灰烬中
一丝丝洇开，冬麦泛青
突然扬起的沙尘暴
隐匿了情人热情的面庞

惊喜于一场风尘后的细雨
洗涤落进心中的浮尘
摇一摇身子，抖擞精神
相望和牵手之间，绿遍天涯

◎ 入户（组诗）

题记：辛丑三月十七至二十日，遇十年不遇的沙尘暴，工作组因工作需要，入户走访，随记。

一

枯草覆盖高原深厚的黄土
迎北方吹来的沙尘暴
百米的视线内闯入北山[①]
撞见野鸡和灰鸽，还有红嘴鸦

不期而遇的细雨和雪花
解注《诗经》里雨雪霏霏的景语
不想发芽的白杨和槐树
行道旁，最像夹道欢迎的哨兵

柠条与侧柏种出的"梦"字
映衬山塬皱褶中新挖的树窝
或红或绿的包巾
裹着风沙中种植百合的身影

百合花盛开，金铃响彻峰岭涧谷
每一粒沙尘，和雪花
都会映出她们脸蛋的高原红
都会变成她们手中洁白的银子

她们因种植沾满泥土的手
会在一张调查清单，忐忑
庄重签上自己并不美观的名字
泥土绝不污浊白纸黑字的纯洁

二

一场料峭春寒中的雨雪

---

① 北山，荒山绿化，山中种出巨大"梦"字。

每一滴和每一片
都抱紧风暴裹挟的
沙漠中肆虐而来的尘沙

把这黑龙般疯狂的尘埃撕碎
而后，重重地一同摔向大地
没有声息和豪言壮语
只是用一种视死如归的壮烈

天空的视野，由此开阔
山野和田园归于洁白的宁静
太阳重新露出笑脸
雪花擦净的冰草重新绽出嫩绿

三

一位依靠双拐行走的兄弟
把我们从家中送出
一直送到路口
只为一点好奇心
我才知道，他的两个裤管
全都装着假肢

惭愧，没吃他端来的油馍
没喝他沏的热茶
没嗑他种的葵花子
我掏出包兰州烟
给他点了一根
算作是对他的敬重和告别

挥手间，他仍然

立在料峭的春寒里
两个并不丰满的裤管
坚定地站在风中

全身依靠一对双拐
清风钻进，他的裤管微微抖动

◎ 爱情诗三首

一、生命的流光

攥紧一把虚度的岁月
却抓不住明媚的月光
抓不住流逝的黄河
抓不住枝头的鸟鸣

可是亲爱的，你告诉我
一份缘遇的期盼和悸动
我能否抓住你无骨的小手
抓住你双唇间羞涩的微笑

抓不住春天的熏风
抓不住桃花的芬芳
抓不住一片洁白的流云
抓不住白玉兰花的影子

可是亲爱的，你告诉我
一次邂逅回眸流盼

能否抓住你忧郁的目光
抓住你无法表白的思绪

抓不住雨后的彩虹
抓不住一声春雷
抓不住夜空里蓝蓝的闪电
抓不住梦境里翩舞的蝴蝶

可是亲爱的，你告诉我
用三生寻觅的知己
能否抓住你脑海的幻想
抓住你生命流光里的思念

二、给灵魂找个安放的地方

谈一场轰轰烈烈的恋爱
今生，不再遗憾
只为前世里修行
注定今生梦幻般的缘遇

把花蕊所有的芳香散尽
把花瓣所有的色彩绽放
莲子，一塘枯萎的荷叶
承受雨滴淅淅沥沥的倾诉

一任来往的鱼儿轻摇
也唤不醒梦中的明月
只为我将老去
心再也无力承受爱的涟漪

多年后，当你翻开一部诗集

你会轻抚纸页间的泪痕吗
它会不会触动你的心弦
颤动你也将衰老的纤指

但我知道，心中流出的文字
一定会读懂你面庞的红晕
读懂你微笑也掩不住的忧伤
读懂你惬意里的一丝丝惆怅

你再也不会迷惘
只因为你建造的殿堂
定会有条神秘路径
接纳你灵魂的喜悦抑或悲凉

三、春天里

野火烧过的原野
青草散出淡淡的清香
经历长冬的严寒
经历焰火的炽热
没不住踏青的马蹄声碎
把她移植进洁白的诗笺
雪和灰烬揩净带泪的草字

明月的清辉照耀杏林
杏花们占住春枝的朦胧
羞怯的面庞，抹一丝粉嫩
经历沙尘暴的劫难
经历春雨的洗涤
把她们邀请入相册
留存成瞬间最美的记忆

这个春天，迎春花的花黄
陪伴南河柳垂下的绿绦
如妹妹贴上花黄
画上好看的柳叶眉
装饰小城初春的岑寂
也装饰我如一张宣纸的思绪
一张笑着的脸晕染进馨意

◎ 寻觅远方

许多人把幻想寄托远方
寄托于诗之意境
我却不能跟随这流行色
迷途于缥缈的虚幻之空

浅蓝，足够容纳栖息的野鸭
倒映马啣山洁白耀眼的雪峰
足够容纳一座寺庙的钟声
犹如淑女纯真的眼睛

沿川湖，并不遥远
只有一小时不到的车程
不大的湖泊
足够容纳一池的蒹葭

长焦镜头摄下这美景
诗绪，有了湖泊的深邃

春色即于灵魂里泛出浅绿
印证内心的澄澈宁静

◎ 处方

同诗笺一样洁白
附了神性的文字
潦草成天书

是药都有毒性
可是，我们不得不吞下
一些花茎和草根

良药苦口
我们有权拒绝
却无力把爱情挡在窗外

嘴唇上的血痂
掩不住内心相思
只为血脉已注入江河

想怎么爱就怎么爱
想怎么写就怎么写
手腕上已把脉出春天

◎ 只想为你一个人下雨

你无奈抛弃爱情
被风吹倒的瘦身
抹一行潸然而下的泪水
踉跄跑出视线

我强忍夺眶而出的暴雨
怕那些咸珠冲刷模糊了
你留给我最后的形影
你留给我最真的伤痛

此刻，天空的云暗淡了
鸟鸣替我悲戚
花草都挂满露珠
蝴蝶收紧翅膀

如我双臂抱紧的内心
折断的诗行间满是泥泞
江河，凄风中奔涌
山川，热泪中战栗

一场心雨无声落下
从此，心底沟壑纵横

◎ 芳草

春天来了，迎春，樱花
白玉兰，紫丁香
全都高高的枝头绽放
还有杏花和桃花
解读人们关于爱情的遐想

我独爱一片绿绿的冰草
爱一簇簇紫花地丁
爱一朵朵金黄的蒲公英
爱一丛丛蓝色的马兰花
爱一株株带满尖刺的小蓟

没有可炫耀的高枝
没有坚硬粗壮的枝干
她们匍匐，却并不卑微
同样有蜜蜂起落花心
同样有花蝴蝶围绕翩舞

《诗经》里走来的香草
未改变几千年的色彩芬芳
依然让所有的斯文
装进香囊，佩在身边
装饰魂魄的一份香馨

◎ 一盏灯

海岛，有一盏灯
它为航船指明航向
无论远去或归来

山谷，有一盏灯
它在牧人垒建的石屋
夜深时石头中心照亮群山

萤火虫，有一盏灯
它在黄昏飞行
给爱人找到自己的方向

我，也有一盏灯
寂寞和孤独时
照耀我穿过一些诗行

◎ 往事

抛锚、搁浅，或者沉没
海始终留存
保存船当初的模样

只是经历的折帆，电闪
经历的飓风，浪涛
均已归于平静

打捞，还能找到瓷器
找到铜鼎，金币
找到描画美人的绢轴

或者，睡梦里遇见麋鹿
碰一碰彼此的鼻子
穿行四季的草场和丛林

忧伤，或者喜悦
总是如明亮的北斗星
指出爱过的方向

◎ 稻穗，精神的移植

行走过共和国贫瘠广袤的大地
脚步丈量过饥饿的深浅
岩片割破您的脚趾
您身体里的血渗入泥土
如追肥，改变土壤酸碱的性质

把自己种入大江南北的稻田
用双臂拥抱承载高产的植株
骄阳晒绿您的脸庞
身体里带盐的汗水侵入稻根
如药剂，软骨的稻苗苗壮的力量

攀附一株株稻穗

像一只蚂蚁，授粉季节
等待守望稻花飘香的消息
身体里的清泪落进稻花眼底
让所有稻穗勾下眉睫的娇羞

穿行世界的诗行
您才是真正诗人，而我不是
思想的稻粮喂养生灵
精神移植进每一粒彩色文字
闪烁星辰般灿烂耀眼的光芒

一声叹息，为你的天空
为你枝丫间的鸟鸣
我用鲜血浇灌内心的干涸
好让它保持湿润
保持你伸入泥土老根的汲取
我已将双眼化作天池
来收留你耸立雪峰的倒影

◎ 黄河边的牧羊人

◎ 潮湿的心

千百年混浊的河流
从未改变千百年黄土的本色
羊群，河岸的山坡
找寻嫩草，沙葱
找寻一处可舔盐碱的土窝

许多时候，都不敢触碰
你转身时的背影
那么多发丝
化作数不清的水蛇
顺指尖游入思绪
变成思念的根须
岁月深处无限延续

它们不喝黄河水
也不咀嚼岸边的卵石
它们凝望河心岛《诗经》里的蒹葭
凝望鲤鱼咬动柳丝的倒影
以及河面盘旋的鸽哨

许多时候，都不能回忆
你回眸时的两束目光
那么多箭镞般的幽怨
剜去心中所有的战栗
将肉体和灵魂
捆绑或者穿透
或者一点点吞噬

牧羊人行走于河滩
鞭影停歇的瞬间
他在磨出纹路的卵石寻找
用一瓶矿泉水冲刷蒙面的石头
透视黄河石隐藏的艺术

苍茫大地，一轮红日当空
一条河蜿蜒而去
河岸，春风舞动柳丝
一群羊吃草，群鸽河面盘旋
牧羊人河岸寻找

怀抱这块被磨平棱角的石头
牧羊人抚摩头羊
抚摩放牧的自己、鞭子
一幅画，河石的纹路显影
如诗人自己的诗里找到自己

◎ 辛丑端午节前再怀屈原

穿着短袖，伫立黄河岸边
我早已不戴您戴过的峨冠
也不穿您穿过的褐衫

举一杯清酒，倾进黄河
您知道，它也是诗河之中流
长满汨罗江畔的苇草

龙舟已不只在湖泊竞渡
它早已冲出亚洲
冲进地球村每一处江河深处

求索您曾求索过的路上
我却没有你拥有的悲伤
只为今昔，美人香草
总给我们希望和爱的遐想

您问过的天
我们也无数次发射探问
您怀抱过的石头
我们已刻上铭文

您半个头颅的怀思
已让世界铭记
您击节诵唱过的《九歌》
已有最新的注释

您爱过的郢都许多人都还爱着
您怜悯的人民许多人都还惦记
只为对世界庄严的告白书
他们全都脱贫，一个也没遗漏

我攀上昆仑峰巅招魂
吟唱您吟唱的《离骚》
哦，魂兮归来

哦，魂兮来归
请用穿越千年的目光审视
江河奔涌洗却诗意无尽的哀伤

◎ 对！爱上你了

一直幻想，内心深处
最柔软的地方
刻下你的名字
刻上娇美的容颜
刻上曼妙的身影

这样把每天的相思
一点点聚集
汇成雪山下深蓝的湖泊
汇成灿烂星空
汇成一片片芬芳的花海

但这，却真不敢表白
怕你轻视这卑微的暗恋
怕你从我身边飞逝
怕你不再露出温柔笑容
怕你不再讲给我你的心事

这样保存彼此的距离
呵护玻璃样易碎的心灵
唯有喜爱和怜惜
唯一盏心灯照亮诗行间的阡陌
拭去你的失落，淡淡的忧伤

◎ 最寂寞的奢华

修行在爱你的路上
我一直问佛
无数个梦醒之夜
我的思念
会不会乘皎洁月光
闯入你不眠的西窗

爱你，是今生最寂寞的奢华
我会一直求佛
给予北斗般的指引
指引你摸入我的梦境
指引我走进你的心中

默默地爱，像瞬间飞逝的流星
短暂美妙的人生
经历过燃烧的躯壳
不求灵骨的舍利
只求一枚红豆装饰灵魂

◎ 谷雨

辛丑，谷雨提前了约期
她早到了二十个小时
细绵的雨丝儿浇透兴隆大地
正好，雨过天晴的节气

迎春花的花黄
紫丁香的芬芳
没有一丝丝愁怨
石板路走过提伞的姑娘

她们全都除去口罩
呼吸晚春迷人的气息
犹如桃花般露出笑容
犹如南河柳样摆动腰肢

这一天，我也走在石板路上
爱情的迷津播下种子
不知能否收获秋天
却渴望，石头缝隙生满春意

◎ 看桃花

安宁仁寿山的桃花
同桃花源的桃花一样
开着迷人的粉色

我问过采花的蜜蜂和蝴蝶
它们说：蜂足蝶翅留传的记忆
桃花几千年未曾改变模样

打坐于一朵将开的桃花
不为坐化成佛

只为看见你桃花样的笑颜

或许，内心生长的翅膀
带你的艳美自由飞翔
把你绝世的芬芳传递给世界

春风十里，只截取一枝
正如一张白纸里修行一世
足慰三生执守的相思

◎ 阳光爬满窗台

酢浆草，墨兰，发财树
从没经历过风雨的花草
阳台上，慵懒地享受阳光
我没担心过她们的花期

阳光给自己设定了路径
它们从不越过雷池
经过双层玻璃的折射
保持直线，学不会拐弯

如打开心灵的窗口
像这葳蕤的盆花
期待一阵风，期待一束阳光
摇曳出花茎的坚韧坚强

◎ 夏日浪漫

聆听南河的蛙鸣
我知道你求偶的心声
夏日的阵雨里
我穿着棉袄
过着冬天寒冷的日子

用手掌焐不热一块石头吗
其实，你是我心头的一块碧玉
白天或者夜晚
都搁压在我的胸口

疼爱或者怜惜
都念你略带忧伤的容颜
只为雕刻你倩影的钢刀
我和你一样痛楚

涛声中诉说
泪水同三江源的清泉一样
如我对你的爱
越流越远
越来越裹挟沉重

抚过你绵软的小手
汗流触电的瞬间
心中的江河此刻涌动
你感受到我的心动么
一根情弦，已被振颤

◎ 偷偷地想你

其实，我早把养熟的小狗
放出去了，它知道
我黄昏散步时的一点点心思

同我一道望你家的楼层
望你打开的西窗
和窗口内春柳似的倩影

每当背负路灯和月光
从你的琼楼下走过
我能掉落陶渣渣的塥声
会不会惊扰你的梦魂

而我，只是把那些怜惜
藏进音孔的黑暗里
随内心的小鹿悄悄潜逃

真不知道什么时候
能表白，将压抑不住
澎湃已久的岩浆彻底释放

能让一切都燃烧的爱怜啊
你陪伴过的冬季和长夜
雪花和星辰，闪烁梦醒时的璀璨

◎ 梨花

让梨花带点雨吧
洗去沙尘暴刻下的伤痕
眼角同新月一样
窥探无缘的思绪

翅膀，带我飞翔
我们都有透明的新羽
看见，或者看不见
都有振翅的方向

每当驻足于你城邦的花心
秋霜与风雨
冷暖与寒凉
桂冠的紫金花，可装饰额头

我用一生的冰晶
爱你娇美的容颜
诗意，见证痴恋时刻
我却已把自己埋葬

唉，这只是一个叹词
比天下的情歌绵长
绕梁三声的梦境呀
耳垂，比雪片温暖馨凉

苦果，深冬的软儿梨
让心窖藏
缘分是猎豹的心狩
已被一支箭射透

◎ 节日里

今天是一个节日
许多人沉浸于浓浓的爱意
独我心怀悲伤

今天是一个人的节日
可是过节的主角
早已离我而去

今晨我深情拉着胡琴
《母亲》，母亲
一首乐曲您可听见
孩儿无尽的哀思

您种过的菜园
草莓，我移植了更多
您种的牡丹又已开花

您留下的菜籽儿
还能种出不打农药的蔬菜
今天是您的节日，母亲
可您已离我而去

几十年怀想，母亲
难忘您的恩情
相见只是在念您的梦里
母亲，今天是您的节日

◎ 昨夜梦见的你

仿佛前世真实的场景
你跟随我拉的架子车
穿我喜爱的花格子外衣
无言，却有丝不易觉察的愁绪

旷野崎岖的山道
山花花点缀初夏的油绿
这样默默前行
不知道来处与归路

孤独飞来的一只雨燕
撞入打开的窗口
没检查出她受过外伤
也不懂她内心是否被爱伤透

她没啄食撒下的金色米粒
也没喝瓶盖中的矿泉水
柔软的羽毛，失去飞翔体征
两只小爪子扣入我手心的肉里

驯化野性，这个初夏的梦里
我没能救活一只雨燕
把她埋入凤尾竹竹林
希望结出一声声燕子的呢喃

◎ 礁石

你一次次积蓄全部力量
将我一次次拥抱
甚至给予没顶淹没
甚至不给呼吸或喘息时机

用情太深的生命律动
总想于我身上撕出缝隙
拼命打开心灵窗口
好融进满腔柔情

我的内心依然岩浆澎湃
残存已久的记忆
依然激荡火红和炽热
尽管被闪电抽打得遍体伤痕

这样依偎守望
月明星稀，观舰船归来远去
或者，晨曦的霞光里
听海鸥翩跹呢喃

一百年太短，亿万年不长
只为撞击出无数浪花
填补岁月的空白
再听一回塞壬的歌声

◎ 我再一次想问上帝

穿越，从来生走来
穿越，向往生走去
从容地穿过今生的风尘
带着痴爱三界的热情

我已经问过三次了
什么是人生
也不止一次地问过
什么是爱情

可是，我依旧茫然
嗅着花香平淡生活
迷失和沦陷于
岁月诗意的琐碎

我想再问一次上帝
如何把今世遇见的花朵
修度成来世的恋人
包括浸满泪水的石头

我穿粉色羽绒服
行走在披藏红僧衣的僧侣间
同山野绿的色彩一起消隐

牛羊归来，炊烟升起
一脚踏过小小的河流
我同他们一样，修行在路上

一眼望不穿的白龙江岸
碧口，聆听滔滔的白龙江声
我真不敢相信，江水源头

两岸，我曾一步跨越
只为这无意的穿越
心中流淌一条河流
清波仿佛被青柳样的长发拂过

从此，对你的怜惜和思念
如白龙江水汹涌浪波
一刻也未曾休止

◎ 河边即景

夕晖留恋高耸峰尖的金色
郎木寺的长号响过三声
月色如清水从峰顶挂下

◎ 离别的车站

登车的一声笛哨
带着刃口
像割断情人拥抱的磁线

再也攥不住的小手
像一尾鱼悄悄滑脱
游入时光深处

黯然折柳
泪水湿透衣襟
包括突至的雷阵雨

槐花扬穗的浅夏
嗅过长长的发际
忘不了槐花蜜的芬芳

动车的风
吹动你扬起的彩色丝巾
遮不住玉兰花楚楚的模样

人生称意，无限期许
睡梦里念想回归的驿路
轮回重逢于旧时站口

◎ 白马

昆仑余脉，驭匹白马
走过南河底的蒹葭
走过涛声，闯入你心中的花海

缰绳已交给你，乘着暖风
驰骋，设定的路径

你的楼下，渴望明月

酒醉的夜晚，星与灯的光影
照耀，雪峰消融的溪流
好让柳丝垂钓

其实，你也是我想要的鱼
我早已上钩
岸畔的玫瑰花开得正艳

思绪里存储相知
你灿烂的笑容，永存于
我按下的快门

只为一片海子的湖泊
收留了曼妙的身影
同浮云与野鸭诉说

梦中的麋鹿相逢于丛林
回首或者碰碰彼此的鼻子
嗅出石竹花般的芳香

彼此成就的时刻
我把玉兰花当成爱人
只要，我的枝头飘出暗香

梦中的白马啊
我在山野牧人的石屋等你
等你的蹄音陪伴我寥落的心声

◎ 与你一起飞翔

题记：观十二号太空飞船发射有感。

放下忙于手中的劳作
静静守候温暖的荧屏
看见你身着航天服
防护罩遮住严肃的面孔

四周的静衬托出彼此的心跳
此刻，我的心潮
同你一起澎湃
点火指令，亦将我的思绪点燃

飞翔，一片升腾的火光里
向着太阳的光芒发射
闯入心灵渴望已久的太空

地球的斜角，指示了你的方位
爱的轨迹，需要走过的行程
太空的暗黑，迷不住追随的方向

当太阳的光板渐渐打开
心生出动力和希望的翅膀
飞翔，飞翔，谱写精彩的诗章

◎ 六月花

初夏，阵雨浇透大地
也丰盈了干涸的池塘
鸣蛙似乎噤声
从油亮的荷叶扑入水之碧波
倏然不见，它们也收获爱情么

破开蜻蜓守着的尖尖角
一座座莲台竞相开放
荷池拥有最美的色彩
映衬翠碧中或红或黄的金鲤
鱼戏莲叶，它们含糖亲吻么

寺庙的莲台上打坐
诵经默念或超度
最想你成为一朵莲的花心
迷醉的芬芳里，莲蓬开窍
结出无数粒开心的莲子

◎ 与一朵云相遇

已在苍穹飘浮了太久
没有牵绊的流浪
没有灵魂的皈依
被风吹着，凝聚太多冷暖

期许的心渴望一次相遇
擦出火花，撞出雷电
好做一次情绪的释放
只求一世的相思化作阵雨

一朵云无尽地变幻
或为一只振翅的金雕
或为一只奔驰的猎豹
或为持净水瓶的观音

或为一座高耸的云峰
或为一座香火缭绕的寺庙
或为一座入云的玉楼
或为一座普度的鹊桥

梦境里有你太多的幻象
只想随你的形影
把自己变成你现有的形体
好做成双的陪伴抑或追随

◎ 麦穗飘香

老家，早没人再种麦子
二阴地，全都种蔬菜，种土豆
种黄芪，种当归，种柴胡
种所有能治病的中药材

草帽，不再为我遮阳遮雨

同那声古老木楼的楼铃
趸进记忆博物馆的展厅
我再没吹过麦秸管单调的笛音

礼帽，拔直了老家人的脊梁
面朝黄土背朝天的形象
潜藏进祖父古铜色的皱纹
麦芒，再没臂膀刺出红斑

我在异乡的园田
搓几穗刚灌满浆的麦粒
咀嚼，久违的清香
一行泪，一直流进心底

像一株麦子，立在一片麦子身边
麦穗喂养过我的每一根骨头
它们都有空心的管
同麦秸的秆一样有着空心

◎ 一滴雨在梦里

隐藏于黄月季花的花心
不再坠落，如此宁静的港湾
透明的心事可与花香诉说

一只蚂蚁小心谨慎地爬来
它看凸面镜中的怪物
不相信那是它自己的成像

一滴雨的梦，被蚂蚁的触角撞破
吸吮的口器，和初吻一样谨慎
风干的花瓣，留下唇印的痕迹

也许它们交换过心事和信物
谁的眼角做一次滚落
来表示对尘世爱的绝恋

◎ 山楂树

梦中的山楂树
好想，你的绿荫间
做一只彩色蝴蝶
红花绽放的花期

守着那只去年的虫蛹
破茧，生出翅膀
之后，同那些花瓣
一起飞翔

或雌，或雄，都不重要
宿命决定了南枝北丫
相同的根脉
将大地鲜艳的红
当作唇膏的芳泽

同枝连理，双飞比翼

或者让你站于我的肩头
采摘红豆般山楂果的笑声

◎ 剪一抹阳光，安放诗心

按下快门，剪一抹阳光
连同那片，燃烧的朝霞
连同你穿七彩裙的倩影

华山顶的日出
同马嘟山顶的日出
一样，云海中升起

美人面庞
只给我三分钟可直视的情缘
纯真美留存成一帧记忆

如诗心，蛋黄那么稚嫩
心生爱怜，一枝松针衬出
虚幻缥缈中真实的翠绿

真意却无须注解和求证
唯需要一片诗境安放诗心
或者需要一颗诗心安放诗境

◎ 远方

天涯海角，思念的爱人
在水一方，不知道
远方还有多远
还有多少时间空间的距离

千辛万苦抵达江南的沙洲
伊人却正好赶往塞北的沙海
这样一次次错连
擦肩交错于追寻旅程

心远地自偏
入梦，是最捷径的方式
只是它比远方更远
比拥抱的距离更近

天涯若比邻
一张素笺的正反面
诗意的字迹可以渗透
正如白天和夜晚的翻页

朝霞与夕晖的封印
焊接了灵魂间的缝隙
正如微信虚幻的唇印
引渡了红尘与相思

◎ 不能吻你

时光河流，你从一尾小鱼
闯荡成横贯江湖的大鳄
而我，仍然是一只燕千鸟

江河是你嬉戏的乐园
云空是我留恋的故乡
我用所有的振翅飞翔
却总逃不出你方方的鳄口

虽然，不能用尘俗的红唇
吻你，却敢用尖尖的喙
啄出你牙齿间的骨刺

就这样吧，相依或相偎
一份相知，足慰今生缘遇
天地合，方敢与君绝

◎ 写给河南的组章（组诗）

一、河南挺住·郑州挺住

空前的暴风雨夜
请你挺住，河南
请你挺住，郑州

伸出双手，交叠地紧握
构成一只旋转磨轮
或者四个人立定八柱

来自四面八方的祈愿
撑起平稳的方舟
郑州，河南你可感知到
我已将诗意的内功缓缓输出

二、风雨无情人有情

电波传播一场自然灾难
魔兽疯狂浸淫
中原大地，浸天雨注
淹没一座座城池

冲锋舟划过昔日繁华的街巷
穿橙色马甲的人
立在没膝的洪流
用这身上的亮色
组成一个不大的心形

这颗心啊
多像灯塔闪烁的光芒
照亮洪流阴暗的波涛
点燃洪水里挣扎拼搏的信念
系念人民群众的希望

三、祝你平安

祝你平安，河南

洪水淹没的每一朵牡丹花
来年，还开出艳丽
为我千百年的梦
送来幽幽芬芳

祝你平安，河南
祝你被洪流淹没的每一株泡桐
来年，还锯成桐板
装上我拉紧的琴弦
为我的梦送来优美琴声

祝你平安，河南
祝你被洪涛蒙蔽的每一块石板
明天，还依旧露出笑颜
让美丽姑娘的高跟鞋
老街还踩出让我动心的乐音

四、祈祷

向上天祈祷，住了吧
你太多的泪水，应注入大海
不是这中原平整的土地

向大地祈祷，开了吧
你开阔的胸怀，应接纳所有恩泽
不只是这突降的灾难

向所有江河祈祷，奔流吧
畅通所有河口奔流
只为军民用血肉筑成的堤岸

为所有的生灵祈祷，平安
一场百年不难遇的暴雨
应是我们共同要交的答卷

刻你的名姓，画你坚毅的容颜

◎ 乡音

◎ 风雨路上的亲人，家在等你

潜藏于放牧时山野的笛孔
潜藏于鸦雏色的鬓角间
潜藏于高山木杜鹃燃出的炊烟
潜藏于小河上飞驰的滑冰车

向灾区进发，这仿佛不是军令
可是，你像执行军令样
勇敢，勇敢地冲在前面
冲向危险大堤
冲向被洪涛淹没的城区

所有存储的美好记忆
都在傍晚的霞光里，娘
扯长声，喊儿女归来的呼唤
多远的山谷，都有回声

橙黄色的救生衣
是你们最统一的着装
分不清谁是将军，谁是战士
分不清谁是领导，谁是员工
分不清谁是党员，谁是群众

娘的喊声带 n、l 不分地婉转
每一棵白杨树，每一只麻雀
每一朵百合花，每一朵喇叭花
甚至每根蒿草都替我应答过

与洪魔抗争，守护财产和安全
同样严肃和凝重的面孔
还有那些自发加入的人们
不知道你们的性别和姓氏
可是，我同样荧屏注视，激动

娘的忌日，我给一座座山头跪下
给所有摇曳的庄稼跪下
给那些鸣叫的锦鸟跪下
请它们学娘，喊一回儿的乳名

风雨路上的亲人，我在家等你
为你完成的每一次任务喝彩
为你每一次难料的危险揪心
筑好的一座诗的丰碑

◎ 伏天

静坐于青山深处
美妙和谐的天籁
鸟鸣清幽
溪流，岩隙间吟唱

捻一株防风的草茎
满口奇异的药草味
野草莓如星星
绿油油的草丛间闪烁

一片白云
遮不住湛蓝的天空
清凉的山风掠过
汗水不再流滴

南航的飞机拖着长烟飞过
这是现代唯一的声响
声讯中断的世界
我只看绿草中翻飞的彩蝶

◎ 雨落下

中原遭遇水灾的日日夜夜
我一直想台风"烟花"
她在海洋聚集了过多的爱

还是过多的怨恨

流动的季风将雨云吹送
我多想那个旋转的风眼
寻找一刻平稳和宁静
好安放，悸动的内心

敞开怀抱，畅通所有血管
我准备接纳，所有泪水
无论欢乐，或者忧伤
无论轻灵，抑或沉重

来不及防患，也无力拒绝
我必须承受洪流，承受决堤
承受窒息，承受没顶的淹没
承接一份爱情洗礼

◎ 空心树

渴慕已久的画师
一棵树的树身
画上田野、蓝天
还有翔鸟、白云

一棵树，视觉里
透出心中的美景
仿佛被谁精心爱过

掏空的心，风住过
雨亦住过，唯画师的笔
无力穿越，留作一世憾恨

幸好，退潮的湿，细沙间
留下完整的镜影，怜惜
虚幻的空间，把自己抱紧

◎ 影子

所有光芒里，痴情人
你永远都隐于身后
抹去心跳和色彩
澎湃暗恋的悸动

唯漆黑之雨夜
你才给予爱全方位拥抱
灵魂间没有一丝缝隙
给无影灯交一份答卷

◎ 哭泣的红玫瑰

玫瑰花收紧欲放的萼口
苦水镇，带着伤护着声名
带着所有的艳丽和芳香

航船消失于泪花的眼底
丢弃，只是随手举动
泪眼，幻落成苦海的边岸

◎ 失眠

惊梦于一声响亮的喷嚏
夜醒来，同那些繁星私语
逝者如斯，南河的波涛继续吟唱
弯月收割遗落的麦穗

一直相信，大千世界的奇妙
思念，有它特异的传递方式
如，被谁想一下，谁会打个喷嚏
思念，会不会让爱恋打阵喷嚏

仲夏夜的凉风掀动帷帘
层楼，透出一盏灯的光亮
千里外飘来的微信
告诉我，谁和谁一起醒着

◎ 寄一滴雨给你

寄一滴雨给你，漠北的沙石
心上取下的一串泪

早被风的邮差私分
再不能将你的干涸浸润

寄一滴雨给你，岭南的梅花
听不见你来过的足音
门前，石阶长满苔痕
烟雨潮湿久未见星月的心境

寄一滴雨给你，朔方的无根草
那份潮湿气息
无垠的沙海还能让你还魂
站稳飘移不定的脚跟

寄一滴雨给你，南归的鸿雁
千里寻觅，辗转飞翔
那份晶莹的透亮
还能洗却你一路的风尘

◎ 一叶知秋

用那些残缺的部分
喂养过一只化蝶的虫蛹
其实，高高的枝头
它也像蝴蝶样斜风中翻舞

叶心的虫洞，告诉我
春风吹过，夏雨穿过
像爱情，心中留下窗口

留下无法掩隐的创痕

一些蜘蛛结网
仿佛，要将那些空洞封织
可是月光依然能够穿透
照亮木叶心底的梦境

一枚红桦林的木叶
经历霜风浸润
金黄，是它生命最后的色彩
将一座座秋山晕染

◎ 舍弃执念

被那些青藤缠绕
被那些奇境迷幻
像一头雄鹿，闯入丛林
莽撞地闯入你灵动的文字

清泉涓涓，鸟鸣清幽
兰芷飘香，彩蝶野花中翻飞
我用尽所有努力寻找
出口，却越觅越远

月光朦胧，指引一个方向
引导我走入你开成花海的内心
无力回首，不忍离开的世界
又如何来舍弃执念

如果，还有机会告白
如果，还有涧谷聆听
让我在你的诗行中长啸
听一次执念的回声

◎ 石榴红

你的背影绝对比风景更美
多想，背后拥抱
不让你看见我落泪的面孔

虹桥与夕阳
还有霞光里收翅的归鸟
老家的屋檐下回巢

秋分将至，那些风景
一定会收入相册
只怕送你走远时掩涕

怀中拥有的红宝石
整齐排列我纳入内心的汉字
哪一枚都比蜂糖甜蜜

邂逅能见出前世的恩怨
说一个字都会多余
只是，努力时刻伸双臂助力

爱或真真美妙
只为那喊声中的回眸
比初春的湖泊清澈

谁，都逃不脱裹心的外衣
相思，即是最晚的祝福
清晨，最早的祝语

◎ 一朵微小的花

白露的风隐匿了寒凉
油菜花的收尖处
最迟的那朵小花
努力绽放唯一的鲜艳

风吹过，俯身瞬间
她瞥见一朵朵花结籽
依然低层摇曳
仿佛那是宿命和结局

一只金黄色蝴蝶飞来
她的花心吸食花粉
又一只蝴蝶飞来
嬉旋于青碧的草丛

一朵花和两只蝴蝶
或许还没学会思考
生存与死亡之间的哲学意义

绽放飞舞于秋的暖阳

◎ 面对人生

她必须坚强，坚强活着
一说就淌的眼泪
只是一次情绪决堤的释放

为女儿先天心脏残缺
她是她安心的起搏器
是她生命的唯一支柱

面对人生，她经历了太多
夫妇企业双双下岗
这并未让她失去信心

车祸，女儿全身的骨头都折了
贫穷，车主选择坐牢替责
只因他离异，还有八十双亲

只靠打工维持生计
倾尽所有，举债三月抢救
鬼门关拉回原本残疾的独女

寂静的夜，她曾多次想放弃
用一把安眠药解去锁困
逃离灾难，告别美好的世界

面对人生，她最终选择顽强
能够自慰的是，她把女儿
背进了大学的校门

女儿能否恋爱结婚
能否找到胜任的工作和工种
这都是悬念和未知

一份低保的温暖，她说
稀释不了内心无尽的忧愁
但这也是努力活着的理由

◎ 梧桐树下

入秋，淅淅沥沥的小雨
远山藏进朦胧的雨雾
所有的鸟都噤声
蝉鸣躲进自己的翅膀

宁静片刻，相拥于梧桐树下
用身体取暖，用双唇感知心跳
所有奇妙的赞美词
都借雨滴敲打桐叶

考场答卷的沙沙声碎
那些字迹，全都印纸上
桐叶承受无尽的相思
叶尖的水珠掉于伞顶

一块琴板，桐木中抽出
打一把琴，钉上琴轴
拉紧的丝弦，振颤与共鸣
都有鸟鸣蝉声雨滴的青翠

◎ 中秋，月亮熟了

夜露打湿常青的竹叶
笛箫里逸逃的音符
融进月色的轻柔

星光归隐，你愈合所有残缺
只把明媚的面庞
蒙上轻云的白纱

竹筒里久藏的美酒
飘出竹叶青的醇香
举杯邀约，千里同饮

竹林间的光影斑驳苔石
沉醉于最美的月色
心就规避了一切寒凉

◎ 竹下赏月

那些竹子，还空着心
守一片月光
那块岩石，也有些空心地
等待竹叶间洒下的光影

倚一块画中逸逃的石头
今夜你也赏月，箫笛
心声，披着月辉
把相思，举杯融进明月

雨雪风晴苦画竹，
七贤傍水弄弦琴。
虚心夜入危岩坐，
月半拔节笋自吟。

◎ 十月伤感

没有告别仪式
燕子飞走，雁阵
一行行向南飞去
蓝天只剩下一片空荡

思念已久的情人
终将飘零
如枝头最后一枚红叶

陪伴，空山孤寂

秋风紧，秋雨凄冷
秋霜白首
没有一声告别言语
你随时离开，被秋风掳掠

伤感，是一棵树
空枝，立在十月的空山
金秋，只是一个赞美词
一幅画，竟如此苍凉

◎ 窗外秋思

春夏婆娑，窗外的银杏
无数金色的叶子
陪伴我入梦
也照看我醒来

秋风吹过，最后一片木叶
留下最后一个吻
这心形的唇印啊
消失，没留下一丝踪影

空枝，挂着月牙
听不见晚风中的私语
远山的墨彩
装饰不了，零落的梦境

轻寒，已不容许打开窗户
可是，我并不会忧伤
只因，宿命与年轮
我和你一起经历霜雪的秋冬

◎ 世界，给予动能和力量
（组诗）

一、生物能

小麦、水稻、玉米、谷子……
喂养所有的胃肠
给予每一块骨头与细胞
站立、奔跑的力量

苹果、葡萄、石榴、西瓜……
给予头颅智慧思考的微电量
茄子、番瓜、青笋、白菜……
转化为动物生命的营养

当归、黄芪、柴胡、板蓝根……
医治人类肌体的损伤
大蒜、小葱、芫荽、花椒……
异香，调和生活酸甜的味道

龙虾、鲤鱼、中华鲟、海豚……
牛、马、山羊、麋鹿……
奉献了骨肉，劳动、征战

给予人们抵御寒冬的裘裳

雄鹰、白鸽、鸿雁、天鹅……
蜜蜂、蝴蝶、蟋蟀、萤火虫……
所有的翅膀，都带给我们
甜蜜的歌声和飞翔的梦想

牡丹、玫瑰、玉兰、丁香……
高贵或卑微，那么多明艳的花
无形的电荷与芳香的分子
触动每一根赏心悦目的神经

生命与生命的恩遇
……自然界无数生物的馈赠
常常被习惯性忽略，如我
不懂得，感恩一朵花的微笑

二、歌唱太阳

歌唱旭日，它带给我们黎明
歌唱每一束阳光
它冲破黑夜和云翳，给每个生命
以觉醒的明亮
没有你，万物不会光合
没有你，大地不会解冻

一天一次的出场
并不是化装表演
分明四季，驱赶世界的荒凉
让钙坚硬骨头
让花叶拥有色彩和光亮

歌唱夕阳，它带给我们晚霞

歌唱每一片阳光
它驱除阴暗和寒冷
给自然以身心的温暖
没有你，世界将会静止
没有你，生命不再轮回

一天一次的谢幕
并没有失意的悲伤
岁岁年年的告别
积蓄更多的热能和光芒
只为明天更美地升起

三、心灵幻想

飓风的风眼抑或风洞
建一架移动风车
收留风魔气旋的动能
存进灵魂的蓄电池
需要光电的角落释放

地震中心的原点
设一根吸纳岩浆的导管
将地核涌动的炽热
凝成小小的岩砖
再建座抵御战争硝烟的长城

一只无限膨胀的气球
收容核爆的能量
将这足够毁坏宇宙的燃能

容纳后释放，输变成
探索时空与未来的动力

洋流中心，支一架古老水车
旋转的巨大磨轮
海沟深处铺上电缆
将这永恒势能，转换成
建设美化和谐地球的源能

美好的心灵有无数愿景
我一直这样幻想
用诗行表达科学价值的思索
洁白的诗笺，或者将来
奇异的猜想变成现实

四、花开之声

时常，于月光下
聆听花开的声音
春天的迎春，紫丁香
三月的桃花，山野的杏花

夏天的牡丹，玫瑰
五月的石榴，公园的樱花
秋天的菊花，秋葵
八月的桂花，十月的山茶花

冬天的腊梅，风信子
十一月的仙客来，海棠
这么多美艳的花儿
绽放瞬间，香清溢远

花开的力量，来自根土
来自雨露，来自阳光
风吹过，那是生命的力量
花瓣绽开，花蕊幽吐芬芳

四季轮回，一年一度的花开
生命的奉献，心跳般奇异律动
向日葵结出瓜子
松塔包藏松子，莲花生成莲蓬

五、奇异能源

吸食花粉，渴饮清露
美丽的蝴蝶如花一样飞翔
我不知道，这份动能
如何通过蝴蝶肠胃
传递给薄薄的彩色翅膀

岩隙间的松竹，栉风沐雨
枝与叶伸入云间
我不知道，什么缘故
使它们长出松针和竹叶
它们如何虚怀，如何实心

青草与牛奶转换
许许多多的常识
总是给我太多的疑惑
能建座牛一样的工厂吗
输入青草，产出牛奶

这可笑的幻想让别人嘲笑
你看，美丽的草原
奔跑马群和牛羊
那不是座巨大的工厂
让我羞惭，写诗多么荒唐

透过冷漠的车窗
直抵我或许善良的内心

血沾染了洁白的羊毛
我不知道，它们有多少骨折
多少筋断，多少神伤

◎ 假期金塔看胡杨 (组诗)

有人说，车祸老板会倾家荡产
可站在羊的角度，我思索
这是不是人最大的罪过

题记：一路上，那些急赶路的人总是
S 形超车，穿梭于高速车流。路遇多
次车祸，且定远隧道，多车连撞起火，
据说 5 人死亡，11 人受伤。

我知道，一群羊劫后的淡定
它们的目光里仍然是碧水青山
尽管，宿命里悬一把雪刃

二、遇见你，心乱了

一、等待救赎的羊

金塔胡杨林，一些死亡的胡杨
仍然挺拔地站立
它们没有树冠，枝丫
没有维持生命的树皮

连霍高速，飞驰的车流
放慢了速度，缓缓蠕动
风传递消息，前方出了车祸

戈壁的沙柳展示一季枯黄
一群羊，无奈地瑟缩于囚笼
囚禁它们的牢门无人打开

它们裸体站立于秋风，不计
世俗者歧视的目光
暧昧的，卑鄙的，甚至
是嘲笑的、淫邪的审视

惊魂未定的生死瞬间
运送它们的大车翻倒
车轮与大地平行转动

哪些啃噬的虫洞
那些蛀虫树干上的游迹
雕刻般显现阳光之下
再也无须隐忍与暗藏

那么多羊的眼睛注视着我

生命的历程，它们的根
依然坚定地攥住流动的沙丘
只是经历的磨难和痛苦
再也无法遮掩和粉饰

真不知道，是蛀虫成就了胡杨
还是胡杨成就了蛀虫
生命与生命的轨迹轮回
我已无力去评判爱和恨的对错

三、醉美胡杨林

金塔的晚秋，湖天之间
你穿件黄色风衣
同一片胡杨并肩站立
站成湛蓝色湖天间折出的倒影

只有轻风吹逸的长发是黑色的
显示你没有溶尽的色彩
夕阳中，羊群也披挂金晖
声声咩咩，唤醒沙漠的生机

或许，经历过风沙的虬枝
才有挺立的坚定，或许
经历过霜雪洗礼的木叶
才有生命本色与本真的纯粹

哦，我的水做的情人
尽管，看不尽的三北防护林

只是镜面似的水波的平静
早已映衬出纯净坚毅的内心

◎ 一株秋菊，笑出桃花的模样

把桃花比作情人的面庞
抑或把情人的面庞比作明月
亿万年用不旧的修辞
总在诗的国度传递美感和遐想

所有的美都具备相同潜质
轮回四季，花朵变幻不同的艳丽
一株秋菊，笑出桃花的模样
难以臆测的喻体和比拟

芬芳，各有各的气韵
迟暮，却是相同的
没有谁，能逃脱零落的宿命
只是花朵从不忧愁未来

春桃，夏荷，秋菊，冬梅
多少以花为名字的女子
皆是美人中的美人
况乎那银铃般响亮的笑声

◎ 冷落

一滴雨落下，是云遗弃了雨
还是，雨从墨云中脱逃
一颗流星飞逝，是银河抛弃星星
还是，星星从苍穹逃离

一对蝴蝶花丛蹁跹，是花戏弄蝴蝶，
还是蝴蝶崇拜花朵
一枚红叶飘落，是枫枝丢弃木叶
还是，木叶枫林间访寻秋风

鸿雁南飞，是北风驱赶了鸿雁
还是，鸿雁厌倦北方的苍茫
泪行双眸间溢流，是泉驱逐泪水
还是，溪流告别了空山

亲爱的，告诉我，你一次次飘入梦境
又一次次悄然消失
我们梦中拥抱和亲吻过吗
梦中，怎样分离，又怎样告别

◎ 冬的灵魂

路径曲曲折折，深夜
故乡落下一场小雪
一片雪花浸进酒杯

连同杯影中的残月
一起饮下的
还有寒风和梅花的清影

身体里，风花雪月
足慰乡愁。愁肠
被月光照亮

梦醒黎明，崖畔
洞穴张着黑色大口
吐出一只只黑色寒鸦

它们的嘴，都抹上丹红
像修辞，灵动了
天空与山野的素洁

狗吠，雪挂，喜鹊声里
铁门打开，米色羽绒衣的女子
长发飘逸，清扫通向大路的雪

◎ 起风了

一场雪来临之前
将老家菜园子的黑底翻出
拣去玉一样的百合
也拣除埋藏于深处的草根

一只蚯蚓，被铁锹切断
沾了泥的伤口，没看到血
痛苦扭动，如小腿凸现的静脉
庆幸，切断的蚯蚓还会重生

白杨树的毛根伸入地心
铁锹将它们斩断
又遇到一条老根时，起风了
白杨树的叶子们齐声呐喊

心中，有了一棵树的形影
心底蔓延出无数毛根
暗夜里不眠的思念
纠结，是否将这条老根砍断

◎ 冬日的河流

立冬，覆盖半个世界的冰晶
向我告白
今后，九十多个日子
出门可以迎风披雪

大丽花、金盏菊勾下娇美的面庞
来不及绽放的花苞，冰封
保存花骨朵鲜嫩的鹅黄

南河的石柳守候原地
雪绒花轻盈飘落肩头

那也是一份重任

通南走北的吊索桥面
熟宣上踩实的足印
叠不出一张纸的厚度

涛声依旧，低过冰点的逝水
珍惜流动时光，等待封冻
结冰，又是不靠木桨的通途

苇草与红柳，河心的沙洲
用本色，将暮秋的眷恋
拉入初冬峭寒的怀抱

麻雀成群，喜鹊叫声里
融入雪花的河，流进心底
将曾经温暖的日子浇灌进冷凝

其实，寒冷的日子
同温暖的日子是一样的
不然，春天如何解封纯洁的冰释

◎ 雪

特殊的日子，小雪
我蜕尽了曾经的盛装
像支秃笔倒立旷野

稻草人米黄色毛衣
连同她手中挥动的彩色丝巾
点缀田园的苍白

我们之间再没有隔阂
没有庄稼和野鸟
北风不能将对视阻隔

一片一片的雪花悄悄落下
寒冷的精灵，试图
铺开一张崭新的宣纸

一切都刈倒的土地
一棵老榆树，和一个稻草人
是唯一还能站立的生命

一片一片的雪花
飘落，似乎给我们示范
飞翔，可以缩短相望的距离

封闭了所有缝隙
覆盖了所有石头
路径这样纯粹纯洁

雪，落满枝丫，也落满肩头
爱这样沦陷
世界是一样的，你我也是一样的

一棵老榆树，一个稻草人
伫立雪野，相对的高度伫望
像宣纸上站直的羊毫和狼毫

小雪，特殊的日子
一片一片的雪花
心上，梦里铺开一张宣纸

◎ 金汤城的黄昏

夕阳西下，皋兰山的垭口
吞没了落日的容颜
霞光的鱼鳞铺满天空

最火红的那片彩云
耀眼的金色与淡黄
卷起金城确凿的画卷

连同宽阔的马路
连同马路边的绿化树
连同穿城过的黄河

我看见我的露台也被卷起
连同你家摩天的阁楼
以及无数的桥梁和远山白塔

一颗流星划过夜幕
天上的星子一颗跟一颗地闪亮
你家的灯也亮了

黄昏淡淡的薄幕

我也点亮台灯
这小小的光亮是让彼此看见吗

无数的灯点亮金城的夜景
点亮了凝滞的黄河
夜悄悄，映衬灯火灿烂的星河

此刻，你能看见我吗
通过你家的露台
看见萤火虫闪烁的微光

思想也是一样的
比如喜悦和忧伤
比如指节间举起夜光杯
和泪饮下美酒

爱恋和稀罕之间
架一座桥梁
你会向我走来吗
带着你散发体香的诗稿

◎ 一枚橘子

◎ 我稀罕你

竹叶色彩永恒
风晴雨雪，竹节拔高
麦秸，将麦芒刺向星辰
只为抵御劲风

骨节，亦为站稳抑或奔跑
比如站桩，比如攥紧
抑或为了某种弯曲
比如牵手，比如卑躬屈膝

太稀罕有节的事物
不为柔软，比如松节
比如沉香木，刀砍过的伤口
凝固成香瘤

树梢悬挂，白天一盏盏灯
点亮天空。入夜
一盏盏灯被幽暗吞没

每个清晨，一枚橘子
爬出海岸，可直视的太阳
有洗浴后的清丽弱小

每个黄昏，一枚橘子
落入山坳，可远观的太阳
有失恋后的落寞哀伤

早晚的霞光是一样的
或淡或浓，如念你的心
将所有山河染红

忍痛将一枚太阳剥开
内心，挤紧九枚弯月
每一枚都似披面纱的新娘

情愿或不情愿
睡梦里祈愿苦尽甘来

◎ 冬至来临

◎ 喝苦水的人

拉长的长夜不能再拉长了
达到夜幕最长的极限
抻短的日子不能再抻短了
达到日子最短的限定

金钵、玉壶或者彩陶
无论什么器皿
喝进口里的水
不改变苦味实质

你徘徊于南回归线
带给我数九寒天的冰冷
幸好，一场雪落下
装饰了山野的萧索凋敝

蜂蜜、蔗糖、花香
无论什么作料调味
喝进嘴里的水
都掩盖不了苦之本心

太阳，我的情人
一年一度的冷落与热情
是你检验我快乐忧伤的试金石
春暖花开，期盼是真实的

喝过苦水的人，不能选择
闭上眼，都是难咽的味道
苦咖啡、黄连、浓茶
汤药，必须得咽下

再长的夜，终会变短
再短的白昼，终会变长
再短的情终会变真
再浅的爱终会变深

生活，也是杯苦酒
像挣不脱的苦难命运
躲不开的苦日子
忠言，必须饮下的相思泪

正如我期待太阳的回归
将捏扁的心抻圆
将封存的思念解封

任谁也拒绝不了
心甘或心有不甘

走出冰寒彻骨的冬季

◎ 河边

大理石雕砌护栏
被精心打造的堤岸
南河迈出辉煌的步伐
从兴隆峡深处走来
走向黄河，走进海口

河流冰封，保持流动姿势
冰下泉流，叮咚如琴音般美妙
斜阳铺出耀眼的光带
引我拍下逆光中的美景

做一枚河心的石头多好啊
可以贴近，明镜似的冰面
被那些流水的乐音抚摸
或者做一株河心的枯草
河洲，等待冰雪消融春风拂柳

◎ 山崖间，钉住的一束阳光

伫立在分水岭山口
把自己想成一株小草

想成一块贴苔钱的山岩
想成一朵蓝天外的白云

那么多的花儿开着
狼毒花，马莲，蒲公英
荆棘，还保存去冬的繁果
还有黎明羞涩的太阳

娃娃菜，绿菜花，洋葱
冰川，墓碑，野兔，红嘴鸦
黄鼠在洞口站成我的模样
春雪，埋不住啷山小调

其实，我也被阳光钉在山野
钉在油菜花的花瓣
钉在七星瓢虫的星背
钉在青稞穗勾头的尖芒

脚本不让谁逸出圆心
不让阳光拉长漂泊的半径
车前草，辣辣，泥土中轻抚而出
中草药调理消瘦的身骨

喜鹊东门口鸣叫
杨树林最高的枝丫间垒巢
鸡唱五更，花狗传递娘的呼唤
直直的炊烟，逸出麦秸之香

之后，根有多深，埋亲人的土层
就有多深，鞭炮声碎
纸蝴蝶翻飞的风中，清明后

打探早春谁向蜜蜂告知的消息

◎ 一个下午

正襟危坐，调匀呼吸
一种虔诚仪式
小镇的阳光射入申时的七盏茶
一同饮下的，还有白天的烛光

闭目，犹如禅定的心绪
放下生活所有的苦难和沉重
岁月苦涩，品味茗茶的回甘
是的，我们以独特方式融入

研墨，如墨锭融入清泉
吃茶，如茶叶融入沸水
朗诵，身心融进诗书的经典
演奏，喜乐融进乐曲的曼妙

正如，墨锭慢慢消磨于砚池
人生的喻体太多
比如，墨锭，越研磨越短
比如，茶叶，沸水里始浓终淡

一个下午，悄悄地流走
一切都成记忆和回味
将来不需打捞的旧日子
薄暮，人人都带个"福"字回家

◎ 下沉，再谒肃王墓

石门，依旧斜横于墓道
青砖穹顶，依旧
透出时光幽幽的静谧
昔时的盗洞

透进的风，光亮
或者飞虫，也窥视王者的魂魄
我也在窥视
抑或被亡灵窥视

墓山山顶的祖师坛
缭绕清淡的香火
平顶峰我亲自见证
修建的集雨工程水池
结冰，透出十几年的斑驳

绿化的侧柏均已成林
装饰十余座灵山的孤寂
榆钢排出过滤后的长烟
云朵样，朦胧出云遮雾罩的幻境

透过时空，小十三陵
找不到一件陪葬品
也找不到一根尸骨
它们人间隐身
王气依旧飘荡于群山

◎ 染发

一根一根冒出的白发
一起盘聚头顶聚义
想染黑就染黑
想染红就染红

抻直或者卷曲
全凭自己的心意
甚至，涂成炫彩
天蓝或者咖啡色

头颅里的黑白
不随自己的意愿突围
这些冲破头盖骨的毛发
诬陷与流言的囚牢脱逃

穿越脑浆的洁白
穿过血液的鲜艳
像思想，分清黑白
黑色宣纸上蓬乱的字迹

一盆清水一洗黑了
一洗黑的五贝子
完全可以遮掩头发花白的真相
只是，时光可以澄清

像火包不住纸
像煤山压不住大雪
头发的白会一次次冒出

需要一次次染焗来掩盖

这染不黑的老根
过了大寒这个节气
所有的冰封和寒冷都会消融
头顶的白发春风十里

◎ 冰刀与滑雪板

冰与雪的世界
与温度有关的词只剩寒冷

同样是水做的事物
一个坚硬，一个柔软

像水做的女人
一样有不同的个性

需要，冰刀和滑雪板
各自的心底韧上轨迹

或驰骋，时速掠过幻影
或飞翔，高空旋转幽雅

梦本来很奇妙
让我遇见冰面时找不到冰刀

爱本来有许多忧恨

让我遇见雪时找不到滑雪板

我总想沉浮于死海
窒息于天池的湖泊

冰天雪地的童话世界
错过了纯贞纯洁的爱恋

与沉沦和失望诀别

回头有岸，我的爱人
穿洁白的羽绒衣
同那些苇草一起守护边岸

◎ 来吧，拥抱春天

◎ 草鞋船（记梦诗）

长夜沉沉，半人半鬼之间
一只草鞋跑丢了
还剩一只，化作一条小船

天空，没有星光
半神半仙之间
我欲涉江而去

挤满飘萍的江流
舟楫划不出清晰航道
漾不开回环的涟漪

一只草鞋的船
半沉半浮之间
舟人渡我于江津

我掰开竹子呼吸
半梦半醒之间

用一只冰刀，划开冰面
刀口，韧住明镜
这透出深蓝的湖泊
支撑，灵动的身影

你在我心上飘过
腰肢的轻柔与曼妙
驭风，驭雪
跳跃，或者飞翔

仿佛，春天的讯息
来吧，我的朋友
带着你的冰鞋，在我
结冰的心上划开一道伤口

让春风吹进，让尘埃落入
让一些鸟儿，渴饮
还会举着昔日木桨
让心中的涟漪再一次荡漾

◎ 来吧宝贝，一起穿梭千年

刀子同骨肉之间
有一座桥梁或隧洞
血溅三尺白练
拭不尽刀子的寒光

诗人同疯子之间
有一道彩虹或锁道
呓语如梦般清澈
隔不开家国间的哀伤

掉入太阳的黑洞或深渊
证词，已无处陈述
实事是，宝贝，穿梭千年
爱和诗，会不会失去真味

◎ 春天送你一组诗（组诗）

一、立春

马喌山顶的白雪告诉我
冬天还没有远去
几朵草花一株虎墨兰
争着表白，春天已经来临

不知道应相信一座山

还是该相信几朵草花
这即将被世俗压折的认知
需要做出冰点判别

幸好，遇见一阵风
吹去面颊年味的酒红
因此，我相信了料峭
也相信了风言风语

敞开襟怀，把雪山装进心底
伸展双臂，把春风揣进衣袖
草花枯萎，此刻
证言和证词均已失效

二、关于春天

轻喝一声，冰封之河流
洁白冰面开始碎裂
春潮涌动，一场凌汛
撞击血脉，奔突
或者堵塞，如某处血栓

春天，关于爱的记忆
此刻，被悉数唤醒
料峭春寒，尘封太久
一季相思，解开一瓣红颜心事

芳草自天涯绿遍
暖风吹衣，体香摄魂
惜怜的情愫鼓满胸怀
天真，却与风月和香水无关

积蓄太多的春情

迎春花黄，丁香泛紫

早醒的蜜蜂和蝴蝶

自然精灵都是纯粹礼品

三、关于诗

一切似乎和文字无关

可我还是寻找

那种绝美的句式和修辞

赖以表达无法言说的意绪

怀春，少女的心事

也是一首诗怀揣的幽梦

隐藏远方之深邃

羞涩的红潮无从遮蔽

春愁无端，一首诗的韵脚

挤满平平仄仄的波涛

无论含蓄、热烈、隐晦

真情却是唯一要表白的

温婉细腻，或者粗枝大叶

描或者不描，懂得已足够

柳叶，蛾眉，捕捉到的灵感

总是那么曼妙真实

四、关于你

比如，一朵野花

比如，吹笛哨的野鸽子

也比如，屋檐下衔泥的燕儿

还比如，梦之丛林闯入的麋鹿

太多的意象不能替代

只为千年经历一次共度

或者三生石痛楚的风蚀

雕刻出梦露般的形影

其实，春风来不来

你都守候绿和花香

其实，诗作不作

你都怀揣意绪的虔诚

春梦邀约，与一片月色

相见于新雨洗过的南竹林

或者泛舟于粼粼波光的江上

幻想场景都响你步音的轻灵

五、送的方式

或许浪漫，或许平凡

把一首诗灌满春风的和煦

或者把一缕春风融进诗的意绪

思念生出展翅的飞翼

所有有情人的爱怜

拥趸了方位和方向

河流，山岗，田野

包括万物活泛欲动的心绪

岁月和人生的厚礼

春来，大地苏醒
诗成，万木皆春
你在，我心峥嵘

无数次修葺和开封
唯恐言不透对你的真心实意
也许某种缺憾和遗漏，才是
春季与诗意朦胧美丽的错迁

甚至，那些风蚀的字画
都保存完好、久远，以至永恒
唯独，不考证自己如何折断
折断的几块何处流落

拓片，显影过往
经历过的风浸雨蚀
经历过的烟火或埋藏
残碑都藏在心中
不向任何人诉说

◎ 残碑

遗落时光深处的残碑
没有血脉的石头
因石头的死亡而生
替那些死去的人事说话
传承经史的血脉

五个平整的面，记忆
依然是一块山石
被谁切割，用什么方式
又用什么工具打磨
又是谁，刻勒上铭文

伫立时，焚香祭拜仪式
又有多少显贵参与
这些真实的存在
确乎湮没于时光深处
残碑都不讲述

◎ 春风十里桃花香

料峭，吹面不寒
不知是桃花芬芳春风
还是春风唤醒桃花
桃花不说，春风亦不说

一山或者一园
一树或者一朵
爱美的镜头摄取
同目光保存最美的一帧

桃花的蕊头眺望
杜鹃的啼鸣声带血
去年的少女还来吗
带着她沐着春风的笑颜

◎ 父亲

与牲畜打了半辈子交道
剩下半辈子就与生铁打交道
手掌磨亮的物件都已遗失
包括您铁水浇出的铁铧

二阴山区，再不适合种麦子
再没听到过耧铃声
也再没见到过麦芒
它们都跟随您而去

只背走一口松木棺材
一并埋入耕耘过的山野
七个摆成七星的铜麻钱
还有装满五谷的阳界罐

没有坟丘的墓地没有鸦雀吵闹
也没有野草拦住风声
只有刻上名字的石桌
替您讲述没有铭文的一生

◎ 想你时

月光里存活的时光
想你时，会想起月亮
如一曲《月光下的凤尾竹》

一缕熏风中悄然开屏

月光里怀想的时光
想你时，会听见《月牙五更》
会诉说的板胡曲
讲述月亮残缺的故事

月光里寻觅的时光
想你时，会听见《二泉映月》
映照出灵魂的泉眼
可映照出你我无尽的哀伤

月光里抵达的时光
想你时，会在诗仙的床前
吟一地皎洁的秋霜
只因你，是爱和情的故乡

一首《月光曲》，打开了
我如盲女样的心灵
只因想你时，会从一幅画的空灵
坠落长夜绵延的芬芳

◎ 梦见云朵变成一团雪

山野翠碧，攀上马啣山峰顶
高过云朵的蓝天
云雀鸣叫蹿向更蓝

一大朵一大朵的朵云
山谷瞬间跃上峰顶
或为奔马，或为天鹅
或为绵羊，或为白鸽

一朵云停下来，落入怀抱
却突然幻化为一团雪
让我奇异于梦的缘遇
体味怀抱一团棉花的温暖

身体和灵魂，与外界隔离
脸屏或护目镜是病区的窗口
给一朵污染的雪以温暖
其实，我和你们一起作战

◎ 没见太阳的三十个日子

乘太阳的熔金的余晖
兴隆山下出发
迎着晚霞，刚好七点
这是我接到的命令

出了榆中的两道城门
三一二，国道宽敞的路
大巴车和平接上战士
丽枫，或者七里河

真的是逆行和顺风

密接不会当成蜜接
面屏看见你模糊的笑容
其实我只看到背影里的泪花

我们只培训了三十分钟
天鹅和鸭子是一样的
一个水中，一个天上
湖泊的倒影，见证平安

◎ 劳动赋

蚂蚁，带毒的荨麻间穿梭
它们的触角，如何感知
随时向灵肉注射的毒液
防止植物的针刺侵袭

寻找虫尸，亦包括落地的飞蛾
它们不以植物为食
只消耗失去生命的骨殖与血肉
吹着口哨和行进的号子

团结和协作，不争名利
把洞穴建筑成原始宇宙

◎ 风筝

竹枝，竹篾
染色的白纸
或者涂彩的塑料薄膜

起飞，一阵风里
一双纤手，扯不断思念
如何放弃牵挂

心中的幻影太多了
金鲤，飞龙，老鹰
凤凰，或者春燕
它们都能把灵魂携入天空

◎ 回归
—— 致神舟十三号航天员

告别星空，告别牵挂
与飞行的轨道分离
一百八十多个日子的关注思念
挥手兹去，家越来越近

与无数星星擦肩
与看不见的暗物质擦肩
带着星星的光亮
闯入大气层，瞬间燃烧

从失重感知久违的重力
一份漂泊，万千悸动
释放最后的燃料，降落
一柄伞里接近大地

"感觉良好"，来自太空的消息
着陆，家的零距离
悬空的心平安落入怀抱
掌声携梦想的背影一起凯旋

◎ 槐花蜜

走出户外，阳光正好
初夏，暖风裹挟槐树花的清香
无数白中带黄的花穗
隐藏于翠绿新叶

独自赏花，却惊奇于无数蜜蜂
穿梭于树冠和花朵
看不见忙碌采花粉的身影
只被嗡嗡的声音触动心弦

不知道，是花朵邀请了飞客
还是蜜蜂造访了花庭
这中间，它们用什么途径邀约
又是用什么方式互通音讯

翅膀振动，空气振颤耳鼓

这不为表演的飞翔
透明的翅翼，中足压实蜜篮
装满金色的花粉，回巢

勤谨的场景，我只是看客
惊异于槐花和生灵的蜜蜂
冲一杯新筛的槐花蜜
你会懂得，那定是辛劳的味道

◎ 探看那一片云

苍苍茫茫的北山
柠条花黄，一抹绿那么虚无
七月，梯田遮不住大地的土色

天的蓝笼罩群峰之荒芜
十万皱褶隐藏锦鸡，石羊
仿佛每一块石缝都祈祷甘霖

罡风未起，天空只浮着一朵白云
高高的云絮，没有变幻的定格
悬停，在这大地之上

驱车，盘旋于山路
从那朵云的北边转入南边
那朵云依然飘头顶，不增不减

望眼欲穿，亦望穿那朵白云
依然没望见一滴雨，抑或泪水

不知啥时，能遇见一朵墨云
将这久旱的思念完全浇透

◎ 带不进红尘的高山杜鹃

爬过三千米海拔
一路陪伴鸟鸣和山泉
蓝天白云装扮心情
只为青山选择六月绽放

云雀蹿入天际的邀约
野草花摇曳尘世的清凉
唯有你，绿野仙踪里的彩色
给野蜂指示了路径方向

去年的足印掩埋于白雪
也掩饰于今夏的青草
看你娇美的容颜，与白云同坐
我需用四季和多年准备

留影或一段视频足让世俗惊慕
我知道，我无法带走的花朵
任谁也无法带走
只因留守山峰岩石守护的高度

我只带走绕过你花枝的风
带走你枝头的一声鸟鸣
带走你根部的一撮酸土

也许，能培植出植于心间的一株

◎ 竹子沟

起于传说的地方
到处长满常青的竹子
竹子沟，我想我的前身
肯定是一片毛竹林

阴坡或者阳坡，俯身
都有一条小溪沟涧中穿过
伴随鸟鸣的清幽
石隙间撞出美妙的声音

一片茂盛的竹林
我想我驼背的前身
一定是根被压弯的剑竹
尽量把枝丫向天空托起

排挤在竹林边缘
被玉指的温柔抚过双颊
虚空已久的内心
此刻还原出无限充实

是的，像竹笛和洞箫
那烫出洞孔的原伤
只要那些伤口被谁吹按
就会倾吐内心的快乐抑或忧愁

◎ 一根烟的惆怅

宿命里应有柔软和水性
点燃，便会梦幻般缭绕
随一阵风消散于尘寰
可是她确实存在过

被纤长如葱根的二指拿捏
一双鼻孔缓缓喷出
或者美人的红唇吐出阵阵烟圈
甚至可以穿梭于肺叶

对一下火，是一根烟的奢望
至少，她可以与同类吻过
至少，会将另一根烟的生命点燃
晓得，如火之爱会向下一根传递

弹指一瞬，如流星飞逝
烟火人间，无奈告别
奇遇是，一个捡烟蒂的乞者
将她最后的烟草味贪婪吸尽

◎ 梦中的王朝

拥有你，我的情人
就拥有三生石和爱恋
拥有一瓶酒

就拥有了一个王朝

这或许是千万年之梦想
斗酒百篇，储满曾经的豪放
或者，新停的浊酒杯
让多少泪水发酵出醇香

拥有王朝的王啊
谁为你编织精美王冠
谁是你王冠上的明珠
替你照亮黑夜的孤独

是的，一生需醉过一次
沉溺情人的眼泪
挺立宠辱不惊的风声
奢望，杨柳岸边的渡口醒来

◎ 梦里，同样抵达

给鱼儿一双翅膀
它和天空只隔一张水面
鲲鹏击水，三千里翅翼
或许是庄周之梦

给藏龙一涧碧水
它和海洋只隔一层地面
亢龙有悔，电闪刺穿惊雷
或许是久违的甘霖

我和你，只隔一层镜面
梦中的你，何时用诗笔划开
这纸一样薄的荧光屏
让我不再把一个虚像幻想

我在我的梦里潜伏
如同，你在你的茧里入梦
诗笺路冢，闻见你路过的体香
将那些醒来的诗绪埋葬

◎ 一本书还没读完

翻开扉页，掩卷沉思
我思考，爱情
需用哪一种方式阅读
用哪种方式闯入你的心底

烫金的笔名
让我思考，取名时的怀思
为什么用那些汉字
它包含灵魂的全部吗

每一个汉字蕴含灵气
从头至尾地触摸
或者跳跃地截取中心
或者从倒置的结局逆袭

小心翼翼，抚书的脊背
却不敢唐突从两个页码间
切入探寻的目光，只是
闭眼嗅着真身散发的墨香

◎ 秋荷

蛙鸣不再喧闹
蜻蜓不再停留
曾经的芳华
消失于昨夜的风疏雨骤

游人不再拍照
莲叶不遮渔舟
曾经的欢声笑语
掉落进垂柳探入水纹的梢头

可是，荷池并没有忧伤
也无淡淡的哀愁
只为后开的花朵
倒影岑寂澄澈的波流

莲蓬结满莲子
金鲤来去自由
诗人的笔刀，正切割
一段柔臂般洁白的荷藕

◎ 断珠

娘的遗物里有个小布包
用红色丝线扎紧

小心打开三层花布包裹的秘密
打开尘封的岁月

三十粒断线的珠子
十四颗琥珀，十六颗宝石蓝

记忆搜不出娘有啥首饰
只是这断珠见证了娘的青春

老屋木格窗透进的光亮
让我无法甄别遗珠的真假

每一粒珠子都不开口
讲述娘一生遗漏的故事

三十个穿心而过的洞孔
磨断柔软的思念

不知娘为啥没将它们穿起
我不知如何让它们成串

在这些冰冷的遗珠里
重温带有娘体温的温暖

◎ 小城的路

小城的路，蜿蜒在一行榆树荫里
蜿蜒在"树榆为塞"的史志中心
小城的路，响过"驰逐匈奴"的号角
响过昭君出塞的胡笳
也响过玄奘取经的马蹄

小城的路，迎接过西域入长安的使节
迎接过太子或皇帝的御驾
小城的路，走过四方商贾牵着的马队骆驼
也跑过劫富济贫的土匪响马

小城的路，是脚印累叠
起的马啣山的海拔
是汗水滴穿青石板的宛川河的清波
小城的路，是"丝绸之路"不可或缺的一段
是"一带一路"不算多余的一截

小城的路啊，时常梦中醒着
一张张褪色的黑白照片
昔日金色的麦田间静默
从记忆深处探向更远的远方

告别一眼望穿东西的街道
告别三五步就可穿越的陌巷
告别唯一的大众理发馆
告别每天发一趟的班车
告别没有交警的十字路口

告别两辆车错不开的马路
告别马路边马粪驴尿的臊味
告别凭粮票取饭的大众饭店
告别残月照过亮子的人行道
告别人行道上的几十棵槐柳

高铁的"和谐""复兴"号
游龙般飞驰而去
国道铁路穿过郊外油彩的原野
二十五条经纬纵横的宽展马路
网格出小城彩色崭新的轮廓

大理石铺成的人行道
改变遇雨难行的泥泞
绿化带的国槐与各色花卉
装扮车水马龙的街景

万盏太阳能路灯
点亮小城红绿的霓虹
无数高楼闪烁的万家灯火
照耀小城祥瑞的夜梦

小城的路啊，穿过一片片金色油菜花
穿过一块块双垄沟玉米
穿越一岭岭高原夏菜
穿过二龙戏珠的隧洞
丝绸路走出华夏，走向世界

小城的路，任谁也留不下足印
带走了小城人为之奋斗的青春
我们日夜在这宽展的路上行走

走出城门，走过漫长精彩的人生

一条路路中的路
一个梦梦中的梦
接轨的盲道，指示折转方向
小城的路，求索机遇里全新的路径、征程

◎ 河边晚风

仲夏，夕阳的余晖
还铺满黄河的逝波
行走岸边，暖风
吹起波光的涟漪

你粉色的连衣裙张开了
像绽放的喇叭花
河岸留不住飘移的倒影
还有柳丝样逸飞的长发

黄河是一条藤蔓吧
在谁的心上甩出
晚风吹起你粉色的裙裾
倒影出一朵牵牛花

你走着，黄河岸边
流水带不走的花朵
沙洲的苇草，苇草中的凫鸟
它们都是你忠实的粉丝

◎ 梦里是你

缠绕夜的黑暗，星光
柔韧的臂膀，伸过来
探索的触须，多像指尖

游走在藤蔓的喇叭花
涂满粉色唇膏
将几朵唇印送向远方

借助的躯干，满怀拥抱
总有些触点是疼痛的
可以在一个高度上张望

灯光下，写诗的女子
心思，拧成藤蔓
试探一株躯干的定力

仿佛，每个思绪的枝条
都凝成冰晶与雪挂

◎ 风敲打我的窗棂

斜风裹着细雨，轻轻
敲打我的窗棂
可是，我看不见她们的心思
只任一行行泪水

透明的玻璃上流成江河

燕子携着伴侣，轻轻
敲打我的窗棂
可是，我听不懂它们的呢喃
宽敞的阳台没筑下燕窝
让我没见到爱的巢穴

秋叶带着秋香，轻轻
敲打我的窗棂
可是，这飘摇的船
没能穿越隔岸的湖泊
镜面没荡出层层涟漪

雪花和星子，也曾轻轻
敲打我的窗棂
可是无数夜梦，我的情人
正敲打我的窗棂，让我
无力于深深的夜梦脱身

你含香的八行诗笺
糊成我遮风的窗纸吧
让我醒或者入梦
都能听见储满深情的墨字
敲出耳鼓快乐或忧伤的乐音

◎ 等一场雨

云雾封锁马啷山峰顶

青山与峡谷隐匿于烟云
望眼欲穿，河底赤裸的南河
河道，蜿蜒隔年的岑寂

蛙声，有如卵石沉重
闪电划开布云的天空
阵阵惊雷滚过
让水流，赋予一条河季节的名分

河洲苇草泛起初黄
落差剪辑叠瀑和涛声
吊锁桥走过，顾盼
一片风景里的波光倒影

宿命烙上季节的声名
一夜秋雨，径流汇聚如梦
浑浊裹挟柴草的水头
冲刷年轮里郁积的枯涸

◎ 有你的梦里我不愿醒来

沉湎之场景，还是那条小河
从你的脚丫间流过
又从我的腰身逝去
我知道，我们无法留住
那些要远行的流水

还是那些水草，依稀重复旧梦

缠绕过你凝脂的手臂
又将我古铜的手臂缠绕
我们都努力挣扎，去甩开
那努力把我们缠绕窒息的柔蔓

还是那些游鱼，还是那圈涟漪
鱼戏莲叶，东南西北地触碰
我们都没解开鱼吻密码
虽然吻遍你全身的鱼
亦将我的全身吻遍

还是那些细沙，还是那些鹅卵石
将你从一处旋涡托起
我没能坠入河流深处
还有岸边垂下的槐柳
更没将我们一同钓起

倒映鸟翅云影的河湾
仍倒影星光和萤火
一条河一棵躺倒的相思树
蔓生无数枝丫
也蔓生无数根须

穿越丛林，石溪
麋鹿相抵而眠
明月，并未惊起栖鹊

轻轻地，脚步
不带起一丝风声
背负星光萤火的祥瑞

追逐一生的痴念
缘遇里的邂逅
烙下记忆磨不灭的印痕

一路相随的形影
红色风衣裹紧轻灵
牵柔绵无骨的小手

红尘短暂，长条椅的守约
迷惘路口，幸好栖云镇
都未擦肩而过

◎ 山楂

◎ 梦里的你

一次偶然，闯入
神秘星空
与你从梦中走过

颗颗连心，以果实名义驻守枝簇
经历秋霜
色彩泛出纯正的藏红
卑贱，无须采摘

内核苦涩

冰糖浆里蘸身铠甲

诱人的吆喝飘满街巷

日子会穿成葫芦

或者切片，混进凉水

与茶叶一起浮沉

焰火熬出酸涩的甜

苦与苦的融合，调味生活

其实，作为一味中药

作为中药引子

除了吃进生铁

它最能消食开胃，降低血脂

◎ 塔影

中秋夜，穿过中山桥

徘徊黄河南岸

扭头，便与白塔相视

五百年亭亭玉立

俯瞰过多少行客

永恒修行，与多少人守望

灯光装饰祥和

一个视角，明月

恰好是塔尖的明珠

再不敢仰视塔之明艳

低头，河波深处

白塔扭曲倒映的梦幻

河波带不走的影子

船也无法带走

纵然黄河心中流过

山与水的画册

白塔耸立的高度

在一碗酒的水平面测量

◎ 篝火

一把星火，点亮夜

点亮整个星空

琴弦振颤，竹笛声起

囚禁鸟儿的竹笼

将干裂木柴囚禁，燃烧

不冠野火的莫名

森林，追逐松鼠麋鹿

竹笼囚禁的火焰

恣意地燃烧，却不蔓延

毕毕剥剥，火中的竹子

气节满腔，喷爆
无力完成对火的封控

跳古老的锅庄舞
手拉手围起栅栏
围起火，一起燃烧

灰烬未冷，木柴不再直立
付出生命的光亮和温暖
谁从中拣出一根骨头

把她们夹进一部诗集
给她们安身的墓地
带泪的墨字陪伴着她们
白天或者夜晚都不孤寂

将来，谁将这部诗集翻阅
会不会看到，红叶已印上墨字
墨字，能挤出血色
他们叠紧的空隙，能不能分开

◎ 红叶

枫林不要的枫树的绿叶
让一层霜，染上白发
枫枝不要的枫树的叶子
让一阵风，扯断叶柄

秋风不要的枫树的红叶
让她曾经摇曳的时空飘零
大地不要的枫树的枯叶
让她蜷缩路径的隙缝

行走山中无人的石板路
将一枚枚红叶拾起
擦干净她们沾染俗尘的颜面
经历岁月的叶脉如此漂亮

◎ 枫林间静默的小木屋

麋鹿，林溪间跳跃
用尿液标记宣示领地
一棵树，或者一块石头
幸运地被洒上烙印

最后一个猎人最后的枪响
宣告丛林不再遭受入侵
枫林深处的小木层
从此，没再如约升起炊烟

石苔和苔藓漫过小径
几条藤拉起警戒线
人字形屋顶发霉渐黑
秋风初起，柴门紧闭

枫叶筛下夕阳的斑驳

晃动出虚幻的光影
曾经的繁华梦一样消失
连同油灯样闪亮的女人

◎ 中秋月祭

一年一度，摆好椅凳
堂屋的八仙桌抬进庭院
摆满新摘剥的瓜果核桃
这是它唯一觑见星月的日子

桌面，铺上崭新的素布
北边的香炉燃起三炷长香
童年虔诚的祭拜仪式
只留下神秘如梦的记忆

新麦面做成月饼
撒姜黄，撒绿苦豆
披面花瓣，点上朱红的花朵
抹上野蜜蜂酿造的蜂蜜

月亮是羞怯的
躲在暮云背后
偶尔探出朦胧的晕光
她知道人间的敬爱虔诚

八仙桌承载最全的收成
一家人围坐，等待月上东山

欢呼，月光渐次照亮
照亮每个祭品，照亮整个祭桌
披满月光的娘，起身祈祷
最大的月啊，保佑，您赐予我们最好
的收成
最圆的月啊，保佑，您赐予我们最满
的祝福
最亮的月啊，保佑，您赐予我们最真
的安康

◎ 湖心丢一块石头

犹如透明澄澈的眼眸
山和岸保持本色的荒芜
沉川湖，水波澄碧
呵护去岁枯黄的苇草

徘徊岸之一隅
我寻找一块合适的片石
好打出一连串水漂
给一颗心留下一串记忆

一块片石的沉重
掉落，只击起一圈涟漪
飞过的片石击起一串
圆与圆交会，撞击水纹

沉没湖心的片石，不是埋葬

不似鸟翅的振动

亦无浮云的轻盈

更不会给自己留下倒影

或许，这是块彼岸飞来的片石，打过水漂

恰好，又被我捡起

或者将来，它又会被谁拣出

蜻蜓点水，击起另一串涟漪

飞过湖面，沉入湖心

片石，从不相信命运

动态的过程见证飞翔的存在

似乎与时光和真爱无关

沉重里透出坚定顽强

一面荣耀的旗帜

有人举在手中

有人印于风衣

有人画上脸颊

一面理想信念的旗帜

飘扬，心底

燃烧的焰火，将屈辱泪

以及不国的忧恨拭去

◎ 醉了的宝贝

◎ 国庆礼赞

晨曦，箭镞般的光芒

照亮一面旗帜

仪仗队整齐的脚步

震颤广场乃至大地

卷猎猎秋风

天安门，一面升起的旗帜

伴随义勇军行进的旋律

鲜血淬炼出五颗星星

这一刻，九百六十万平方公里土地

东南西北的海域

都飘扬浓重的鲜红

一座岩石垒起的山峰顶

坐着一块石头

石头的低洼处

坐着一些草花

草花心中坐着蜜蜂

蜜蜂的翅膀上

坐着白云和罡风

请一块彩纹清晰的石头

没有天然雕饰之图画

赏石人，会把自己也请进风景

用胸口焐热一块石头

正如将一块真玉作古

把它置入羊的胸腔

怀揣石头的人
顺石头纹路
沿矿脉寻找盈握的鸡血石
醉酒时的梦里
总有一块石头浸润心血
似乎比鸡血石更加深艳

◎ 霜枫

年轮里修行
往事的叶芽倾吐春天
内心，绿满天涯

金风吹过，霜露打过
一夜色变，还原艳红本色
燃烧的火焰单薄如心

一片叶，浸润血的书页
一棵树，驻防如火炬
一处海，满天晚霞流金

时光褪去铅华
所有信笺随风发出
冷落里释放火热

◎ 野外听笛

唇口捕捉气息
攒足内劲
身体凿出洞孔
乐音手指上翻飞

鸟儿止住求偶的鸣叫
竹林此刻宁静
溪流淙淙，低音里
旋律催马扬鞭

颤指与双吐
心悬停故事情节
所有的心窍打开
像被谁爱抚

一个激扬回环滑音后的休止
荡起灵魂的涟漪
如旷世长吻
恋歌走遍山野的每个角落

◎ 秋语

老屋，最后一把钥匙丢了
白纸新糊的木格子窗
透出煤油灯的光芒

微弱柔和，山洼夜睁开一双眼睛

写下一个成熟的字时
一片白杨树的叶子落下
霜降后色变的金色的叶子
一叶知秋，一盏灯封在梦底

写下一行成熟的字时
一排白杨树的叶子落下
它们选择离开枝头
选择我的诗笺飘零
北斗明亮，一夜星空闪烁

写下一首成熟的诗时
西岭的叶子落尽
它们将油画般的西岭
搬进一部薄薄的诗集
朝霞映照，霜染层林

搬进的还有南山顶的白雪
还有不曾改变的乡音
树杈上新搭的一窝喜鹊
以及一丝淡淡的忧愁

秋风拂着的白发、风衣
再也写不出成熟的诗章时
整个南山的叶子不见踪影
与思绪一起，秋雨泥泞
融进故土喧闹的小溪

◎ 霜降

敷层面膜，世界崭新了容颜
爱和恨的极致
讲述昼与夜最大的温差
霜染尽林，包括那将萎的草

大雁列队，远行的航程
高远了天空
雁过，留下的不只是唳声
或许还有遗落的轻羽
云朵样，消散于苍穹

柿子，点亮枝头的灯笼
也点亮满天星辰
霜叶红于二月花
银杏披满金鳞

已准备好去赏梅花
江南，那么多名叫红梅的女子
披雪的风衣，为寒冷而生
呵口气，可用双手捧紧

◎ 风吹梢头向冬

世界无可违逆的布告
季节不能更改的判词

霜风从头顶吹过
一直吹进心底

是时候交出答卷了
作为一片阔叶林的一员
年轮须画出圆圈的完整
叶脉透出心血色彩

像一页页诗笺
需一片片彩色的木叶填空
潦草或者凌乱创作
澄澈的海子倒映出峰峦

留恋于枝头的摇曳
刻进的鸟鸣已露寒声
无须告别仪式，飘零宿命
初雪，重新铺开纸张的素洁

◎ 静默

十字路口，终于静下来
仿佛星星的眼睛闭上
慢下来的节奏，放缓心跳
期待绿色灯光亮出通道

婴儿清澈的目光
八楼，隔双层玻璃
看那些玩具似的车辆

伸手，可握于手掌

四条街，再无车水马龙
偶然而过的封闭车
是保障小城的物资
除了美团送网购的摩的小哥

行道树裹着金色盛装
只有小鸟是自由的
几只喜鹊电信塔顶鸣叫
初冬的风吹起几片落叶

◎ 雪多么安静

一夜西北风，谁的泪清浊
凝结出晶莹雪花
悄落，没有声息
随风派遣安抚山川

飘零的姿势安抚落叶
飞翔的姿势安抚麻雀
坠落的姿势安抚草木
堆叠的姿势安抚你的晚归

雾锁唧山，宁静的晨
六点十分，被起床军号打破
各色太阳能路灯
照亮天街上的星星

没不住鞋口的雪

一串足印的呻吟

白色的双肩

又添一份纯洁

◎ 羊

爱自由与草山

也爱草山上的石头

爱头顶的白云蓝天

爱云空渐渐消失的云雀

本能，懂得感恩

双膝跪乳，一幅画

咀嚼秋露和豆青

渴饮山泉，咀嚼雪

喜欢口口相传的史诗

狼是宿命里的天敌

却喜欢听羊爱上狼的传奇

喜欢盘角挑狼的英雄事迹

舔食泥窝里的盐碱

不让自己的骨头变软

面对屠刀，最后一声呐喊

带着血，没有哀怨

◎ 雕像

伫立于江侧，神女峰

雨水雕刻裙裾

四季风风化容颜

千帆里等一位船长

一声汽笛，一声扳桨号子

手提刀笔，描摹群峰

努力把自己雕成

情人喜欢的模样

千年守望，一份悸动心跳

炽热的岩浆凝成岩石

岁月岸边，你也如此打磨

一行行诗，雕刻自己

一朵野花，一个春天妩媚的装饰

阵阵雷雨般的清泪融进江底

·朵朵雪花，一身雪白嫁衣

◎ 炊烟

大漠孤烟的参照系

久违的炊烟

却有袅娜的腰肢

伫立村口的杨树荫里

有长过麦子的麦秸的味道
蒸煮过一碗碗长寿面
有野青蒿异香的味道
干柴草填补过岁月的困窘

有后山木杜鹃花开的味道
有漫进"花儿"亮亢的情愫
有前山枯白桦的味道
有一只只窥视爱情的眼睛

等过我晚归的炊烟
她们都有袅娜的腰肢
如我的母亲，姐妹
还有我深恋过的女人

再也望不见村口望见的炊烟了
她们消失于夕阳的余晖
消失于暮色的蓝天
再也觅不见踪迹、形影

◎ 寒风春曲

冬至，将寒夜抻短
也将白昼拉长
时序交替，西北风
从不懈怠拥有的职位

寒冷的风啸叫

高层封闭不严的窗口
发出鬼一样尖锐的声息
仿佛要将入云的摩天撕碎

室内，暖气漾动
露台的草花和绿叶
隔双层玻璃
也有一丝对这寒风的敬畏

寒风，却把它当作嘲笑
愤怒地嚎叫
它不能容忍花草的油绿
肃杀的世界怎会有春色

◎ 大雪

大雪的日子等来一场大雪
去年的雪橇车早已修整
山野的麋鹿也已生臕
它们都期待一次纯洁旅程

飞驰于荒原，素洁的世界
那是梦中的隆回
白雪装饰童话中的蓝天
麋鹿拉着雪橇驰骋

一场风暴即将来临
山谷的雪崩开始落下

我和我野养的麋鹿
呼啸着穿过这条山谷

雪崩之前穿越雪雾
梦中旅行，携心爱的女人
驰过纯洁的莽原
之后回忆，埋葬于雪

◎ 时光是一条河

藏在时间深处，鱼化石
保存骨骼的白和坚硬
混浊的水流，打磨
所有棱角，磕碰中失去

冲出河滩的鹅卵石
显影的纹路依然灵动
那条陪伴余生的鱼
冥冥中，游向何处

心已碳化，骨密度的年轮
告诉我生命的意义
存在和永生的思想
爱是必须要付出的筹码

一颗星闪耀或燃烧着逝去
照亮谁的夜，谁的银河

让一首诗，有了永恒青春
又有谁将它打捞和刷洗

◎ 雪夜

喝醉的夜，迷不住回家的脚步
星子退隐于黑蓝天河
一片雪花落下
颈项间的冰凉，将谁激醒

霓虹灯闪烁的街巷
那些光亮都照着自己的影子
它们把我领在后边的身影
一个个抢走又还回

雪掩埋一行足迹
其实，雪懂得
鞋印会被料峭的风吹散
草木会在一场雪后怀春

大地铺开的熟宣
一条狗，追踪灰兔的爪印
冰河已开，封不住的时光
雪是这个世界最纯洁的嫁衣

◎ 昙花和雪

西部的冬末春初
总有些纠缠不清的预约
一场久违的雪落下
立春过后，将小城
回放进银装素裹

多美妙的世界
长河将冬季的清波
推向澄碧的天际
岸边的枝柳打探东风的消息
一朵昙花开了，短暂的一夜
给书房一整夜的沁香

那么多书页里的灵魂
与我一同沉醉于花香
花朵打开的空间
我和我心爱的人入住
这错过季节与时空的奇缘
见证了美好的奇遇

窗外的雪和窗内的昙花
谈论纯洁和芳香
昙花无悔短暂地败落
此时，一轮明月挂于西窗

◎ 春雪落金城

隐忍整个冬季的雪
没有征兆，一夜装扮金城的清纯
穿城而过，黄河的清波
接纳漂泊的雪花

白鸽和水禽河面翻飞
中山桥搭成桥的天梯
蜿蜒于西来东去的碧蓝
黄河母亲抱娇儿披洁白的婚纱

静静的水车
静默于黄河的涛声
白塔的灯同三台阁的灯光
掩映于飞霰的迷蒙
霓虹照亮的夜梦幻般迷人

一场雪的表白
掩饰了所有尘埃
瓦檐卷不住的画面、风铃
两山夹一河的水墨
跃然西部难遇的熟宣

◎ 情人节

其实，一个节过不过
住在心底的人都不会失落

其实，送不送九十九朵玫瑰
那些带刺的花儿
都能手指间留下余香

其实，一腔话说不说
那些暧昧的话语
都会人海里找到闪亮的眼睛
其实，写不写衷情思念的诗篇
睡不着的人都会西窗仰望明月

其实，两个守望的灵魂
相思的触手总能
探到彼此呼吸心跳的时空方位
其实，抱不抱彼此的双肩
唇都能感觉到内心的炽热

其实，哭不哭久长的分别
牵挂和惦念的思绪
总会在雪后的丛林麋鹿样
找到前行的踪迹
其实，没这个西方节的岁月
相思才更加真实

◎ 在一场雪里相遇

没有星辰和阳光的提醒
一场雪里相遇
我们都知道白天还是黑夜

茫茫际野同那些植物一样
站在彼此的位置
身披各自形色的雪挂守望

也同那些兽禽一样
不遮掩相逢的足迹
或者一路苦苦的追踪

一些雪选择高处
一些雪选择低处
比如头顶，比如脚下

纯洁的世界，雪的杰作
也似心中的幻境
像对你的真爱一样素朴

相遇，一场雪撞出火花
我们都披雪花的晶莹
像一对绝美的词宣纸上相逢

◎ 雪满枝头

尘埃落尽，雪线之下
去年的枯草，或者草垛
一根根弯起来的木枝
都披上雪花织成的绒裳

数不清的银条玉指
依着死去草叶的形状
依着褪尽沿华的木条的形状
依着山石梯田的形状

一条河如青龙蜿蜒而去
那些雪瞬间融入流水
不知道水是雪的前身
还是雪是水的梦境

雪把江山印在雪的背后
古老自然的水墨
一幅画隐藏的背景
挂出无限的景深与层次

真心相爱的人
能听到牛郎与织女动人情话
这并不是传说和迷信

樱桃花的洁白
结出红红的樱桃
美好愿景，总有人
把它比作少女的红唇

樱桃花开满枝丫的月夜
樱桃花打开的世界
纯洁隐藏已久的表白
给予痴情人触摸心跳的时空

◎ 月光里的樱桃花

月光洒下皎洁的三月
一直想坐在樱桃树下
聆听花开的声音
期望，拥着心仪的佳人

一夜夜的樱桃花开了
从上弦月到下弦月
头顶落满月辉的斑驳
肩头还落满掉落的花瓣

七夕夜的樱桃树下

◎ 春雨

云空中逃离
也逃离寒冬的封控
银白与童话般的梦境
或许是前世轮回

进入温暖的春天
冰晶是前世或者来生
催开花朵，催一季麦果
也催生新的年轮

石头长满苔藓
老屋的瓦檐挂上珠帘

池塘的红鲤跃波瞬间
接住一枚枚珠子

离别的车窗，朦胧了视野
玻璃上流淌的江河
同泪水一样瓢泼
正如把相遇当成离别

快艇划开河波，浪花
将伤口瞬间愈合
河水隐藏了奔腾的心事
河岸鹅卵石的纹路
矿泉水润湿，显影出故乡

◎ 折不断的泪行

◎ 门前流过的河

惊蛰，虫鸣唤醒春天
或者东风叫醒眠虫
松枝，一冬的落雪升华
晶莹，重新回归云朵

西部高原的景致
碧清的黄河拐一个小弯
依旧向东流去
不变的，苍黄的群山
点缀一簇簇松柏

寄一滴雨给你
这是一生重复的事情
同寄一片雪花一样纯洁
轮回或者梦境或者前世

云朵、蓝天依旧高远
群鸽高旋，水禽隐于白苇
一年年重复的画面细节
如丝柳样垂钓的人
换上高科技鱼竿

我存储眼底的冬天
存储童话里的雪花
即将花开的春日
化作思念的行行泪水

高架桥打通远方
不见炊烟孤直的倒影
最后一块湿地
耸起一幢幢入云的高楼
初春绿隐匿于水墨画卷

清明的细雨，我于屋檐
折断雨帘，像折断泪行
挑拣一枚透亮的珠子
在我的塞北，寄给你的江南

之后，燕子找到旧巢
塞上的桃花、杏花
都有绽开的信心和理由
包括迎春、紫丁香和白玉兰

◎ 踏青

马蹄轻轻，一抹望不见的春色
放飞思绪，无数花苞叶芽
心已绿遍天涯，等待叩击
等待白马，等待白色的裙纱

青草，每一个毛孔探看窥视
长河澄碧，丝柳轻舞
河鲤的疏影瞬间化作云朵
飘浮徘徊于晨曦的波光

扣紧十指，扣住整个春天
枝头小鸟，吐出第一声求偶鸣唱
远山的残雪，初阳红晕里消融
溪流冰泉，撞出石隙的欢唱

随手携带的风筝，借风起身
露出久违的素颜
欢笑重新回归旷野
多年旧约，又有新的释义

◎ 冬麦

经历霜冻枯萎的麦子
经历冬雪呵护
攫住田野的浅层
如同章鱼伸展的触手

冰点之下，根被冰封
尖锥似的，铁一样坚硬
试图将泥土抱紧
连同泥土中的石头沙子

泥土如水，亦如夜色
将一丝丝根毛裹得严严实实
不留一点点缝隙
相拥，生命间依存的真谛

冬眠，唯一见证过四季的粮食
春风峭寒，率先于梦中醒来
率先让田野抹层新绿
俯身的高度，贴紧大地

◎ 马背上的汉子

与马的身体融合
融合了驰骋的草原
融合了高远的天空

甩起马皮鞣制的鞭影
甩动天空和天空的云朵
甩动迁徙的马帮羊群

牧歌悠扬，随风飘远
飘向遥远的毡房
飘进爱人的心底

河水清澈，倒影驱赶的马帮
额头系着的红丝巾
那是姑娘针指的血染红

风一样，飘来
又风一样飘去
马蹄下飞出一朵朵野花

◎ 云水禅心

文化古老的典籍
四个名词堆叠
有不周山的高度
也有江河湖海的领空疆域

骨骼和血脉融进
风霜露雪，也是四个名词
灵魂和灵魂彼此度劫
你会是胁间抽出的骨头吗

比喻云和水的关系，同样
心和禅，能否拥有相同的时空
遇见，缘分和双修
只为三生石见证的奇迹

真爱，渐变的色彩
虹桥、雷电或者雹雨
天堂的门洞开
快乐悲伤，青草坟墓旁苏醒

◎ 柳丝岸

日夜不息，逝者如斯
波涛奔流的黄河
丝柳攫住堤岸
像极垂钓的智者

柳芽拂出春风
像极参悟的你
身披一身黑色长发
每一根都沾满花黄

混浊中钓起河沙
钓起河底滚动的鹅卵石
钓出一把泪水
钓出泪水里彩色的鱼

钓出沉入水中的凫鸟

钓出落入河心的云影

钓出一弯明月

钓出一把夜色里的星子

之后，钓出一段画景

钓出袅袅娜娜的时光

钓出蹒跚的脚步

钓出我们前世的记忆

折不断的柳丝啊

拿什么告别

柳笛吹奏春的序曲

有没有彼此心跳的节奏

◎ 青春和岁月的见证（组诗）

一、审计人

四十年栉风沐雨

四十年砥砺前行

一万四千多个日夜浓缩

岁月漫长，历史长河短暂的一瞬

从青春走进银发

从阳光走向星辰

脚步丈量，走完

走进民心的最后一公里路程

凭一页页万用表

从口取纸的缝隙入手

穿越一沓沓账簿

核实一组组数据

核准隐蔽工程的工程量

挤出水分，挖出蛀虫

剜出毒瘤，查证真实

还原资金流完整的流量流向

无怨无悔的人生

法律规章，永远是量度的准绳

量度数据，量度质量

也度量为民服务的良心

二、一把算盘

不离不弃，曾经的陪伴

而今，静默于角落的橱窗

仿佛远去的亲人

留在世间唯一的遗像

老红木边框

鸡翅木珠子

老竹和不锈钢的算轴

透出一抹岁月的包浆

掸去身上的蒙尘

未曾逃离，穿进算格的珠子

坚守行动轨迹

坚守生命唯一的岗位

融进汗水的算盘
也融进执着的泪水
融进太阳的光芒
也融进灯盏的光亮

加减乘除，叮当吟唱
仿佛美妙的琴声
讲述人世间真实的故事
不为算计或者盘算

三、油印

钢板和钢针
中间是画满方格的蜡纸
雕刻，手工仿宋
旋转的滚轴上打印

油墨的香味迷散
每一页都那么庄重肃穆
准确的结果报告
成为决策者必要的依据

渗透过蜡纸的字迹
渗透出心血和汗水
一份份永久性文档
能述说尘封已久的往事

力透纸背永不褪色
仿佛活过的生命

化石样存证历史
存证白驹过隙的时光

四、老杨和他的老电脑

老杨的笔记本已超过十年
外壳保存崭新的样式
只是键盘字母键模糊不清
需要认真看才能分清字母
个别键已被指肚磨光

说是老杨，其实他并不老
一九八七年进入审计局
那时还年轻，"老"字冠于姓氏
只因他本分老实，工作老到，
有独特见解，是一种敬重昵称

老杨很不善言辞，但很幽默
丢出一句笑话会把人肚子笑破
单位要换新电脑，他说
用惯了，再不换
像自己的老婆，熟了好用

安排啥工作，干啥工作
从未找过推托的理由
什么工作难，去干什么工作
接下的都是硬任务
像他的电脑，从不言语

把一辈子融进审计
老杨，真有些老了

同他的老电脑一样
腰板挺直，走路端端正正
岁月磨白了鬓间的霜发

再过两年就要退休
但他的工作并未减少
依然提着那台旧电脑
毫无怨言地坚守审计一线
行走在抽调巡察的路上

◎ 小村即景（组诗）

一、麦熟杏黄

兴隆墨黛，龙爪似伸出的岭脊
一夜风雨，略带青绿的麦田
入伏，都透出熟透的金黄
镶嵌于玉米、洋芋、蔬菜的绿意

蓝天和白云，喜鹊和乌鸦的叫声
掀开红砖绿瓦掩映绿荫的宁静
墨云，南山顶的莲花峰汇聚
凭空响阵阵惊雷，耳鼓滚来滚去

云孔，几滴雨落，乡亲的颜面
却无些许龙口夺食的隐忧
收割机村头开过，家家的庭院
摊开金色麦子，虽然稍带些麦衣

结杏初黄，挂满房前屋后的弯枝
麦秸躺平姿势注视拔节的玉米
狗吠鸡鸣，百合花渲染的田梯
氤氲乡村晚风的一丝丝甜蜜

二、野草莓

酸甜细细的味觉唤醒童年记忆
荨麻和野草守护的山坡
七月，野草莓如红红的小灯笼
点亮山野绿意里的星空

独特味道色彩，山村唯有的果实
相对于葡萄，相对于桃杏西瓜
相对樱桃，也相对于苹果和核桃
那是山村粮食之外唯一的果品

丰富的维生素和矿物质
每百克80毫克维生素C，葡萄糖
柠檬酸、苹果酸、胡萝卜素、核黄素
给瘦小的身体补充过额外营养

铁红，改变血液短缺的血性
有机酸，预防血脉里白细胞的超生
科学的习性解读，才知感恩
大地馈赠绿叶和绿叶间的果红

三、又见青烟

不似大漠直直的孤烟，范家山

偶尔点燃的麦秸妖娆缥缈
仿佛娘麦秸烧饭时炊烟的香味
青山梯田衬景唤醒最真的记忆

久违的柴草味，飘入鼻息咀嚼
烟火存在方式，如梦般穿梭乡间
小巷，一切都被机遇和发展替代
电器和天然气改变民生方式

低碳环保，绿水青山的烙印
见证机遇期赋予新农村的愿景
乡村振兴，必须要摁灭的流连
像须摁灭用一生来忘记的初恋

摁灭曾经泥泞的山路，摁灭昔日混浊
的水塘
摁灭一些烟火，摁灭老屋的情结和记忆
云舒云卷，不忘历史存在的真实和美感
生活美好，呼吸更清新更自由的空气

◎ 爱情像一棵树

破壳瞬间，选择方向
行进，不畏艰难险阻
风，从鸟喙吹进泥土的种子
探索黑暗给出的难题
壳里与壳外，都是生存方式

破土瞬间，扎稳脚跟
挺立，不畏风霜雨雪
水平线分界，主内或者主外
宿命注定，地平面
隔开却无法隔绝根脉和树冠
向下和向上的掘进与伸展
彼此倒映和映照的方式
中心点漫射出根须和枝叶
叶为根输送阳光的温暖
根为叶输送清泉的甘甜

不需根连根，叶连叶
像一棵孤独的合欢树
白天，伸开叶子接纳太阳的光芒
夜晚，抱紧自己的身体取暖
花絮如约，结出飘向天涯的种子

◎ 挽救

想挽救一湾东去的泉溪
她笑着给我欢快的声音
想挽救一轮金色的夕阳
她留恋地给群峰披件彩色大裳

想挽救一树熟透的樱桃
她笑着从我捧不紧的指缝逃离
想挽救一行溢落的泪花
她笑着打湿我颤抖的指尖

想挽救一个决绝远行的背影
她笑着给我墨色流瀑，甩痛双眼
想挽救一句海誓山盟的承诺
她笑着给我挂泪无奈的容颜

三世或者一生的牵念
用一只磨秃的笔描摹那些形影
心血如墨，纯净的熟宣
洇出羽绒画，盖上红唇似的印章

◎ 椒香

真空包装，寄送千里
也没能封印住芳香浓郁
隔空闻见独特椒味
刺激鼻息中的神经

是你晾晒的干椒吗
把所有关于爱的水分风干
只留下鲜红和金黄的椒壳
让我三餐里咀嚼和回味岁月

是你双手采摘的吗
每一粒都留有指尖的密纹
我看见你被尖刺划破手指
用小口吸吮蹙眉的样子

是你躬身种植的吗
我看见干旱山塬单薄的身影
一丛椒树里站成最嫩的一株
绿色裙裾衬托羞褐面庞

◎ 迷迷茫茫的人间

好久了，世界依然迷迷茫茫
闪耀我患有眼疾的视野
散开的星辰，汽车尾灯，明月
散开的路灯，萤火虫的光亮
让我怀疑所有真实的虚幻

感知触及的蚂蚁和花朵
蜜蜂、蝴蝶，桃花和紫丁香
以及玫瑰、牡丹、芍药和野蔷薇
皆以飞翔的姿势搅动清风
包括荷塘游动的鱼摇曳的睡莲

相逢与遇见，一生的触碰和触摸
解不开挂住那弯新月的锁链
特殊日子，天梯或秋千似的荡漾
迷幻你存在的时速与方位
幸好执着信念留守虚诞的传说

封堵飓风折断或刀砍的树瘤
橡树流出纯白的胶液，沉香木结出沉香
雾锁空山，烟雨水墨，以及塞壬的歌声

毁灭前的皮囊，捆绑航船的桅杆
聆听一场闪电，目睹阵阵雷声，之后岑寂

博大抑或自私的爱超越时空
人们用多种方式品味和纪念
我用诗歌诗意无限的境界复述
你真实成像，通过散开的瞳孔
摄入脑海，雕塑汉白玉材质的自由女神

◎ 相遇

一个浪，一个浪，无休止的
梦境，拍不醒岸的沉睡
一朵云，一朵云，飘不出的
苍穹，触不到疆界的思绪

浪花，两朵云融合，或者分离
指尖触碰，拥抱或者抚慰
凉风秋夜，萤火虫探寻的光
为谁点亮灯盏，灵魂撞击电闪

平行奔流的河，倒映同一颗星辰
中元节的圆月，给所有事物
留下拉长或者缩短的魅影
时光无法消弭的记忆，沉积页岩

捆绑，一条路打好情结，绕不开
目光交织，同行顾盼，抑或殊途

等场透雨，蚯蚓书写，扣动心弦
一枚红叶掉落，蛛网膜再无寂寥

◎ 松菊

没有访客喧闹，空山不空
塞满鸟鸣，塞满涧谷的泉溪
塞满松涛，塞满秋风
也塞满野菊花的芳纯

没有岁寒三友的契约
无须证词，野蜂野蝴蝶捎入尘世
一帧绝美照片，岩隙构筑了风景
秋露打湿所有的花瓣

用一生陪伴你的一圈年轮
前世或今生的相逢
共同守护，无须盟誓
守着共同的明月，共同的星空

伟岸和柔弱的守望
通往外界的小径
唐突，用一首诗来表达
这宿命不能割舍的情愫

◎ 改变

没有征兆地落下
辛卯的第一场雪
意图把夜色与黑暗铺白
连同夜空的星子明月

一场无解求证
一片一片飞落的雪绒花
站定自己的位置
填满必须填充的布白

真不知道无由的思念
将一颗心破碎或者挤满
阳光会见证大地的纯净
谁告诉你惦记的真实

铺开四尺整张的熟宣
书桌，同大地一样素洁
需要行行诗句的墨迹
改变命运相遇的直线距离

◎ 成熟的玉米

交出一根根土蜘蛛银色的丝线
交出七星瓢虫飞行求偶的丛林
交出高过地平线观察过的视野
田野外是田野，青山外是青山

是时候，垂下所有红缨子
连同头颅，连同那片青纱帐
染上最鲜艳的色彩，碧绿的裙裾
紧裹玉米棒金色的米粒

交出一片片刃口锋利的软刀
交出植株间穿过的青蛙蟾蜍
交出钻进玉米棒啃食的小青虫
她们会变成明春的花蝴蝶吗

交出藤蔓上攀爬的牵牛花
交出蚂蚁们机密的会场
连同那些根须都一同交出吧
虽然，它们将泥土攘得很紧

◎ 秋雨

我在春天播下花籽
经历久遇的干涸
荒芜了的土地，只被
高过我身子的杂草淹没

我在昨夜种下诗行
经历一夜相思
墨云边缘的明月，只被
西边吹来的秋风吞噬

我在前世种下身影
历经无数缘遇
人海茫茫的回眸，只被
列车的一声鸣笛捎去

梦里，我在云朵种下眼泪
癸卯渐凉的秋天
青山和缭绕云雾，只用
心酸和清澈清洗大地

◎ 与你一起踏雪

披肩，抛开轻纱，选择多年前的貂裘
挽着臂膀，扣紧十指，温度
就有传递的根脉，彼此温暖心房

山野，林梢挂满晶莹的枝条
回忆春风吹动绿叶的声息
回忆喜鹊与草虫的初晨和鸣

小桥，鹅黄柳，春水破开冰心
撞击卵石的叮咚声碎，掩盖心语
宁静如此之美，宣纸无色的脚印

红嘴鸦，不像候鸟，雪花封不住血红
醉倒的梯田，没有谁将这册页翻过
之后，羽绒的大裳揽着腰身飞翔

天空留远，云逸留远，星月流连
唯不留，你与我走不够走不出的人间

◎ 给心爱的事物起个心仪名字

给一阵风起个名字，春冠名
秋冠名，夏冠名，冬冠名
隧洞冠名，罡气冠名，岁月冠名

剑指的地方，山与川，云与月
五指峰，烟雨蒙蒙，马啣山，旭日东升
杜鹃花开，打碗花举着整盒火柴

秋菊开时，一对蝴蝶拥抱同一株草穗
八只足两个触角，感觉彼此温柔
被我拍成飞翔的模样，网上传播

雪花开时，河流封住穿越不过的逝水
心抛光为明镜，倒映明月，苇子
冰凌树挂，之后，江河绕过山野

给一块岩石起个名字
给一枚香山红叶起个名字
给你也起个梦中遇见的名姓

喊一声，骨头酥软，萍聚老屋
给麦苗起个名字，也给麦芒
给火灶的秸秆起个名字

炊烟直直地飘成一朵朵白云
携着乳名的呼唤，渐渐飘远
飘不出你设定半径的远方

◎ 一盏茗

一壶山泉，沉浮
清明前的叶芽
云雾山的云雾沾满尘露

隔着时空相遇

你已失去最初的容颜
经历无数奇异变故

记忆是真实的
一双纤指摘下
一口铁锅煎熬

苦的身世，被苦日子熬过
苦味便入了骨头
亦浸进叶脉和灵魂

渐渐冲淡的香气
烟火气息
苦味里品出回甘

匍匐在花上的蝴蝶

——诗集《石头中泅渡的奔马》跋

"即使是折断翅膀的蝴蝶，梦也要匍匐在花上。"机遇偶然，让我撞上业余写诗这一爱好，如盲者行走在盲道，只遵从一条路，一个方向，用竹竿试探脚下的标示，慢慢行进。看不见路边的花草，看不到幽深的风景，看不出前途和未来。我从不把自己当作一个诗人，也从没把自己当作一个歌者，只是把成长的记忆，美妙的自然，生活的琐事以及生命存在意义的思考，用成行的文字记录下来。本着对岁月的感恩，对自然的感恩，本着对亲人、朋友、同事的感恩，本着对诗行中遇到的同行者的感恩。

而我的确不知道这些文字是否遵从了某些诗歌技巧和修辞。只是尽力把感受到的美与善成倍放大，同时也将那些丑与恶极端呈现。我知道，聪慧的读者能感觉到一个善恶极端分明的灵魂的呐喊或哭泣，可我却没有娴熟驾驭那些方正汉字的能力，不能把它们排列成整齐有序的队阵，不能驱赶着它们游走在人们思想与意识丰茂的草场，不能带领它们在人类精神的战场和考场作战。我知道，先人血脉中留存的汉字，是一处取之不尽用之不竭的矿藏，是制造精神食粮的田野，是根部传承基因的细胞，是传递民族思想与文化的载体。优美的诗歌深藏其中，让思想者用一生的智慧和时光去发掘，去淘洗，去点燃，去高举，去照耀世界。

《石头中泅渡的奔马》由新十四行诗、自由体诗、叙事诗、古体赋诗词及2013年后的编年诗歌等部分组成，因诸多原因精简、删除了部分诗歌及诗歌评论。诗集得到诸多前辈、领导、亲友的支持与帮助。人民文学原副主编周明先生为诗集作了序言，书法家杨锡辉先生题写书名；中国硬笔书法家协会会员张毅、围棋四段棋手李刚、县环保局谈敦俭在创作思路及表现社会正能量方面进行过探讨，提出意见建议，并对《围棋简单术语诗解》进行讨论研究，使拙作更加符合棋理；兰州市党史办高生军主任、榆中县党史办周学海主任、《兰州日报》副刊编辑任春艳女士对文字进行了修葺，薅除了中间的杂芜，使文字更加干净纯正，真诚感谢他们为拙作付出的心血。

诗歌创作曾得到搜狐文学艺术广场版主王克功先生的大力支持，先生经历唐山大地震而幸存，三十年前又病卧床榻，仍然学习电脑，潜心创作。先生曾经担任《艺林》主编，退休后凭借实力与执爱担任广场版主，并出版诗集《故乡放歌》，为网络文学的推动和发展不惜付出心血和汗水，其精神让人敬佩，其人格值得敬仰。还得到《甘肃日报》《兰州日报》《千岛日报》《华语诗刊》《成功》《山风》《兰州教育》等报纸杂志编辑老师们的刊发支持，得到《拱海之石》《诗人周刊》《岁月诗刊》《中岳诗刊》《诗无邪》《诗心驿站》《草籽大世界》《北方诗林》《南潮诗刊》《诗家三味》《驰骋天下》《中国诗歌报》《中国爱情诗刊》等网刊编辑老师们的辑录推荐，可以说，没有他们的支持和肯定，就不会有这部作品的问世。感谢我的亲人们，隔世的双亲、妻子艳梅、女儿冰玉、女婿景浩，是他们在生活中给予支持，才有业余创作时间。更感谢诗集收集整理过程中给予帮助的刘红、小琴、晓霞等朋友及单位领导们的支持。感谢作家出版社李亚梓主任，及所有编辑老师的辛勤编纂，以及出版印刷的工友们。在此真诚表示感谢，再感谢，再感谢。

作为一名审计工作者，参加政府性债务审计的闲暇，我认真思考"债"这个字的内涵外延。我看到两个"人"的"责"任，一个"人"依靠或支撑着"责"字，一个"人"钻进"贝"中，承担着"责"的所有分量。"贝"是古代的流通货币，通常与"财""账"等联系结合在一起。我惊叹，祖先的智慧思想竟然这样美妙有趣，汉字丰富的意蕴竟然这样精彩而灵光。"债"必须是两个"人"的责任，由一个"人"扶持，一个"人"担当，离开任何一个"人"，"债"都不会独立存在。政府性债务审计必然是人的问题，人和谐了，都担当了责任，"债"也就不成其为"债"，相反却是一种推动经济发展的动力。我又想"债"字左边的"人"是债权人，右下的"人"是债务人，二者达到某种默契，某种平衡，让资金不被闲置，才会让财富发挥更大的潜力，为更多的人服务，为社会带来更多的财富。

我突然明白，诗歌创作也算是诗人的债务。我知道，债务离不开人，而诗人的写作必然以人为本。曾经写过这样的短诗："《泪债》——生活在美丽的眼睛里／总也偿不清咸涩的情愫。"我想我就是这个"贝"中间的小人物，前生曾经向身边的人借过债务，要用今生和来世的时光与精力去偿还。因为诗人就生活在他人的眼睛里，活在他人的心中，活在这个充满困惑而又充满希望的世界。这个大人物就是诗人的读者，是诗人的同行，是诗人的朋友，是诗人的亲人，他们是诗人的支持者，是诗人的债权人。诗人须努力地站稳站直，维持债务的立体与平衡，做一个诚信的债务人。

近四十年的创作经历，漫长却也短暂。手工誊抄、油印手稿、电脑打印，点点滴滴，历历在目。困惑喜悦，快乐忧伤都倾注在字里行间。让许多人，许多事，许多植物，许多动物，许多山峰田野，许多河流和滩涂，许多流星和飞鸟，都将灵魂存储在诗行中间，找到永恒的位置。

网络文学繁荣的今天，一个诗歌人才辈出的国度，一个心存诗意的民族，一个让社会事件都有诗歌记录的时代，迎来的必然是繁荣昌盛的盛世。"中国梦"逐渐明晰的时刻，写下这些文字，表达对自然的珍爱，对祖国繁荣昌盛的祝愿。愿诗意的酒母，让生活在酒的浓烈中燃烧，让心灵在酒的透明中纯洁，让田园在酒的醇香中酵化，让世界在酒的意识中沉醉。

牛合群

2024 年 7 月 25 日修改于陋舍

图书在版编目（CIP）数据

石头中泅渡的奔马 / 牛学银著 . -- 北京：作家出版社，
2024.9

ISBN 978 - 7 - 5212 - 2867 - 0

Ⅰ.①石… Ⅱ.①牛… Ⅲ.①诗集 – 中国 – 当代
Ⅳ.①I227

中国国家版本馆 CIP 数据核字（2024）第 095021 号

石头中泅渡的奔马

作　　者：牛学银

责任编辑：李亚梓

装帧设计：琥珀视觉

出版发行：作家出版社有限公司

社　　址：北京农展馆南里 10 号　　　邮　　编：100125

电话传真：86 – 10 – 65067186（发行中心）

　　　　　86 – 10 – 65004079（总编室）

E – mail: zuojia@zuojia. net. cn

http: // www. zuojiachubanshe. com

印　　刷：唐山玺诚印务有限公司

成品尺寸：170 × 240

字　　数：215 千

印　　张：30.5

版　　次：2024 年 9 月第 1 版

印　　次：2024 年 9 月第 1 次印刷

ISBN 978 – 7 – 5212 – 2867 – 0

定　　价：86.00 元